A CIDADE E A CIDADE

CHINA MIÉVILLE

A CIDADE E A CIDADE

Tradução
Fábio Fernandes

© Boitempo, 2014, 2025
© China Miéville, 2009
Traduzido do original em inglês *The City and the City* (Londres, Pan Books, 2009)

Direção-geral Ivana Jinkings
Coordenação editorial Thais Rimkus
Coordenação de produção Juliana Brandt
Assistência editorial Marcela Sayuri e Kim Doria
Assistência de produção Livia Viganó
Tradução Fábio Fernandes
Edição de texto Bibiana Leme
Preparação Mariana Echalar
Adaptação de capa Livia Viganó (sobre capa original de Crush)
Diagramação Otávio Coelho

Equipe de apoio Ana Beatriz Leal, Ana Slade, Artur Renzo, Bruno Ferreira, Carolina Peters, Davi Oliveira, Elaine Ramos, Giovanna Corossari, Higor Alves, Ivam Oliveira, João Lucas Z. Kosce, Letícia Akutsu, Luciana Capelli, Marina Valeriano, Maurício Barbosa, Pedro Davoglio, Raí Alves, Renata Carnajal, Sofia Perseu, Tatiane Carvalho, Thais Caramico, Tulio Candiotto

---

CIP-BRASIL. CATALOGAÇÃO NA PUBLICAÇÃO
SINDICATO NACIONAL DOS EDITORES DE LIVROS, RJ

M577t

    Miéville, China, 1972-
        A cidade e a cidade / China Miéville ; tradução Fábio Fernandes. - 1. ed. - São Paulo : Boitempo, 2014.

        Tradução de: The city and the city
        ISBN 978-85-7559-413-1

        1. Ficção inglesa. I. Fernandes, Fábio. II. Título.

14-17490   CDD: 823
                              CDU: 821.111-3

É vedada a reprodução de qualquer parte deste livro sem a expressa autorização da editora.

1ª edição: novembro de 2014
2ª edição: junho de 2025

BOITEMPO
Jinkings Editores Associados Ltda.
Rua Pereira Leite, 373
05442-000 São Paulo SP
Tel.: (11) 3875-7250 | 3875-7285
editor@boitempoeditorial.com.br | boitempoeditorial.com.br
blogdaboitempo.com.br | youtube.com/tvboitempo

Em saudosa memória de minha mãe,
Claudia Lightfoot

AGRADECIMENTOS

Por toda a sua ajuda neste livro, sou extremamente grato a Stefanie Bierwerth, Mark Bould, Christine Cabello, Mic Cheetham, Julie Crisp, Simon Kavanagh, Penny Haynes, Chloe Healy, Deanna Hoak, Peter Lavery, Farah Mendlesohn, Jemima Miéville, David Moench, Sue Moe, Sandy Rankin, Maria Rejt, Rebecca Saunders, Max Schaefer, Jane Soodalter, Jesse Soodalter, Dave Stevenson, Paul Taunton e meus editores Chris Schluep e Jeremy Trevathan. Meu sincero agradecimento a todos das editoras Del Rey e Macmillan. Obrigado a John Curran Davis por suas maravilhosas traduções de Bruno Schulz.

Entre os incontáveis escritores com os quais estou em dívida, aqueles por quem tenho mais consciência e gratidão com relação a este livro são Raymond Chandler, Franz Kafka, Alfred Kubin, Jan Morris e Bruno Schulz.

Abrem-se, no fundo da cidade, por assim dizer,
ruas duplas, ruas sósias, ruas mentirosas e enganadoras.

Bruno Schulz, "Lojas de canela"*

---

* Em *Ficção completa* (trad. Henry Siewierski, São Paulo, Cosac Naify, 2013), p. 127-8. (N. E.)

PARTE 1

BESŹEL

CAPÍTULO 1

Não consegui ver a rua nem a maior parte do conjunto habitacional. Estávamos cercados por blocos cor-de-terra, de cujas janelas se debruçavam homens vestidos e mulheres com cabelos ainda em desalinho e canecas de bebida, tomando o café da manhã e nos observando. Aquele terreno aberto entre os edifícios havia sido esculpido um dia. Ele tinha o caimento de um campo de golfe: uma mímica infantil de geografia. Talvez estivessem prestes a transformar tudo em lenha e colocar um lago no lugar. Havia um bosque, mas as árvores novas estavam mortas.

A grama estava coberta de ervas daninhas, costurada por trilhas feitas a pé entre montes de lixo, entrincheirada por marcas de pneus. Havia policiais executando diversas tarefas. Eu não era o primeiro detetive ali – vi Bardo Naustin e mais uns dois –, mas era o mais antigo. Segui o sargento até onde a maioria dos meus colegas estava aglomerada, entre uma pequena torre abandonada e uma pista de skate cercada por grandes lixeiras em formato de tambor. Logo depois dela, podíamos ouvir o cais do porto. Um bando de moleques estava sentado em cima de um muro diante de oficiais em pé. As gaivotas voavam em espirais sobre esse grupo.

– Inspetor. – Acenei com a cabeça para quem quer que houvesse falado. Alguém ofereceu um café, mas fiz que não com a cabeça e olhei para a mulher que tinha vindo ver.

Ela estava caída perto das rampas de skate. Nada é tão imóvel quanto os mortos. O vento mexe o cabelo deles, como estava mexendo o dela, e eles não esboçam nenhuma reação. Estava numa pose feia, com as pernas tortas, como se estivesse prestes a se levantar, os braços dobrados de modo estranho. A cara virada para o chão.

Uma mulher nova, de cabelos castanhos puxados em trancinhas despontando como plantas. Ela estava quase nua, e era triste ver sua pele lisa naquela manhã fria, não perturbada por nenhum arrepio. Usava apenas meias rasgadas, um pé calçava sapato de salto alto. Ao me ver procurando à volta, uma sargento acenou para mim de um ponto mais ao longe, de onde ela estava guardando o sapato caído.

Fazia duas horas que o corpo havia sido descoberto. Eu o olhei de alto a baixo. Prendi a respiração e me abaixei até perto da terra, para olhar melhor o rosto, mas só consegui ver um olho aberto.

– Onde está Shukman?

– Ainda não chegou, inspetor...

– Alguém ligue pra ele, diga pra andar depressa. – Fechei a tampa do meu relógio. Eu estava encarregado do que chamávamos de *mise en crime*. Ninguém mexeria nela até que Shukman, o patologista, chegasse, mas havia outras coisas a serem feitas. Verifiquei linhas de visada. Estávamos fora do caminho e as lixeiras nos obscureciam, mas eu podia sentir a atenção em nós como insetos, de todo o conjunto ao redor. Ficamos andando sem rumo por ali.

Havia um colchão molhado em pé entre duas lixeiras, ao lado de uma extensão de peças de ferro oxidadas, entremeadas por correntes descartadas.

– Isso estava em cima dela. – A investigadora assistente que falou era Lizbyet Corwi, uma moça inteligente com quem eu já havia trabalhado umas duas vezes. – Não dá pra dizer exatamente que estivesse bem escondida, mas meio que fazia ela parecer uma pilha de lixo, eu acho. – Pude ver um retângulo irregular de terra mais escura cercando a morta, o resto do orvalho acumulado pelo colchão. Naustin estava agachado ao lado dela, olhando a terra.

– Os garotos que a encontraram viraram o colchão pela metade – disse Corwi.

– Como foi que acharam ela?

Corwi apontou para a terra, pequenas marcas de patas de animais.

– Impediram ela de ser mutilada. Correram como o diabo quando viram o que era e ligaram. Nosso pessoal, quando chegou... – Ela olhou de relance para dois patrulheiros que eu não conhecia.

– Eles moveram o colchão?

Ela fez que sim.

– Pra ver se ela ainda estava viva, disseram.

– Quais são os nomes deles?

– Shushkil e Briamiv.

– E aqueles ali são os descobridores? – Acenei com a cabeça para os garotos guardados. Eram duas meninas, dois meninos. Dezesseis, dezessete anos, com frio, olhando para baixo.

– É. Mastigadores.

– Começando de manhã tão cedo?

– Isso é que é dedicação, hein? – disse ela. – Talvez estejam concorrendo ao cargo de junkies do mês ou alguma merda dessas. Chegaram aqui um pouco antes das sete. A rampa de skate é organizada desse modo, aparentemente. Ela só foi construída faz uns dois anos, no começo não era nada, mas a turma da região definiu os turnos. Da meia-noite às nove, só mastigadores; das nove às onze, a gangue local planeja o dia; das onze à meia-noite, skates e patins.

– Eles estão portando?

– Um dos garotos tem uma bicuda, mas é bem pequena. Não dá nem pra roubar doce de criança com aquilo… é um brinquedo. E um mastigável cada um. Só. – Ela deu de ombros. – A droga não estava com eles; achamos no muro, mas – deu de ombros – eles eram os únicos por perto.

Fez um gesto para um dos nossos colegas e abriu a sacola que carregava. Saquinhos de erva besuntada com resina. O nome de rua é *feld* – um cruzamento barra-pesada de *Catha edulis* batizada com tabaco e cafeína e coisas mais fortes, e fios de fibra de vidro ou algo semelhante para provocar abrasão nas gengivas e fazer a coisa entrar no sangue. O nome é um trocadilho trilíngue: onde é cultivada, é chamada de *khat*, e o animal chamado *cat* em inglês em nosso próprio idioma é *feld*. Cheirei e era coisa de muito baixo nível. Fui até onde os quatro adolescentes tremiam nas jaquetas estufadas.

– *Sup, policeman?* – disse um garoto numa aproximação de inglês de hip-hop com sotaque besź. Ele levantou a cabeça e me encarou olho no olho, mas estava pálido. Nem ele nem nenhum dos seus companheiros pareciam bem. De onde estavam sentados, não conseguiam ver a morta, mas nem sequer olharam na direção dela.

Deviam saber que tínhamos achado o *feld*, e que sabíamos que era deles. Podiam não ter dito nada, apenas fugido.

– Sou o inspetor Borlú – eu disse. – Esquadrão de Crimes Hediondos.

Não digo: "Sou Tyador". Uma época difícil de questionar, esta – velha demais para primeiros nomes, eufemismos e brinquedos e, entretanto, não velha o bastante para sermos oponentes diretos em entrevistas, quando pelo menos as regras eram claras. – Qual é o seu nome? – O garoto hesitou, pensou em usar fosse lá qual fosse o apelido que tinha dado a si mesmo, mas acabou não usando.

– Vilyem Barichi.

– Foi você que achou ela? – Ele fez que sim, e seus amigos fizeram que sim logo em seguida. – Me conte.

– A gente vem aqui porque, por causa que… – Vilyem esperou, mas eu não falei nada a respeito das drogas. Ele olhou para os pés. – E a gente viu uma coisa embaixo daquele colchão e puxou.

– Tinha uns… – Os amigos dele olharam para cima quando Vilyem hesitou, obviamente supersticiosos.

– Lobos? – perguntei. Olharam uns para os outros.

– É, cara, uma matilha nojenta tava enfiando o focinho por aqui e…

– Aí a gente pensou que…

– Quanto tempo depois que vocês chegaram aqui? – perguntei.

Vilyem deu de ombros.
– Sei lá. Duas horas?
– Mais alguém por perto?
– Vi uns caras mais pra lá um pouco antes.
– Traficantes? – Deu de ombros.
– E teve uma van que entrou na grama e subiu até aqui e saiu depois de um tempo. A gente não falou com ninguém.
– A van foi quando?
– Não sei.
– Ainda estava escuro. – Essa foi uma das garotas.
– Ok. Vilyem e vocês, caras, nós vamos pegar uma coisa pro café de vocês, uma coisa pra beber, se quiserem. – Fiz um gesto para os guardas. – Já falamos com os pais? – Perguntei.
– Estão a caminho, chefe, menos o dela – apontando para uma das garotas. – Não conseguimos encontrar.
– Então continue tentando. Leve eles pro Centro agora.
Os quatro adolescentes olharam uns para os outros.
– Isso é babaquice, cara – disse o garoto que não era Vilyem, sem ter certeza. Ele sabia que, de acordo com alguns políticos, deveria se opor às minhas instruções, mas queria ir com meu subordinado. Chá preto, pão e papelada, o tédio e as luzes da delegacia, tudo tão diferente de puxar aquele colchão pesado e desajeitado, no quintal, no escuro.

Stepen Shukman e seu assistente, Hamd Hamzinic, haviam chegado. Olhei para o relógio. Shukman me ignorou. Quando ele se curvou para o corpo, soltou um sibilar de asmático. Confirmou a morte. Fez observações que Hamzinic anotou.
– Hora? – perguntei.
– Mais ou menos doze horas – disse Shukman. Fez pressão sobre um dos braços da mulher. Ela balançou. Em *rigor mortis*, e instável no terreno como estava, provavelmente assumiu a posição da morte deitada em outros contornos. – Não foi morta aqui. – Eu já tinha ouvido dizer muitas vezes que ele era bom no seu ofício, mas nunca tinha visto nenhuma evidência de que ele fosse nada além de competente.
– Pronto? – perguntou ele a uma das técnicas da cena. Ela tirou mais duas fotos de ângulos diferentes e fez que sim com um aceno de cabeça. Shukman rolou a mulher com a ajuda de Hamzinic. Ela parecia lutar com ele em sua imobilidade restrita. Virada, ela era absurda, como alguém brincando com um inseto morto, os braços e as pernas tortos, balançando sobre a espinha.

Ela olhava para nós por baixo de uma franja que esvoaçava com o vento. O rosto estava travado numa tensão assustada: ela estava infinitamente surpresa consigo mesma. Era jovem. Estava com uma maquiagem pesada, e essa maquiagem estava borrada num rosto bastante machucado. Era impossível dizer sua aparência, que rosto aqueles que a conheciam veriam se ouvissem seu nome. Poderíamos saber melhor depois, quando ela relaxasse na morte. O sangue marcava sua fronte, escura como terra. Flash flash de câmeras.

– Ora, olá, causa da morte – disse Shukman para as feridas no peito dela.

Na bochecha esquerda, fazendo uma curva debaixo do queixo, uma fenda vermelha comprida. Ela havia sido cortada por metade da extensão do rosto.

O ferimento era liso por vários centímetros, percorrendo a pele com precisão, como um pincel. Onde passava embaixo do queixo, sob a protuberância da boca, ele se partia de modo feio e terminava ou começava com um buraco fundo aberto no tecido mole atrás do osso. Ela olhava para mim sem me ver.

– Tire umas sem flash também – falei.

Como vários outros, eu desviava o olhar enquanto Shukman murmurava – achava licencioso ficar observando. Investigadores técnicos uniformizados de *mise en crime* (mectecs, no nosso jargão) vasculhavam um círculo que ia se expandindo. Eles reviraram o lixo e procuraram entre as valetas por onde os veículos haviam passado. Colocaram marcas de referência e tiraram fotografias.

– Então está certo. – Shukman se levantou. – Vamos tirá-la daqui. – Uns dois homens a levantaram e a colocaram numa maca.

– Jesus Cristo – eu falei –, cubram ela. – Alguém achou um cobertor não sei onde, e eles retomaram o caminho até o veículo de Shukman.

– Vou cuidar disso esta tarde – ele disse. – Vejo você? – Balancei a cabeça sem me comprometer. Caminhei na direção de Corwi.

– Naustin – chamei, quando me posicionava de forma que Corwi estivesse no limite de nossa conversa. Ela levantou a cabeça e se aproximou ligeiramente.

– Inspetor – disse Naustin.

– Recapitule.

Ele deu um gole no café e olhou para mim nervoso.

– Prostituta? – disse ele. – Primeiras impressões, inspetor. Nesta área, espancada, nua? E... – Ele apontou para o próprio rosto, a maquiagem exagerada dela. – Prostituta.

– Briga com cliente?

– Sim, mas... Se fossem só os ferimentos do corpo, sabe, aí você olha... Ela talvez não vai fazer o que ele quer, sei lá. Ele ataca. Mas isto... – Ele tocou o rosto mais uma vez, incomodado. – Isto é diferente.

– Um psico?

Ele deu de ombros.

– Talvez. Ele corta, mata, joga ela fora. É um desgraçado arrogante também, está cagando e andando se a gente vai encontrar ela.

– Arrogante ou imbecil.

– Ou arrogante *e* imbecil.

– Então é um sádico arrogante e imbecil – eu disse.

Ele levantou os olhos: talvez.

– Tudo bem – eu disse. – Pode ser. Faça a ronda das garotas da região. Pergunte a um policial de uniforme que conheça a área. Pergunte se tiveram problemas com alguém recentemente. Vamos colocar uma foto pra circular, ponha o nome de Fulana Detail – usei o nome genérico para mulher desconhecida. – Primeiro eu quero que você interrogue Barichi e seus colegas ali. Seja camarada, Bardo, eles não tinham a obrigação de reportar isso. Estou falando sério. E leve Yaszek com você. – Ramira Yaszek era uma excelente interrogadora. – Me liga à tarde? – Quando ele saiu do alcance, eu disse a Corwi: – Alguns anos atrás a gente não teria nem metade desse pessoal investigando o assassinato de uma profissional.

– Progredimos muito – disse ela. Não era muito mais velha do que a morta.

– Duvido que Naustin esteja gostando de trabalhar num caso de prostituta, mas você vai notar que ele não está reclamando – eu disse.

– Progredimos muito – disse ela.

– E daí? – Ergui a sobrancelha. Olhei de relance na direção de Naustin. Aguardei. Lembrei-me do trabalho de Corwi no desaparecimento de Shulban, um caso consideravelmente mais bizantino do que havia parecido no início.

– Só que eu acho, sabe, que devíamos ter outras possibilidades em mente – disse ela.

– Me diga.

– A maquiagem – disse ela. – É tudo, sabe, tom de terra e marrom. Foi aplicada em excesso, mas não é... – Ela fez um beicinho de *vamp*. – E você reparou no cabelo? – Eu tinha reparado. – Não é tingido. Suba de carro comigo pela GunterStrász, dê a volta pela arena, em qualquer um dos pontos das garotas. Dois terços são louras, se me lembro bem. E o resto tem cabelo preto ou bem vermelho ou uma merda dessas. E... – Ela passou os dedos no ar como se ele fosse feito de cabelo. – Está sujo, mas é bem melhor do que o meu. – Ela passou a mão pelas próprias pontas quebradas.

Para muitas das prostitutas de rua de Besźel, especialmente em áreas como aquela, comida e roupa para os filhos vinham em primeiro lugar; *feld* ou crack para elas; comida para elas; depois outros produtos; o condicionador aparecia no final da lista. Olhei de relance para o resto dos oficiais, para Naustin se preparando para ir embora.

– Ok – eu disse. – Você conhece esta área?

– Bem – disse ela –, ela é meio fora de mão, sabe? Isto aqui praticamente nem chega a ser Besźel. Minha área é Lestov. Eles convocaram alguns de nós quando receberam o chamado. Mas eu passei um tempo aqui há uns dois anos. Conheço o lugar um pouquinho.

Lestov propriamente dito já era quase um subúrbio, mais ou menos seis k de distância do centro da cidade, e nós estávamos ao sul, sobre a Ponte Yovic, num trecho de terra entre o estreito de Bulkya e, ali perto, a boca onde o rio se juntava ao mar. Tecnicamente uma ilha, mas tão próxima e ligada ao continente por ruínas de indústrias que você nunca pensaria nela como tal, Kordvenna eram propriedades, armazéns, bodegas baratas, tudo interligado por rabiscos infinitos de grafite. Ficava suficientemente longe do coração de Besźel para ser fácil de esquecer, ao contrário da maioria dos cortiços que ficava no centro da cidade.

– Quanto tempo você ficou aqui? – perguntei.

– Seis meses, o padrão. O que era de esperar: roubo de rua, garotos doidões batendo uns nos outros, drogas, prostituição.

– Homicídio?

– Dois ou três na minha época. Ligados a drogas. Mas a maioria para um pouco antes disso: as gangues são muito espertas pra castigar umas às outras sem trazer o ECH.

– Então alguém fez merda.

– Foi. Ou então não dá a mínima.

– Ok – eu disse. – Quero você nisso. O que está fazendo no momento?

– Nada que não possa esperar.

– Quero que você seja realocada por um tempo. Ainda tem contatos aqui? – Ela franziu os lábios. – Rastreie se puder, dê uma palavrinha com algumas das pessoas da região, veja quem abre o bico. Quero você em campo. Escute, dê a volta no conjunto... Como é mesmo o nome deste lugar?

– Aldeia Pocost. – Ela riu sem achar graça; ergui uma sobrancelha.

– Só podia ser mesmo uma aldeia – eu disse. – Veja o que consegue.

– Meu commissar não vai gostar.

– Eu dou um jeito nele. É Bashazin, certo?

– Você resolve? Então estou sendo transferida?

– Não vamos chamar isso de nada, por enquanto. Neste momento só estou pedindo pra você se concentrar nisso. E relatar diretamente pra mim. – Dei a ela os números do meu celular e do meu escritório. – Você pode me mostrar as delícias de Kordvenna mais tarde. E... – Olhei de relance para Naustin, e ela me viu fazer isso. – Só fique de olho nas coisas.

– Ele provavelmente tem razão. Provavelmente é um sádico arrogante, chefe.

– Provavelmente. Vamos descobrir por que ela mantinha o cabelo tão limpo.

Havia um ranking de instintos. Nós todos sabíamos que, em sua época de trabalho nas ruas, o commissar Kerevan resolveu diversos casos seguindo pistas que não tinham sentido lógico; e que o inspetor-chefe Marcoberg não conseguia esse tipo de solução, e que o registro decente que ele tinha era resultado mais de trabalho lento e determinado. Nós jamais chamaríamos pequenos insights inexplicáveis de "palpites", por medo de atrair a atenção do universo. Mas eles aconteciam, e você sabia que estava na proximidade de um se visse um detetive beijar os dedos e tocar o peito onde um pingente de Warsha, santo padroeiro das inspirações inexplicáveis, estaria, teoricamente, pendurado.

Os oficiais Shushkil e Briamiv ficaram surpresos, depois na defensiva e finalmente de mau humor quando perguntei o que estavam fazendo mexendo no colchão. Coloquei os dois no relatório. Se tivessem pedido desculpas eu teria deixado passar. Era deprimentemente comum ver botas de polícia se arrastando sobre resíduos de sangue, impressões digitais manchadas e estragadas, amostras contaminadas ou perdidas.

Um pequeno grupo de jornalistas estava reunido nas margens do terreno aberto. Petrus Sei-Lá-Das-Quantas, Valdir Mohli, um rapaz de nome Rackhaus e mais uns outros.

– Inspetor!
– Inspetor Borlú!
E até:
– Tyador!

A maior parte da imprensa sempre havia sido educada, e aceitava minhas sugestões do que noticiar. Nos últimos anos, jornais novos, mais licenciosos e agressivos, haviam sido fundados, inspirados e, em alguns casos, controlados por donos britânicos ou norte-americanos. Isso havia sido inevitável e, na verdade, as publicações locais mais antigas iam de respeitáveis a chatas. O que preocupava era menos a tendência ao sensacionalismo, ou o comportamento irritante dos jovens escritores da nova imprensa, do que a tendência a seguir escrupulosamente um roteiro criado antes que eles nascessem. Rackhaus, que escrevia para um semanário chamado *Rejal!*, por exemplo. Com certeza, quando ele me importunava em busca de fatos, sabia que eu não os daria; com certeza, quanto tentava subornar oficiais assistentes, e às vezes conseguia, não precisava dizer, como tendia: "O público tem o direito de saber!".

Nem sequer entendi da primeira vez em que ele falou isso. Em Besźel, a palavra "direito" é polissêmica o suficiente para fugir do significado peremptório que ele pretendia. Precisei traduzir mentalmente para o inglês, no qual sou razoavelmente fluente, para conseguir compreender a expressão. Sua fidelidade ao clichê transcendia a necessidade de comunicação. Talvez ele não fosse ficar contente até que eu bufasse e o chamasse de abutre, de sanguessuga.

– Vocês sabem o que eu vou dizer – disse a eles. A fita esticada nos separava. – Haverá uma coletiva de imprensa esta tarde, no Centro do ECH.

– A que horas? – Minha foto estava sendo tirada.

– Você será informado, Petrus.

Rackhaus disse algo que ignorei. Ao me virar, vi além dos limites do conjunto, no final da GunterStrász, entre os prédios de tijolos sujos. Lixo se movia no vento. Podia ser qualquer lugar. Uma senhora de idade caminhava devagar, se afastando de mim num passo vacilante. Ela virou a cabeça e olhou para mim. Fiquei incomodado com o movimento, e olhei nos olhos dela. Fiquei me perguntando se ela queria me dizer alguma coisa.

No meu olhar captei suas roupas, seu jeito de andar, de se segurar e de olhar.

Com um grande susto, percebi que ela não estava na GunterStrász, e que eu não a devia ter visto.

Imediatamente, e agitado, desviei o olhar, e ela fez o mesmo, com a mesma velocidade. Levantei a cabeça, na direção de uma aeronave em sua descida final. Depois de alguns segundos, quando voltei a olhar para cima, sem reparar na velha que se afastava rapidamente, olhei com cuidado, em vez de para ela em sua rua estrangeira, para as fachadas da próxima e local GunterStrász, aquela zona depressiva.

CAPÍTULO 2

Mandei um investigador assistente me deixar a norte de Lestov, perto da ponte. Eu não conhecia bem a área. Já tinha estado na ilha, claro, quando era estudante, e algumas vezes desde então, mas as minhas caçadas eram em outros lugares. Placas mostrando como chegar a destinos na região estavam afixadas do lado de fora de confeitarias e pequenas oficinas, e fui acompanhando elas até uma parada de bonde, numa pracinha bonita. Aguardei entre um asilo para idosos indicado com o logotipo de uma ampulheta e uma loja de temperos, o ar ao redor com cheiro de canela.

Quando o bonde chegou, tilintando baixinho, sacolejando nos trilhos, não sentei, embora o carro estivesse meio vazio. Sabia que iríamos apanhar passageiros na direção norte até o centro de Besźel. Fiquei perto da janela, olhando a cidade, aquelas ruas que me eram estranhas.

A mulher, sua forma embolada desajeitadamente debaixo daquele colchão velho, farejada por comedores de carniça. Telefonei para Naustin do meu celular.

– O colchão está sendo testado pra vestígios?

– Deve estar, senhor.

– Cheque. Se os técnicos estiverem fazendo isso, tudo bem, mas Briamiv e seu companheiro são capazes de foder um ponto no fim de uma frase. – Talvez ela fosse nova nessa vida. Talvez, se a encontrássemos uma semana mais tarde, seu cabelo estivesse louro platinado.

Essas regiões à beira do rio são intrincadas, muitos prédios com um ou vários séculos de idade. O bonde seguia os trilhos por entre caminhos onde Besźel, pelo menos metade de tudo por onde passávamos, parecia se inclinar e se curvar sobre nós. Sacolejamos e reduzimos a velocidade, ficamos atrás dos carros locais e dos de outras partes, e chegamos a um cruzamento onde os edifícios besź eram lojas antigas. Aquele comércio estava indo bem, como tudo na cidade já havia alguns anos, prédios velhos sendo limpos e reformados enquanto as pessoas esvaziavam os apartamentos de suas heranças por um punhado de besźmarcos.

Alguns editorialistas eram otimistas. Enquanto seus líderes rugiam tão incansavelmente quanto jamais haviam feito na Prefeitura, muitos da nova geração dos partidos trabalhavam juntos para colocar Besźel em primeiro lugar. Cada gota de investimento estrangeiro – e para a surpresa de todos, havia gotas – rendia mais elogios. Até mesmo umas duas empresas de alta tecnologia haviam se mudado para cá recentemente, embora fosse difícil acreditar que isso fosse em resposta à recente autodescrição idiota de Besźel como o "Estuário do Silício".

Saltei ao lado da estátua do Rei Val. O centro estava cheio: desci com um solavanco, pedindo desculpas aos cidadãos e aos turistas locais, desvendo outros com cuidado, até chegar ao concreto blocado do centro do ECH. Dois grupos de turistas estavam sendo pastoreados por guias besź. Parei na subida dos degraus e olhei UropaStrász lá embaixo. Fiz várias tentativas até conseguir sinal.

– Corwi?

– Chefe?

– Você conhece aquela área: existe alguma chance de estarmos olhando para uma brecha?

Segundos de silêncio.

– Não parece provável. Aquela área é, em grande parte, total. E a Aldeia Pocost, o conjunto habitacional inteiro, com certeza é.

– Mas um trecho da GunterStrász...

– É, mas... O cruzamento mais próximo fica a centenas de metros de distância. Eles não poderiam... – Teria sido um risco extraordinário da parte do assassino ou assassinos. – Acho que podemos supor – ela disse.

– Está bem. Me avise o que conseguir. Vou checar em breve.

Eu tinha papelada de outros casos que abri, classificando todos em padrões de espera, como aviões em círculos sobre um aeroporto. Uma mulher espancada até a morte pelo namorado, que até agora havia conseguido se evadir de nós, apesar de rastreadores no seu nome e suas digitais no aeroporto. Styelim era um velho que havia surpreendido um viciado invadindo sua casa e foi atingido uma única vez, fatalmente, com a chave de boca que ele próprio estava segurando. Esse caso não fechava. Um jovem de nome Avid Avid, que um racista largou sangrando pela cabeça depois de dar nele um beijo de calçada e escrever "Escória Ébru" na parede logo acima. Para isso eu estava me coordenando com um colega da Divisão Especial, Shenvoi, que desde algum tempo antes do assassinato de Avid estava trabalhando disfarçado na extrema direita de Besźel.

Ramira Yaszek ligou enquanto eu almoçava na minha mesa.

– Acabei de interrogar aqueles garotos, senhor.
– E?
– Você devia ficar feliz por eles não conhecerem melhor seus direitos, porque se conhecessem Naustin estaria enfrentando uma acusação. – Esfreguei os olhos e engoli uma garfada.
– O que foi que ele fez?
– O amigo de Barichi, Sergev, foi bocudo, então Naustin lhe deu um soco no meio da boca e disse que ele era o principal suspeito – soltei um palavrão. – Não foi tão difícil assim e, pelo menos, ficou mais fácil pra mim *gudcopar* – nós tínhamos roubado *gudcop* e *badcop* do inglês e transformado em verbo. Naustin era daqueles que passavam para interrogação dura muito facilmente. Há alguns suspeitos em que a metodologia funciona, que precisam cair da escada durante o interrogatório, mas um mastigador adolescente mal-humorado não é um deles.
– De qualquer maneira, ninguém se machucou – disse Yaszek. – As histórias deles batem. Eles estavam fora, os quatro, naquele bando de árvores. Provavelmente fazendo alguma safadeza. Ficaram ali pelo menos umas duas horas. Em algum ponto durante esse tempo – e não pergunte nada mais exato, porque você só vai conseguir "ainda escuro" – uma das garotas vê aquela van subir na grama até a pista de skate. Ela não esquenta muito com isso, porque pessoas sobem ali a toda hora do dia e da noite para fazer negócios, jogar coisas fora, sei lá mais o quê. A van dá uma volta, passa pela pista de skate e volta. Depois de um tempo, ela acelera.
– Acelera?
Rabisquei no meu bloco de notas, tentando puxar com uma mão só os e-mails no meu PC. A conexão caiu mais de uma vez. Grandes anexos num sistema inadequado.
– É. Estava com pressa e estragando a suspensão. Foi assim que ela reparou que a van estava indo embora.
– Descrição?
– "Cinza". Ela não entende nada de vans.
– Mostre umas fotos pra ela, veja se conseguimos identificar o tipo.
– Vou fazer isso, senhor. Qualquer coisa eu aviso. Depois, pelo menos mais dois carros ou vans aparecem por algum motivo qualquer, pra fazer negócios, de acordo com Barichi.
– Isso poderia complicar os rastros dos pneus.
– Depois de uma hora ou mais de agarramento, a garota menciona a van para os outros e eles vão lá checar, caso ela tivesse jogado algo fora. Ela diz que às vezes você consegue aparelhos estéreo antigos, sapatos, livros, todo esse tipo de merda que as pessoas jogam fora.
– E encontram ela. – Algumas das minhas mensagens haviam sido respondidas. Havia uma de um dos fotógrafos *mectec*, eu a abri e comecei a rolar pelas imagens.
– Encontram ela.

O commissar Gadlem me chamou. A teatralidade da sua voz suave, a gentileza forçada não eram sutis, mas ele sempre me deixava fazer as coisas do meu jeito. Fiquei sentado enquanto ele digitava no teclado e xingava. Eu podia ver o que deviam ser senhas de bancos de dados enfiadas em tiras de papel na lateral da sua tela.

– E então? – perguntou ele. – O conjunto habitacional?
– Sim.
– Onde fica?
– Sul, subúrbio. Mulher, jovem, ferimentos perfurantes. Shukman está com ela.
– Prostituta?
– Pode ser.
– Pode ser – disse ele, colocando a mão no ouvido como uma concha –, e no entanto. Posso ouvir isso. Bem, vá em frente, siga seu faro. Diga se sentir vontade de compartilhar os porquês desse "e no entanto", certo? Quem é seu sub?
– Naustin. E chamei uma policial da ronda para ajudar. Corwi. Investigadora assistente nível um. Conhece a região.
– É a ronda dela? – Fiz que sim com a cabeça. Perto o bastante.
– O que mais está aberto?
– Na minha mesa? – contei a ele. O commissar assentiu. Mesmo com os outros, ele me garantiu espaço para seguir Fulana Detail.

– Então você viu a coisa toda?

Eram quase dez da noite, mais de quarenta horas desde que havíamos encontrado a vítima. Corwi dirigia – ela não fazia esforço para disfarçar o uniforme, apesar de estarmos num carro sem marcas – pelas ruas ao redor da GunterStrász. Eu não havia estado em casa até bem tarde na noite anterior e, depois de uma manhã sozinho naquelas mesmas ruas, lá estava eu novamente.

Havia lugares de cruzamento nas ruas mais largas e uns outros em demais lugares, mas assim tão longe o grosso da área era total. Poucos estilos besź antigos, poucos telhados íngremes ou janelas de muitos painéis: os prédios eram fábricas e armazéns aglomerados. Um punhado de décadas de idade, a maioria com as vidraças quebradas, funcionando com metade da capacidade, isso os que estavam abertos. Fachadas com tábuas. Mercadinhos com grades metálicas na frente. Fachadas decrépitas mais antigas, no estilo besź clássico. Algumas casas colonizadas e transformadas em capelas e casas de drogas: algumas incendiadas e deixadas como uma cópia carbono crua de si mesmas.

A área não estava lotada, mas estava bem longe de vazia. Aqueles do lado de fora pareciam paisagem, como se sempre estivessem ali. Havia menos naquela manhã, mas não de modo muito marcante.

– Você viu Shukman trabalhando no corpo?

– Não. – Eu estava olhando por onde havíamos passado, me orientando pelo meu mapa. – Cheguei lá depois que ele havia acabado.

– Tem nojo? – perguntou ela.

– Não.

– Bem... – Ela sorriu e virou o carro. – Você diria isso, mesmo que tivesse.

– É verdade – eu disse, embora não fosse.

Ela apontou o que pareciam marcos territoriais. Não contei a ela que tinha estado em Kordvenna no começo do dia, sondando aqueles lugares. Corwi não tentou disfarçar a roupa de polícia porque, assim, aqueles que nos vissem, que de outro modo poderiam pensar que estávamos ali para prendê-los numa armadilha, saberiam que essa não era nossa intenção; e o fato de não estarmos num hematoma, como chamávamos os carros de polícia pretos e azuis, dizia que também não estávamos ali para assediar ninguém. Contratos intrincados!

A maioria daqueles ao nosso redor estava em Besźel, então nós os vimos. A pobreza deformava as modelagens e cores já sóbrias e escuras que caracterizam as roupas besź – o que já havia sido chamado de a moda sem moda da cidade. Entre as exceções, percebemos algumas quando olhávamos de relance, então desvimos, mas os besź mais jovens também eram mais coloridos, suas roupas mais cheias de figuras, do que seus pais.

A maioria dos homens e mulheres besź (é preciso dizer isso?) não estava fazendo nada a não ser andar de um lado para o outro, do trabalho do turno da noite para lares, para outros lares ou lojas. Ainda, no entanto, o jeito como observávamos o que passávamos fazia daquilo uma geografia ameaçadora, e havia um número suficiente de ações furtivas ocorrendo que por pouco não justificava uma terrível paranoia.

– Hoje cedo encontrei alguns dos locais com quem eu costumava falar – disse Corwi. – Perguntei se eles tinham ouvido alguma coisa. – Ela nos levou por um lugar escuro, onde o equilíbrio do cruzamento se deslocava, e permanecemos em silêncio até que as lâmpadas das ruas ao nosso redor voltaram a ficar altas e com o ângulo *déco* familiar. Sob aquelas luzes, a rua na qual estávamos visíveis em uma perspectiva se afastava de nós numa curva, mulheres se encostavam nas paredes vendendo sexo. Elas observaram nossa aproximação com desconfiança. – Não tive muita sorte – disse Corwi.

Ela não tinha conseguido sequer uma fotografia daquela primeira expedição. Àquela hora, os contatos haviam sido dentro da lei: funcionários de lojas de bebidas; padres de igrejinhas locais, os últimos padres operários, velhos bravos com a foice e o crucifixo tatuados nos bíceps e antebraços, com traduções para o Besź de

Gutiérrez, Rauschenbusch, Canaan Banana nas prateleiras atrás de si. Não deu em nada. Tudo o que Corwi tinha sido capaz de fazer foi perguntar o que eles sabiam sobre os acontecimentos na Aldeia Pocost. Eles haviam ouvido falar do assassinato, mas não sabiam nada.

Agora nós tínhamos uma foto. Shukman havia dado para mim. Eu a brandi na hora em que saímos do carro: literalmente brandi, para que as mulheres vissem que eu trazia algo para elas, que aquele era o propósito da nossa visita, e não fazer prisões.

Corwi conhecia algumas. Elas fumavam e olhavam para nós. Fazia frio, e como todo mundo que as via, eu fiquei olhando para as pernas enroladas nas meias. Nós estávamos prejudicando os negócios delas, é claro – muitos locais passando olhavam para nós e desviavam o olhar novamente. Vi um hematoma passar devagar por nós – devem ter achado que era uma prisão fácil –, mas o motorista e o passageiro viram o uniforme de Corwi e voltaram a acelerar com uma continência. Acenei para os faróis traseiros deles.

– O que vocês querem? – perguntou uma mulher. As botas dela eram altas e baratas. Mostrei a foto.

Tinham limpado o rosto da Fulana Detail. Ainda havia marcas – as escoriações eram visíveis por baixo da maquiagem. Podiam ter erradicado completamente as feridas da foto, mas o choque que elas ocasionavam era útil em interrogatórios. Tinham tirado a foto antes de raspar a cabeça dela. Ela não parecia em paz. Parecia impaciente.

"Não conheço." "Não conheço." Não vi reconhecimento disfarçado às pressas. Elas se juntaram na luz cinzenta do lampião, para consternação dos clientes que pairavam à margem da escuridão, passavam a foto umas para as outras e, fazendo ou não sons de solidariedade, não conheciam a Fulana.

– O que aconteceu? – Dei meu cartão à mulher que perguntou. Ela era escura, semita, turca ou coisa assim. Seu besź não tinha sotaque.

– Estamos tentando descobrir.

– A gente precisa se preocupar?

– Eu…

Depois que fiz uma pausa, Corwi disse:

– Avisaremos se acharmos que precisam, Sayra.

Paramos perto de um grupo de rapazes bebendo vinho forte do lado de fora de uma sinuca. Corwi aguentou algumas obscenidades deles, depois passou a foto pelo grupo.

– Por que estamos aqui? – Minha pergunta foi sussurrada.

– Eles são gângsteres iniciantes, chefe – disse. – Veja como reagem. – Mas eles não entregaram muito, se sabiam alguma coisa. Devolveram a fotografia e aceitaram meu cartão impassíveis.

Repetimos isso com outros grupos, e depois a cada vez esperamos vários minutos no carro, longe o suficiente para que algum membro preocupado de qualquer um dos grupos pudesse dar uma desculpa e vir nos encontrar, nos contar algum fragmento dissidente que nos levasse por qualquer caminho na direção dos detalhes e da família da nossa morta. Ninguém fez isso. Dei meu cartão pra muita gente e escrevi no meu bloco de notas o nome e a descrição dos poucos que Corwi me disse que importavam.

– Isso é praticamente todo mundo que eu conhecia – disse ela. Alguns daqueles homens e mulheres tinham reconhecido ela, mas isso não pareceu fazer muita diferença no modo como foi recebida. Quando concordamos que tínhamos terminado, passava das duas da manhã. A meia-lua estava pálida: depois de uma última intervenção, tínhamos parado, estávamos numa rua que não tinha nem mesmo os seus frequentadores mais tardios.

– Ela ainda é uma interrogação. – Corwi estava surpresa.

– Vou dar um jeito de colocarem os cartazes pela região.

– Sério, chefe? O commissar vai aceitar isso? – falamos baixinho. Acenei com as pontas dos dedos para a grade de ferro que cercava um terreno cheio apenas de concreto e mato.

– É – eu disse. – Ele vai aceitar. Não é tanta coisa assim.

– Alguns uniformes por algumas horas, e ele não vai... não pra uma...

– Vamos ter de tirar fotos para uma ID. Merda, eu mesmo coloco – daria um jeito para que fossem enviadas a cada uma das divisões da cidade. Quando achássemos um nome, se a história de Fulana fosse a que havíamos intuído, os poucos recursos que tínhamos iam desaparecer. Estávamos conseguindo a duras penas uma margem de manobra que ia erradicar a si mesma.

– Você é o chefe, chefe.

– Não exatamente, mas sou o chefe disto aqui por um tempinho.

– Vamos? – Ela indicou o carro.

– Vou andar até o bonde.

– Sério? Como assim, vai levar horas! – Mas eu dispensei ela. Caminhei ao som apenas dos meus próprios passos e de um cão de rua alucinado, até onde o brilho cinzento dos nossos lampiões se apagou e fui iluminado por uma luz laranja estrangeira.

Shukman ficava mais calado no seu laboratório do que no mundo exterior. Eu estava ao telefone com Yaszek pedindo o vídeo do interrogatório dos garotos, no dia anterior, quando Shukman me contatou e me pediu para ir lá. Estava frio, claro, e enfumaçado com produtos químicos. Havia tanto madeira escura e manchada quanto aço na imensa sala sem janelas. Havia quadros de avisos nas paredes dos quais cresciam árvores de papéis.

A poeira parecia se acumular nos cantos da sala, na beirada das estações de trabalho, mas quando passei um dedo numa ranhura de aspecto grudento, ao lado da tampa antiderramamento, o dedo voltou limpo. As manchas eram antigas. Shukman estava em pé ao lado de uma mesa de dissecação de aço sobre a qual, coberta por um lençol ligeiramente manchado, os contornos do rosto mais serenos, estava a nossa Fulana, encarando enquanto falávamos dela.

Olhei para Hamzinic. Ele era apenas um pouco mais velho, suspeitei, que a morta. Estava parado respeitosamente ao lado, os braços cruzados. Coincidência ou não, ele estava ao lado de um quadro onde estava pregado, entre cartões-postais e memorandos, um pequeno *shahada* bastante decorado. Hamd Hamzinic era o que os assassinos de Avid Avid também denominariam *ébru*. Hoje em dia, o termo é usado principalmente pelos conservadores, racistas, ou numa provocação reversa pelos próprios alvos do epíteto: um dos mais famosos grupos de hip-hop besź se chamava Ébru W. A.

Tecnicamente, claro, a palavra era ridiculamente inexata para pelo menos metade daqueles a quem era dirigida. Mas por pelo menos duzentos anos, desde que refugiados dos Bálcãs haviam começado a chegar em busca de santuário, expandindo rapidamente a população muçulmana da cidade, *ébru*, a antiga palavra besź para "judeu", foi recrutada para incluir os novos imigrantes e virou um termo coletivo para ambas as populações. Foi nos guetos anteriormente judaicos de Besźel que os muçulmanos recém-chegados se instalaram.

Mesmo antes da chegada dos refugiados, indigentes das duas comunidades minoritárias de Besźel haviam se aliado tradicionalmente, com bom humor ou medo, dependendo da política da época. Poucos cidadãos percebem que nossa tradição de fazer piada sobre a estupidez do filho do meio deriva de um diálogo humorístico de séculos de idade entre o rabino-chefe e o imã-chefe de Besźel sobre a intemperança da Igreja Ortodoxa local. Eles concordaram que ela não tinha nem a sabedoria da fé mais antiga de Abraão nem o vigor da mais nova.

Uma forma comum de comércio, durante grande parte da história de Besźel, tinha sido o *DöplirCaffé*: uma cafeteria muçulmana e uma judaica, alugadas lado a lado, cada qual com seu próprio balcão e cozinha, halal e kosher, compartilhando um único nome, placa e conjunto de mesas, o muro divisório removido. Grupos mistos vinham, cumprimentavam os dois proprietários, sentavam-se juntos, separando-se em duas filas comunitárias apenas pelo tempo suficiente para pedir a comida permitida do lado apropriado – ou com ostentação de cada uma e ambas, no caso dos livres-pensadores. Se o *DöplirCaffé* era um estabelecimento ou dois, dependia de quem fazia a pergunta: para o coletor do imposto sobre a propriedade, era sempre um.

O gueto de Besźel não eram mais fronteiras políticas formais, só arquitetura, casas velhas caindo aos pedaços, com o novo chique gentrificado, aglomeradas entre alterespaços estrangeiros muito diferentes. Mesmo assim, aquela era apenas a cidade, não era uma alegoria, e Hamd Hamzinic teve de enfrentar coisas desagradáveis em seus estudos. Comecei a fazer uma ideia um pouco melhor de Shukman: um homem com a idade e o temperamento dele, eu estava talvez surpreso que Hamzinic se sentisse à vontade para exibir sua declaração de fé.

Shukman não descobriu a Fulana. Ela ficou deitada entre nós. Eles haviam feito alguma coisa, de modo que ela estava como que em repouso.

– Te mandei o relatório por e-mail – disse Shukman. – Mulher de vinte e quatro, vinte e cinco anos. Saúde geral decente, tirando o fato de estar morta. Hora da morte, mais ou menos meia-noite da noite anterior a esta. Aproximadamente, claro. Causa da morte, ferimentos perfurantes no peito. Total de quatro, um dos quais perfurou o coração. Prego, estilete ou coisa assim, não lâmina. Ela também tem um ferimento feio na cabeça, e muitas escoriações estranhas. – Levantei a cabeça. – Algumas sob o cabelo. Ela levou uma pancada na lateral da cabeça. – Ele girou o braço numa mímica em câmera lenta. – Atingiu o lado esquerdo do crânio. Eu diria que isso a nocauteou, ou pelo menos a derrubou no chão e deixou grogue, e então os ferimentos perfurantes foram o golpe de misericórdia.

– Com o que ela foi atingida? Na cabeça?

– Uma coisa pesada e rombuda. Pode ter sido um punho, se fosse grande, suponho, mas duvido seriamente. – Ele puxou o canto do lençol, descobrindo como um expert a lateral da cabeça dela. A pele tinha a cor feia de uma escoriação. – E *voilà*. – Ele fez um gesto para que eu chegasse mais perto do couro cabeludo dela, igual ao de um skinhead.

Cheguei perto do cheiro de conservante. Entre os pelinhos morenos, havia marcas minúsculas de perfurações já com casquinha.

– Isto aqui é o quê?

– Não sei – disse ele. – Não são profundas. Alguma coisa em que ela caiu, eu acho. – As escoriações eram do tamanho de pontas de lápis enfiadas na pele. Cobriam uma área que mal chegava ao tamanho da minha mão, rompendo de forma irregular a superfície. Em alguns lugares, faziam fileiras de alguns milímetros de comprimento, mais profundas no centro do que nas extremidades, onde desapareciam.

– Sinais de intercurso?

– Não recente. Se ela é profissional, talvez tenha sido a recusa de fazer algo que a meteu nessa confusão. – Concordei com a cabeça. Ele esperou. – Lavamos o corpo agora há pouco – acabou dizendo. – Mas ela estava coberta de terra, poeira, manchas de grama, tudo que se poderia esperar do lugar onde ela estava caída. E ferrugem.

– Ferrugem?

– Por toda parte. Montes de esfoladuras, cortes, raspões, a maioria *post-mortem*, e muita ferrugem.

Fiz que sim mais uma vez. Franzi a testa.

– Feridas defensivas?

– Não. Vieram de modo rápido e inesperado, ou ela estava de costas. Há um bocado de raspões e não sei mais o que no corpo. – Shukman apontou para marcas de cortes na pele dela. – Consistentes com um corpo arrastado. O desgaste provocado pelo assassinato.

Hamzinic abriu a boca, mas voltou a fechá-la. Olhei-o de relance. Ele balançou tristemente a cabeça: *absolutamente nada*.

CAPÍTULO 3

Os cartazes foram colocados. Em sua maioria ao redor da área onde nossa Fulana havia sido encontrada, mas também nas ruas principais, em Kyezov, Topisza e áreas assim. Eu até vi um quando saí do meu apartamento.

Não era nem muito perto do centro. Eu morava um pouco a leste e sul da Cidade Velha, quase no último apartamento de uma torrezinha de seis andares na VulkovStrász. É uma rua bastante cruzada – peça por peça de arquitetura quebrada pela alteridade, em alguns pontos até casa por casa. Os edifícios locais são mais altos por um ou dois andares do que os demais, então Besź se projeta de modo semirregular, e a paisagem de telhados é quase um mata-cães.

Rendilhada pelas sombras de torres com vigas que assomariam sobre ela se lá estivessem, a Igreja da Ascensão fica no final da VulkovStrász, com suas janelas protegidas por grades de arame, mas alguns painéis de seus vitrais estão quebrados. Um mercado de peixes está lá de tantos em tantos dias. Regularmente eu tomava meu café aos gritos de vendedores com baldes de gelo e tábuas de moluscos vivos. Até mesmo as moças que trabalhavam lá se vestiam como suas avós quando estavam atrás das barracas, nostalgicamente fotogênicas, os cabelos amarrados em lenços cor de pano de prato, os aventais de cortar peixe em padrões de cinza e vermelho para minimizar as manchas do estripamento. Os homens pareciam, enganosamente ou não, como se tivessem acabado de sair dos seus barcos, como se não tivessem desembarcado os pescados desde que emergiram do mar, até chegarem ao piso de paralelepípedos debaixo de mim. Os compradores em Besźel passavam, cheiravam e cutucavam a mercadoria.

Pela manhã, os trens corriam numa linha elevada, a metros da minha janela. Eles não estavam na minha cidade. Eu não fazia isso, claro, mas podia olhar fixo para dentro dos vagões – eles passavam muito perto – e encarar os viajantes estrangeiros.

Eles teriam visto apenas um homem magro no começo da idade média, de pijama, com seu iogurte e seu café matinais, sacudindo o jornal para abri-lo – *Inkyistor* ou *Iy Déurnem*, ou então um *Besźel Journal* todo engordurado para manter meu inglês praticado. Normalmente sozinho – de vez em quando uma ou outra de duas mulheres com mais ou menos a idade dele poderiam estar ali. (Uma historiadora econômica da Universidade de Besźel e uma redatora de uma revista de arte. Elas não sabiam uma da outra, mas também não teriam se importado.)

Quando eu saí, a uma curta distância da minha porta da frente, num estande para cartazes, o rosto de Fulana me observava. Embora seus olhos estivessem fechados, a imagem havia sido recortada e alterada de modo que ela não parecia morta, mas em choque. *Você conhece esta mulher?*, dizia o cartaz. Estava impresso em preto e branco, em papel fosco. *Ligue para o Esquadrão de Crimes Hediondos*, nosso número. A presença do cartaz podia ser evidência de que os tiras locais eram particularmente eficientes. Talvez estivessem em todo o distrito. Podia ser que, sabendo onde eu vivia, eles quisessem me manter longe com uma ou duas colocações estratégicas, especialmente para os meus olhos.

Eram dois quilômetros até a base do ECH. Caminhei. Caminhei pelos arcos de tijolos: no alto, onde as linhas ficavam, eles estavam por toda parte, mas nem todos eram estrangeiros em suas bases. Os que pude ver tinham lojinhas e invasões decoradas com grafites.

Em Besźel era uma região tranquila, mas as ruas estavam lotadas com os de outra parte. Eu os desvi, mas levei um tempo para passar por todos. Antes que eu tivesse chegado à minha esquina na Via Camir, Yaszek ligou para o meu celular.

– Achamos a van.

Apanhei um táxi, que disparava-parava repetidamente no meio do tráfego. A Ponte Mahest estava lotada, localmente e em outra parte. Tive minutos para observar o rio sujo enquanto seguíamos pela margem ocidental, e a fumaça e os navios sujos do cais na luz refletida de edifícios espelhados num cais estrangeiro – uma zona financeira invejável. Rebocadores Besź flutuavam na esteira dos táxis aquáticos ignorados. A van estava estacionada torta entre edifícios. Não era num estacionamento que ela estava, mas num canal entre as instalações de uma importadora-exportadora e um bloco de escritórios, um toquinho de espaço cheio de lixo e merda de lobo ligando duas ruas maiores. Fitas de cena do crime protegiam ambas as extremidades – uma ligeira impropriedade, porque o beco na verdade era cruzado, mas raramente usado, então a fita era um tangenciamento comum das regras, nessas circunstâncias. Meus colegas estavam zanzando ao redor do veículo.

– Chefe. – Era Yaszek.

– Corwi está a caminho?

– Está, passei as informações pra ela. – Yaszek não disse nada a respeito de eu ter comissionado a oficial assistente. Ela me levou até a van. Era um VW velho e desconjuntado, em condições bem ruins. Era mais gelo do que cinza, mas estava escuro de tanta sujeira.

– Já acabaram de limpar? – perguntei. Coloquei luvas de borracha. Os mectecs assentiram e começaram a trabalhar ao redor de mim.

– Estava destrancada – disse Yaszek.

Abri a porta. Cutuquei o estofamento rachado. Um badulaque no painel – uma santinha de plástico dançando hula. Abri o porta-luvas e dei com sujeira e um guia rodoviário caindo aos pedaços. Abri bem as páginas do livro, mas não havia nada lá dentro: era o clássico auxílio aos motoristas de Besźel, ainda que numa edição tão velha que era em preto e branco.

– Então, como é que sabemos que é esta aqui? – Yaszek me levou até a traseira e abriu. Olhei para dentro e vi mais sujeira, senti cheiro de umidade, mas que não era de provocar enjoo, e havia pelo menos tanta ferrugem quanto mofo, cordões de náilon, tranqueiras empilhadas. – O que é isto tudo?

Futuquei. Algumas coisas. Um motorzinho de algum lugar, balançando; uma televisão quebrada; restos de peças inidentificáveis, detritos retorcidos, sobre uma camada de roupas e poeira. Camadas de ferrugem e cascas de oxidação.

– Está vendo isto? – Yaszek apontou para manchas no chão. Se eu não estivesse olhando cuidadosamente podia ter dito que era óleo. – Umas pessoas no escritório ligaram para avisar, uma van abandonada. Os uniformizados viram que as portas estavam abertas. Não sei se eles ouvem os alertas ou se apenas estão sendo cuidadosos na hora de verificar coisas suspeitas, mas seja como for tivemos sorte.

Uma das mensagens que teriam sido lidas a todas as patrulhas Besź na manhã anterior solicitava que investigassem e relatassem qualquer veículo cinza e entrassem em contato com o ECH. Tivemos sorte por esses policiais não terem simplesmente chamado o ferro-velho.

– De qualquer maneira, eles viram uma coisa gosmenta no chão e mandaram testar. Estamos verificando, mas parece que é do tipo sanguíneo da Fulana. Vamos ter uma comparação definitiva em breve.

Deitando como uma toupeira debaixo de uma montanha de refugo, abaixei para olhar por baixo dos destroços. Movi tudo com delicadeza, deslocando a porcariada. Minha mão saiu vermelha. Olhei peça por peça, toquei cada uma para aferir seu peso. A coisa do motor podia ser usada como porrete, pelo cano que saía dela: o grosso de sua base era pesado e quebraria o que quer que se chocasse com ele. Mas não parecia amassado, nem ensanguentado ou com chumaços de cabelo. Como arma do crime não me convenceu.

– Você não tirou nada?

– Não, nenhuma papelada, absolutamente nada. Não havia nada aí dentro. Nada, a não ser esse troço. Vamos ter os resultados daqui a um ou dois dias.

– Tem tanta porcaria – eu disse. Corwi havia chegado. Alguns passantes estavam hesitando em ambas as extremidades do beco, vendo os mectecs trabalhar. – Não vamos ter problema de falta de vestígios; o problema vai ser ter vestígios demais.

– Então. Vamos supor por um minuto. Aquele lixo ali espalhou ferrugem por cima dela. Ela estava deitada por ali. – As manchas tinham estado no rosto e no corpo dela, não estavam só concentradas nas mãos: ela não tinha tentado afastar o lixo nem proteger a cabeça. Estava inconsciente ou morta na van, enquanto o lixo se chocava contra ela.

– Por que eles estavam rodando com toda essa merda? – perguntou Corwi. Naquela mesma tarde nós tínhamos o nome e o endereço do dono da van, e na manhã seguinte a confirmação de que o sangue era da nossa Fulana.

O nome do homem era Mikyael Khurusch. Ele era o terceiro dono da van, ao menos oficialmente. Tinha uma ficha, havia cumprido um tempo na prisão por duas acusações de roubo e assalto a mão armada, a última vez quatro anos antes. E...

– Olha só! – disse Corwi. Ele havia sido preso por compra de sexo, tinha abordado uma policial disfarçada numa zona escura de prostituição. – Agora sabemos que ele é um John – ele tinha estado fora do radar desde então, mas, segundo as informações que juntamos rapidamente, vendia várias coisinhas nos muitos mercados da cidade, e três vezes por semana numa loja em Mashlin, em Besźel ocidental.

Podíamos ligá-lo à van, e a van à Fulana – mas o que a gente queria era uma ligação direta. Fui até o escritório e chequei minhas mensagens de voz. Um alarme falso sobre o caso Styelim, uma atualização das telefonistas sobre os cartazes e duas pessoas que desligaram. Há dois anos nos prometiam a atualização do sistema para permitir reconhecimento de chamadas.

Houve, claro, muita gente ligando para dizer que tinha reconhecido a Fulana, mas apenas uns poucos – a equipe que atendia essas ligações sabia como filtrar os delirantes e os maldosos e tinha um grau impressionante de precisão em suas avaliações –, apenas uns poucos, pareciam valer a pena investigar. O corpo era de uma advogada júnior de um escritoriozinho do distrito de Gyedar, que não era vista há dias; ou era, como insistia uma voz anônima, "uma piranha chamada Rosyn 'Beicinho', e é tudo o que vocês vão conseguir de mim". Os uniformizados estavam checando.

Disse ao commissar Gadlem que queria entrar e falar com Khurusch na casa dele, conseguir que ele fornecesse voluntariamente impressões digitais, saliva, que cooperasse. Para ver como ele reagia. Se dissesse que não, a gente podia entrar com uma intimação e mantê-lo sob vigilância.

– Está certo – disse Gadlem. – Mas não vamos perder tempo. Se ele não colaborar, coloque logo em *seqyestre* e traga para cá.

Eu tentaria não fazer isso, embora a lei Besź nos desse esse direito. *Seqyestre*, "semiprisão", queria dizer que podíamos deter uma testemunha ou "parte associada" não disposta a colaborar por seis horas, para interrogatório preliminar. Nós não podíamos aceitar evidências físicas, nem, oficialmente, tirar conclusões da não cooperação ou do silêncio. O costume tradicional era obter confissões de suspeitos contra os quais não havia evidências suficientes para prendê-los. Também era, ocasionalmente, uma técnica útil de ganhar tempo contra aqueles que achávamos que poderiam fugir. Mas jurados e advogados estavam se voltando contra a técnica, e normalmente um semipreso que não confessasse teria um caso mais forte depois, porque tínhamos parecido ansiosos demais. Gadlem, antiquado, não ligava, e eu tinha minhas ordens.

Khurusch trabalhava numa linha de negócios semiativos, numa zona economicamente inviável. Fizemos uma operação apressada. Policiais locais, usando subterfúgios inventados, haviam se assegurado de que Khurusch estava lá.

Nós o tiramos do escritório, uma sala empoeirada e quente demais no andar de cima da loja, calendários industriais e adesivos descoloridos nas paredes entre armários de arquivos. A assistente dele ficou olhando embasbacada, levantando e pondo coisas na mesa enquanto levávamos Khurusch.

Ele sabia quem eu era antes que Corwi ou os uniformizados aparecessem na porta. Era suficientemente profissional, ou havia sido, para saber que não estava sendo preso, apesar do nosso jeito, e que portanto poderia se recusar a ir e eu teria de obedecer a Gadlem. Depois de um momento, quando ele nos viu pela primeira vez – durante o qual ficou rígido como se pensasse em sair correndo, mas pra onde? –, desceu conosco a escadaria de ferro trêmula na parede do prédio, a única entrada. Falei baixinho num rádio e mandei os policiais armados que tínhamos esperando recuarem. Ele não os viu.

Khurusch era um homem gordamente musculoso usando uma camisa xadrez tão descolorida e empoeirada quanto as paredes do seu escritório. Ele ficou me olhando fixo do outro lado da mesa em nossa sala de entrevistas. Yaszek estava sentada; Corwi tinha instruções de não falar, só observar. Eu andava. Não estávamos gravando. Aquilo não era um interrogatório, não tecnicamente.

– Você sabe por que está aqui, Mikyael?
– Não faço ideia.
– Sabe onde sua van está?

Ele levantou a cabeça com rispidez e me encarou. Sua voz mudou – subitamente esperançosa.

– É disso que se trata? – acabou dizendo. – A van? – Ele disse um *ha* e se recostou mais um pouquinho. Ainda na defensiva, mas relaxando. – Vocês *acharam ela*? *É isso*...

– Achamos?

– Foi roubada. Faz três dias. Vocês? Acharam? Jesus. O que foi... Vocês estão com ela? Posso levar? O que houve?

Olhei para Yaszek. Ela se levantou e sussurrou para mim, tornou a se sentar e ficou olhando para Khurusch.

– Sim, é disso que se trata, Mikyael – eu disse. – O que pensou que era? Na verdade não, não aponte para mim, Mikyael, e cale a boca até eu falar com você. Não quero saber. O negócio é o seguinte, Mikyael. Um homem como você, um homem de entregas, precisa de uma van. Você não deu entrada na sua como desaparecida – olhei rapidamente para Yaszek: temos certeza? Ela fez que sim. – Você não reportou o roubo. Agora eu posso ver que a perda daquela merda, e eu reforço a palavra merda, não ia lhe fazer muita falta, não num nível humano. Entretanto, estou me perguntando: se ela foi roubada, não entendo o que impediu você de nos alertar e, naturalmente, à sua seguradora. Como você pode fazer seu trabalho sem ela?

Khurusch deu de ombros.

– Eu não tinha reparado. Eu ia. Eu estava ocupado...

– Nós sabemos como você é ocupado, Mik, e ainda pergunto, por que você não reportou o sumiço dela?

– Eu não tinha reparado. Sério, porra, não tem nada de dúbio nisso...

– Por três dias?

– Vocês estão com ela? O que aconteceu? Ela foi usada pra alguma coisa, não foi? Pra quê?

– Você conhece essa mulher? Onde você estava na noite de terça, Mik? – Ele encarou a foto.

– Jesus. – Ele ficou pálido, ficou mesmo. – Alguém foi morto? Jesus. Ela foi atropelada? Alguém atropelou e fugiu? Jesus. – Ele sacou um *palm* todo ferrado, depois levantou a cabeça sem ligá-lo. – Terça? Eu estava numa *reunião*. Terça à noite? Pelo amor de Deus, eu estava numa reunião. – Ele fez um barulho nervoso. – Essa foi a noite em que a maldita van foi roubada. Eu estava numa reunião, e tem vinte pessoas que podem dizer a você a mesma coisa.

– Que reunião? Onde?

– Em Vyevus.

– Como você chegou lá, sem a van?

– No meu carro, porra! Esse ninguém roubou. Eu estava nos Jogadores Anônimos. – Fiquei encarando ele. – Porra, eu vou toda semana. Já tem quatro anos.

– Desde a última vez em que esteve na cadeia.

– *Sim*, desde que eu estive na cadeia, caralho. Jesus, o que você acha que me colocou lá?

– Agressão.

– É, eu quebrei o nariz do filho da puta do meu bookmaker, porque eu estava devendo e ele estava me ameaçando. E você lá se importa? Eu estava numa sala cheia de gente na terça à noite, porra.

– Isso é o quê? Duas horas no máximo...

– É, e depois, às nove, a gente foi pro bar, é JA, não AA, e eu ainda estava lá depois da meia-noite, e não fui pra casa sozinho. Tem uma mulher no meu grupo... Todos vão dizer isso a vocês.

Quanto a isso ele estava errado. Do grupo de dezoito do JA, onze não queriam comprometer seu anonimato. O organizador da reunião, um magrelo de rabo de cavalo que atendia pelo nome de Zyet, "Feijão", não quis nos dar o nome deles. Ele estava certo de não fazer isso. A gente podia ter forçado, mas pra quê? Os sete que responderam bateram com a história de Khurusch.

Nenhum deles era a mulher com a qual ele afirmou ter ido para casa, mas vários concordaram que ela existia. Nós podíamos ter descoberto isso, mas, mais uma vez, de que adiantava? Os mectecs ficaram empolgados quando achamos o DNA de Khurusch na Fulana, mas era um número ínfimo de pelos do braço dele na pele dela: dada a frequência com a qual ele carregava coisas dentro de seu veículo, isso não provava nada.

– Então por que ele não disse a ninguém que a van estava sumida?

– Ele disse – falou Yaszek. – Só não disse pra nós. Mas eu conversei com o secretário, Ljela Kitsov. Ele está resmungando emputecido com isso há uns dois dias.

– Mas ele não achou importante contar pra nós? Como ele se vira sem ela?

– Kitsov diz que ele só leva umas coisinhas rio acima e rio abaixo. De vez em quando, uns importados, numa escala bem pequena. Vai de repente pro exterior e pega coisas pra revender: roupas baratas, CDs vagabundos.

– Exterior onde?

– Varna. Bucareste. Turquia, às vezes. E Ul Qoma, é claro.

– Então ele simplesmente estava muito nervoso para reportar o roubo?

– Acontece, chefe.

Para a raiva dele – apesar de não ter reportado o roubo da van, ele agora estava ansioso para tê-la de volta –, é claro que não íamos devolvê-la. Nós o levamos até o depósito para verificar se era dele.

– É minha, sim. – Esperei para ver se ele reclamava das condições em que ela havia sido deixada, mas aquela era obviamente sua cor normal. – Por que não posso pegar ela de volta? Eu preciso dela.

– Como eu dizia, é uma cena de crime. Você pega ela de volta quando eu estiver pronto. Pra que tudo isso? – Ele estava bufando e resmungando, olhando para a parte de trás da van. Impedi que ele tocasse em qualquer coisa.

– Esta merda? Não sei o que é, porra.

– Isso, é o que eu estou falando. – O fio partido, as tralhas todas.

– Tá. Não sei o que é. Não fui eu que coloquei aí. Não me olhe assim. – Por que é que eu ia carregar um lixo desses?

Eu disse a Corwi no meu escritório depois:

– Por favor, por favor, me interrompa se você tiver alguma ideia, Lizbyet. Porque eu estou vendo uma mulher, que pode ter sido uma profissional ou não, que ninguém reconhece, desovada à vista de todos, numa van roubada, dentro da qual um bocado de merda foi colocado sem qualquer motivo. E nada daquilo é a arma do crime, você sabe, isso com toda certeza. – Cutuquei o papel na minha mesa que me dizia isso.

– Tem lixo espalhado por todo aquele terreno – disse ela. – Tem lixo por toda Besźel; ele pode ter apanhado aquilo em qualquer lugar. "Ele"... Eles, talvez.

– Apanhado, guardado, desovado, e a van junto.

Corwi ficou sentada, rígida, esperando que eu dissesse alguma coisa. Tudo o que o lixo havia feito era rolar para cima da mulher morta e enferrujá-la, como se ela também fosse ferro velho.

CAPÍTULO 4

As duas pistas eram falsas. A advogada júnior do escritório havia pedido demissão e nem se dado ao trabalho de avisar. Nós achamos ela em Byatsialic, na parte leste de Besźel. Estava mortificada por ter nos causado problema.

– Nunca dou aviso prévio. – Ela não parava de falar. – Não quando são empregadores assim. E isso nunca aconteceu, nada parecido com isso.

Corwi encontrou Rosyn "Beicinho" sem nenhuma dificuldade. Ela estava fazendo o trabalho de costume.

– Ela não parece nada com a Fulana, chefe. – Corwi me mostrou um jpeg para o qual Rosyn havia posado com prazer. Nós não tínhamos como rastrear a fonte daquela informação espúria, entregue com tamanha autoridade, nem descobrir por que alguém teria confundido as duas mulheres. Outras informações chegaram e enviei gente atrás. Encontrei mensagens e mensagens vazias no meu telefone do trabalho.

Choveu. No quiosque adiante da minha porta da frente o impresso da Fulana amoleceu e manchou. Alguém colou um flyer colorido, anunciando uma noite de techno balcânico, que cobriu a metade superior da cara dela. A noite da casa noturna emergia dos lábios e do queixo dela. Despreguei o pôster novo. Não joguei fora – só movi pra que a Fulana ficasse visível, de olhos fechados ao lado dele. DJ Radic e Tiger Kru. Hard Beats. Não vi outras fotos da Fulana, mas Corwi me garantiu que elas estavam lá, na cidade.

Khurusch estava em toda a van, claro, mas, com exceção daqueles poucos cabelos, a Fulana não tinha nada dele. Como se todos aqueles jogadores em recuperação fossem mentir, aliás. Tentamos anotar o nome de qualquer contato para quem ele já tivesse algum dia emprestado a van. Ele mencionou alguns, mas insistiu que ela havia sido roubada por um estranho. Na segunda depois que achamos o corpo, atendi uma ligação.

– Borlú – eu disse meu nome depois de uma longa pausa, e ele me foi repetido.
– Inspetor Borlú.
– Posso ajudar?
– Não sei. Estava esperando que você pudesse me ajudar dias atrás. Andei tentando achar você. Posso ajudar você mais, parece. – O homem falava com sotaque estrangeiro.
– O quê? Desculpe, preciso que fale mais alto... a linha aqui é uma porcaria.

Estava estaticando, e o homem parecia uma gravação numa máquina antiga. Não sei dizer se o atraso era da linha, ou se ele estava demorando muito tempo pra responder a cada vez que eu dizia alguma coisa. Ele falava um bom Besź, porém estranho, pontuado de arcaísmos. Perguntei:

– Quem fala? O que você quer?
– Tenho informações para você.
– Você já falou com a nossa infolinha?
– Não posso. – Ele estava falando do exterior. O retorno de ligações originárias de Besźel era distinto. – Essa é a questão.
– Como você conseguiu meu número?
– Borlú, cale a boca. – Voltei a desejar o registro das chamadas. Sentei direito. – Google. Seu nome está nos jornais. Você está encarregado da investigação da garota. Não é difícil passar por assistente. Quer que eu ajude você ou não?

Cheguei a olhar ao redor, mas não havia ninguém comigo.

– De onde você está ligando? – Abri as persianas da minha janela, como se pudesse ver alguém me observando da rua. Claro que não vi.
– O que é que há, Borlú? Você sabe de onde estou ligando.

Eu estava fazendo anotações. Conhecia o sotaque.

Ele estava ligando de Ul Qoma.

– Você sabe de onde estou ligando e é por isso que, por favor, nem se dê ao trabalho de perguntar meu nome.
– Você não está fazendo nada de ilegal falando comigo.
– Você não sabe o que vou lhe dizer. *Você não sabe o que vou lhe dizer*. É... – Ele interrompeu, e eu o ouvi murmurar alguma coisa com a mão sobre o fone por um momento. – Escute, Borlú, não sei qual é a sua posição sobre coisas assim, mas eu acho que é lunático, um insulto, que eu *esteja* conversando com você de outro país.
– Eu não sou um homem politizado. Escute, se você preferir... – Iniciei a última frase em illitano, o idioma de Ul Qoma.
– Assim está bom – interrompeu-me no seu antigo Besź com inflexão illitana. – É o mesmo maldito idioma, de todo modo. – Eu escrevi que ele disse isso. – Agora cale a boca. Quer ouvir minhas informações?
– É claro. – Eu estava em pé, a mão estendida, tentando encontrar um meio de rastreá-lo. Minha linha não estava equipada, e levaria horas para retroceder,

através da BesźTel, ainda que eu conseguisse falar com eles enquanto ele falava comigo.

– A mulher que você está... Ela está morta. Não está? Ela está. Eu conhecia ela.

– Lamento... – Eu só disse isso depois de ele ficar muitos segundos em silêncio.

– Eu tinha conhecido ela... eu conheci há um tempo atrás. Quero ajudar você, Borlú, mas não porque você é um *tira*. Santa Luz, eu não reconheço a sua autoridade. Mas se Marya foi... Se ela foi morta, então algumas pessoas de quem gosto podem não estar seguras. Incluindo aquela de quem mais gosto, que sou eu mesmo. E ela merece... Então... isto é tudo o que eu sei. O nome dela é Marya. Era como ela era conhecida. Eu conheci ela aqui. Aqui-Ul Qoma. Estou dizendo o que posso, mas eu nunca soube muito. Não era da minha conta. Ela era uma estrangeira. Eu a conhecia da política. Ela era séria, comprometida, sabe? Só que não com o que eu pensava no começo. Ela sabia muito, não era de perder tempo.

– Escute – eu falei.

– Isso é tudo que posso lhe dizer. Ela vivia aqui.

– Ela estava em Besźel.

– O que é que há? – Ele estava zangado. – O que é que há? Não oficialmente. Ela não podia. Mesmo que estivesse, ela estava aqui. Vá procurar nas celas, os radicais. Alguém vai saber quem ela é. Ela ia a todo lugar. Todo o underground. Ambos os lados, deve ter feito. Ela queria ir a todo lugar porque precisava saber tudo. E soube. Isso é tudo.

– Como você ficou sabendo que ela tinha sido morta? – Ouvi seu sibilar de respiração.

– Borlú, se você realmente está falando sério, você é burro e eu estou perdendo meu tempo. Eu reconheci a foto dela, Borlú. Acha que eu estaria ajudando você se não achasse que tinha de fazer isso? Se eu não achasse que era importante? Como você acha que eu descobri? *Eu vi a porra do seu cartaz.*

Ele desligou o telefone. Continuei segurando o fone no ouvido por um tempo, como se ele pudesse voltar.

Eu vi o seu cartaz. Quando olhei para baixo e vi meu caderno de notas, eu havia escrito, ao lado dos detalhes que ele tinha me dado, *merda/merda/merda*.

Não fiquei muito mais tempo no escritório.

– Você está bem, Tyador? – erguntou Gadlem. – Você parece... – Tenho certeza de que eu parecia. Numa barraca na calçada eu tomei um café forte *aj Tyrko,* estilo turco, um erro. Fiquei ainda mais agitado.

Era difícil, talvez não surpreendentemente naquele dia, observar as fronteiras, ver e desver apenas o que eu deveria, a caminho de casa. Eu estava cercado de pessoas que não estavam na minha cidade, caminhando lentamente e atravessando áreas lotadas, mas não lotadas em Besźel. Concentrei-me nas pedras que realmente estavam ao meu redor – catedrais, bares, os floreados de tijolos do que havia sido uma escola – e com as quais eu havia crescido. O resto eu ignorei ou tentei.

Disquei o número de Sariska, a historiadora, naquela noite. Sexo teria sido bom, mas às vezes ela gostava de falar sobre os casos nos quais eu estava trabalhando, e ela era esperta. Disquei o número dela duas vezes, mas desliguei duas vezes antes que ela pudesse atender. Eu não ia envolvê-la nisso. Uma infração da cláusula de confidencialidade sobre investigações em andamento disfarçada de hipótese era uma coisa. Torná-la cúmplice de brecha era outra.

Eu vivia voltando àquele *merda/merda/merda*. No fim, voltei pra casa com duas garrafas de vinho e me acomodei devagar – acolchoando-as no meu estômago com um jantar aperitivo de azeitonas, queijo e salsichas – para matá-las. Fiz mais anotações inúteis, umas em forma de diagramas arcanos, como se eu pudesse desenhar uma saída, mas a situação – o enigma – estava clara. Eu podia ser a vítima de um engodo elaborado e sem sentido, mas não parecia provável. Mais provável era que o homem ao telefone estivesse dizendo a verdade.

E, nesse caso, eu havia recebido uma grande pista, informação quente sobre a Fulana-Marya. Havia sido informado sobre onde ir e de quem ir atrás para encontrar mais. O que era meu trabalho fazer. Mas se descobrissem que agi com base nessas informações, nenhuma condenação se sustentaria. E, muito mais sério, seria bem mais ilegal se eu fosse atrás dela, não só ilegal segundo os códigos Besź: eu estaria em brecha.

Meu informante não devia ter visto os cartazes. Eles não estavam no país dele. Ele nunca deveria ter me contado. Ele me tornou cúmplice. A informação era um alérgeno em Besźel – o próprio fato de estar na minha cabeça era uma espécie de trauma. Eu era cúmplice. Estava feito. (Talvez porque estivesse bêbado, não me ocorreu que não havia sido necessário para ele me contar como havia conseguido a informação, e que ele precisava ter tido motivos para fazer isso.)

Eu não, mas quem não seria tentado a queimar ou picar em pedacinhos as anotações daquela conversa? Claro que eu não faria isso, mas... Fiquei sentado até tarde na mesa da minha cozinha, com elas espalhadas à minha frente, escrevendo distraído *merda/merda* por cima delas de vez em quando. Coloquei música: *Little Miss Train*, uma parceria, Van Morrison duetando com Coirsa Yakov, a Umm Kalsoum de Besźel, como era chamada, na turnê de 1987. Bebi mais e coloquei a foto de Marya Fulana Desconhecida Estrangeira Rompe-Brechas Detail ao lado das anotações.

Ninguém conhecia ela. Talvez, Deus nos ajude, ela não tivesse estado propriamente em Besźel afinal, embora Pocost fosse uma área total. Ela podia ter sido arrastada para lá. Os garotos encontrando o corpo dela, toda a investigação, isso podia ser brecha também. Eu não devia me incriminar levando isso adiante. Devia talvez apenas me afastar da investigação e deixar ela apodrecer. Foi escapismo por um momento fingir que eu podia fazer isso. No final, eu faria o meu trabalho, embora fazê-lo significasse quebrar um código, um protocolo existencial de longe mais básico do que qualquer outro que eu fosse pago para defender.

Quando crianças, costumávamos brincar de Brecha. Nunca gostei muito desse jogo, mas aceitava minha vez me esgueirando sobre linhas marcadas por giz e sendo caçado pelos meus amigos, seus rostos em expressões assustadoras, suas mãos curvadas em forma de garras. Eu também fazia o papel do caçador, se fosse a minha vez de ser invocado. Isso, juntamente com puxar paus e pedras do chão e afirmar que eram o veio principal da magia besź, e a mistura de pique e esconde-esconde chamada Caça aos Insilados, eram jogos comuns.

Não existe teologia tão desesperada que você não consiga encontrá-la. Existe uma seita em Besźel que venera a Brecha. É escandalosa, mas não completamente surpreendente, dados os poderes envolvidos. Não existe lei contra a congregação, embora a natureza dessa religião faça todo mundo ficar incomodado. Eles já foram tema de programas de TV licenciosos.

Às três da manhã, eu estava bêbado e muito acordado, olhando para as ruas de Besźel (e mais: o cruzamento). Podia ouvir o latido dos cães e o uivo de um ou dois lobos de rua magricelas e vermentos. Os papéis – ambos os lados do raciocínio, fosse como fosse, ainda um raciocínio – estavam por sobre toda a mesa. O rosto de Fulana-Marya estava cheio de anéis de copo de vinho, assim como as anotações ilegais com *merda/merda/merda*.

Não é incomum que eu não consiga dormir. Sariska e Biszaya estavam acostumadas a andar sonolentas do quarto até o banheiro para me encontrar lendo na mesa da cozinha, mastigando tanto chiclete que eu acabava com bolhas diabéticas (eu não ia voltar a fumar). Ou olhando para a cidade à noite e (inevitavelmente desvendo, mas tocado por sua luz) a outra cidade.

Sariska riu de mim uma vez.

– Olhe só pra você – disse ela, não sem afeto. – Sentado aí feito uma coruja. Gárgula melancólica do cacete. Sua besta sentimental. Você não vai ter nenhum insight só porque é de noite, sabia? Só porque alguns prédios estão com as luzes acesas – mas ela não estava ali para me provocar, e eu queria qualquer insight que pudesse conseguir, então olhei para fora.

Aviões voavam sobre as nuvens. As torres das catedrais eram iluminadas por arranha-céus de vidro. Arquitetura neonada curva e crescente do outro lado da fronteira. Tentei ligar meu computador para procurar umas coisas, mas a única conexão era discada e tudo isso era muito frustrante, então parei.

– Detalhes mais tarde. – Acho que eu realmente disse isso em voz alta. Fiz mais anotações. Por fim, acabei ligando para a linha direta da mesa de Corwi.

– Lizbyet. Tive um pensamento. – Meu instinto, como sempre quando minto, era dizer demais, muito rápido. Me obriguei a falar como se tivesse preguiça. Mas ela não era burra. – Está tarde. Só estou deixando isso pra você porque provavelmente não vou estar aí amanhã. Não estamos chegando a lugar nenhum com as batidas na rua, então é muito óbvio que não é o que pensamos. Alguém teria reconhecido ela. Mandamos a foto dela pra todas as delegacias, então se ela era uma profissional fora da jurisdição, talvez a gente dê sorte. Mas, enquanto isso, eu gostaria de dar uma olhada em umas duas outras direções enquanto a gente puder manter isso funcionando. Estou pensando, olha, ela não está na área dela, é uma situação estranha, não conseguimos nenhum sinal. Eu estava falando com um sujeito que conheço na Unidade de Dissidentes, e ele estava dizendo como as pessoas que ele vigia são cheias de segredos. São todos nazistas, vermelhos, unifs e por aí vai. De qualquer maneira, comecei a pensar no tipo de pessoa que esconde a própria identidade e, enquanto a gente ainda tem algum tempo, gostaria de ir atrás dessa hipótese. O que estou pensando é... Espere um pouco, estou só olhando umas anotações aqui... Ok, a gente pode muito bem começar pelos unifs. Fale com o Esquadrão Doidão. Veja o que consegue em termos de endereços, leis... Não sei muito a respeito disso. Pergunte ao escritório de Shenvoi. Diga a ele que você está trabalhando comigo. Procure aqueles que você conseguir, leve as fotos, veja se alguém reconhece ela. Não preciso dizer que eles vão ser estranhos com você, não vão querer você por perto. Mas veja o que consegue fazer. Mantenha contato, vou estar no celular. Como eu disse, não vou para aí. Ok. Falamos amanhã. Ok, tchau.

– Isso foi horrível. – Acho que também disse isso em voz alta.

Em seguida, liguei para o número de Taskin Cerush, na nossa administração. Eu tive o cuidado de anotar a linha direta dela quando me ajudou na burocracia, três ou quatro casos atrás. Eu havia mantido contato. Ela era excelente no seu trabalho.

– Taskin, aqui quem fala é Tyador Borlú. Você pode, por favor, me ligar no meu celular amanhã, ou quando tiver a oportunidade, e me informar o que eu preciso fazer se quiser levar um caso à Comissão de Supervisão? Se eu quisesse encaminhar um caso para a Brecha. Hipoteticamente. – Fiz uma careta e ri. – Não conte isso pra ninguém, ok? Obrigado, Task. É só me dizer o que preciso fazer, e se tem alguma boa sugestão de quem está de dentro. Obrigado.

Não havia muita dúvida sobre o que meu terrível informante havia me dito. As frases que eu havia copiado e sublinhado.

mesmo idioma
reconheço autoridade – não
ambos os lados da cidade

Isso dava sentido a por que ele ligaria para mim, por que esse crime, do que ele havia visto, ou de que ele tivesse visto, não o deteria como poderia ter acontecido com a maioria das pessoas. Em grande parte ele havia feito isso por medo, mais do que quer que a morte de Marya-Fulana implicasse para ele. O que ele havia me dito era que seus coconspiradores em Besźel podiam muito possivelmente ter visto Marya, que ela podia não ter respeitado fronteiras. E se algum grupo de encrenqueiros em Besźel podia ser cúmplice nesse tipo particular de crime e tabu, era meu informante e seus camaradas. Eles eram obviamente unificacionistas.

Sariska zombou de mim em minha mente enquanto eu voltava para aquela cidade iluminada de noite, e dessa vez eu olhei e vi sua vizinha. Ilícito, mas fiz. Quem já não fez isso uma vez ou outra? Havia salas de gás que eu não devia ver, câmaras com anúncios pendurados, cabeadas por estruturas esqueléticas de metal. Na rua, pelo menos um dos passantes – eu podia dizer pelas roupas, pelas cores, pelo andar – não estava em Besźel, e eu o observei assim mesmo.

Virei-me para as linhas ferroviárias a alguns metros da minha janela e aguardei até que, como eu sabia que acabaria acontecendo, um trem tardio aparecesse. Olhei através de suas janelas iluminadas passando rapidamente e nos olhos dos poucos passageiros, dos quais menos ainda me viram de volta e ficaram assustados. Mas eles sumiram rápido, sobre os conjuntos geminados de telhados: era um crime breve, e não era culpa deles. Provavelmente não se sentiram culpados por muito tempo. Provavelmente não se lembrariam daquele olhar. Eu sempre quis viver onde pudesse ficar olhando trens estrangeiros.

CAPÍTULO 5

Se você não sabe muita coisa a respeito, o illitano e o besź soam muito diferentes. Eles são escritos, claro, em alfabetos distintos. O besź é em besź: trinta e quatro letras, da esquerda para a direita, todos os sons emitidos de forma clara e fonética, consoantes, vogais e semivogais decoradas com sinais diacríticos: parece, é o que se diz, com o cirílico (embora seja uma comparação que, verdadeira ou não, costuma irritar o cidadão de Besźel). O illitano usa escrita romana. Isso é recente.

Leia os diários de viagem do último-menos-um século e os mais antigos, e a estranha e bela caligrafia illitana da direita para a esquerda – e sua fonética vibrante – é constantemente comentada. Em algum momento, todo mundo já ouviu Sterne, em seu diário de viagem: "Na Terra dos Alfabetos, o *árabe* atraiu o olhar da *dama sânscrito* (bêbado que estava, apesar dos mandamentos de Maomé, ou a idade dela o teria dissuadido). Nove meses depois, uma *criança deserdada* veio ao mundo. O infante feroz é o *illitano*, Hermes-Afrodite não sem beleza. Ele tem algo de ambos os pais na forma, e a voz daqueles que o criaram – os pássaros".

A escrita se perdeu em 1923, da noite para o dia, culminação das reformas de Ya Ilsa: foi Atatürk quem o imitou, e não, como se afirma normalmente, o contrário. Nem mesmo em Ul Qoma alguém sabe ler a escrita illitana hoje a não ser arquivistas e ativistas.

De qualquer modo, seja em sua forma original, seja em sua forma escrita posterior, o illitano não tem a menor semelhança com o besź. Tampouco soa parecido. Mas essas distinções não são tão profundas quanto parecem. Apesar de uma cuidadosa diferenciação cultural, na forma de suas gramáticas e na relação de seus fonemas (se não nos próprios sons básicos), os idiomas têm um parentesco próximo – eles compartilham um ancestral comum, afinal. Parece quase subversivo dizer isso. Ainda assim.

As idades das trevas de Besźel são muito trevosas. Em algum momento entre dois mil anos e setecentos anos atrás, a cidade foi fundada, aqui nesta curva de linha costeira. Ainda existem restos daqueles tempos no coração da cidade, quando ela era um porto se escondendo a alguns quilômetros rio acima para se abrigar dos piratas da margem. Sua fundação veio ao mesmo tempo que a da outra cidade, é claro. As ruínas estão cercadas hoje, ou em alguns lugares foram incorporadas, fundações antigas, à substância da cidade. Existem ruínas mais velhas também, como os restos de mosaicos no Parque Yozhef. Esses restos romanescos pré-datam a Besźel, achamos. Nós construímos Besźel sobre seus ossos, talvez.

Pode ter sido ou não Besźel, que construímos, naquela época, enquanto outros construíam Ul Qoma sobre os mesmos ossos. Talvez existisse apenas uma coisa naquela época que mais tarde cismou nas ruínas, ou talvez nossa Besźel ancestral ainda não tivesse encontrado e informalmente se entrelaçado com sua vizinha. Não sou estudante da Clivagem, mas, se fosse, mesmo assim não saberia.

―――

– Chefe. – Lizbyet Corwi me ligou. – Chefe, o senhor é fogo. Como sabia? Me encontre na BudapestStrász, sessenta e oito.

Eu ainda não havia me vestido em roupas diurnas, embora já passasse do meio-dia. Minha mesa da cozinha era uma paisagem de papéis. Os livros que tinha sobre política e história estavam empilhados numa torre de Babel ao lado do leite. Devia ter separado o laptop da bagunça, mas não me dei ao trabalho. Limpei pó de achocolatado das minhas anotações. O personagem de blackface da minha bebida francesa de chocolate sorriu.

– Do que você está falando? Que endereço é esse?

– Fica em Bundália – disse ela. Um pré-subúrbio industrial a noroeste do Parque Funicular, à beira do rio. – E você está brincando comigo de me perguntar o que é? Eu fiz o que você falou: saí perguntando, entendi o básico sobre os grupos que existem, quem pensa o que do outro, blá-blá-blá. Passei a manhã fazendo ronda, fazendo perguntas. Metendo medo. Não dá pra dizer que a gente consegue muito respeito desses desgraçados com o uniforme, sabia? E não vou falar que tinha grandes esperanças, mas pensei: que diabos a gente tinha mais pra fazer? De qualquer maneira, saí por aí tentando entender a política e sei lá mais o quê, e um dos caras numa das... acho que se diz "lojas", talvez... ele começa a me dar uma coisa. Não ia admitir no começo, mas entendi. Porra, você é um gênio. BudapestStrász sessenta e oito é um QG unificacionista.

Ela estava me respeitando tanto que eu desconfiei. Teria me olhado com ainda mais dureza se visse os documentos em cima da minha mesa, que eu havia equilibrado com as minhas mãos quando ela me ligou. Diversos livros estavam abertos nos índices, para mostrar que referências tinham do unificacionismo. Eu não havia encontrado o endereço da BudapestStrász.

No clichê político típico, os unificacionistas estavam divididos em muitas facções. Uns grupos eram ilegais, organizações irmãs tanto em Besźel quanto em Ul Qoma. Em diversos momentos de sua história, os banidos tinham defendido o uso da violência para levar às cidades a unidade pretendida por seu Deus, seu destino, sua história ou seu povo. Uns haviam, de um jeito muito desastrado, transformado intelectuais nacionalistas em alvos: tijolos em janelas e merda em portas. Eles haviam sido acusados de propagandear furtivamente entre refugiados e novos imigrantes com expertise limitada em ver e desver, em estar numa cidade em particular. Os ativistas queriam transformar essa incerteza urbana em arma.

Esses extremistas foram explicitamente criticados por outros, ansiosos por preservar liberdade de movimento e reunião, fossem quais fossem seus pensamentos secretos e os fios que unissem todos fora das vistas. Havia outras divisões, entre as diferentes visões do que seria a cidade unida, qual seria seu idioma, qual seria seu nome. Até mesmo esses grupelhos aceitos legalmente seriam vigiados sem cessar, checados regularmente pelas autoridades em qualquer uma das cidades.

– Queijo suíço – disse Shenvoi quando falei com ele naquela manhã. – Provavelmente mais informantes e infiltrados nos unifs até mesmo do que nos Cidadãos Verdadeiros ou nazis ou outros malucos. Eu não me preocuparia com eles: não vão fazer porra nenhuma, sem que alguém da segurança mande.

Além disso, os unifs devem saber, embora esperem nunca ver prova disso, que nada do que fizessem seria desconhecido para a Brecha. Isso quer dizer que eu também estaria sob a vigilância da Brecha durante minha visita, se já não estivesse.

Sempre a questão de como atravessar a cidade: eu devia ter taxiado enquanto Corwi estudava aguardando, mas não, dois bondes, uma baldeação na Praça Vencelas. Sacudindo sob as figuras esculpidas e mecânicas dos burgueses de Besźel nas fachadas da cidade, ignorando, desvendo, as frentes mais brilhantes do algures, as partes alter.

À extensão da BudapestStrász, trechos de buddleja invernal cascateavam de edifícios velhos. A buddleja é uma planta urbana tradicional em Besźel, mas não em Ul Qoma, onde eles a podam quando começa a se infiltrar, então em BudapestStrász, sendo a parte de Besźel de uma área cruzada, cada arbusto, sem flores naquela época, emergia descuidado por um ou dois ou três edifícios locais, e depois terminava num plano vertical agudo na margem de Besźel.

Os prédios em Besźel eram tijolo e gesso, cada qual tendo em cima um dos Lares da casa olhando fixo para mim, um pequeno ser grotesco em forma de homem, e barbudo com toda aquela planta. Algumas décadas atrás esses lugares não teriam estado assim tão maltratados; eles teriam emitido mais ruído e a rua estaria cheia de jovens funcionários de terno escuro e capatazes de visita. Atrás dos prédios, ao norte, havia pátios industriais e, além deles, uma curva no rio, onde as docas costumavam fervilhar e seus esqueletos de ferro ainda jaziam cemiterialmente.

Naquela época, a região de Ul Qoma que compartilhava o espaço era tranquila. Ela ficara mais barulhenta: os vizinhos haviam se mudado em antifase econômica. À medida que a indústria fluvial de Besźel começou a decair, o comércio de Ul Qoma aumentou, e agora havia mais estrangeiros caminhando sobre as pedras cruzadas e desgastadas do calçamento do que moradores locais besź. As espeluncas de Ul Qoma, outrora caindo aos pedaços, cheias de ameias e em estilo lumpembarroco (não que eu as visse – eu as desvia cuidadosamente, mas ainda registrava um pouco, ilicitamente, e me lembrava dos estilos a partir de fotografias), tinham sido reformadas, locais de galerias e .uq startups.

Fiquei olhando os números dos edifícios locais. Eles se erguiam tartamudeando, entremeados com espaços alter estrangeiros. Em Besźel, a área estava bastante despovoada, mas não em outro lugar ao longo da fronteira, e precisei desver muitos homens e mulheres de negócios, jovens e bem vestidos. Suas vozes eram mudas para mim, ruído aleatório. Esse desvanecimento aural vem com anos de treinamento besź. Quando cheguei à fachada pintada de piche onde Corwi aguardava com um homem de aspecto infeliz, ficamos parados juntos numa parte quase deserta da cidade de Besźel, cercados por uma multidão ocupada e desouvida.

– Chefe. Esse aqui é Pall Drodin.

Drodin era um homem alto e magro de seus trinta e tantos anos. Usava vários brincos de argola nas orelhas, um casaco de couro com insígnias de membro de diversas organizações militares e de outros tipos, calças anomalamente modernas porém sujas. Ele me olhou triste, fumando.

Ele não foi preso. Corwi não havia levado ele para dentro. Eu cumprimentei ela com a cabeça, depois me virei lentamente 180 graus e olhei para os edifícios ao nosso redor. Só me concentrei nos besź, é claro.

– Brecha? – perguntei. Drodin pareceu assustado. Na verdade, Corwi também, mas disfarçou. Já que Drodin não falou nada, eu disse: – Você não acha que estamos sendo vigiados por poderes?

– Sim, não, estamos. – Ele parecia ressentido. Tenho certeza de que estava. – Claro. Claro. Está me perguntando onde eles estão? – É uma pergunta mais ou menos sem sentido, mas que nenhum besź ou ul-qomano consegue evitar.

Drodin não olhou para nenhum outro lugar que não fossem meus olhos.

– Está vendo o prédio do outro lado da estrada? O que costumava ser uma fábrica de fósforos?

Os restos de um mural em cascas de tinta de quase um século de idade, uma salamandra sorrindo através de sua coroa de chamas.

– Você vê coisas se movendo ali. Coisas que você conhece, tipo, vai e vem, tipo não deviam.

– Então você consegue ver quando aparecem? – Ele ficou sem graça mais uma vez. – Você acha que é onde elas se manifestam?
– Não, não, mas processo de eliminação.
– Drodin, entre. Vamos entrar num segundo – disse Corwi. Fez um gesto de cabeça pra ele, e ele entrou. – Que porra é essa, chefe?
– Problema?
– Toda essa merda de Brecha. – Ela abaixou a voz ao falar "Brecha". – O que está fazendo? – Eu não disse nada. – Estou tentando estabelecer uma dinâmica de poder aqui e eu estou na ponta dela, não a Brecha, chefe. Não quero essa merda no retrato. De onde caralho o senhor está tirando essa merda pra assustar as pessoas? – Quando continuei sem dizer nada, ela balançou a cabeça e me deixou entrar.
A Frente de Solidariedade Besźqoma não fazia um grande esforço em termos de decoração. Havia dois aposentos, dois e meio numa contagem generosa, cheios de armários e prateleiras repletos de pastas de arquivos e livros. Num canto, o espaço da parede havia sido aberto e limpo, ao que parecia, como fundo, e uma webcam estava apontada para ele e uma cadeira vazia.
– Transmissões – disse Drodin. Ele viu para onde eu estava olhando. – On-line. – Ele começou a me dar um endereço de web, até eu balançar a cabeça.
– Todos os outros foram embora assim que eu entrei – Corwi me disse.
Drodin se sentou atrás de sua mesa na sala dos fundos. Havia outras duas cadeiras lá. Ele não ofereceu, mas Corwi e eu nos sentamos assim mesmo. Mais bagunça de livros, um computador sujo. Numa parede, um mapa em grande escala de Besźel e Ul Qoma. Para evitar processo, as linhas e sombras de divisão estavam ali – total, alter e cruzadas –, mas ostensivamente sutis, distinções em escala de cinza. Ficamos sentados, olhando uns para os outros por um tempo.
– Escutem – disse Drodin. – Eu sei... vocês entendem que eu não estou acostumado a... Vocês não gostam de mim, e está certo, eu entendo. – Não dissemos nada. Ele ficou brincando com algumas das coisas em cima da mesa. – E também não sou dedo-duro.
– Meu Deus, Drodin – disse Corwi. – Se você quer ser perdoado, arrume um padre. – Mas ele foi em frente.
– É só que... Se isso tem a ver com o que ela estava fazendo, então todos vocês vão pensar que isso tem a ver com a gente, e talvez até possa ter algo a ver com a gente, e eu não estou dando nenhuma desculpa pra caírem em cima da gente. Vocês entendem? Entendem?
– Tudo bem o bastante – disse Corwi. – Deixa de merda. – Ela olhou ao redor da sala. – Eu sei que você pensa que é esperto, mas, sério, pra quantas contravenções você pensa que estou olhando neste exato momento? Seu mapa, pra começar. Você acha que ele é cuidadoso, mas nem precisaria um promotor particularmente patriótico pra interpretá-lo de um jeito que te colocaria em cana. O que mais? Quer

que eu examine os livros? Quantos estão na lista de proscritos? Quer que eu veja sua papelada? Este lugar está com as palavras Insulto à Soberania Besź em Segundo Grau piscando em néon por toda parte.

– Que nem nos distritos das casas noturnas de Ul Qoma – eu disse. – Néon de Ul Qoma. Você gostaria disso, Drodin? Prefere aquilo à variedade local?

– Então, embora nós agradeçamos sua ajuda, sr. Drodin, não nos enganamos quanto ao motivo pelo qual o senhor está fazendo isso.

– Vocês não entendem – resmungou ele. – Preciso proteger a minha gente. Tem umas merdas estranhas lá fora. Tem umas merdas estranhas acontecendo.

– Tudo bem – disse Corwi. – Vamos lá. Qual é a história, Drodin? – Ela pegou a fotografia da Fulana e colocou na frente dele. – Conta pro meu chefe o que você tinha começado a me dizer.

– É – disse ele. – É ela. – Corwi e eu nos inclinamos para a frente. Timing perfeitamente sincronizado.

Eu perguntei:

– Qual é o nome dela?

– O que ela disse... ela disse que o nome dela era Byela Mar. – Drodin deu de ombros. – Foi o que ela disse. Eu sei, mas o que posso dizer?

Era um pseudônimo óbvio, e elegantemente trocadilhesco. Byela é um nome besź unissex; Mar ao menos é plausível como sobrenome. Juntos, os fonemas se aproximam da expressão byé lai mar, literalmente "só a isca", uma expressão de pescador que quer dizer "nada que valha comentar".

– Não é incomum. Muitos dos nossos contatos e membros usam apelidos.

– Noms – eu disse – de unification. – Não soube dizer se ele entendeu. – Fale de Byela. – Byela, Fulana, Marya estava acumulando nomes.

– Ela estava aqui, eu não sei, três anos atrás mais ou menos? Um pouco menos? Eu não a vi mais depois. Ela era obviamente estrangeira.

– De Ul Qoma?

– Não. Ela falava um illitano ok, mas não fluente. Ela falava besź ou illitano – ou, bom, a raiz. Eu nunca ouvi ela falar outra coisa – ela não queria me dizer de onde vinha. Pelo sotaque, eu diria norte-americana ou inglesa, talvez. Não sei o que ela estava fazendo. Não é... é meio grosseiro perguntar demais sobre pessoas nesta linha.

– Então o quê? Ela vinha às reuniões? Era uma organizadora? – Corwi virou para mim e disse sem abaixar a voz: – Eu nem sei o que esses putos fazem, chefe. Não sei nem o que perguntar. – Drodin olhou fixo para ela, não mais amargo do que havia estado desde que chegamos.

– Ela apareceu, como eu falei, há uns dois anos. Queria usar nossa biblioteca. Nós temos panfletos e livros velhos sobre... bom, sobre as cidades, muita coisa que não existe em estoque em outros lugares.

– A gente devia dar uma olhada, chefe – disse Corwi. – Ver se não tem nada inadequado.

– Porra, eu estou ajudando, não estou? Vocês querem me prender por causa de livros banidos? Não tem nada aqui de Classe Um, e os de Classe Dois que temos estão na maior parte disponíveis só on-line mesmo, porra.

– Tudo bem, tudo bem – eu falei. Apontei para ele continuar.

– Então ela veio e conversamos um bocado. Ela não ficou aqui por muito tempo. Tipo umas duas semanas. Não me pergunte o que ela fez tirando isso e coisas assim, porque eu não sei. Só sei que todo dia ela chegava nos horários mais estranhos e ficava olhando os livros, ou conversava comigo sobre a nossa história, a história das cidades, sobre o que estava acontecendo, sobre as nossas campanhas, esse tipo de coisa.

– Que campanhas?

– Nossos irmãos e irmãs na prisão. Aqui e em Ul Qoma. Por nada, a não ser suas crenças. A Anistia Internacional está do nosso lado lá, sabia? Conversando com contatos. Educação. Ajudando novos imigrantes. Manifs. – Em Besźel, manifestações unificacionistas eram coisas pequenas, difíceis de controlar, perigosas. Obviamente, os nacionalistas locais apareceriam para acabar com elas, gritando para os manifestantes e chamando eles de traidores, e em geral a população local mais apolítica não teria muita simpatia por eles. Era quase tão ruim quanto em Ul Qoma, só que era mais improvável que eles recebessem permissão de se reunir, pra começo de conversa. Isso deve ter sido uma fonte de raiva, embora certamente tenha livrado os unifs ul-qomanos de apanhar.

– Como era a aparência dela? Ela se vestia bem? Como ela era?

– Se vestia bem, sim. Elegante. Quase chique, sabe? Aqui ela se destacava. – Ele até riu para si mesmo. – E era esperta. Eu realmente gostei dela no começo, sabia? Fiquei muito animado. No começo.

As pausas dele eram solicitações para que nós o incentivássemos a falar, de modo que nenhuma parte da discussão fosse iniciada por ele.

– Mas? – eu perguntei. – O que aconteceu?

– Tivemos uma discussão. Na verdade, só tive uma discussão com ela porque ela estava fodendo com a paciência dos outros camaradas, sabe? Eu entrava na biblioteca ou no andar de baixo ou sei lá onde e uma pessoa ou outra estava gritando com ela. Ela nunca estava gritando com eles, mas falava baixinho e deixava eles malucos, e no fim eu tive de pedir para ela ir. Ela era... ela era perigosa. – Mais um silêncio.

Corwi e eu olhamos um para o outro.

– Não estou exagerando – disse ele. – Ela trouxe você aqui, não foi? Eu disse a você que ela era perigosa.

Ele pegou a fotografia e a estudou. Pela sua face passaram pena, raiva, nojo, medo. Medo, certamente. Ele se levantou, caminhou num círculo ao redor da mesa – ridículo, uma sala tão pequena pra ficar dando voltas, mas ele tentou.

– Veja, o problema era que... – Ele foi até a pequena janela e olhou para fora, dando as costas para nós. Ele estava recortado em silhueta contra a linha do horizonte, de Besźel ou de Ul Qoma, ou de ambas, eu não sabia dizer. – Ela estava perguntando esse negócio todo sobre algumas das bobagens subterrâneas mais malucas. Lendas de viúvas velhas, rumores, mitos urbanos, loucuras. Não pensei muito nisso, porque a gente recebe um monte dessas merdas, e ela era obviamente mais inteligente do que os lunáticos que estavam nessa, então imaginei que ela estivesse apenas testando o terreno, começando a tomar conhecimento das coisas.

– Você não estava curioso?

– Claro. Garota estrangeira, novinha, inteligente, misteriosa? Intensa? – Ele zombou de si mesmo pelo jeito como disse aquilo. Assentiu. – Claro que estava. Fico curioso com todas as pessoas que vêm aqui. Algumas me contam merda, outras não. Mas eu não seria o líder desta seção se saísse por aí espremendo todo mundo. Tem uma mulher aqui, muito mais velha do que eu... Vivo esbarrando com ela por aí faz quinze anos. Não sei o nome verdadeiro dela, nem nada. Ok, mau exemplo, porque tenho certeza de que ela é uma de vocês, uma agente, mas vocês entenderam. Não faço perguntas.

– Mas o que ela estava procurando, então? Byela Mar. Por que você a pôs para fora?

– Escute, o negócio é o seguinte. Vocês estão metidos nesse troço... – Senti Corwi enrijecer como se fosse interrompê-lo, mandá-lo andar logo com aquilo, e a toquei: Não, espere, para dar um tempo à cabeça dele. Ele não estava olhando para nós, mas para seu mapa provocador das cidades. – Vocês estão metidos nesse troço que sabem que estão tangenciando... Bom, vocês sabem que se saírem da linha vão ter problemas sérios. Como ter vocês aqui, pra começar. Ou fazer a ligação telefônica errada, nós podemos colocar nossos irmãos na merda, em Ul Qoma, com a polícia de lá. Ou... ou tem coisa pior. – Ele olhou para nós então. – Ela não podia ficar, ela ia trazer a Brecha para cima de nós. Ou alguma coisa.

– Ela estava pesquisando... Não, ela não estava pesquisando nada, ela estava obcecada. Com Orciny.

Ele estava olhando com cautela para mim, então não fiz nada, a não ser estreitar os olhos. Mas fiquei surpreso.

Pelo jeito como não se moveu, estava claro que Corwi não sabia o que era Orciny. Falar disso ali poderia tirar a autoridade dela, mas no que hesitei ele já estava explicando. Era um conto de fadas. Foi o que ele disse.

– Orciny é a terceira cidade. Fica entre as outras duas. Fica no dissensi, nas zonas disputadas, lugares que Besźel acha que são de Ul Qoma e Ul Qoma acha que são de Besźel. Quando a velha comuna se dividiu, ela não se dividiu em duas, mas em três. Orciny é a cidade secreta. Ela dirige as coisas.

Se divisão havia. Aquele início era uma sombra na história, um desconhecido – registros apagados e desaparecidos por um século de cada lado. Qualquer coisa podia ter acontecido. A partir daquele momento historicamente breve e um tanto opaco veio o caos de nossa história material, uma anarquia cronológica, de restos mal encaixados que deleitavam e aterrorizavam investigadores. Tudo que conhecemos são nômades das estepes, depois aqueles séculos caixa-preta de instigação urbana – certos acontecimentos, e filmes, histórias e games baseados em especulações (todos deixando o censor pelo menos um pouco incomodado) sobre aquele duplo nascimento –, então a história recomeça e temos Besźel e Ul Qoma. Foi cisma ou conjunção?

Como se isso não fosse mistério o bastante e como se dois países cruzados fossem insuficientes, a pretensamente existente Orciny. Nos andares superiores, nas ignoráveis casinhas em estilo romano, nas primeiras habitações de pau a pique, pegando os espaços intrincadamente juntados e desconjuntados que lhe foram alocados na divisão ou coagulação das tribos, a minúscula terceira cidade de Orciny se escondeu, excretada entre as duas cidades-Estado mais fortes. Uma comunidade de lordes imaginários, exilados talvez, em muitas histórias maquinando e fazendo coisas, governando com uma garra sutil e absoluta. Orciny era onde viviam os illuminati. Esse tipo de coisa.

Algumas décadas antes, não teria sido necessária nenhuma explicação: histórias de Orciny haviam sido clássicos infantis, junto com as tribulações do "Rei Shavil e o Monstro Marinho que Veio ao Porto". Harry Potter e Power Rangers são mais populares hoje, e poucas crianças conhecem essas fábulas mais antigas. Tudo bem.

– Você está dizendo... o quê? – interrompi. – Você está dizendo que Byela era uma folclorista? Que estava pesquisando histórias antigas? – Ele deu de ombros. Nem olhou para mim. Tentei mais uma vez fazer com que ele dissesse explicitamente o que estava insinuando. Ele só dava de ombros. – Por que ela estaria conversando com você sobre isso? – perguntei. – Por que ela estava aqui, pra começar?

– Não sei. Temos coisas sobre isso. Elas aparecem. Sabia? Eles também têm isso em Ul Qoma, sabia? Histórias de Orciny. Nós não guardamos só documentação sobre, sabe, só sobre o que pesquisamos. Sabe? Nós conhecemos nossa história, nós guardamos todo tipo de... – A voz dele morreu. – Percebi que não era em nós que ela estava interessada, sabe?

Como qualquer dissidente, eles eram arquivistas neuróticos. Concorde, discorde, não se interesse ou fique obcecado pela narrativa que eles fazem da história, mas você não pode dizer que não a fundamentam com notas de rodapé e pesquisa. A biblioteca deles devia ter registros defensivamente completos de tudo que sequer implicasse um borrão das fronteiras urbanas. Ela havia aparecido – dava pra ver isso – procurando informações não sobre alguma unidade primordial, mas sobre Orciny. Que aborrecimento quando eles perceberam que as pesquisas estranhas dela não eram idiossincrasias da investigação, mas o próprio objetivo. Quando perceberam que ela não se importava muito com o projeto deles.

– Então ela era uma desperdiçadora de tempo?

– Não, cara, ela era perigosa, como eu falei. Pra valer. Ela ia causar problemas pra nós. Ela disse que não ia ficar, de todo modo. – Deu de ombros vagamente.

– Por que ela era perigosa? – Eu me inclinei para a frente. – Drodin, ela estava fazendo brecha?

– Meu Deus, acho que não. Se estava, não sei de merda nenhuma sobre isso. – Ele levantou as mãos. – Puta que pariu, você sabe como somos vigiados? – Ele apontou de qualquer jeito na direção da rua. – Vocês colocaram uma patrulha semipermanente na área. Policiais ul-qomanos não podem nos vigiar, obviamente, mas estão em cima dos nossos irmãos e irmãs. E o mais importante, diabos, é que quem nos vigia lá fora é... você sabe. Brecha.

Todos nós ficamos em silêncio um momento então. Todos nos sentimos vigiados.

– Você já viu ela?

– Claro que não. O que você acha que eu sou? Quem vê? Mas nós sabemos que ela está lá. Observando. Qualquer desculpa... nós sumimos. Você... – Ele balançou a cabeça e, quando voltou a olhar para mim, foi com raiva e talvez ódio. – Você sabe quantos dos meus amigos foram levados? Que eu nunca mais vi? Nós somos mais cuidadosos do que qualquer um.

Era verdade. Uma ironia política. Os mais dedicados à perfuração da fronteira entre Besźel e Ul Qoma tinham de observá-la com mais cuidado. Se eu ou um de meus amigos por acaso tivéssemos um momento de falha de desver (e quem não fazia isso? Falhar em falhar a ver, às vezes?), contanto que não fosse algo de que nos gabássemos ou aproveitássemos, não estaríamos em perigo. Se eu olhasse de relance, por um ou dois segundos, alguma passante atraente em Ul Qoma, se eu por acaso desfrutasse em silêncio da linha do horizonte das duas cidades juntas, me irritasse com o barulho de um trem ul-qomano, eu não seria levado.

Aqui, entretanto, neste edifício, não só meus colegas, mas os poderes da Brecha eram sempre cheios de ira, e tanto o Antigo Testamento quanto eles tinham os poderes e o direito de ser. Essa terrível presença poderia aparecer e desaparecer com um unificacionista até mesmo por uma brecha somática, um pulo de susto por causa da descarga de um carro em Ul Qoma. Se Byela, Fulana, estivesse fazendo uma brecha, ela teria provocado isso. Então provavelmente não era suspeita daquilo especificamente que havia deixado Drodin com medo.

– Havia simplesmente alguma coisa. – Ele olhou pela janela que dava para as duas cidades. – Talvez ela fosse, ela fosse provocar a Brecha sobre nós, um dia. Ou alguma coisa.

– Espere um pouco – disse Corwi. – Você disse que ela estava indo embora...
– Ela disse que estava indo. Para Ul Qoma. Oficialmente. – Fiz uma pausa nas minhas anotações. Olhei para Corwi e ela pra mim. – Não a vi mais. Alguém ouviu dizer que ela tinha ido e não queriam deixar que ela voltasse pra cá. – Ele deu de ombros. – Não sei se isso é verdade e, se for, não sei por quê. Era apenas questão de tempo... Ela estava futucando numa merda perigosa, me deu uma sensação ruim.
– Mas não é só isso, é? – perguntei. – O que mais? – Ele ficou me encarando.
– Eu não sei, cara. Ela era encrenca, ela me assustava, era muito... tinha alguma coisa. Quando ela começava a falar sem parar das coisas que estava pesquisando, aquilo começava a te assustar. Te deixar nervoso. – Ele tornou a olhar pela janela. Balançou a cabeça. – Lamento pela morte dela – disse. – Lamento que alguém tenha matado ela. Mas não estou tão surpreso.

Aquele fedor de insinuação e mistério – por mais cínico ou desinteressado que você se considerasse, ele impregnava em você. Eu vi Corwi olhar para cima e para as fachadas pobres dos armazéns quando fomos embora. Talvez vendo um pouco demais na direção de uma loja que ela devia perceber que estava em Ul Qoma. Ela se sentiu vigiada. Nós dois nos sentimos, e estávamos certos, e nervosos.

Quando saímos, levei Corwi – uma provocação, confesso, embora não para ela, mas para o universo, de certo modo – para almoçar na pequena Ul Qomatown de Besźel. Ficava ao sul do parque. Com as cores e escritas particulares das vitrines de suas lojas, a forma de suas fachadas, os visitantes de Besźel que a viam sempre achavam que estavam olhando para Ul Qoma e desviavam o olhar com pressa e ostentação (o mais perto que estrangeiros geralmente conseguiam chegar de desver). Mas com um olho mais cuidadoso, experiência, você repara no tipo de kitsch apertado do design dos edifícios, uma autoparódia anã. Você consegue ver os detalhes num tom chamado azul-Besźel, uma das cores ilegais em Ul Qoma. Essas propriedades são locais.

Essas poucas ruas – nomes mestiços, substantivos illitanos e um sufixo besź, YulSainStrász, LiligiStrász e assim por diante – eram o centro do mundo cultural para a pequena comunidade de expatriados ul-qomanos vivendo em Besźel. Eles tinham vindo por diversos motivos: perseguição política, autoaprimoramento econômico (e, como os patriarcas que haviam passado pelas consideráveis dificuldades da emigração, eles deviam estar amargando isso agora), capricho, romance. A maioria dos que têm quarenta anos ou menos é da segunda e agora terceira geração, fala illitano em casa, mas besź sem sotaque nas ruas. Há talvez uma influência ul--qomana em suas roupas. Várias vezes, valentões locais ou coisa pior quebram suas janelas e batem neles nas ruas.

É aqui que exilados ul-qomanos saudosos vêm procurar seus doces, suas ervilhas fritas no açúcar, seu incenso. Os cheiros da Ul Qomatown de Besźel são uma confusão. O instinto é descheirá-los, pensar neles como algo que vaga por entre as fronteiras, tão desrespeitosos quanto a chuva ("Chuva e fumaça de lenha vivem nas duas cidades", diz o provérbio. Em Ul Qoma eles têm o mesmo ditado, mas um dos sujeitos da oração é "neblina". Você pode ouvir o mesmo ocasionalmente de outras condições climáticas ou até mesmo do lixo, do esgoto e, na boca dos ousados, de pombos ou lobos). Mas esses cheiros estão em Besźel.

Muito ocasionalmente uma jovem ul-qomana que não conhece a área da cidade deles que Ul Qomatown cruza comete o erro de pedir informações a um habitante de Besźel etnicamente ul-qomano, tomando-o por um de seus compatriotas. O erro é rapidamente detectado – não há nada sendo ostensivamente desvisto para alarmar –, e a Brecha é normalmente misericordiosa.

– Chefe – disse Corwi. Sentamos num café de esquina, o Con ul Cai, que eu frequentava. Eu tinha feito questão de cumprimentar estrepitosamente o proprietário pelo nome, como sem dúvida faziam muitos de seus clientes besź. Ele provavelmente me desprezava. – Por que caralho a gente está aqui?

– O que é que há? – eu disse. – Comida ul-qomana. O que é que há? Você gosta que eu sei. – Ofereci a ela lentilhas com canela, chá forte e doce. Ela recusou. – Estamos aqui – eu disse – porque estou tentando absorver a atmosfera. Estou tentando entrar no espírito de Ul Qoma. Merda. Você é esperta, Corwi, não estou lhe dizendo nada que você já não saiba. Me ajude com isto. – Comecei a contar com os dedos. – Ela esteve aqui, essa garota. Essa Fulana, Byela. – Eu quase disse Marya. – Ela estava aqui... há o quê?... três anos. Estava rondando líderes políticos locais desonestos, mas procurava outra coisa, com a qual eles não podiam ajudar. Alguma coisa que até mesmo eles achavam que era desonesta. Ela vai embora. – Esperei. – Ela estava indo para Ul Qoma. – Soltei um palavrão, Corwi soltou outro.

– Ela estava pesquisando umas coisas – eu disse. – Ela atravessa.

– Nós achamos.

– Nós achamos. Então subitamente ela está de volta.

– Morta.

– Morta.

– Caralho. – Corwi se inclinou, pegou um dos meus doces e começou a comer pensativamente, parou com a boca cheia. Por um longo tempo nenhum de nós disse nada.

– É isso. É essa merda dessa brecha, não é? – acabou dizendo.

– ... Parece que pode ser brecha, eu acho. Sim, acho que sim.

– Se não para ultrapassar, então para voltar. Onde ela é morta. Ou então *post-mortem*. Onde ela é desovada.

– Ou algo assim. Ou algo assim – eu disse.

– A menos que ela tenha cruzado legalmente, ou estado aqui o tempo inteiro. Só porque Drodin não a viu...

Lembrei da ligação telefônica. Fiz uma cara cética de talvez.
– Pode ser. Ele parecia ter bastante certeza. É susp, sei lá.
– Bom...
– Tudo bem. Então digamos que seja a brecha: está tudo bem.
– O caralho que está.
– Não, escuta – eu disse. – Isso significa que não seria problema nosso. Ou pelo menos... se pudermos convencer a Comissão de Supervisão. Talvez eu possa arranjar isso.
Ela me fuzilou com o olhar:
– Vão foder com você. Ouvi dizer que eles estavam ficando...
– Vamos precisar apresentar provas. Até agora são circunstanciais, mas podem ser o bastante para fazer com que a coisa passe.
– Não pelo que eu ouvi. – Ela desviou o olhar, mas depois voltou. – Tem certeza de que quer fazer isso, chefe?
– Sim, merda. Sim, merda. Escuta. Eu entendo. É um crédito pra você querer continuar com o caso, mas escuta. Se existe uma chance de a gente estar certo... não se pode investigar a brecha. Essa Garota Assassinada Estrangeira Fulana Byela precisa de alguém para cuidar dela. – Fiz Corwi olhar pra mim, esperando. – Nós não somos as melhores pessoas, Corwi. Ela merece coisa melhor do que podemos fazer. Ninguém vai ser capaz de cuidar dela como a Brecha. Meu Deus, quem consegue a Brecha a seu favor? Para farejar um assassino?
– Não muita gente.
– Pois é. Então, se der, temos que entregar o caso. A comissão sabe que todo mundo tenta fazer passar tudo; é por isso que eles fazem você dançar feito um mico de circo. – Ela olhou pra mim desconfiada, e eu continuei. – Não temos prova e não sabemos os detalhes, então vamos passar os próximos dois dias colocando a cereja no bolo. Ou provando que estamos errados. Veja o perfil que temos dela agora. Finalmente temos o suficiente. Ela desaparece de Besźel dois, três anos atrás, e aparece morta agora. Talvez Drodin esteja certo e ela estivesse em Ul Qoma. Por cima dos panos. Eu quero que você pegue o telefone, faça uns contatos aqui e lá. Você sabe o que nós temos: estrangeira, pesquisadora et cetera. Descubra quem é ela. Se alguém lhe der trabalho, insinue que é um assunto da Brecha.
Na minha volta, passei pela mesa de Taskin.
– Borlú. Recebeu minha ligação?
– Srta. Cerush, suas elaboradas escusas para buscar minha companhia estão ficando pouco convincentes.
– Recebi sua mensagem e dei andamento. Não, não queira fugir para se casar comigo, Borlú, você vai se decepcionar. Pode ser que tenha de esperar um pouco para falar com a comissão.
– Como vai funcionar?

– Quando foi a última vez que você fez isso? Anos atrás, certo? Escute, tenho certeza de que você acha que marcou um gol... Não me olhe assim, qual é o seu esporte? Boxe? Eu sei que você acha que eles vão ter de invocar – a voz dela ficou séria –, instantaneamente, eu quero dizer, mas não vão. Você precisa esperar a sua vez, e isso pode levar alguns dias.

– Eu pensei...

– Antes, sim. Eles teriam largado o que estivessem fazendo. Mas é uma coisa complicada, e é mais nós do que eles. Nenhum conjunto de representantes gosta disso, mas, honestamente, Ul Qoma não é problema seu no momento. Desde que o grupo de Syedr entrou na coalizão gritando sobre fraqueza nacional, o governo está com medo de parecer muito ansioso para invocar, então eles não vão se apressar. Eles têm investigações públicas sobre os campos de refugiados, e não têm como não deixar de interrogar esses.

– Meu Deus, você está brincando. Eles ainda estão surtando com essa meia duzia de imbecis? – Alguém precisa atravessar de uma cidade para a outra, mas, se eles fizessem isso, seria quase impossível não criarem uma brecha, sem treinamento de imigração. Nossas fronteiras eram rígidas. Quando os recém-chegados desesperados atingiam trechos de margem cruzada, o acordo não escrito era que eles estariam na cidade cujo controle de fronteira os encontrasse e primeiro encarcerasse nos campos costeiros. Quão infelizes aqueles que, caçando as esperanças de Ul Qoma, acabavam em Besź.

– Seja o que for – disse Taskin. – E outras coisas. Masturbação recíproca. Eles não vão interromper reuniões de negócios e quejandos como teriam feito antes.

– Tudo pelo dólar ianque.

– Não vá estragar tudo. Se eles estão ganhando o dólar ianque por aqui, isso vai acabar comigo. Mas não vão parar tudo por você, não importa quem tenha morrido. Alguém morreu?

Corwi não levou muito tempo para descobrir o que eu tinha pedido. No fim do dia seguinte, ela entrou no meu escritório com um arquivo.

– Acabei de receber isso por fax de Ul Qoma – disse ela. – Eu estava na trilha certa. Nem foi tão difícil, quando você sabe por onde começar. A gente tinha razão.

Lá estava ela, a nossa vítima – seu arquivo, sua foto, nossa máscara mortuária e, de repente, fotografias um tanto surpreendentes dela em vida, monocromáticas e manchadas da tinta do fax, mas ali, nossa mulher morta sorrindo e fumando um cigarro, no meio de uma palavra, a boca aberta. Nossas notas rabiscadas, os detalhes dela, os estimados e agora outros em vermelho, nenhum ponto de interrogação hesitando sobre eles, os fatos dela; abaixo dos seus vários nomes inventados, o verdadeiro.

CAPÍTULO 6

– Mahalia Geary.
Havia quarenta e duas pessoas ao redor da mesa (antiguidade, alguém algum dia questionaria isso?), e eu. As quarenta e duas estavam sentadas, com pastas na frente delas. Eu estava em pé. Dois tomadores de minutas transcreviam em seus postos nos cantos do salão. Eu podia ver microfones na mesa, e tradutores estavam sentados por perto.
– Mahalia Geary. Ela tinha vinte e quatro anos. Norte-americana. Isso tudo foi descoberto pela minha assistente, a investigadora Corwi, todas essas informações, senhoras e senhores. Todas as informações estão nos papéis que enviei – eles não estavam lendo. Alguns nem tinham aberto a pasta.
– Norte-americana? – disse alguém.
Eu não reconheci todos os vinte e um representantes besź. Alguns. Uma mulher em sua idade média, penteado formal com uma mecha branca tipo gambá, como uma acadêmica de estudos de cinema, Shura Katrinya, ministra sem pasta, respeitada, mas seu momento havia passado. Mikhel Buric, dos sociais-democratas, oposição oficial, jovem, capaz, ambicioso o bastante para estar em mais de uma comissão (segurança, comércio, artes). Major Yorj Syedr, líder do Bloco Nacional, o agrupamento direitista com o qual o primeiro-ministro Gayardicz controversamente trabalhou em coalizão, apesar da reputação de Syedr não só de valentão, mas também de não muito competente nesse aspecto. Yavid Nyisemu, subministro de Gayardicz para a Cultura e presidente da comissão. Outros rostos não me eram estranhos, e com esforço mais nomes me viriam à lembrança. Não reconheci nenhum dos equivalentes de Ul Qoma. Eu não prestava muita atenção à política externa.
A maioria dos ul-qomanos folheou os pacotes que eu havia preparado. Eles usavam fones de ouvido, mas a maioria era fluente o bastante em besź para ao menos

me compreender. Era estranho não desver aquelas pessoas em trajes formais de Ul Qoma – homens com camisas sem colarinho e paletós escuros sem lapela, as poucas mulheres em trajes semienrolados espirais de cores que seriam contrabando em Besźel. Mas eu não estava em Besźel.

A Comissão de Supervisão se reúne no gigantesco coliseu barroco, com remendos de concreto, no centro da Cidade Velha de Besźel e da Cidade Velha de Ul Qoma. É um dos muito poucos lugares que tem o mesmo nome em ambas as cidades: Copula Hall. Isso é porque não é um prédio cruzado, precisamente, nem de totalidade-alteridade em *staccato*, um piso ou uma sala em Besźel e o seguinte em Ul Qoma: externamente, ele está em ambas as cidades; internamente, grande parte está em ambas ou em nenhuma. Todos nós – vinte e um legisladores de cada Estado, seus assistentes e eu – estávamos nos encontrando em uma junção, um interstício, uma espécie de fronteira construída em cima da outra.

Para mim, era como se outra presença estivesse ali: a razão para o encontro. Talvez vários de nós no aposento se sentissem observados.

Enquanto mexiam com seus papéis, aqueles que o faziam, voltei a agradecer a eles por me verem. Um pouquinho de politicagem. Aquelas reuniões da Comissão de Supervisão eram regulares, mas eu precisava esperar dias para vê-los. Apesar do aviso de Taskin, eu havia tentado convocar uma reunião extraordinária para transmitir a responsabilidade por Mahalia Geary o mais rápido possível (quem queria pensar que o assassino estava livre? Havia uma chance melhor de descobrir isso), mas, tirando as crises épicas, as guerras civis ou as catástrofe, isso era impossível de arrumar.

Que tal uma reunião com menos gente? Algumas pessoas faltando certamente não seria... Mas não, fui rapidamente informado que isso seria altamente inaceitável. Ela havia me avisado e estava certa, e eu ficava mais impaciente a cada dia. Taskin tinha me dado seu melhor contato, um secretário confidencial de um dos ministros da comissão, que havia explicado que a Câmara de Comércio de Besźel tinha feiras de negócios cada vez mais frequentes com as empresas estrangeiras, e que isso deixava fora Buric, que tinha tido um certo sucesso supervisionando tais eventos, Nyisemu e até mesmo Syedr. Essas, claro, eram ocorrências sacrossantas. Que Katrinya tinha encontros com diplomatas. Que Hurian, comissário da Bolsa de Valores de Ul Qoma, uma reunião impossível de reagendar com o ministro da Saúde ul-qomano, e muito et cetera, e que não haveria nenhuma reunião especial. A jovem morta teria de permanecer inadequadamente investigada por mais alguns dias até a reunião, em cujo horário, entre o indispensável negócio de adjudicação de qualquer *dissenso*, da gestão de recursos compartilhados – algumas das maiores linhas da grade de energia, água e esgoto, os prédios com cruzamentos mais intrincados –, eu teria um espaço de vinte minutos para apresentar o caso.

Talvez algumas pessoas conhecessem os detalhes dessas rígidas regras, mas os particulares das maquinações da Comissão de Supervisão nunca tinham me interessado. Eu já havia feito apresentações para eles duas vezes, muito tempo atrás. A composição da comissão era diferente então, é claro. Em ambas as vezes, os lados de Besźel e Ul Qoma quase atacaram um ao outro: as relações eram piores. Mesmo quando fomos apoiadores não combatentes de lados opostos em conflitos, como durante a Segunda Guerra Mundial – essa não foi a hora mais feliz de Ul Qoma –, a Comissão de Supervisão foi obrigada a se reunir. Que ocasiões desconfortáveis devem ter sido aquelas. Ela não havia se encontrado, entretanto, conforme eu me lembrava de minhas lições, durante as duas breves e desastrosas guerras declaradas que tivemos uma contra a outra. De qualquer maneira, agora nossas duas nações estavam, ainda que de forma um tanto desajeitada, supostamente passando por uma espécie de reconciliação.

Nenhum dos casos anteriores que apresentei tinha sido tão urgente. A primeira vez fora uma brecha de contrabando, como a maioria dessas questões é. Uma gangue em Besźel ocidental começou a vender drogas purificadas a partir de remédios ul-qomanos. Estavam apanhando caixas nos arredores da cidade, perto do fim do eixo leste-oeste das linhas ferroviárias de cruzamento que dividem Ul Qoma em quatro quadrantes. Um contato ul-qomano estava jogando as caixas dos trens. Existe uma pequena extensão ao norte de Besźel onde os trilhos propriamente ditos cruzam com os de Ul Qoma, e também servem de trilhos lá; e as milhas de rodovias em busca do norte que saem de ambas as cidades-Estado, ligando-nos aos nossos vizinhos do norte através de uma fenda na montanha, são compartilhadas até as nossas fronteiras, onde se tornam uma linha única em legalidade existencial e um mero fato metálico: até aquelas fronteiras nacionais, a trilha eram duas ferrovias jurídicas. Em diversos desses lugares, as caixas de suprimentos médicos eram jogadas em Ul Qoma, e lá ficavam, abandonadas na mata cerrada ul-qomana ao lado dos trilhos, mas eram apanhadas em Besźel, e isso era brecha.

Nunca pegamos nossos criminosos em flagrante, mas, quando apresentamos nossas evidências de que aquela era a única fonte possível, a comissão concordou e invocou a Brecha. O comércio de drogas acabou: os fornecedores desapareceram das ruas.

O segundo caso era o de um homem que havia matado a mulher e, quando nos aproximamos dele, num terror imbecil ele abriu uma brecha: entrou numa loja em Besźel, trocou de roupa e emergiu em Ul Qoma. Por acaso ele não foi apreendido naquela instância, mas percebemos logo o que havia acontecido. Em sua frenética liminaridade, nem nós nem nossos colegas ul-qomanos tocaríamos nele, embora nós e eles soubéssemos para onde havia ido, escondido em alojamentos ul-qomanos. A Brecha o pegou e ele também desapareceu.

Essa era a primeira vez em muito tempo que eu fazia aquela solicitação. Apresentei minhas evidências. Dirigi-me o mais educadamente que pude tanto aos membros ul-qomanos como aos besź. E também ao poder observador que com certeza deve ter invisivelmente observado.

– Ela é residente em Ul Qoma, não em Besźel. Assim que descobrimos isso, nós a encontramos. Corwi a encontrou, quero dizer. Ela estava lá havia mais de dois anos. É estudante de doutorado.

– O que ela estudava? – perguntou Buric.

– Ela é arqueóloga. História dos primórdios. Está ligada a uma das escavações. Tem tudo nas pastas. – Uma pequena ondulação, diferentemente iterada entre os besź e os ul-qomanos. – Foi assim que ela entrou, mesmo com o bloqueio. – Havia algumas exceções para vínculos educacionais e culturais.

Escavações são constantes em Ul Qoma, projetos de pesquisa incessantes, o solo deles é tão mais rico do que o nosso próprio em artefatos extraordinários das eras pré-Clivagem. Livros e conferências discutem se essa preponderância é coincidência ou dispersão de evidências de alguma coisa específica de Ul Qoma (os nacionalistas ul-qomanos, é claro, insistem na última). Mahalia Geary era filiada a uma escavação de longa data em Bol Ye'an, em Ul Qoma ocidental, um sítio tão importante quanto Tenochtitlán e Sutton Hoo, que está ativo desde sua descoberta, há quase um século.

Teria sido bom para meus compatriotas historiadores se ele fosse cruzado. Embora o parque onde está localizado seja cruzado – só um pouquinho – e o cruzamento chegue bem perto de uma terra cheia de tesouros cuidadosamente arada, uma fina faixa de Besźel total até separando seções de Ul Qoma dentro dos terrenos, a escavação propriamente dita não é. Há besź que dirão que a desproporcionalidade é algo bom, que se tivéssemos um veio de entulho histórico com a metade da riqueza do de Ul Qoma – com tantos bricabraques, restos de mecanismos, lascas de mosaicos, cabeças de machados e pedaços de pergaminhos crípticos santificados com rumores de comportamentos físicos estranhos e efeitos improváveis –, teríamos simplesmente vendido tudo. Ul Qoma, pelo menos, com sua santimônia piegas com relação à história (óbvia compensação culpada pelo ritmo da mudança, pelo vigor vulgar de grande parte de seu desenvolvimento recente), seus arquivistas de Estado e suas restrições à exportação, mantinha o passado um tanto quanto protegido.

– Bol Ye'an é dirigido por um bando de arqueólogos da Universidade Príncipe de Gales, no Canadá, onde Geary estava matriculada. A orientadora dela vive dentro e fora de Ul Qoma há anos: Isabelle Nancy. Tem um bando deles vivendo lá. Eles organizam conferências às vezes. Chegam a fazê-las em Besźel, de tantos em tantos anos. – Que prêmio de consolação para nosso terreno estéril de restos. – A última grande conferência foi há algum tempo, quando descobriram aquele último lote de artefatos. Tenho certeza de que todos se lembram. – Isso havia chegado à imprensa internacional. A coleção rapidamente recebeu um nome, mas eu não conseguia lembrar qual. Ela incluía um astrolábio e uma coisa com engrenagens, uma complexidade intrincada tão loucamente específica e atemporal quanto o mecanismo de Antikythera, ao qual se associaram tantos sonhos e especulações e cujo objetivo, da mesma forma, ninguém havia sido capaz de reconstruir.

– Então, qual é a história dessa garota? – Foi um dos ul-qomanos que falou, um gordo na casa dos cinquenta com uma camisa em tons que a teriam tornado questionavelmente legal em Besźel.

– Ela estava baseada lá, em Ul Qoma, há meses, para sua pesquisa – eu disse. – Veio primeiro para Besźel, antes de ir para Ul Qoma, para uma conferência cerca de três anos atrás. Os senhores devem se lembrar, aconteceu aquela grande exposição de artefatos e coisas emprestadas de Ul Qoma, uma ou duas semanas de reuniões e por aí vai. Montes de pessoas vieram de toda parte, acadêmicos da Europa, da América do Norte, de Ul Qoma, de toda parte.

– Certamente nos lembramos – disse Nyisemu. – Muitos de nós estavam envolvidos.

Claro. Várias comissões estatais e ONGs semiautônomas tinham montado estandes; ministros do governo e da oposição haviam aparecido. O primeiro-ministro abrira os trabalhos, e Nyisemu havia inaugurado formalmente a exposição no museu. O comparecimento foi obrigatório para qualquer político sério.

– Bem, ela estava lá. Pode ser até que os senhores a tenham notado: ela causou um certo rebuliço, aparentemente, foi acusada de Desrespeito, fez um discurso horrível sobre Orciny numa apresentação. Quase foi expulsa.

Dois rostos – Buric e Katrinya com certeza, Nyisemu talvez – olharam como se aquilo tivesse acionado alguma coisa. Pelo menos uma pessoa do lado ul-qomano parecia se lembrar de algo também.

– Então ela se acalma, ao que parece, termina o mestrado, começa um doutorado, consegue entrada em Ul Qoma, dessa vez para fazer parte dessa escavação, continuar seus estudos... Ela jamais teria voltado para cá, acho que não, não depois daquela intervenção, e francamente fico surpreso por ela ter voltado... E esteve lá desde então, exceto nos feriados, por um tempo. Existem acomodações para estudantes perto da escavação. Ela desapareceu há duas semanas e apareceu em Besźel. Na Aldeia Pocost, no conjunto habitacional, que é, os senhores vão se lembrar, total em Besźel, portanto alter para Ul Qoma, e estava morta. Está tudo na pasta, congressista.

– Você não mostrou brecha, mostrou? Não exatamente – falou Yorj Syedr, com mais suavidade do que eu esperava de um militar. À frente dele, vários congressistas de Ul Qoma, homens e mulheres, sussurravam em illitano, a interjeição dele incentivando-os a conferenciar. Olhei para ele. Ao lado, Buric revirava os olhos, e viu que eu o vi fazer isso.

– O senhor deve me perdoar, conselheiro – acabei dizendo. – Não sei o que dizer quanto a isso. Essa moça vivia em Ul Qoma. Oficialmente, quero dizer, nós temos os registros. Ela desaparece. Ela aparece morta em Besźel. – Franzi a testa. – Não estou realmente certo... O que mais o senhor sugeriria como evidência?

– Circunstancial, entretanto. Quero dizer, você já verificou com o Ministério das Relações Exteriores? Já descobriu, por exemplo, se a srta. Geary saiu de Ul Qoma para algum evento em Budapeste ou algo assim? Talvez tenha feito isso, depois voltado para Besźel? São quase duas semanas sem registro, inspetor Borlú.

Olhei fixo para ele.

– Como eu disse, ela não teria voltado para Besźel após sua pequena performance...

Ele fez uma cara quase de pena e me interrompeu.

– A Brecha é... uma *potência alienígena*. – Diversos membros besź e alguns ul--qomanos da comissão pareceram chocados. – Todos nós sabemos que é o caso – disse Syedr –, seja educado admitir isso ou não. A Brecha é, torno a dizer, uma *potência alienígena*, e entregamos nossa soberania a ela por nossa conta e risco. Nós simplesmente lavamos as mãos de qualquer situação difícil e entregamos ela a uma... perdão se ofendo, mas a uma sombra sobre a qual não temos controle. Simplesmente para tornar nossa vida mais fácil.

– O senhor está brincando, conselheiro? – perguntou alguém.

– Pra mim já chega – começou Buric.

– Nem todos abraçamos o inimigo – disse Syedr.

– Presidente – gritou Buric –, o senhor vai permitir essa calúnia? Isso é ultrajante... – Fiquei observando o novo espírito não partidário sobre o qual havia lido.

– É claro, onde sua intervenção é necessária, eu apoio inteiramente a invocação – disse Syedr. – Mas meu partido vem argumentando já há algum tempo que precisamos parar... de sancionar a cessão de uma autoridade considerável à Brecha. Quanta pesquisa o senhor realmente fez, inspetor? O senhor falou com os pais dela? Com os amigos dela? O que realmente *sabemos* sobre a pobre moça?

Eu devia ter me preparado melhor para aquilo. Por essa eu não esperava.

Já tinha visto a Brecha antes, num breve momento. Quem não tinha? Eu a tinha visto assumir o controle. A grande maioria das brechas é aguda e imediata. A Brecha *intervém*. Eu não estava acostumado a procurar permissões, invocar, essa maneira arcana. Confie na Brecha, nós crescemos ouvindo, desveja e não mencione os batedores de carteira ou ladrões ul-qomanos em ação mesmo que você repare neles, coisa que não devia, de onde você está em Besźel, pois brecha é uma transgressão pior do que a deles.

Quando eu tinha quatorze anos, vi a Brecha pela primeira vez. A causa era a mais comum de todas – um acidente de tráfego. Uma pequena van ul-qomana em forma de caixa – isso foi há mais de trinta anos, os veículos nas estradas de Ul Qoma eram muito menos impressionantes do que são agora – havia derrapado. Ela estava viajando por uma estrada cruzada, e um bom terço dos carros naquela área era besź.

Se a van tivesse se endireitado, os motoristas besź teriam reagido da maneira tradicional a um obstáculo estrangeiro tão intrusivo, uma das inevitáveis dificuldades de viver em cidades cruzadas. Quando um ul-qomano tropeça em um besź, cada qual em sua própria cidade; se um cão ul-qomano sai correndo e cheira um passante besź; uma vidraça quebrada em Ul Qoma deixa vidro no caminho de pedestres besź – em todos esses casos, o besź (ou o ul-qomano, na circunstância inversa) evita a dificuldade estrangeira da melhor forma possível sem reconhecer sua existência. Tocam nela, se preciso for, embora seja melhor não. Tal não sensação estoica educada é a forma de lidar com os protubs – essa é a forma besź de chamar as protuberâncias da outra cidade. Existe um termo em illitano também, mas eu não conheço. (Só o lixo é uma exceção, quando fica velho o bastante. Jogado no pavimento cruzado ou soprado para uma área alter de onde foi deixado, ele começa como protub, mas depois de um tempo suficientemente longo para se desvanecer e a escrita illitana ou besź ser obscurecida pela sujeira ou clareada pela luz, e quando ele coagula com outro lixo, incluindo lixo da outra cidade, é apenas lixo, e vagueia entre as fronteiras, como neblina, chuva e fumaça.)

O motorista da van que eu vi não se recuperou. Ele deslizou diagonalmente pelo asfalto – não sei qual era a rua em Ul Qoma, mas era a KünigStrász em Besźel – e bateu no muro de uma boutique besź e na vitrine dali. Um homem besź morreu; o motorista ul-qomano ficou gravemente ferido. Pessoas em ambas as cidades gritavam. Eu não vi o impacto, mas minha mãe viu, e agarrou minha mão com tanta força que gritei de dor antes mesmo de registrar o ruído.

Os primeiros anos da vida de uma criança besź (e presumivelmente de uma ul-qomana) são um intenso aprendizado de pistas. Nós apreendemos estilos de vestir, cores permitidas, jeitos de caminhar e posturas muito rápido. Antes dos oito anos, aproximadamente, pode-se confiar que a maioria de nós não vai fazer uma brecha de forma embaraçosa ou ilegal, embora, é claro, uma licença seja concedida às crianças sempre que elas vão para a rua.

Eu era mais velho que isso quando levantei a cabeça para ver o resultado sangrento daquele acidente de brecha, e me lembro de ter lembrado daqueles arcanos, e de que eles eram uma palhaçada. Naquele momento, quando minha mãe e eu e todos nós não podíamos deixar de ver o desastre ul-qomano, todo aquele cuidadoso desver que eu havia recém-aprendido foi pelo ralo.

Em segundos, a Brecha veio. Formas, figuras – algumas talvez já estivessem lá, mas que mesmo assim pareciam se coagular a partir de espaços entre fumaça do acidente – movendo-se rápido demais para serem vistas com clareza, movendo-se com autoridade e poder tão absolutos que em segundos controlaram e contiveram a área da intrusão. Os poderes eram quase impossíveis, pareciam quase impossíveis, de decifrar. Nas margens da zona de crise os besź e, eu ainda não podia deixar de ver, a polícia ul-qomana estavam afastando os curiosos em suas respectivas cidades, passando fita na área, isolando gente de fora, selando uma zona dentro da qual – suas ações rápidas ainda eram visíveis, embora meu eu criança tivesse tanto medo de vê-las – a Brecha, organizando, cauterizando, restaurando.

Esse tipo de situação rara era quando alguém podia vislumbrar a Brecha, fazendo o que eles faziam. Acidentes e catástrofes de perfuração de fronteiras. O terremoto de 1926, um grande incêndio. (Uma vez houve um incêndio brutopicamente próximo do meu apartamento. Ele foi contido numa casa, mas numa casa que não ficava em Besźel, e que eu havia desvisto. Eu tinha visto na minha TV local cenas do incêndio transmitidas de Ul Qoma, enquanto as janelas da minha sala de estar eram iluminadas por seu brilho vermelho.) A morte de um passante ul-qomano por uma bala perdida besź num assalto. Era difícil associar essas crises a essa burocracia.

Eu me movi e olhei ao redor do salão, para nada. A Brecha é responsável por suas ações para os especialistas que a invocam, mas para muitos de nós isso não parece uma limitação.

– Você falou com os colegas dela? – perguntou Syedr. – Até que ponto você levou isso?

– Não. Não falei com eles. Minha investigadora assistente falou, é claro, para verificar as informações.

– Você falou com os pais dela? Você parece muito ansioso para se livrar dessa investigação – aguardei mais alguns segundos antes de falar por cima do burburinho em ambos os lados da mesa.

– Corwi transmitiu a notícia. Eles já pegaram um voo para cá. Major, não tenho certeza de que o senhor esteja entendendo a posição em que estamos. Sim, eu *estou* ansioso. O senhor não quer que o assassino de Mahalia Geary seja encontrado?

– Está certo, já chega – disse Yavid Nyisemu. Ele tamborilava os dedos em cima da mesa. – Inspetor, o senhor poderia não usar esse tom. Existe uma preocupação, tanto razoável quanto crescente entre representantes, de que somos apressados demais para ceder à Brecha em situações nas quais poderíamos na verdade escolher não ceder, e fazer isso é perigoso e, potencialmente, até mesmo uma traição – ele esperou até que finalmente sua solicitação estivesse clara e eu fizesse um som que pudesse ser considerado um pedido de desculpas. – Entretanto – continuou –, o senhor, major, poderia também ser menos argumentativo e ridículo. Por favor, a moça estava em Ul Qoma, some, aparece morta em Besźel. Não consigo imaginar um caso mais simples. É claro que vamos aprovar a entrega do caso à Brecha. – Ele cortou o ar com as mãos quando Syedr começou a reclamar.

Katrinya assentiu.

– Uma voz de bom senso – disse Buric. Os ul-qomanos obviamente já tinham visto essas lutas internas antes. Os esplendores da nossa democracia. Sem dúvida eles conduziam as próprias brigas.

– Acho que isso é tudo, inspetor – disse ele, por sobre a voz alterada do major. – Já temos sua submissão. Obrigado. O porteiro lhe mostrará a saída. O senhor terá notícias nossas em breve.

Os corredores do Copula Hall são de um estilo determinado que deve ter evoluído ao longo dos muitos séculos de existência e centralidade do edifício para a vida e a política de Besźel e Ul Qoma: são antigos e elegantes, mas de algum modo vagos, sem definição. As pinturas a óleo são bem executadas, mas parecem sem antecedentes, genericamente sem sangue. O staff besź e ul-qomano entra e sai desses corredores intermediários. O prédio não passa a sensação de algo colaborativo, mas de vazio.

Os poucos artefatos Precursores em alarmadas e vigiadas cúpulas que pontuam as passagens são diferentes. Eles são específicos, porém opacos.

Olhei de relance para alguns enquanto saía: uma Vênus de peitos murchos com uma fenda onde antes poderia haver engrenagens ou uma alavanca; uma vespa metálica rústica descolorida pelos séculos; um dado de basalto. Sob cada artefato, uma legenda oferecia palpites.

A intervenção de Syedr não foi convincente: ele dera a impressão de que havia decidido defender a próxima petição que passasse pela mesa, e teve o infortúnio de ser a minha, um caso com o qual era difícil argumentar – e com motivações questionáveis. Se eu fosse político, não seguiria em nenhuma circunstância a liderança dele. Mas sua cautela tinha um motivo.

Os poderes da Brecha são quase ilimitados. Assustadores. O que limita a Brecha é apenas o fato de que esses poderes são altamente específicos, circunstancialmente. A insistência para que essas circunstâncias sejam rigorosamente policiadas é uma precaução necessária para as cidades.

Por isso, esse equilíbrio arcano entre Besźel, Ul Qoma e a Brecha. Em circunstâncias diferentes das várias agudas e indiscutíveis brechas – crime, acidente ou desastre (derramamento de produtos químicos, explosões de gás, um agressor com problemas mentais atacando através da fronteira municipal) –, a comissão vetava todas as potenciais invocações – que eram, afinal de contas, todas as circunstâncias nas quais Besźel e Ul Qoma se desnudariam de qualquer poder.

Mesmo depois de eventos agudos, com os quais ninguém são poderia argumentar, os representantes das duas cidades na comissão examinariam cuidadosamente *ex post facto* as justificativas apresentadas para as intervenções da Brecha. Eles poderiam, tecnicamente, questionar qualquer uma delas: seria absurdo fazer isso, mas a comissão não minaria a autoridade deles não cedendo a moções importantes.

As duas cidades necessitam da Brecha. E sem a integridade das cidades, o que é a Brecha?

Corwi estava esperando por mim.
– E então? – Ela me passou o café. – O que eles disseram?
– Bom, a coisa vai ser passada. Mas me fizeram pular feito um mico de circo. – Andamos até a viatura. Todas as ruas ao redor do Copula Hall eram cruzadas, e fomos até lá onde Corwi havia estacionado, desvendo através de um grupo de amigos ul-qomanos. – Você conhece Syedr?
– Aquele babaca fascista? Claro.
– Ele tentou dar a entender que não deixaria o caso ir para a Brecha. Foi bizarro.
– Eles odeiam a Brecha, não odeiam, o NacBloc?
– É bizarro odiá-la. É como odiar o ar ou algo assim. Ele é um nac, e se não existir a Brecha, não existe Besźel. Não existe pátria.
– É complicado, não é? – disse ela. – Porque, muito embora nós precisemos deles, isso é um sinal de dependência. Os nacs estão divididos, de qualquer maneira, entre o pessoal do equilíbrio de poder e os triunfalistas. Talvez ele seja triunfalista. Eles acham que a Brecha está protegendo Ul Qoma, a única coisa que impede Besźel de tomar tudo.
– Eles querem tomar tudo? Estão vivendo num mundo de sonhos, se pensam que Besźel venceria. – Corwi me olhou de esguelha. Nós dois sabíamos que era verdade. – De qualquer maneira, não adianta mais. Eu acho que ele estava posando.
– Porra, ele é um idiota. Quero dizer, além de fascista, ele também não é muito inteligente. Quando é que vamos receber o sinal verde?
– Em um ou dois dias, eu acho. Eles vão votar todas as moções apresentadas hoje. Acho – na verdade, eu não sabia como a coisa era organizada.
– Então, nesse meio-tempo, o quê? – Ela foi direta.
– Bem, você tem outras coisas com que se preocupar, acredito. Esse não é o seu único caso. – Olhei para ela enquanto dirigia.

Passamos de carro pelo Copula Hall, sua entrada imensa no formato de uma caverna secular artificial. O edifício é muito maior do que uma catedral, maior do que um circo romano. É aberto dos lados leste e oeste. No térreo, e nos primeiros quinze metros abaulados acima dele, há uma passagem semicoberta, pontuada de pilares, fluxo de trânsito separado por barreiras e do tipo anda-para por causa dos checkpoints.

Pedestres e veículos iam e vinham. Carros e vans entravam nela perto de nós, para aguardar no ponto mais oriental, onde passaportes e documentos eram checados e motoristas recebiam permissão – ou não – para deixar Besźel. Uma corrente constante. Mais metros, passando pelo interstício intercheckpoints sob o arco do hall, mais uma espera no portão ocidental dos prédios para entrar em Ul Qoma. Processo inverso nas outras pistas.

Então os veículos com o carimbo permissão-para-cruzar emergiam do lado oposto de onde haviam entrado e penetravam numa cidade estrangeira. Frequentemente davam a volta nas ruas cruzadas na Cidade Velha, ou na própria Cidade Velha, para o mesmo espaço que haviam ocupado minutos antes, embora num novo reino jurídico.

Se alguém precisasse ir a uma casa fisicamente ao seu lado, mas na cidade vizinha, era por uma estrada diferente em uma potência inamistosa. É isso que os estrangeiros raramente compreendem. Um habitante de Besźel não pode andar alguns passos até a porta ao lado em uma casa alter sem brecha.

Mas, passando através do Copula Hall, ela ou ele pode deixar Besźel e, no fim do hall, voltar exatamente (corporeamente) para onde estava, mas em outro país, um turista, um visitante maravilhado, para uma rua que partilhava a latitude-longitude de seu próprio endereço, uma rua que eles nunca haviam visitado antes, cuja arquitetura haviam sempre desvisto, para a casa ul-qomana que ficava logo ao lado e a toda uma cidade de distância de seu próprio edifício, desvisível agora que haviam atravessado, feito todo o caminho através da Brecha, de volta para casa.

O Copula Hall como a cintura de uma ampulheta, o ponto de ingresso e egresso, o umbigo das cidades. O edifício inteiro um funil, deixando visitantes de uma cidade para a outra, e da outra para a uma.

Existem lugares não cruzados, mas onde Besźel é interrompida por uma fina parte de Ul Qoma. Quando crianças, nós assiduamente desvíamos Ul Qoma, como nossos pais e mestres incansavelmente nos treinavam (a ostentação com a qual nós e nossos contemporâneos ul-qomanos costumávamos desreparar uns nos outros quando estávamos brutopicamente próximos era impressionante). Costumávamos jogar pedras através da alteridade, dar a longa volta ao redor dela em Besźel e pegá-las de novo, e debater se havíamos feito errado. A Brecha, é claro, nunca se manifestou.

Fazíamos o mesmo com os lagartos locais. Eles estavam sempre mortos quando os pegávamos de volta, e dizíamos que a pequena viagem aérea através de Ul Qoma os tinha matado, embora também pudesse ter sido simplesmente o pouso.

– Não será problema nosso por muito mais tempo – eu disse, observando alguns poucos turistas ul-qomanos emergirem em Besźel. – Mahalia, quero dizer. Byela. Fulana Detail.

CAPÍTULO 7

Voar para Besźel da costa leste dos EUA envolve trocar de avião ao menos uma vez, e essa é a melhor opção. É uma viagem famosamente complicada. Existem voos diretos para Besźel de Budapeste, de Skopje e, provavelmente a melhor opção para um norte-americano, de Atenas. Tecnicamente, Ul Qoma seria mais difícil para eles devido ao bloqueio, mas tudo que precisavam fazer era dar um pulo no Canadá e podiam viajar diretamente. Havia muito mais serviços internacionais para o Novo Lobo.

Os Geary iam chegar ao Besźel Halvic às dez da manhã. Eu já havia feito Corwi dar a notícia da morte da filha deles pelo telefone. Disse a ela que eu mesmo os escoltaria para ver o corpo, embora ela pudesse me acompanhar, se quisesse. Ela quis.

Esperamos no aeroporto de Besźel, caso o avião chegasse mais cedo. Tomamos um café ruim do equivalente ao Starbucks no terminal.

Corwi voltou a me perguntar sobre o funcionamento da Comissão de Supervisão. Eu perguntei a ela se algum dia havia saído de Besźel.

– Claro – disse ela. – Já estive na Romênia. Já estive na Bulgária.

– Turquia?

– Não. E você?

– Estive. E em Londres. Moscou. Paris, uma vez, muito tempo atrás, e Berlim. Berlim Ocidental, aliás. Foi antes de elas se unirem.

– Berlim? – disse ela. O aeroporto não estava muito cheio: a maior parte era de besź que voltavam, ao que parecia, além de alguns turistas e viajantes de negócios do Leste Europeu. É difícil turistar em Besźel, ou em Ul Qoma – quantos destinos de férias aplicam testes antes de deixar você entrar? Mesmo assim, embora eu não tivesse estado lá, havia visto filmes do novo aeroporto de Ul Qoma, a dezesseis ou dezessete milhas a sudoeste, atravessando o Estreito de Bulkya a partir de Lestov, e ele tinha bem mais tráfego do que o nosso, embora as condições para os visitantes não fossem menos estressantes do que as nossas próprias. Quando foi reconstruído, alguns anos antes, passou de um pouco menor para muito maior do que o nosso próprio terminal em poucos meses de construção frenética. No alto de seus terminais, estavam concatenadas meias-luas de vidro espelhado, projetadas por Foster ou alguém assim.

Um grupo de judeus ortodoxos estrangeiros foi recebido, a julgar pelas roupas, por seus muito menos devotos parentes locais. Um segurança gordo deixou a arma pendurada para coçar o queixo. Havia um ou dois *execs* vestidos de forma intimidadora chegando daqueles voos recentes cobertos de ouro, nossos novos amigos high-tech, até mesmo americanos, indo ao encontro de motoristas com placas para membros das diretorias da Sear and Core, Shadner, VerTech, executivos que não chegavam em aviões próprios nem pousavam de helicóptero em seus próprios helipontos. Corwi me viu lendo as placas.

– Por que caralho alguém investiria aqui? – disse ela. – Você acha que eles sequer se lembram de concordar com isso? O governo coloca Rohypnol descaradamente na bebida deles nessas reuniões.

– Típico papo derrotista besź, detetive. É isso que derruba o nosso país. Os representantes Buric, Nyisemu e Syedr estão fazendo precisamente o trabalho que confiamos a eles. – Buric e Nyisemu faziam sentido: era extraordinário que Syedr tivesse entrado na organização das feiras de comércio. Algum favor cobrado. O fato de que, conforme esses visitantes estrangeiros demonstravam, havia pequenos sucessos ainda era tanto mais notável por isso.

– Certo – disse ela. – Sério, olhe esses caras quando eles saírem. Juro que aquilo nos olhos deles é pânico. Você viu aqueles carros levando eles por toda a cidade, aos pontos turísticos, aos cruzamentos e sei lá mais onde? "Vendo a vista." Certo. Esses pobres coitados estão tentando encontrar a saída.

Apontei para um painel: o avião havia pousado.

– Então você falou com a orientadora de Mahalia? – perguntei. – Tentei ligar para ela umas duas vezes, mas não consegui, e eles não querem me dar o celular dela.

– Não por muito tempo – disse Corwi. – Consegui falar com ela no Centro. Tem tipo um departamento de pesquisa que faz parte da escavação em Ul Qoma. Doutora Nancy, ela é uma das chefonas, tem um bando inteiro de alunos. Bom, aí eu liguei pra ela e verifiquei que Mahalia era do grupo, que ninguém a via já fazia um tempo et cetera et cetera. Disse a ela que tínhamos motivos para acreditar pontinho pontinho pontinho. Mandei uma foto. Ela ficou chocada.

– É?

– Claro. Ela ficou... não parava de falar em como Mahalia era uma ótima aluna, no que havia acontecido e por aí vai. Então você esteve em Berlim. Fala alemão, portanto?

– Costumava – respondi. – *Ein bisschen*.
– Por que foi lá?
– Eu era novo. Era uma conferência. "Policiamento de Cidades Divididas." Eles tinham sessões sobre Budapeste, Jerusalém e Berlim, e Besźel e Ul Qoma.
– Caralho!
– Eu sei, eu sei. Foi o que dissemos na época. Eles não entenderam absolutamente nada.
– Cidades divididas? Fico besta que a *acad* tenha deixado você ir.
– Eu sei, quase pude sentir a minha permissão evaporando numa rajada de patriotismo dos outros. Meu orientador disse que não era apenas um erro de compreensão de nosso status, era um insulto a Besźel. Não estava errado, suponho. Mas era uma viagem ao exterior, com subsídio, eu ia dizer não? Precisei convencê-lo. Pelo menos conheci meus primeiros ul-qomanos, que haviam obviamente conseguido superar o próprio ultraje também. Conheci um, em particular, na discoteca da conferência, se bem me lembro. Fizemos nossa parte para amenizar as tensões internacionais ao som de "99 Luftballons" – Corwi bufou, mas os passageiros começaram a chegar e nós nos recompusemos, para que nosso rosto tivessem uma expressão de respeito quando os Geary emergissem.

O funcionário da imigração que os escoltava nos viu e fez um gesto gentil de cabeça para eles. Eram reconhecíveis pelas fotografias que havíamos recebido dos nossos correspondentes americanos, mas eu os teria reconhecido de qualquer maneira. Eles tinham aquela expressão que só se via em pais enlutados: o rosto parecia de argila, empelotado de exaustão e tristeza. Eles se arrastaram para a área de desembarque como se tivessem quinze ou vinte anos a mais.

– Sr. e sra. Geary? – Eu andava praticando meu inglês.
– Ah – disse ela, a mulher. Estendeu a mão. – Ah, sim, o senhor é o sr. Corwi, não é, é isso...
– Não, senhora. Sou o inspetor Tyador Borlú, do ECH de Besźel. – Apertei sua mão, a mão de seu marido. – Esta é a investigadora assistente Lizbyet Corwi. Sr. e sra. Geary, eu, nós lamentamos muito profundamente a sua perda.

Os dois piscaram como animais, fazendo que sim com a cabeça, e abriram a boca, mas não disseram nada. O luto os fez parecer imbecis. Era cruel.

– Posso levar vocês ao hotel?
– Não, obrigado, inspetor – disse o sr. Geary. Olhei para Corwi, mas ela estava acompanhando o que era dito, mais ou menos, sua compreensão era boa. – Nós gostaríamos de... gostaríamos de fazer o que viemos fazer aqui. – A sra. Geary apertava e soltava a bolsa. – Nós gostaríamos de vê-la.
– É claro. Por favor. – Conduzi-os até o veículo.
– Vamos ver a doutora Nancy? – perguntou o sr. Geary, enquanto Corwi dirigia.
– E os amigos de May?

– Não, sr. Geary – eu disse. – Receio que não podemos fazer isso. Eles não estão em Besźel. Estão em Ul Qoma.

– Você sabe disso, Michael, você sabe como funciona aqui – disse a esposa.

– Sim, sim – disse ele para mim, como se tivessem sido palavras minhas. – Sim, desculpe, deixe-me... Eu só quero falar com os amigos dela.

– Isso pode ser arranjado, sr. Geary, sra. Geary – eu disse. – Vamos ver a questão das ligações telefônicas. E... – Eu estava pensando em passagens pelo Copula Hall. – Vamos ter de pedir para escoltarem vocês para entrar em Ul Qoma. Depois de cuidarmos das coisas aqui.

A sra. Geary olhou para o marido. Ele ficou olhando para a aglomeração de ruas e veículos ao redor. Alguns dos viadutos dos quais nos aproximávamos estavam em Ul Qoma, mas eu tinha certeza de que ele não ia deixar de olhar para eles. Ele não daria a mínima, mesmo que soubesse que não era para fazer isso. No caminho, haveria uma vista ilícita, de brecha, de uma Zona de Economia Rápida Ul-Qomana, toda colorida, cheia daquela horrível e imensa arte pública.

Os Geary usavam distintivos de visitantes nas cores besź, mas como raros beneficiários de selos de entrada humanitária eles não tinham treinamento turístico, nenhuma noção das políticas locais de fronteiras. Estariam insensibilizados com a perda. O perigo de fazerem uma brecha era alto. Precisávamos protegê-los de cometer impensadamente atos que os fariam ser deportados, no mínimo. Até que a entrega da situação para a Brecha fosse oficializada, estávamos encarregados de agir como babás: não sairíamos de perto dos Geary, enquanto estivessem acordados.

Corwi não olhou para mim. Tínhamos de tomar cuidado. Se os Geary fossem turistas regulares, teriam de passar pelo treinamento obrigatório e pelo exame de entrada, não pouco restritos, tanto em seus elementos de role-play teóricos quanto nos práticos, para conseguir o visto. Eles saberiam, ao menos por alto, os significantes principais da arquitetura, do vestuário, do alfabeto e dos maneirismos, das cores e dos gestos fora da lei, dos detalhes obrigatórios – e, dependendo do professor besź, as supostas distinções das fisionomias nacionais –, para distinguir Besźel e Ul Qoma, e seus cidadãos. Eles saberiam um pouquinho de nada (não que nós, os locais, soubéssemos muito mais) a respeito da Brecha. Crucialmente, saberiam o bastante para evitar cometer brechas próprias.

Depois de um curso de duas semanas, ou sei lá quanto, ninguém achava que os visitantes teriam metabolizado o profundo instinto pré-discursivo de nossas fronteiras que têm os besź e os ul-qomanos para captar os verdadeiros rudimentos do desver. Mas nós insistimos para que eles ajam como se tivessem. Nós, e as autoridades de Ul Qoma, esperamos um decoro estrito e patente, nenhuma interação e, obviamente, nenhuma atenção à nossa cidade-Estado vizinha cruzada.

Embora (ou como) as sanções para brecha sejam graves (as duas cidades dependem disso), a brecha deve estar além de qualquer dúvida razoável. Todos nós suspeitamos que, apesar de sermos há muito tempo especialistas em desvê-la, os turistas que vão ao gueto da Velha Besźel estejam sub-repticiamente reparando na fachada de vidro da Ponte Yal Iran, em Ul Qoma, com a qual faz fronteira na topologia literal. Olhando para cima, e vendo os balões com fitas da parada do Dia do Vento de Besźel, eles sem dúvida não podem deixar (como nós podemos) de reparar nas torres de lágrima elevadas do distrito palaciano de Ul Qoma, ao lado dos balões embora a um país inteiro de distância. Contanto que não apontem ou façam sons de espanto (que é o motivo pelo qual, exceto em raras exceções, nenhum estrangeiro com menos de dezoito anos tem permissão de entrar), todos os envolvidos podem aceitar a possibilidade de que não há brecha. É esse controle que o treinamento pré-visto ensina, em vez de um rigoroso desver de um local, e que a maioria dos alunos tem o bom senso de entender. Nós todos, a Brecha inclusive, damos o benefício da dúvida aos visitantes quando possível.

Pelo retrovisor do carro, eu vi o sr. Geary observar um caminhão que passava. Eu o desvi, porque ele estava em Ul Qoma.

Sua esposa e ele murmuravam um para o outro de vez em quando – meu inglês ou minha audição não eram bons o bastante para saber o que diziam. Na maior parte do tempo, ficaram sentados em silêncio, olhando pelas janelas de cada lado do carro.

Shukman não estava no laboratório. Talvez ele se conhecesse, e soubesse como pareceria para aqueles visitando seus mortos. Eu não ia querer ser visto por ele nessas circunstâncias. Hamzinic nos levou à sala de armazenamento. Os pais dela gemeram em compasso perfeito quando entraram e viram a forma sob o lençol. Hamzinic esperou com respeito silencioso enquanto eles se preparavam, e quando a mãe assentiu ele mostrou o rosto de Mahalia. Eles tornaram a gemer. Olharam para ela e, depois de longos segundos, a mãe tocou seu rosto.

– Ah, ah, sim, é ela – disse o sr. Geary. Ele chorou. – É ela, sim, essa é minha filha. – Como se estivéssemos pedindo uma identificação formal da parte dele, coisa que não estávamos. Eles tinham querido vê-la. Assenti, como se isso fosse nos ajudar, e olhei para Hamzinic, que recolocou o lençol e foi se ocupar com alguma coisa enquanto levávamos os pais de Mahalia para longe dali.

– Eu quero, quero ir para Ul Qoma – disse o sr. Geary. Eu estava acostumado a ouvir aquela ligeira ênfase no verbo por parte de estrangeiros: ele se sentia estranho por usá-lo. – Desculpe, sei que provavelmente vai ser... vai ser difícil de organizar, mas eu quero ver onde ela...

– É claro – eu disse.

– É claro – disse Corwi. Ela estava conseguindo entender tudo com uma quantidade razoável do inglês, e falava ocasionalmente. Estávamos comendo o almoço com os Geary no Rainha Czezille, um hotel suficientemente confortável com o qual a polícia de Besź tinha um arranjo antigo. A equipe tinha experiência em fornecer o acompanhamento, a prisão quase sub-reptícia, que os visitantes não qualificados exigiam.

James Thacker, um funcionário médio de vinte e oito ou vinte e nove anos da embaixada dos EUA, havia se juntado a nós. Ele falava vez ou outra com Corwi num excelente besź. O salão de jantar dava para a extremidade norte da Ilha Hustav. Barcas passavam (em ambas as cidades). Os Geary mordiscavam um peixe apimentado.

– Suspeitamos que vocês gostariam de visitar o local de trabalho de sua filha – eu disse. – Estivemos em discussão com o sr. Thacker e suas contrapartes em Ul Qoma para conseguir a papelada para vocês passarem pelo Copula Hall. Um dia ou dois, eu acho, é tudo – não uma embaixada em Ul Qoma, é claro: uma emburrada seção de interesses dos EUA.

– E... o senhor disse que isso é, isso é com a Brecha agora? – perguntou a sra. Geary. – O senhor disse que não vão ser os ul-qomanos que vão investigar, mas essa Brecha, certo? – Ela me olhou com uma tremenda desconfiança. – Então, quando falaremos com eles?

Olhei de relance para Thacker.

– Isso não vai acontecer – eu disse. – A Brecha não é como nós.

A sra. Geary me encarou.

– "Nós" os... os *policzai*? – perguntou ela.

Eu tinha querido dizer o "nós" para incluí-la.

– Bem, entre outras coisas, sim. Ela... eles não são parecidos com a polícia de Besźel, nem com a de Ul Qoma.

– Eu não...

– Inspetor Borlú, eu ficarei feliz em explicar isso – disse Thacker. Ele hesitou. Queria que eu saísse. Qualquer explicação dada em minha presença teria de ser moderadamente educada: sozinho com outros norte-americanos ele poderia deixar claro como essas cidades eram ridículas e difíceis, e como ele e seus colegas lamentavam as complicações adicionais de um crime ocorrido em Besźel, e assim por diante. Ele podia insinuar. Era uma vergonha, um antagonismo ter de lidar com uma força dissidente como a Brecha.

– Eu não sei o quanto vocês sabem sobre a Brecha, sr. e sra. Geary, mas ela é... ela não é como os outros poderes. Vocês fazem alguma ideia de suas... capacidades? A Brecha é... Ela tem poderes exclusivos. E é, ah, extremamente sigilosa. Nós, a embaixada, não temos contato com... nenhum representante da Brecha. Percebo como isso deve parecer estranho, mas... posso lhes assegurar que o registro da Brecha no processo de criminosos é, ah, feroz. Impressionante. Receberemos notícias de seus progressos e de quaisquer ações efetuadas contra quem quer que descubram como responsável.

– Isso quer dizer... – disse o sr. Geary. – Eles têm pena de morte aqui, certo?
– E em Ul Qoma? – perguntou sua esposa.
– É claro – disse Thacker. – Mas não é isso que está realmente em questão. Sr. e sra. Geary, nossos amigos em Besźel e as autoridades de Ul Qoma estão prestes a invocar a Brecha para lidar com o assassinato de sua filha, então as leis besź e as leis ul-qomanas são meio que irrelevantes. As, ah, sanções disponíveis para a Brecha são bastante ilimitadas.
– Invocar? – perguntou a sra. Geary.
– Existem protocolos – eu disse. – A serem seguidos. Antes de a Brecha se manifestar para cuidar disso.
– E quanto ao julgamento? – perguntou sr. Geary.
– Isso será registrado *in camera* – eu falei. – Os... tribunais da Brecha... – eu havia experimentado decisões e ações na minha cabeça – são secretos.
– Não vamos testemunhar? Não vamos ver? – O sr. Geary estava chocado. Aquilo tudo devia ter sido explicado anteriormente, mas você sabe. A sra. Geary estava balançando a cabeça de raiva, mas sem a surpresa do marido.
– Receio que não – disse Thacker. – Essa é uma situação única. Mas o que posso garantir é que quem fez isso não só será apanhado como também será, ah, levado a uma justiça bastante severa. – Era quase possível ter pena do assassino de Mahalia Geary. Eu não tinha.
– Mas isso é...
– Eu sei, sra. Geary, eu realmente lamento. Não existem outros postos assim no serviço. Ul Qoma e Besźel e a Brecha... São circunstâncias únicas.
– Oh, Deus do céu. Sabe, é... isso tudo, isso tudo é esse negócio em que Mahalia estava metida – disse o sr. Geary. – A cidade, a cidade, a outra cidade. Besźel – ele disse "Bezzel" – e Ul Qoma. E ou sim, vi. – Não entendi isso.
– Or-si-ní – disse a sra. Geary. Levantei a cabeça. – Não é Ousinvi, é Orciny, meu amor.
Thacker fez uma cara educada de incompreensão e balançou a cabeça em dúvida.
– O que é isso, sra. Geary? – perguntei. Ela estava mexendo na bolsa. Corwi pegou discretamente um bloco de notas.
– É todo aquele negócio em que Mahalia estava metida – disse a sra. Geary. – É o que ela estava estudando. Ia ser doutora nisso. – O sr. Geary sorriu numa careta, indulgente, orgulhoso, espantado. – Ela estava indo realmente bem. Ela nos falou um pouco a respeito. Parece que Orciny era como a Brecha.
– Desde a primeira vez em que veio para cá – disse o sr. Geary. – Esse era o negócio que ela queria fazer.
– É isso mesmo, ela veio para cá primeiro. Quero dizer... aqui, isto, Besźel, certo? Ela veio primeiro para cá, mas depois disse que precisava ir para Ul Qoma. Vou ser honesto com o senhor, inspetor, achei que fosse meio que o mesmo lugar. Eu sei

que estava errado. Ela precisava obter permissão especial para ir lá, mas como ela é, era, estudante, era lá que ela ficava para fazer todo o trabalho.

– Orciny... é uma espécie de conto folclórico – eu disse a Thacker. A mãe de Mahalia concordou com a cabeça; o pai desviou o olhar. – Não tem nada a ver com a Brecha, sra. Geary. A Brecha é real. Um poder. Mas Orciny é... – Hesitei.

– A terceira cidade – disse Corwi em besź para Thacker, que ainda franzia o rosto. Como ele não demonstrou nenhuma compreensão, ela disse: – Um segredo. Conto de fadas. Entre as outras duas – ele balançou a cabeça e olhou, sem interesse, ah.

– Ela adorava este lugar – disse a sra. Geary, parecendo nostálgica. – Quero dizer, desculpe, quero dizer, Ul Qoma. Estamos perto de onde ela vivia? – Brutalmente fisicamente, brutopicamente, para utilizar o termo exclusivo de Besźel e Ul Qoma, desnecessário em qualquer outro lugar: sim, nós estávamos. Nem Corwi nem eu respondemos, pois era uma questão complicada. – Ela estudava isso tudo havia anos, desde que tinha lido pela primeira vez um livro sobre as cidades. Os professores sempre acharam que ela estava fazendo um trabalho excelente.

– A senhora gostava dos professores dela? – perguntei.

– Ah, nunca os conheci. Mas ela me mostrou um pouco do que eles estavam fazendo; ela me mostrou um website do programa, e o lugar onde ela trabalhava.

– Esta é a doutora Nancy?

– Era a orientadora dela, sim. Mahalia gostava dela.

– Elas trabalhavam bem juntas? – Corwi estava me observando enquanto eu perguntava.

– Ah, isso eu não sei. – A sra. Geary até riu. – Mahalia parecia discutir com ela o tempo todo. Parecia que não concordavam em muita coisa, mas quando perguntei, "Ora, então como isso funciona?", ela me disse que funcionava bem. Disse que elas gostavam de discordar. Mahalia disse que aprendia mais assim.

– A senhora estava a par do trabalho de sua filha? – perguntei. – Lia os ensaios dela? Ela lhe contava sobre seus amigos ul-qomanos? – Corwi se mexeu na cadeira. A sra. Geary balançou a cabeça.

– Ah, não – disse ela.

– Inspetor – disse Thacker.

– As coisas que ela fazia simplesmente não eram o tipo de coisa que eu podia... em que eu estivesse realmente interessada, sr. Borlú. Quer dizer, desde que ela veio para cá, claro, histórias nos jornais sobre Ul Qoma atraíam nossa atenção um pouco mais do que antes, e é claro que eu lia. Mas, contanto que Mahalia estivesse feliz, eu... nós estávamos felizes. Felizes por ela estar fazendo o que gostava, sabe.

– Inspetor, quando o senhor acha que vamos poder receber os documentos de transferência para Ul Qoma? – perguntou Thacker.

– Em breve, eu acho. E ela estava? Feliz?

– Ah, eu acho que ela... – disse a sra. Geary. – Sempre havia dramas, o senhor sabe.
– É – disse o pai.
– Agora – disse a sra. Geary.
– Sim? – eu disse.
– Bom, agora, também não era... só que ela andava meio estressada recentemente, sabe. Eu disse a ela que ela precisava voltar para casa para tirar umas férias... Eu sei, voltar para casa dificilmente parece com tirar férias, mas o senhor sabe. Mas ela disse que estava fazendo progressos de verdade, fazendo um avanço inovador no trabalho.
– E algumas pessoas estavam putas com isso – disse o sr. Geary.
– Meu amor.
– Estavam mesmo. Ela disse isso.
Corwi olhou para mim, confusa.
– Sr. e sra. Geary... – Enquanto Thacker dizia isso, expliquei rapidamente a Corwi em besź: "Não 'putas', prostitutas. Eles são americanos: "zangadas".
– Quem estava puto? – perguntei a eles. – Os professores dela?
– Não – disse o sr. Geary. – Diabos, quem você pensa que fez isso?
– Michael, por favor, por favor...
– Diabos, quem são os Primeiros Qoma, porra? – perguntou o sr. Geary. – Vocês nem nos perguntaram quem achamos que fez isso. Vocês nem nos perguntaram. Vocês acham que não sabemos?
– O que foi que ela falou? – eu disse. Thacker estava de pé dando palmadinhas no ar, "Calma, pessoal".
– Um filho da puta numa conferência disse a ela que o trabalho dela era traição. Alguém estava de olho nela desde a primeira vez em que ela veio pra cá.
– Michael, pare, você está misturando as coisas. Daquela primeira vez, quando aquele homem disse aquilo, ela estava aqui, aqui aqui, aqui-Besźel, não em Ul Qoma, e não eram os Primeiros Qoma, eram os outros, aqui, nacionalistas, ou Cidadãos Verdadeiros, alguma coisa assim, você se lembra...
– Esperem, o quê? – eu disse. – Primeiros Qoma? E... alguém disse alguma coisa a ela quando ela esteve em Besźel? Quando?
– Espere aí, chefe, é... – disse Corwi, rápido, em besź.
– Acho que nós todos precisamos de um minutinho – disse Thacker.
Ele acalmou os Geary como se eles tivessem sido ofendidos, e eu pedi desculpas como se eu os tivesse ofendido. Eles sabiam que esperávamos que ficassem no hotel. Tínhamos dois policiais montando guarda no térreo para assegurar a obediência. Dissemos a eles que lhes diríamos, assim que tivéssemos notícias de que a papelada deles para viajar havia sido aprovada, e que voltaríamos no dia seguinte. Nesse meio-tempo, se precisassem de qualquer coisa ou qualquer informação... deixei meus números com eles.

– Ele vai ser encontrado – disse Corwi a eles quando íamos saindo. – A Brecha vai levar quem fez isso. Juro a vocês – para mim, lá fora, ela disse – Qoma Primeiro, não Primeiros Qoma, a propósito. Como os Cidadãos Verdadeiros, somente para Ul Qoma. Tão agradáveis quanto o nosso grupo, de acordo com os relatos, mas bem mais cheios de segredos e, puta que pariu, ainda bem que não são problema nosso.

Mais radicais em seu amor por Besźel até mesmo do que o Bloco Nacional de Syedr, os Cidadãos Verdadeiros eram marchantes de quase-uniforme e fazedores de discursos assustadores. Legais, mas por pouco. Não havíamos conseguido provar sua responsabilidade pelos ataques ao Ul Qomatown de Besźel, à embaixada ul-qomana, às mesquitas, sinagogas e livrarias de esquerda, à nossa pequena população imigrante. Nós – com o que quero dizer nós *policzai*, é claro – tínhamos mais de uma vez encontrado os criminosos e eles eram membros da CV, mas a própria organização havia negado a autoria dos ataques, por pouco, por pouco, e nenhum juiz os tinha banido ainda.

– E Mahalia irritava os dois grupos.

– Assim diz o pai dela. Ele não sabe...

– Sabemos que ela com certeza conseguiu deixar os unificacionistas daqui malucos, eras atrás. E depois ela fez o mesmo com os nacs do lado de lá? Que extremistas ela não irritou? – Continuamos dirigindo. – Sabe aquela reunião, da Comissão de Supervisão... foi muito estranha – eu falei. – Algumas coisas que algumas pessoas disseram...

– Syedr?

– Syedr, claro, entre outros, umas coisas que eles disseram não fizeram muito sentido pra mim na hora. Talvez se eu acompanhasse a política com mais cuidado. Talvez eu faça isso... – Depois de um silêncio, falei: – Talvez a gente devesse sair perguntando por aí um pouquinho.

– Que porra, chefe? – Corwi se contorceu no banco. Ela não parecia zangada, mas confusa. – Por que você estava fazendo aquele interrogatório todo, então? Os embromadores vão invocar a porra da Brecha em um dia ou dois pra cuidar dessa merda, e quem matou Mahalia que se cuide. Sabe de uma coisa? Mesmo que a gente achasse qualquer pista agora, a gente vai ser tirado do caso a qualquer minuto; isso aqui é perda de tempo.

– É – eu disse. Dei uma quebradinha para evitar um táxi ul-qomano, desvindo o máximo possível. – É. Mas mesmo assim... Fico impressionando com alguém capaz de emputecer tantos malucos. Que estão também pulando na garganta uns dos outros. Nacs besź, nacs ul-qomanos, anti-nacs...

– Deixe a Brecha cuidar disso. Você tinha razão. Ela merece a Brecha, chefe, como você falou. O que eles podem fazer.

– Ela merece mesmo. E vai ter. – Apontei, segui dirigindo. – *Avanti*. Pelo pouco tempo que ela ainda tem a gente.

CAPÍTULO 8

Ou o timing dele era sobrenatural ou o commissar Gadlem tinha mandado algum técnico instalar um atalho no sistema dele: sempre que eu entrava no meu escritório, qualquer email vindo dele estava invariavelmente no topo da minha caixa de entrada.

"Ótimo", dizia o mais recente. "Sei que o sr. e a sra. G estão confortavelmente instalados no hotel. Não quero você particularmente preso por dias em papelada (claro que você concorda), então ciceroneie educadamente *apenas*, por favor, até o fim das formalidades. Trabalho feito."

Qualquer informação que tivéssemos eu teria de entregar quando chegasse a hora. Não fazia sentido trabalhar só para mim, Gadlem estava dizendo, nem fazer o departamento pagar pelo meu tempo, então tire o pé do acelerador. Fiz e li anotações que seriam ilegíveis para qualquer outra pessoa, e para mim dali a uma hora, embora eu as tivesse guardado e arquivado cuidadosamente – minha metodologia de costume. Reli a mensagem de Gadlem diversas vezes, revirando os olhos. Provavelmente resmunguei alguma coisa em voz alta para mim mesmo.

Passei um tempo rastreando números – on-line e através de um telefonista real ao vivo do outro lado da linha – e fiz uma ligação que estalava enquanto percorria várias conexões internacionais.

– Escritórios de Bol Ye'an. – Eu já havia ligado duas vezes antes, mas nas outras havia passado por uma espécie de sistema automatizado: aquela era a primeira vez que alguém atendia. O illitano dele era bom, mas o sotaque era norte-americano; então eu disse em inglês:

– Boa tarde, estou tentando falar com a doutora Nancy. Deixei mensagens no correio de voz dela, mas...

– Quem está falando, por favor?

– Aqui é o inspetor Tyador Borlú, do Esquadrão de Crimes Hediondos.
– Ah. Ah. – A voz agora era bem diferente. – É sobre Mahalia, não é? Inspetor, eu... Espere, vou tentar localizar Izzy. – Uma longa pausa acusticada oca. – Aqui é Isabelle Nancy – tom ansioso, americana, eu teria imaginado, se não soubesse que ela era de Toronto. Não parecia muito com a voz do seu correio de voz.
– Doutora Nancy, meu nome é Tyador Borlú, sou da *policzai* de Besźel, ECH. Acho que a senhora falou com a minha colega, a policial Corwi? A senhora recebeu minhas mensagens, talvez?
– Inspetor, sim, eu... Por favor, aceite minhas desculpas. Eu queria ligar de volta para o senhor, mas tem sido, tudo tem sido, me desculpe mesmo... – Ela alternava o inglês com um bom besź.
– Eu entendo, doutora. Eu também lamento pela srta. Geary. Sei que deve ser um péssimo momento para todos vocês e seus colegas.
– Eu, nós... todos estamos chocados aqui, inspetor. Em choque mesmo. Não sei o que lhe dizer. Mahalia era uma jovem excelente e...
– É claro.
– Onde o senhor está? O senhor está... local? Gostaria de me encontrar?
– Receio estar ligando internacionalmente, doutora; ainda estou em Besźel.
– Sei. Então... como posso ajudar o senhor, inspetor? Aconteceu algum problema? Quero dizer, algum problema além de, de tudo isso, quero dizer... – Ouvi a respiração dela. – Estou esperando os pais de Mahalia a qualquer hora.
– Sim, na verdade eu estava com eles até agora. A embaixada aqui está arrumando a papelada, e eles devem ir encontrar a senhora em breve. Não, estou ligando porque quero saber mais a respeito de Mahalia e do que ela estava fazendo.
– Me perdoe, inspetor Borlú, mas eu tinha a impressão... esse crime... o senhor não vai invocar a Brecha, eu achei...? – Ela havia se acalmado e estava agora falando apenas besź, então, que diabos, desisti do meu inglês, que não era melhor que o besź dela.
– Sim. A Comissão de Supervisão... Me desculpe, doutora, não sei quanto a senhora sabe como funcionam essas questões. Mas, sim, a responsabilidade por isso será transmitida. A senhora entende como isso funciona, então?
– Acho que sim.
– Tudo bem. Só estou fazendo finalizando o trabalho. Estou curioso, é só. Descobrimos coisas interessantes a respeito de Mahalia. Quero saber algumas coisas sobre o trabalho dela. Pode me ajudar? A senhora era orientadora dela, sim? Tem tempo para falar comigo sobre isso por alguns minutos?
– É claro, inspetor, o senhor esperou muito tempo. Não sei bem o quê...
– Quero saber no que ela estava trabalhando. E sobre a história dela com a senhora e com o programa. E me fale sobre Bol Ye'an também. Ela estava estudando Orciny, pelo que entendi.

– O quê? – Isabelle Nancy ficou chocada. – Orciny? De jeito nenhum. Este é um departamento de arqueologia.
– Me desculpe, tive a impressão de que... Como assim, é de arqueologia?
– Quero dizer que, se ela estivesse estudando Orciny, e poderia haver excelentes razões para isso, ela estaria fazendo seu doutorado em folclore ou antropologia, ou quem sabe lit comp. É verdade que as fronteiras entre as disciplinas estão ficando vagas. E também que Mahalia faz parte de um grupo de jovens arqueólogos mais interessados em Foucault e Baudrillard do que em Gordon Childe ou em ferramentas de escavação – ela não soava zangada, mas triste e até achando graça. – Mas nós não a teríamos aceitado a menos que o doutorado dela fosse de fato em arqueologia.
– Então, o que era?
– Bol Ye'an é uma escavação antiga, inspetor.
– Por favor, me conte.
– Tenho certeza de que o senhor está ciente de toda a controvérsia a respeito dos primeiros artefatos nesta região, inspetor. Bol Ye'an está descobrindo peças que têm uns bons dois milênios de idade. Qualquer teoria que o senhor defenda com relação à Clivagem, divisão ou convergência, o que estamos vendo é anterior a isso, anterior a Ul Qoma e Besźel. É coisa de raiz.
– Deve ser extraordinário.
– É claro. É também bastante incompreensível. O senhor entende que não sabemos quase nada sobre a cultura que produziu isso tudo?
– Acho que sim. Por isso todo o interesse, não é?
– Bem... sim. Isso e o tipo de coisa que temos aqui. O que Mahalia estava fazendo era tentar decodificar aquilo que o título de seu projeto chamava de "Uma hermenêutica da identidade" a partir dos layouts das engrenagens e assim por diante.
– Não sei se estou entendendo.
– Então ela fez um bom trabalho. O objetivo de um PhD é assegurar que ninguém, nem mesmo seu orientador, compreenda o que você está fazendo depois dos primeiros dois anos. Estou brincando, o senhor entende. O que ela estava fazendo teria ramificações para as teorias das duas cidades. De onde elas vieram, sabe. Ela escondia muito bem as cartas, então eu nunca tinha certeza, de um mês para o outro, em que pé ela estava exatamente nessa questão, mas ela ainda tinha uns dois anos para se decidir. Ou para simplesmente inventar alguma coisa.
– Então ela estava ajudando de verdade com a escavação.
– Inteiramente. A maioria dos nossos alunos pesquisadores está. Uns para pesquisa primária, uns como parte do acordo de bolsa, uns um pouco de cada, outros para puxar o nosso saco. Mahalia recebia uma pequena ajuda de custo, mas em geral ela precisava colocar as mãos nos artefatos para o trabalho dela.
– Sei. Lamento, doutora, eu tinha a impressão de que ela estava trabalhando com Orciny...

– Ela costumava se interessar por isso. A primeira vez que esteve em Besźel foi para uma conferência, alguns anos atrás.
– Sim, acho que ouvi falar nisso.
– Ótimo. Bem, isso provocou um certo rebuliço, porque naquela época ela estava bem interessada em Orciny, totalmente. – Ela era um pouco bowdenita, e o paper que ela apresentou não desceu muito bem. Levou a algumas objeções. Admirei sua coragem, mas ela não estava indo a lugar nenhum com aquela coisa toda. Quando ela apresentou seu projeto de pesquisa para o doutorado (para ser franca, fiquei muito surpresa que fosse comigo), tive de me certificar de que ela sabia o que seria e o que não seria... aceitável. Mas... quero dizer, não sei o que ela lia nas horas vagas, mas o que ela estava escrevendo, quando recebi as atualizações do doutorado, os escritos estavam certinhos.
– Certinhos? – eu disse. – A senhora não parece...
Ela hesitou.
– Bem... Honestamente fiquei um pouco, um pouquinho decepcionada. Ela era inteligente. Eu sei que ela era inteligente, porque, o senhor sabe, em seminários e coisas do gênero ela era impressionante. E trabalhava muito duro. Ela era uma "guerreira", nós dizíamos – a palavra que ela usou em inglês era "*grind*" –, sempre na biblioteca. Mas os capítulos...
– Não eram bons?
– Certinhos. Sério, eles eram ok. Ela ia passar no doutorado sem problemas, mas não ia abalar o mundo. Era meio sem brilho, o senhor entende? E pelo número de horas que ela estava trabalhando, era um pouco fininho. Poucas referências, essas coisas. Mas eu havia conversado com ela a respeito, e ela jurou que estava, o senhor sabe, trabalhando nisso.
– Será que eu poderia ver?
– É claro. – Ela ficou surpresa. – Quero dizer, suponho que sim. Não sei. Preciso ver a ética disso. Tenho os capítulos que ela me deu, mas eles estão bastante inacabados; ela queria trabalhar mais neles. Se tivesse terminado, seriam de acesso público, e sem problema, mas do jeito que estão... Posso retornar para o senhor? Ela provavelmente deveria ter publicado alguns deles como papers em revistas da área, é o tipo de coisa que se faz, mas ela não estava publicando. Nós também conversamos sobre isso, ela disse que ia fazer algo a respeito.
– O que é um bowdenista, doutora?
– Ah! – Ela riu. – Desculpe. É a fonte desse negócio de Orciny. O coitado do David não me agradeceria por usar o termo. É alguém inspirado pelos primeiros trabalhos de David Bowden. O senhor conhece a obra dele?
– ... Não.
– Ele escreveu um livro, anos atrás. *Entre a cidade e a cidade*. Te traz alguma lembrança? Foi muito importante para os filhos das flores tardios. A primeira vez

em uma geração que alguém levava Orciny a sério. Acho que não é uma surpresa que o senhor não tenha visto; ainda é ilegal. Em Besźel e em Ul Qoma. O senhor não vai encontrá-lo nem nas bibliotecas universitárias. De certo modo, era uma obra brilhante: ele fez algumas investigações fantásticas em arquivos, e viu certas analogias e conexões que são... bem, ainda são bastante notáveis. Mas eram divagações bem loucas.

– Como assim?

– Porque ele acreditava nelas! Ele coletou todas essas referências, encontrou novas, juntou-as numa espécie de mito primordial, e depois reinterpretou tudo como um segredo, uma conspiração. Ele... Ok, aqui eu preciso tomar um pouco de cuidado, inspetor, porque honestamente eu nunca, sério, nunca mesmo, embora ele acreditasse... eu sempre achei que era algum tipo de jogo, mas o livro dizia que ele acreditava naquilo. Ele veio até Ul Qoma, daqui ele foi até Besźel, conseguiu não sei como ir entre as duas (de modo legal, eu asseguro ao senhor) diversas vezes, e afirmou ter encontrado vestígios da própria Orciny. E foi além: disse que Orciny não era apenas um lugar que havia existido nas fendas entre Qoma e Besźel desde a fundação, ou junção ou divisão (não me lembro qual era a posição dele no tema da Clivagem): ele disse que ainda estava aqui.

– Orciny?

– Exatamente. Uma colônia secreta. Uma cidade entre as cidades, seus habitantes vivendo a olhos vistos.

– O quê? Fazendo o quê? Como?

– Desvistos, como ul-qomanos para os besź e vice-versa. Caminhando pelas ruas desvistos, mas olhando os dois. Além da Brecha. E fazendo quem sabe? Objetivos secretos. Eles ainda estão discutindo isso, não duvido, nos websites de teoria da conspiração. David disse que ia entrar nisso e desaparecer.

– Uau.

– Exatamente, uau. Uau é a palavra certa. O caso é notório. Procure no Google, o senhor vai ver. De qualquer maneira, quando vimos Mahalia pela primeira vez, ela estava bastante desreconstruída. Eu gostei dela porque ela tinha coragem, e porque podia ser uma bowdenista, mas tinha cara de pau e inteligência. Mas era uma brincadeira, entende? Eu até cheguei a me perguntar se ela sabia disso, se ela mesma estava brincando.

– Mas ela não estava mais trabalhando nisso?

– Ninguém que tivesse um mínimo de reputação orientaria um doutorando bowdenista. Eu falei muito seriamente com ela, quando ela se matriculou, mas ela até riu. Disse que havia deixado tudo isso para trás. Como eu disse, fiquei surpresa por ela ter me procurado. Meu trabalho não é tão de vanguarda quanto o dela.

– Os Foucaults e os Žižeks não são do seu interesse?

– É claro que eu os respeito, mas...

– Ela não poderia ter escolhido nenhum desses, como poderíamos dizer, tipos de teoria?

– Sim, mas ela me disse que precisava colocar as mãos nos objetos reais. Eu sou uma estudiosa de artefatos. Meus colegas mais filosoficamente orientados iriam... bem, eu não confiaria em muitos deles para limpar o pó de uma ânfora. – Eu ri. – Então acho que isso fazia sentido para ela; ela realmente queria aprender esse outro lado. Fiquei surpresa, mas contente. O senhor entende que essas peças são únicas, inspetor?

– Acho que sim. Ouvi todos os rumores, é claro.

– O senhor fala dos poderes mágicos delas? Quem me dera, quem me dera. Mas mesmo assim essas escavações são incomparáveis. Essa cultura material não faz o menor sentido. Não há nenhum outro lugar no mundo onde você possa cavar o que parece ser antiguidade tardia de ponta, trabalhos de bronze lindamente elaborados, misturados com coisas patentemente neolíticas. A estratigrafia parece ir pelos ares com isso. Foi usada como evidência contra a Matriz de Harris (erroneamente, mas o senhor pode entender por quê). É por isso que essas escavações são populares entre jovens arqueólogos. E isso sem falar de todas as histórias, que é o que elas são, mas que não impediu pesquisadores improváveis de implorar por uma oportunidade de dar uma olhadinha. Mesmo assim, eu achava que Mahalia tentaria se encontrar com Dave, não que ela fosse ter muita sorte com ele.

– Dave? Bowden? Ele está vivo? Ele leciona?

– É claro que está vivo. Mas, mesmo quando estava interessada nisso tudo, Mahalia não teria conseguido que ele a orientasse. Posso apostar que ela deve ter falado com ele quando começou a pesquisar. E posso apostar que levou um passa-fora. Ele repudiou isso tudo anos atrás. É o terror da sua vida. Pergunte a ele. Um surto de adolescência do qual ele nunca se livrou. Nunca mais publicou nada de valor... vai ser o homem de Orciny pelo resto da sua carreira. Ele mesmo vai dizer isso ao senhor, se perguntar a ele.

– Pode ser. A senhora o conhece?

– Ele é colega meu. Arqueologia pré-Clivagem não é uma área grande. Ele também está na Príncipe de Gales, pelo menos meio período. Ele vive aqui, em Ul Qoma.

Ela vivia vários meses do ano em apartamentos em Ul Qoma, no distrito universitário, onde a Príncipe de Gales e outras instituições canadenses exploravam com prazer o fato de que os EUA (por razões agora embaraçosas até mesmo para a maioria dos seus partidários de direita) boicotava Ul Qoma. Era o Canadá, ao contrário, que estava entusiasticamente criando laços, acadêmicos e econômicos, com instituições ul-qomanas. Besźel, é claro, era amiga tanto do Canadá quanto dos EUA, mas o entusiasmo com que os dois países juntos se vincularam aos nossos oscilantes mercados diminuiu pelo ânimo com o qual o Canadá se juntou ao que eles chamaram de economia do Novo Lobo. Nós éramos quem sabe um cachorro vira-lata de rua, ou uma ratazana magricela. A maioria dos vermes é intersticial. É muito difícil provar que as tímidas lagartixas de baixa temperatura que vivem nas rachaduras das paredes besź só podem viver em Besźel, como frequentemente se afirma: certamente elas morrerão se forem exportadas para Ul Qoma (ainda mais suavemente do que pelas mãos das crianças), mas tendem a fazer isso quando cativas em Besźel também. Pombos, ratos, lobos, morcegos vivem em ambas as cidades, são animais cruzados. Mas, por uma tradição não dita, a maioria dos lobos locais – coisas ossudas e malvadas há muito tempo adaptadas à caça urbana – é em geral, ainda que nebulosamente, considerada besź: apenas aqueles poucos de tamanho respeitável e pelo não-tão-vil, mantido o mesmo conceito, são ul-qomanos. Muitos cidadãos de Besźel evitam transgredir esse limite categórico – inteiramente desnecessário e inventado – nunca se referindo a lobos.

Afugentei um par certa vez, enquanto vasculhavam o lixo no pátio do meu prédio. Joguei algo para eles. Estavam anormalmente bem tratados, e mais de um dos meus vizinhos ficou chocado, como se eu tivesse feito uma brecha.

A maioria dos ul-qomanistas, como Nancy descreveu a si mesma, era bilocalizada como ela – explicou isso com uma culpa audível, mencionando a todo instante que devia ser uma idiossincrasia histórica que localizava os mais fecundos sítios arqueológicos em áreas de totalidade ul-qomana, ou de cruzamento com grande peso a favor de Ul Qoma. A Príncipe de Gales tinha arranjos recíprocos com diversas academias ul-qomanas. David Bowden passava mais e mais de cada ano em Ul Qoma, e menos no Canadá. Ele estava em Ul Qoma naquele momento. Ela me contou que ele tinha poucos alunos, e sua carga horária de aulas era baixa, mas eu ainda não tinha conseguido encontrá-lo no telefone que ela me dera.

Uma pequena caçada on-line. Não foi difícil confirmar a maior parte do que Isabelle Nancy havia me dito. Encontrei uma página que informava o título de doutora de Mahalia (eles ainda não haviam tirado o nome dela do ar, nem colocado os tributos on-line que eu tinha certeza que estavam por vir). Encontrei a lista de publicações de Nancy e a de David Bowden. A dele incluía o livro de 1975 que Nancy tinha mencionado, dois artigos aproximadamente da mesma época, um artigo de uma década mais tarde, depois principalmente jornalismo, e parte disso reunida em um volume. Encontrei o cidadefraturada.net, o principal site de discussão para os malucos da dopplurbanologia, obsessão de Ul-Qoma-e-Besźel (a abordagem do site, de juntar as duas como um único objeto de estudo, ofenderia a opinião pública em ambas as cidades, mas, a julgar pelos comentários no fórum, ele era comumente – ainda que levemente ilegal – acessado de ambas também). Ali, uma série de links (insolentes, confiantes na indulgência ou na incompetência dos nossos censores e nos de Ul Qoma, muitos eram servidores com endereços .uq e .zb) me deu alguns parágrafos copiados de *Entre a cidade e a cidade*. Eram como Nancy havia sugerido.

O telefone me assustou. Percebi que estava escuro, passava das sete.

– Borlú – eu disse, me recostando.

– Inspetor? Ah, merda, senhor, temos uma emergência. Aqui é Ceczoria. – Agim Ceczoria era um dos policiais de prontidão no hotel para vigiar os pais de Mahalia. Esfreguei os olhos e vasculhei meu email para ver se havia deixado de ver alguma mensagem na entrada. Havia um ruído atrás dele, uma balbúrdia. – Senhor, o sr. Geary... ele desapareceu, senhor. Ele, porra... Ele fez uma brecha.

– O quê?

– Ele saiu do quarto, senhor. – Atrás dele, uma voz de mulher, e ela estava gritando.

– Que diabos aconteceu?

– Eu não sei como caralho ele passou por nós, senhor, eu simplesmente não sei. Mas ele sumiu não faz muito tempo.

– Como você sabe? Como chegou até ele?

Ele soltou outro palavrão.

– Nós, não. A Brecha chegou. Estou ligando do carro, senhor, estamos a caminho do aeroporto. A Brecha está... nos escoltando. Para algum lugar. Eles nos disseram o que fazer. Essa que o senhor está ouvindo é a sra. Geary. Ele tem que ir. Agora.

Corwi já tinha ido embora, e não estava atendendo o telefone. Peguei uma viatura sem número do estacionamento, mas corri com as sirenes fazendo seus *ué ué ué* histéricos, então eu podia ignorar as leis de tráfego. (Eram somente as leis besź que se aplicavam a mim e que, portanto, eu estava ignorando com autoridade, mas a lei de tráfego é uma das áreas de compromisso em que a Comissão de Supervisão assegura paridade entre as regras de Besźel e Ul Qoma. Embora as culturas de tráfego não sejam idênticas, para ajudar os pedestres e os carros que têm, desvendo, de se desviar de tráfego estrangeiro, nossos veículos e os deles correm em velocidades comparáveis de maneiras comparáveis. Todos nós aprendemos a evitar com tato os veículos de emergência dos nossos vizinhos, assim como os nossos próprios.)

Não haveria voos por umas duas horas, mas eles manteriam os Geary sequestrados, e de algum modo oculto a Brecha os vigiaria até o avião, para garantir que estivessem dentro da aeronave e decolassem. Nossa embaixada nos EUA já estaria informada, bem como os representantes em Ul Qoma, e uma certidão negativa de visto já teria sido expedida no nome deles em ambos os nossos sistemas. Quando estivessem fora daqui, não voltariam. Corri pelo aeroporto de Besźel até o escritório da *policzai*, mostrei meu distintivo.

– Onde estão os Geary?

– Nas celas, senhor.

Dependendo do que eu visse, já estava com o discurso pronto: vocês sabem o que acabou de acontecer com essas pessoas, o que quer que elas tenham feito, elas acabaram de perder uma filha, e assim por diante, mas não foi necessário. Eles tinham recebido comida e bebida e sido tratados com cortesia. Ceczoria estava com eles na salinha. Estava murmurando alguma coisa para a sra. Geary em seu inglês básico.

Ela olhou para mim às lágrimas. O marido estava, pensei por um segundo, dormindo na cama de campanha. Aí vi quão imóvel ele estava e revi a minha opinião.

– Inspetor – disse Ceczoria.

– O que aconteceu com ele?

– Ele... Foi a Brecha que fez isso, senhor. Ele provavelmente vai ficar bem, vai acordar daqui a pouco. Não sei. Não sei o que diabos fizeram com ele.

– Vocês *envenenaram* meu marido...! – disse a sra. Geary.

– Sra. Geary, por favor. – Ceczoria se levantou e se aproximou de mim, abaixou a voz, embora estivesse falando em besź. – Não sabíamos nada a respeito, senhor. Havia uma certa comoção do lado de fora e alguém veio até o saguão onde estávamos. – A sra. Geary chorava e falava com o seu marido inconsciente. – Geary meio que entrou se arrastando e desmaiou. O segurança do hotel veio até eles, e eles simplesmente olharam para aquela forma, alguém atrás de Geary no corredor, e os guardas pararam e esperaram. Eu ouvi aquela voz: "Você sabe o que eu represento. O sr. Geary fez uma brecha. Remova-o". – Ceczoria balançou a cabeça, indefeso. – Então, e ainda não consigo ver nada direito, quem quer que falou sumiu.

– Como...?

– Inspetor, não sei, porra. Eu... eu assumo a responsabilidade, senhor. Geary deve ter passado por nós.

Olhei fixo para ele.

– Você quer um prêmio, cacete? É claro que é sua responsabilidade. O que foi que ele fez?

– Não sei. A Brecha foi embora antes que eu pudesse dizer uma palavra sequer.

– E quanto a... – Fiz um gesto de cabeça para a sra. Geary.

– Ela não foi deportada: ela não fez nada – ele estava sussurrando. – Mas quando eu disse a ela que tínhamos de levar o marido, ela disse que ia com ele. Não quer ficar sozinha.

– Inspetor Borlú. – A sra. Geary estava tentando parecer controlada. – Se está falando de mim, deveria falar *comigo*. O senhor viu o que foi feito com o meu marido?

– Sra. Geary, eu lamento profundamente.

– O senhor *deveria* mesmo...!

– Sra. Geary, eu não fiz isso. Nem Ceczoria. Nem nenhum dos meus policiais. A senhora entende?

– Ah, Brecha, Brecha, Brecha...

– Sra. Geary, seu marido simplesmente fez uma coisa muito séria. Muito séria. – Ela ficou quieta, a não ser pela respiração pesada. – A senhora me entende? Aconteceu algum erro aqui? Não fomos suficientemente claros em nossas explicações sobre o sistema de equilíbrio entre Besźel e Ul Qoma? A senhora entende que essa deportação não tem *nada a ver* conosco, mas que não temos absolutamente nenhum poder para fazer nada a esse respeito, e que ele foi, me escute, ele foi *incrivelmente sortudo* por isso ter sido tudo que lhe aconteceu? – Ela não disse nada. – No carro eu tive a impressão de que ele não tinha entendido tão bem como a coisa funciona aqui, então a senhora me diga, sra. Geary, alguma coisa saiu errado? Ele entendeu errado nosso... conselho? Como foi que os meus homens não o viram sair? Aonde ele estava indo?

Ela ainda parecia que ia chorar; então olhou para o marido deitado de costas e sua postura mudou. Ela se endireitou e sussurrou uma coisa para ele que eu não consegui ouvir. A sra. Geary olhou para mim.

– Ele foi da Força Aérea – disse ela. – O senhor acha que está olhando para um velho gordo? – Ela o tocou. – O senhor nunca nos perguntou quem poderia ter feito isso, inspetor. Eu não sei o que achar do senhor, realmente não sei. Como meu marido disse, o senhor acha que não sabemos quem fez isso? – Ela agarrou e dobrou e desdobrou um pedaço de papel, sem olhar para ele, retirou-o de um bolso lateral de sua bolsa, voltou a guardá-lo. – O senhor pensa que a nossa filha não falava conosco? Primeiros Qoma, Cidadãos Verdadeiros, Nat Bloc... Mahalia estava com *medo*, inspetor. Não descobrimos exatamente quem fez o quê, e não sabemos por quê, mas aonde ele estava indo, o senhor pergunta? Ele estava indo descobrir. Eu disse a ele que não ia dar certo. Ele não fala o idioma, não lê... Mas tinha endereços que conseguimos na internet e um livro de expressões e o quê? Eu ia dizer a ele para não ir? Para não ir? Eu tenho tanto orgulho dele. Aquelas pessoas odiaram Mahalia por anos, desde que ela veio pela primeira vez para cá.

– Impresso da internet?

– E eu quero dizer aqui, Besźel. Quando ela veio para a conferência. E a mesma coisa com os outros, em Ul Qoma. O senhor vai me dizer que não existe ligação? Ela sabia que tinha feito inimigos, ela nos disse que tinha feito inimigos. Quando começou a procurar por Orciny, ela fez inimigos. Quando procurou mais fundo, fez mais. Todos eles a odiavam, por causa do que estava fazendo. Do que sabia.

– Quem a odiava?

– Todos eles.

– O que ela sabia?

Ela balançou a cabeça e murchou.

– Meu marido ia investigar.

Ele havia pulado de uma janela de um banheiro no térreo, para evitar os policiais que estavam de guarda. Alguns passos atravessando a Estrada, o que poderia ser meramente uma quebra das regras que havíamos imposto a ele, mas ele saiu de uma área cruzada e entrou numa área alter, um pátio que só existia em Ul Qoma; e a Brecha, que devia estar vigiando o tempo inteiro, foi apanhá-lo. Eu torcia para que não o tivessem machucado muito. Se tivessem, eu tinha certeza de que nenhum médico, quando ele voltasse para casa, seria capaz de identificar o agente de seu ferimento. O que é que eu podia dizer?

– Eu lamento pelo que aconteceu, sra. Geary. Seu marido não devia ter tentado se evadir da Brecha. Eu... nós estamos do mesmo lado. – Ela olhou para mim com cautela.

Acabou sussurrando para mim.

– Então nos deixe ir. Podemos andar de volta até a cidade. Nós temos dinheiro. Nós... meu marido está ficando louco. Ele precisa envestigar Ele simplesmente vai voltar. Vamos vir pela Hungria, ou vamos subir pela Turquia ou pela Armênia. Há maneiras de entrar aqui, o senhor sabe... Nós vamos encontrar quem fez isso...

– Sra. Geary, a Brecha está nos vigiando agora. *Agora.* – Levantei as mãos abertas lentamente e as enchi de ar. – Vocês não andariam dez metros. O que acham que podem fazer? Vocês não falam besź, illitano. Eu... Deixe que eu, sra. Geary. Deixe que eu faça meu trabalho por vocês.

O sr. Geary ainda estava inconsciente quando o avião foi abordado. A sra. Geary olhou para mim com reprovação e esperança, e eu tentei lhe dizer mais uma vez que não havia nada que eu pudesse fazer, que o sr. Geary havia provocado aquilo a si mesmo.

Não havia muitos passageiros. Fiquei me perguntando onde estava a Brecha. A suspensão da nossa punição seria revogada assim que as portas do avião se fechassem. A sra. Geary acolchoou a cabeça do marido para não balançar na maca em que o levávamos. Na porta do avião, quando levaram os Geary para suas poltronas, mostrei minha insígnia a um dos comissários.

– Trate eles bem.

– Os deportados?

– É. Sério. – Ele ergueu as sobrancelhas, mas concordou.

Fui até onde os Geary estavam sentados. A sra. Geary me encarava. Eu me agachei.

– Sra. Geary. Por favor, transmita minhas desculpas ao seu marido. Ele não devia ter feito o que fez, mas eu entendo o motivo – hesitei. – A senhora sabe... Se ele conhecesse Besźel melhor, provavelmente não teria caído em Ul Qoma, e a Brecha não poderia detê-lo. – Ela simplesmente me encarou. – Deixe-me pegar isso. – Levantei, peguei a bolsa dela e coloquei-a no bagageiro. – É claro, quando soubermos o que está acontecendo, se tivermos qualquer pista, qualquer informação, eu avisarei vocês. – Mesmo assim ela não disse nada. Sua boca se movia: ela estava tentando decidir se implorava ou me acusava de alguma coisa. Fiz uma pequena mesura, à moda antiga, me virei e deixei o avião e os dois.

De volta ao aeroporto, peguei o papel que havia tirado do bolso lateral da bolsa dela e olhei. O nome de uma organização, Cidadãos Verdadeiros, copiado da internet. A filha deve ter dito a ele que eles odiavam ela, e para onde o sr. Geary estava indo com suas próprias investigações dissidentes. Um endereço.

CAPÍTULO 9

Corwi reclamou, mais por dever do que por fervor.
– O que significa isso tudo, chefe? – perguntou ela. – Eles não vão invocar a Brecha a qualquer minuto?
– Sim. Na verdade eles estão demorando. Já deviam ter feito isso a esta altura; não sei o porquê desse atraso.
– Então por que essa porra, chefe? Por que estamos com tanta pressa? Mahalia vai ter a Brecha caçando seu assassino daqui a pouco – dirigi. – Diabo. Você não quer entregar o caso, quer?
– Ah, quero sim.
– Então...
– Só quero checar umas coisas primeiro, neste tempinho inesperado que temos.
Ela parou de me encarar quando chegamos à sede dos Cidadãos Verdadeiros. Eu havia ligado e conseguido que alguém checasse o endereço para mim: era o que estava escrito na folha de papel da sra. Geary. Tentei entrar em contato com Shenvoi, meu conhecido infiltrado, mas não consegui falar com ele, então confiei no que sabia e no que pude ler rapidamente sobre os CVs. Corwi ficou ao meu lado, e eu a vi tocar no cabo da sua arma.
Porta reforçada, janelas bloqueadas, mas a casa propriamente dita era ou havia sido residencial, e o resto da rua permanecia assim. (Eu me perguntei se já haviam tentado fechar os CVs por violação de zoneamento.) A rua parecia quase cruzada, sua variação aparentemente aleatória entre prédios com terraços e destacados, mas não era, era Besźel total, a variação de estilos uma idiossincrasia arquitetônica, embora ficasse a apenas uma esquina de uma área muito cruzada.
Eu havia ouvido liberais alegarem que isso era mais do que uma ironia, que a proximidade de Ul Qoma dava aos CVs oportunidades para intimidar o inimigo.

Certamente, não importava quanto os desvissem, os ul-qomanos em proximidade física devem ter registrado em algum nível os trajes paramilitares, as insígnias de Besźel Primeiro. Dava quase para dizer que era brecha, embora, claro, não chegasse a tanto.

Eles estavam vadiando quando nos aproximamos, falando, fumando, bebendo, rindo alto. Seus esforços para tomar a rua inteira eram tão descarados que só faltava mijarem almíscar. Eram todos homens menos um. Todos olharam pra nós. Palavras foram ditas e a maioria foi andando devagar pra dentro do prédio, deixando alguns perto da porta. Vestindo couro, denim, um – apesar do frio – num muscle top que sua fisiologia merecia, nos encarando. Marombeiro, vários homens de cabelo cortado rente, um deles exibindo um antigo corte aristo besź, tipo um mullet elaborado. Ele estava apoiado num bastão de beisebol – não era um esporte besź, mas apenas plausível o bastante para ele não ser preso por Porte de Arma com Intenção. Um homem murmurou pro Cabelinho, falou rápido num celular e desligou. Não havia muitos passantes. Todos, claro, eram besź, de forma que podiam e olharam fixo para nós e para a equipe dos CVs, embora a maioria depois desviasse o olhar.

– Você está pronta pra isso? – perguntei.

– Vai se foder, chefe – resmungou Corwi de volta. O segurador do bastão balançava ele como se estivesse brincando.

Alguns metros antes do comitê de recepção, eu disse alto no meu rádio:

– Na sede dos CVs, quatro-onze GyedarStrász, conforme planejado. Checar em uma hora. Alerta de código. Preparar reforços – desliguei o rádio rapidinho, antes que o telefonista tivesse a chance de responder audivelmente algo do tipo: o que é que você está falando, Borlú?

O grandão:

– Quer uma ajuda, policial? – Um dos seus camaradas olhou para Corwi de cima a baixo e fez um ruído de beijinho que mais parecia o chilrear de um pássaro.

– Quero. Estamos entrando pra fazer algumas perguntas.

– Acho que não. – O Cabelinho sorriu, mas quem falava era o Musculoso.

– Mas nós vamos mesmo, você sabe disso.

– Nem tanto assim. – Quem falou foi o homem que havia feito a ligação, um homem louro de cabeça de camurça, empurrando seu conhecido grandão. – Tem documentação de busca e apreensão? Não? Então não vai estar entrando.

Eu me desloquei.

– Se você não tem nada a esconder, por que nos manter do lado de fora? – disse Corwi. – Temos umas perguntas... – Mas o Musculoso e o Cabelinho estavam gargalhando.

– Por favor – disse o Cabelinho. Ele balançou a cabeça. – Por favor. Com quem vocês pensam que estão falando?

O homem de cabeça quase raspada fez um gesto para ele calar a boca.

– Acabamos aqui – falou ele.
– O que vocês sabem sobre Byela Mar? – perguntei. Eles olharam sem reconhecimento, nem incerteza. – Mahalia Geary – desta vez eles sabiam o nome. O telefonador fez um som de ah; o Cabelinho sussurrou para o grandão.
– Geary – disse o Maromba. – Nós lemos os jornais. – Ele deu de ombros, do tipo "fazer o quê?" – Sim. Uma lição sobre os perigos de certos comportamentos?
– Como assim? – Eu me inclinei amigavelmente contra a maçaneta, forçando o Mullet a recuar um ou dois passos. Ele voltou a resmungar para o amigo. Não consegui ouvir o quê.
– Ninguém está defendendo ataques, mas a srta. Geary. – O homem com o telefone disse o nome com um sotaque americano exagerado, e ficou entre nós e todos os outros – tinha forma e reputação entre patriotas. Já fazia um tempo que não ouvíamos falar dela, sério. Esperávamos que ela pudesse ter ganhado alguma perspectiva. Parece que não. – Ele deu de ombros. – Se você desonrar Besźel, ela volta para morder você.
– Que história é essa de *desonrar*? – perguntou Corwi. – O que você sabe a respeito dela?
– O que é que há, policial! Olhe só no que ela trabalhava! Ela não era amiga de Besźel.
– É isso aí – disse o Louro. – Unif. Ou pior, uma espiã. – Olhei para Corwi e ela para mim.
– O que foi? – perguntei. – Qual dos dois você prefere?
– Ela não era... – disse Corwi. Nós dois hesitamos.
Os homens permaneceram na entrada e nem sequer brincaram mais conosco. O Mullet parecia querer, em resposta às minhas provocações, mas o Maromba disse: "Deixa pra lá, Caczos", e o homem calou a boca, só ficou olhando para nós por trás das costas do maior, e o outro que tinha falado chamou a atenção deles baixinho e eles recuaram alguns metros, mas ainda ficaram olhando fixo para mim. Eu tentei falar com Shenvoi, mas ele estava longe do seu telefone seguro. Ocorreu-me que ele poderia (eu não era um dos poucos que conheciam sua missão) até mesmo estar no prédio à minha frente.
– Inspetor Borlú. – A voz veio por trás de nós. Um carro preto elegante havia estacionado atrás do nosso, e um homem estava caminhando em nossa direção, deixando a porta do motorista aberta. Ele estava na casa dos cinquenta e poucos, eu diria, com um porte altivo e um rosto sério e algumas rugas. Vestia um terno escuro decente, sem gravata. Os poucos cabelos que não haviam recuado eram grisalhos e cortados rente. – Inspetor – tornou a dizer –, está na hora de o senhor ir embora.
Ergui uma sobrancelha.
– É claro, é claro – eu disse. – Só me desculpe... Quem, em nome da Virgem, é você?

– Harkad Gosz. Advogado dos Cidadãos Verdadeiros de Besźel. – Vários dos homens com cara de bandido olharam um tanto assustados quando ele disse isso.

– Ah, que maravilha – sussurrou Corwi. Percebi que Gosz gostava de ostentar: sua hora claramente custava caro.

– Só estava de passagem? – perguntei. – Ou você recebeu uma ligação? – Pisquei pro homem do telefone, que deu de ombros. Suficientemente amigável. – Suponho que você não tem uma linha direta com esses asnos, então por quem a notícia passou? Eles falaram com Syedr? Quem ligou?

Ele ergueu uma sobrancelha.

– Deixe-me adivinhar por que o senhor está aqui, inspetor.

– Um momento, Gosz... Como você sabe quem sou eu?

– Deixe-me adivinhar... Você está aqui fazendo perguntas sobre Mahalia Geary.

– Com certeza. Nenhum de seus rapazes parece muito triste com a morte dela. E, no entanto, lamentavelmente ignorantes quanto ao seu trabalho: eles estão sob o delírio de que ela era unificacionista, o que teria feito os unifs rirem muito. Nunca ouviu falar de Orciny? E deixe-me repetir: como você sabe meu nome?

– Inspetor, o senhor vai mesmo nos fazer perder nosso tempo? Orciny? Fosse qual fosse a história que Geary queria contar, fosse qual fosse a imbecilidade que ela queria fingir, fossem quais fossem as notas de rodapé idiotas que ela queria enfiar nos seus ensaios, no fundo tudo o que ela estava fazendo era minar Besźel. Esta nação não é um brinquedinho, inspetor. Me entende? Ou Geary era imbecil, desperdiçando seu tempo com histórias de viúvas velhas que conseguem combinar falta de sentido com insultos, ou ela não era burra, e todo esse trabalho a respeito da falta de poder secreta de Besźel tinha sido projetado para fazer uma afirmação muito diferente. Ul Qoma parece ter sido mais simpática para ela, afinal, não é?

– Está brincando comigo? O que você quer dizer? Que Mahalia *fingia* estar trabalhando sobre Orciny? Ela era inimiga de Besźel? O quê? Uma agente ul-qomana...?

Gosz se aproximou de mim. Fez um gesto para os CVs, que recuaram para dentro da sua casa fortificada e semicerraram a porta, esperando e observando.

– Inspetor, o senhor não tem Mandado de Busca e Apreensão. Vá embora. Se quer insistir nisso, deixe que eu recite como um bom cidadão o seguinte: continue esta abordagem, e eu vou reclamar aos seus superiores de assédio do, vamos lembrar, inteiramente legal CV de B. – Fiquei esperando por um instante. Havia mais coisas que ele queria dizer. – E pergunte a si mesmo o que você deduziria a respeito de alguém que chega aqui a Besźel; inicia uma pesquisa sobre um tópico longa e justificavelmente ignorado por estudiosos sérios, que se baseia na *inutilidade* e na *fraqueza* de Besźel; faz, o que não é de surpreender, inimigos em todo lugar; parte e aí *vai direto para Ul Qoma*. E depois, de qualquer maneira, coisa de que o senhor parece não estar ciente, começa a montar discretamente o que sempre foi uma arena nem um pouco convincente para a pesquisa. Ela não estava trabalhando sobre

Orciny havia anos, podia muito bem ter admitido que toda essa história era uma cortina de fumaça, ora bolas! Ela estava trabalhando numa das mais controvertidas escavações pró-ul-qomanas do último século. Se eu acho que existe razão para suspeitar dos motivos dela, inspetor? Eu acho.

Corwi estava olhando fixo para ele, literalmente de boca aberta.

– Caramba, chefe, você tinha razão – disse ela, sem abaixar a voz. – Eles são *loucos de pedra*. – Ele olhou friamente para ela.

– Como o senhor sabe disso tudo, sr. Gosz? – perguntei. – A respeito do trabalho dela?

– Da pesquisa dela? Por favor. Mesmo sem os jornais enchendo o saco, tópicos para teses de doutorado e papers de conferência não são segredos de Estado, Borlú. Existe uma coisa chamada internet. Você devia experimentar.

– E...

– Vá embora – falou. – Diga a Gadlem que mando lembranças. Quer um emprego, inspetor? Não, não é uma ameaça, é uma pergunta. Gostaria de um emprego? Gostaria de manter o que o senhor tem? O senhor é sério mesmo, inspetor Como-Eu-Sei-Seu-Nome? – Ele riu. – Você acha que isto – apontou para o prédio – é onde as coisas terminam?

– Ah, não – eu disse. – Você recebeu uma ligação de alguém.

– Agora vá.

– Que jornal você leu? – perguntei levantando a voz. Mantive os olhos em Gosz, mas virei a cabeça o suficiente para mostrar que estava falando com os homens na entrada. – Grandão? Cabelinho? Que paper?

– Agora já chega – disse o de cabelo escovinha, quando o Musculoso me disse: – O quê?

– Você disse que tinha lido num jornal sobre ela. Qual? Até onde eu sei ninguém mencionou o nome verdadeiro dela ainda. Ela ainda era uma Fulana Detail quando a vi. Eu obviamente não estou lendo a melhor imprensa. Então, o que eu deveria estar lendo? – Um resmungo, uma risada.

– Eu pego as coisas por aí. – Gosz não mandou o homem calar a boca. – Quem sabe onde ouvi? – Não consegui entender muito disso. Informações vazavam rápido, até de comissões supostamente seguras, e era possível que o nome dela tivesse saído e até sido publicado em algum lugar, embora eu não tivesse visto, e, se não tivesse saído, seria em breve. – E o que você devia estar lendo? O *Grito da Lança*, é claro! – Brandiu um exemplar do jornal dos CVs.

– Bom, tudo isso é muito empolgante – eu disse. – Vocês todos são tão bem informados. Coitado de mim que sou confuso, suponho que vai ser um alívio entregar este caso. Não posso continuar com ele. Como você disse, não leio os jornais certos para fazer as perguntas certas. É claro que a Brecha não precisa de nenhum jornal. Eles podem perguntar o que quiserem, a qualquer um.

Isso os silenciou. Eu olhei para eles – para o Musculoso, o Mullet, o Telefonador e o Advogado – mais alguns segundos antes de sair, Corwi do meu lado.

– Mas que bando desagradável de babacas!
– Ah, bem – eu disse. – A gente estava na caça. Fomos um pouco folgados. Embora eu não estivesse esperando levar uma dura como um menino levado.
– O que foi tudo aquilo…? Como ele sabia quem você era? E aquele negócio todo de te ameaçar…
– Não sei. Talvez fosse verdade. Talvez ele pudesse tornar minha vida difícil, se eu forçasse a barra. Não vai ser problema meu por muito tempo.
– Acho que ouvi – disse ela. – Sobre os links, quero dizer. Todo mundo sabe que os CVs são os soldados de rua do NatBloc, então ele deve conhecer Syedr. Como você disse, essa é provavelmente a corrente: eles chamam Syedr, que chama ele – eu não disse nada. – Provavelmente sim. Pode ser de quem ouviram a respeito de Mahalia também. Mas Syedr realmente seria tão idiota de nos dar de bandeja para os CVs?
– Você mesma disse que ele é muito idiota.
– Ok, sim, mas por que ele faria isso?
– Ele é um valentão.
– É verdade. Todos eles são. É assim que os políticos funcionam, sabia? Então talvez, sim, seja isso que está acontecendo, exagero para te assustar fora.
– Me assustar fora do quê?
– Te assustar, quero dizer. Não assustar "fora" de nada. São bandidos congênitos, esses sujeitos.
– Quem sabe? Talvez ele tenha alguma coisa que esteja guardando, talvez não. Admito que gosto da ideia da Brecha caçando ele e os deles. Quando a invocação finalmente chegar.
– É. Só achei que você parecia… Nós ainda estamos caçando coisas. Fiquei pensando se você estava desejando que pudesse… Eu não estava esperando fazer mais isso. Quero dizer, estamos só esperando. Que a Comissão…
– Sim – eu disse. – Bom. Você sabe. – Olhei para ela e depois desviei o olhar. – Vai ser bom abrir mão disso; ela precisa da Brecha. Mas ainda não entregamos o caso. Quanto mais tivermos para dar a eles, melhor, eu acho… – Isso era questionável.

Grande inspiração, grande expiração. Parei e comprei um café para nós de um lugar novo, antes de voltarmos ao QG. Café americano, para desgosto de Corwi.
– Achei que você gostasse do café *aj Tyrko* – disse ela, cheirando o café.
– Eu gosto, mas ainda mais do que gostar de café *aj Tyrko*, eu não dou a mínima.

CAPÍTULO 10

Cheguei cedo na manhã seguinte, mas não tive tempo de me orientar com nada.
– *El jefe* quer você, Tyad – disse Tsura, em serviço na mesa quando entrei.
– Merda – falei. – Ele já chegou? – Me escondi atrás da mão e sussurrei. – Vira, vira, Tsura. Esteja numa pausa pra uma mijadinha no meu ingresso. Você não me viu.
– Vamos lá, Tyad. – Ela me acenou para passar e cobriu os olhos. Mas havia um bilhete na minha mesa. "Me procure IMEDIATAMENTE." Revirei os olhos. Astuto. Se ele tivesse me mandado um email ou deixado um correio de voz eu poderia ter alegado que não tinha visto por algumas horas. Agora eu não podia evitá-lo.
– Senhor? – Bati e enfiei a cabeça na sua porta. Pensei em maneiras de explicar minha visita aos Cidadãos Verdadeiros. Torci para que Corwi não fosse leal ou honrada demais para me culpar, se estivesse levando na bunda por causa disso. – Queria falar comigo?
Gadlem olhou para mim por cima da borda da sua xícara e fez um gesto para que eu entrasse e me sentasse.
– Ouvi falar dos Geary – disse ele. – O que aconteceu?
– Sim, senhor. Foi... foi uma cagada – eu não havia tentado entrar em contato com eles. Não sabia se a sra. Geary sabia para onde seu papel tinha ido. – Acho que eles estavam, o senhor sabe, estavam simplesmente alucinados e fizeram uma coisa imbecil...
– Uma coisa imbecil com muito planejamento prévio. Na verdade foi a tolice espontânea mais organizada de que já ouvi falar. Eles vão fazer uma reclamação? Eu vou ouvir palavras duras da Embaixada dos EUA?
– Não sei. Seria um pouco arrogante se isso acontecesse. Eles não teriam muito em que se apoiar. – Eles haviam feito uma brecha. Era triste e simples.
Ele assentiu, suspirou, e me ofereceu os seus dois punhos cerrados.

– Boas notícias ou más notícias? – perguntou.
– Há... más.
– Não, você vai ter as boas primeiro. – Ele sacudiu a mão esquerda e a abriu dramaticamente, falou como se tivesse liberado uma sentença. – A boa notícia é que eu tenho um caso tremendamente intrigante para você. – Fiquei aguardando. – A má notícia... – Ele abriu a mão direita e a bateu na mesa com raiva genuína. – A má notícia, inspetor Borlú, é que é o mesmo caso no qual você já está trabalhando.
– ... Senhor? Não estou entendendo...
– Bem, não, inspetor, quem de nós entende? A quem de nós, pobres mortais, o *entendimento* é dado? Você ainda está no caso. – Ele abriu uma carta e a sacudiu para mim. Vi selos e símbolos em relevo acima do texto. – Notícias da Comissão de Supervisão. A resposta oficial deles. Lembra, a pequena formalidade? Eles não vão entregar o caso Mahalia Geary. Estão se recusando a invocar a Brecha.
Eu me recostei com força.
– O quê? *O quê?* Que diabos...?
A voz dele não tinha emoção alguma.
– Nyisemu, da Comissão, informa que revisaram as evidências apresentadas e concluíram que não existem evidências suficientes para apoiar qualquer brecha ocorrida.
– Isso é uma palhaçada. – Eu me levantei. – O senhor viu meu dossiê, o senhor sabe o que dei a eles, o senhor sabe que não tem como não ter sido brecha. O que foi que eles disseram? Quais foram as razões deles? Eles fizeram uma recontagem dos votos? Quem assinou a carta?
– Eles não são obrigados a dar nenhum motivo – ele balançou a cabeça e olhou com nojo para o papel que segurava entre as pontas dos dedos como alicates.
– Que inferno. Alguém está tentando... Senhor, isso é ridículo. Precisamos invocar a Brecha. Eles são os únicos que podem... Como é que eu vou investigar essa merda? Eu sou um policial de Besźel, é só. Tem alguma coisa muito fodida acontecendo aqui.
– Tudo bem, Borlú. Como eu disse, eles não são obrigados a dar nenhuma razão, mas sem dúvida antecipando algo de nossa educada surpresa, eles na verdade incluíram uma nota e um anexo. De acordo com esta pequena missiva imperiosa, a questão não foi a sua apresentação. Então, console-se com o fato de que não importa o volume da merda que você estava carregando, você mais ou menos os convenceu de que aquilo era um caso de brecha. O que aconteceu, eles explicam, é que, como parte das suas "investigações de rotina" – as aspas aéreas dele pareciam garras de aves de rapina – mais informações vieram à luz. A saber.
Ele bateu com a ponta do dedo em um dos pacotes de correspondência (ou lixo) em sua mesa e o jogou para mim. Um videocassete. Apontou para a TV/VCR no canto do escritório. A imagem surgiu, uma coisinha em sépia e cheia de estática.

Não havia som. Carros passavam diagonalmente pela tela, num tráfego não pesado, porém constante, por cima de uma legenda de hora e data, entre pilares e paredes de edifícios.

– Para o que estou olhando? – Calculei a data: madrugada, duas semanas atrás. A noite antes de encontrarmos o corpo de Mahalia Geary. – Para o que estou olhando?

Os poucos veículos passaram em disparada, solavancando como besouros ocupados. Gadlem acenou a mão num play mal-humorado, conduzindo a imagem em fast-forward com o controle remoto como se fosse uma batuta de maestro. Acelerou minutos de fita.

– Onde é isso? A imagem é uma merda.

– É bem menos merda do que se fosse uma das nossas, o que é mais ou menos a questão. Aqui estamos – disse ele. – Calada da noite. Onde estamos, Borlú? Detecte, detetive. Observe à direita.

Um carro vermelho passou, um carro cinza, um caminhão velho e, então...

– Isso! *Voilà!* – gritou Gadlem. Uma van branca suja. Ela se arrastou do canto inferior direito até o superior esquerdo da imagem na direção de algum túnel, parou talvez em algum sinal de trânsito desvisto, e saiu da tela e das nossas vistas.

Olhei para ele em busca de uma resposta.

– Repare nas manchas – falou. Estava acelerando, fazendo os carrinhos dançarem de novo. – Eles nos cortaram um pouco. Uma hora e pouco depois. Isso!

Ele apertou o play e um, dois, três outros veículos, então a van branca – devia ser a mesma – reapareceram, movendo-se na direção oposta, de volta pelo caminho do qual havia vindo. Dessa vez o ângulo da câmera capturou as placas da frente.

Ele passou rápido demais para que eu pudesse ver. Apertei os botões no VCR embutido, jogando a van para trás no meu campo de visão, depois a levando alguns metros para diante, pausando-a. Não era nenhum DVD, isso, a imagem pausada era uma névoa de linhas fantasmas e rachaduras, a van gaguejante não realmente parada, mas trêmula como um elétron perturbado entre dois pontos. Eu não podia ler o número da placa com clareza, mas na maioria dos lugares o que vi parecia ser uma entre duas possibilidades: um *vye* ou um *bye*, *zsec* ou *kho*, um 7 ou um 1, e assim por diante. Peguei meu bloco de notas e comecei a folheá-lo.

– E lá vai ele – murmurou Gadlem. – Ele está à procura de algo. Ele tem alguma coisa, senhoras e senhores. – Voltei atrás páginas e dias. Parei. – Uma lâmpada, eu vejo, lutando para aparecer, para jogar iluminação na situação...

– Caralho – falei.

– Caralho mesmo.

– É ela. É a van de Khurusch.

– Ela é, como você está dizendo, a van de Mikyael Khurusch. – O veículo no qual o corpo de Mahalia havia sido levado, e do qual havia sido desovado. Olhei para a hora da imagem. Quando olhei na tela, ela quase certamente continha

Mahalia morta. – Jesus. Quem achou isso? O que é isso? – perguntei. Gadlem deu um suspiro e esfregou os olhos.

– Espere, espere. – Levantei a mão. Olhei para a carta da Comissão de Supervisão, que Gadlem estava usando para abanar o rosto. – Este é o canto do Copula Hall – eu disse. – Diabos. É o Copula Hall. E aquela é a van de Khurusch saindo de Besźel, entrando em Ul Qoma e voltando novamente. De modo legal.

– Bingo – disse Gadlem, como um apresentador de game-show cansado. – Bingo bingo bingo bingo, porra.

Como parte, nos disseram – e para a qual, eu disse a Gadlem, iríamos retornar –, das investigações de fundo que eram feitas para qualquer invocação da Brecha, filmagens de circuito fechado da noite em questão haviam sido investigadas. Aquilo não era convincente. Aquilo havia parecido um caso tão evidente de brecha que ninguém tinha o menor motivo para ficar analisando tão extensamente horas de fita. E, além disso, as câmeras antiquadas do lado besź do Copula Hall não mostravam imagens claras o bastante para identificar o veículo – aquelas eram da entrada, do sistema de segurança privado de um banco, que algum investigador havia solicitado.

Com a ajuda das fotografias fornecidas pelo inspetor Borlú e sua equipe, soubemos, havia sido assegurado que um dos veículos que passaram por um checkpoint oficial no Copula Hall, para Ul Qoma vindo de Besźel e depois de volta, havia sido aquele no qual o corpo da falecida havia sido transportado. Da mesma forma, embora um crime hediondo houvesse sido cometido e devesse ser investigado como questão de urgência, a passagem do corpo do local do homicídio, embora pareça ter sido em Ul Qoma, até o terreno de desova em Besźel não havia, na verdade, envolvido brecha. A passagem entre as duas cidades havia sido legal. Logo, não havia base para invocar a Brecha. Nenhuma brecha havia sido cometida.

Esse é o tipo de situação jurídica ao qual os estrangeiros reagem com compreensível pasmo. Contrabando, eles insistem regularmente, por exemplo. Contrabando é brecha, não? Quintessencialmente, não? Mas não.

A Brecha possui poderes que o resto de nós mal consegue imaginar, mas seu chamado é de uma precisão absoluta. Não é a passagem propriamente dita para a outra, nem mesmo com contrabando: é a forma da passagem. Jogue um felídeo ou cocaína ou armas pela janela de trás da sua casa em Besźel através de um pátio cruzado em um jardim de Ul Qoma para seu contato apanhar – isso é brecha, e a Brecha vai pegar você, e ainda seria Brecha se você jogasse pão ou penas. Roube uma arma nuclear e transporte-a em segredo através do Copula Hall quando atravessar, *mas a travessia dessa fronteira em si?* No checkpoint oficial em que as cidades se encontram? Muitos são os crimes cometidos em tal ato, mas brecha não é um deles.

O contrabando propriamente dito não é brecha, embora a maior parte das brechas seja cometida para se contrabandear. Os traficantes mais inteligentes, porém, se asseguram de cruzar corretamente, têm um profundo respeito pelos limites e poros da cidade, então se eles forem apanhados enfrentarão somente as leis de um ou outro ou ambos os lugares, não o poder da Brecha. Talvez a Brecha leve em conta os detalhes desses crimes assim que uma brecha é cometida, todas as transgressões em Ul Qoma ou em Besźel ou em ambas, mas se for assim é só uma vez e porque esses crimes são funções da brecha, a única violação que a Brecha pune, o desrespeito existencial das fronteiras de Ul Qoma e Besźel.

O roubo da van e a desova do corpo em Besźel foram ilegais. O assassinato em Ul Qoma, igualmente. Mas o que havíamos suposto era que a ligação transgressora particular entre os eventos nunca havia acontecido. Toda a passagem havia parecido escrupulosamente legal, efetuada através de canais oficiais, papelada toda certinha. Ainda que as permissões fossem falsificadas, a viagem pelas fronteiras no Copula Hall tornava aquela uma questão de entrada ilegal, não de brecha. Esse é um crime que você poderia ter em qualquer país. Não havia acontecido brecha.

– Isso é uma puta duma palhaçada.

Eu caminhava de um lado para o outro entre a mesa de Gadlem e o carro congelado na tela, o transporte da vítima.

– Isso é palhaçada. Foderam com a gente.

– É palhaçada, ele me diz – anunciou Gadlem para o mundo. – Ele me diz que foderam com a gente.

– Foderam mesmo com a gente, senhor. Nós precisamos da Brecha. Como diabos a gente vai fazer isso? Em algum lugar alguém está tentando paralisar esse processo exatamente onde ele está.

– Foderam com a gente, ele me diz, e eu observo que ele me diz como se eu estivesse discordando dele. O que, da última vez em que olhei, eu não estava fazendo.

– Sério, o quê...

– Na verdade, pode-se dizer que eu concordo com ele em uma escala impressionante. É *claro* que foderam com a gente, Borlú. Pare de andar em círculos feito cachorro bêbado. O que é que você quer que eu diga? Sim, sim, sim, isso é uma palhaçada; sim, alguém fez isso com a gente. O que você quer que eu faça?

– Alguma coisa! Tem que haver alguma coisa. Nós poderíamos apelar...

– Escute, Tyador. – Ele juntou as pontas dos dedos. – Estamos os dois de acordo sobre o que aconteceu aqui. Estamos ambos putos que você ainda esteja no caso. Por diferentes razões, talvez, mas... – Ele dispensou o resto com um sinal. – Mas eis aqui o problema que você não está querendo ver. Embora, sim, nós dois possamos concordar que a súbita recuperação desse filme não esteja fedendo só um pouquinho, e que estamos parecendo pedacinhos de papel alumínio presos em barbante para algum malévolo gatinho governamental, sim, sim, sim, mas, Borlú, independentemente de como eles tenham encontrado a evidência, essa é a decisão correta.

– Nós já checamos com os guardas da fronteira?

– Sim, e não tem mais nada, mas você pensa que eles mantêm registros de todo mundo que mandam passar? Tudo que eles precisavam era ver um passe vagamente plausível. Não se pode discutir com isso. – Ele acenou para a televisão.

Ele tinha razão. Balancei a cabeça.

– Conforme aquele filme mostra – disse ele –, a van não fez brecha, e, portanto, que apelo estaríamos fazendo? Não podemos invocar a Brecha. Não por isso. Nem, francamente, deveríamos.

– Então, e agora?

– Agora você está continuando a investigação. Você começou, você termina.

– Mas ela é...

– ... em Ul Qoma, sim, eu sei. Você vai atravessar.

– O quê?

– Isso se tornou uma investigação internacional. Os tiras de Ul Qoma não tocaram nela enquanto parecia uma questão para a Brecha, mas agora é investigação de homicídio deles, no que parece evidência convincente de que ocorreu no solo deles. Você vai experimentar as alegrias da colaboração internacional. Eles solicitaram nossa ajuda. No local. Você vai para Ul Qoma como convidado da *militsya* de UQ, onde discutirá com oficiais da Equipe de Homicídio. Ninguém conhece o status da investigação melhor do que você.

– Isso é ridículo. Eu posso apenas enviar a eles um relatório...

– Borlú, não faça beiço. Isso atravessou as nossas fronteiras. O que é um relatório? Eles precisam de mais do que um pedaço de papel. Esse caso já se transformou numa coisa mais cheia de voltas que uma minhoca no asfalto, e você é o homem que está cuidando dele. A coisa precisa de cooperação. É só ir lá e falar com eles. Ver as malditas vistas. Quando encontrarem alguém, nós vamos querer processá--los aqui também, pelo roubo, pela desova do corpo, e assim por diante. Você não sabe que esta é uma empolgante nova era do policiamento entre fronteiras? – Era o slogan de um livreto que havíamos recebido da última vez que atualizamos nosso equipamento de computador.

– A chance de encontrarmos o assassino acabou de despencar. Nós precisávamos da Brecha.

– Ele me diz isso. Eu concordo. Então vá e aumente as possibilidades.

– Por quanto tempo vou ficar fora?

– Cheque comigo a cada dois dias. Vamos ver como a coisa anda. Se for se estender para mais de duas semanas, vamos rever isso: já vai ser terrível perder você por esses dias.

– Então não perca. – Ele me olhou sardonicamente: qual a chance? – Gostaria que Corwi fosse comigo.

Ele fez um som grosseiro.

– Tenho certeza de que você gostaria. Não seja estúpido.

Passei as mãos pelo meu cabelo.

– Commissar, eu preciso da ajuda dela. Até porque ela sabe mais sobre o caso do que eu. Ela tem sido parte integrante dele desde o começo. Se eu vou levar isso para além da fronteira...

– Borlú, você não está levando nada para lugar nenhum; você é um *convidado*. Dos nossos vizinhos. Quer ir para lá com seu próprio Watson? Mais alguém que gostaria que eu fornecesse? Massagista? Contador? Ponha isto na cabeça: lá você é o assistente. Jesus, já é ruim o bastante que você a tenha forçado a trabalhar, em primeiro lugar. Sob que autoridade, por gentileza? Ao invés de se concentrar no que perdeu, sugiro que se lembre dos bons tempos que tiveram juntos.

– Isto é...

– Sim, sim. Não precisa repetir. Você quer saber o que é uma palhaçada, inspetor? – Ele apontou o controle remoto para mim, como se pudesse me parar ou me rebobinar. – A palhaçada é um oficial sênior do ECH de Besźel parar, com o oficial subordinado que ele ordenou que trabalhasse discretamente como sua propriedade pessoal, para um confronto não autorizado, desnecessário e de pouca ajuda com um grupo de gângsteres que têm amigos nas altas esferas.

– ... Certo. Então o senhor ficou sabendo. Pelo advogado?

– De que advogado você está falando? Foi o representante Syedr que teve a bondade de me ligar hoje de manhã.

– O próprio Syedr ligou pro senhor? Diabos. Desculpe, senhor. Estou surpreso. O que foi, ele estava dizendo para que eu deixasse eles em paz? Achei que parte do acordo era que ele nunca fosse explícito quanto ao fato de estar ligado aos CVs. Por isso teria enviado aquele advogado, que parecia um tanto acima do nível dos camaradas.

– Borlú, eu só sei que Syedr tinha acabado de ficar sabendo do *tête-à-tête* da véspera e ficou incomodado de saber que havia sido mencionado, ligou de péssimo humor para ameaçar várias sanções contra você por calúnia, caso o nome dele aparecesse novamente num contexto semelhante et cetera. Eu não sei e nem quero saber o que levou a esse pequeno beco sem saída investigativo em particular, mas você poderia se perguntar a respeito dos parâmetros da coincidência, Borlú. Foi na mesma manhã, horas apenas depois de sua fabulosamente frutífera discussão pública com os patriotas, que esse filme apareceu, e que a Brecha foi dispensada. E eu também não faço ideia do que isso poderia significar, mas é um fato interessante, não é?

– Não me pergunte, Borlú – disse Taskin quando liguei para ela. – Eu não sei. Eu só descobri. Eu fico sabendo de rumores, é tudo que eu fico sabendo. Nyisemu não está feliz com o que aconteceu, Buric está lívido, Katrinya está confusa, Syedr está encantado. Esse é o murmúrio. Quem vazou o quê, quem está provocando quem, eu não tenho ideia. Desculpe.

Pedi a ela para ficar de ouvido ligado. Eu tinha uns dois dias para me preparar. Gadlem havia transmitido os detalhes para os departamentos relevantes em Besźel e para um correspondente em Ul Qoma que seria meu contato.

– E responda suas mensagens, merda – disse ela. Meu passe e minha orientação seriam organizados para mim. Fui para casa e olhei umas roupas, pus minha mala velha em cima da cama, apanhei livros e os coloquei de volta.

Um dos livros era novo. Eu tinha recebido pelo correio naquela manhã, precisando pagar um extra para envio urgente. Encomendei on-line através de um link no site cidadefraturada.net.

Meu exemplar de *Entre a cidade e a cidade* era velho e amassado, em bom estado, mas com a capa dobrada para trás e páginas manchadas e anotadas por pelo menos duas mãos. Eu tinha pago um preço absurdo por ele, apesar desses déficits, devido à sua ilegalidade em Besźel. Não era um risco tão grande ter o meu nome na lista do vendedor. Foi fácil para mim assegurar que o status do livro era, pelo menos em Besźel, mais por um retrocesso embaraçoso do que devido a qualquer sensação concreta de traição da pátria. A maioria dos livros ilegais sobre a cidade só era vagamente ilegal: sanções eram raramente aplicadas, e até mesmo os censores raramente se importavam.

Ele tinha sido publicado por uma editora anarco-hippie que já tinha fechado as portas, embora, a julgar pelo tom das páginas de abertura, fosse bem mais seco do que a capa florida e drogada sugeria. A impressão subia e descia torta pelas páginas. Não havia sumário, o que me fez dar um suspiro.

Deitei na cama e liguei para as duas mulheres que eu via, disse a elas que estava indo para Ul Qoma. Biszaya, a jornalista, disse:

– Legal, não esquece de visitar a galeria Brunai. Tem uma exibição de Kounellis. Me compra um cartão postal – Sariska, a historiadora, parecia mais surpresa e decepcionada porque eu estaria fora por não sei quanto tempo.

– Você já leu *Entre a cidade e a cidade*? – perguntei.

– Claro, quando estava na faculdade. Minha capa falsa era *A riqueza das nações*. – Durante os anos 1960 e 1970, alguns livros banidos podiam ser comprados encadernados nas capas arrancadas de brochuras permitidas pela lei. – O que tem?

– O que você achou?

– Na época, que era incrível, cara. Além disso, que eu era indizivelmente corajosa por estar lendo ele. Subsequentemente, que era ridículo. Você está finalmente passando pela adolescência, Tyador?

– Pode ser. Ninguém me entende. Não pedi pra nascer. – Ela não tinha nenhuma lembrança em particular do livro.

– Porra, não consigo acreditar nisso – disse Corwi quando liguei para ela e contei. Ela não parava de repetir isso.

– Eu sei. Foi o que eu disse ao Gadlem.

– Eles estão me tirando do caso?

– Não acho que exista um "eles". Mas, infelizmente, sim, não, você não pode vir.

– Então é assim? Eu sou simplesmente descartada?

– Desculpe.

– Filho da puta. A questão é quem teria liberado esse filme– disse ela depois de um minuto que passamos sem falar nada, apenas ouvindo ao silêncio e à respiração um do outro, como adolescentes apaixonados. – Não, a questão é como eles encontraram esse filme? Por quê? Quantas horas de filme estão lá, quantas câmeras? Desde quando eles têm tempo para ver essa merda toda? Por que desta única vez?

– Eu não preciso partir imediatamente. Estou só pensando... Vou ter a minha orientação depois de amanhã...

– E daí?

– Bem.

– Então?

– Desculpe, andei pensando muito nisso. Sobre esse filme que simplesmente caiu na nossa cabeça. Quer fazer uma última investigação? Mais umas duas ligações e uma ou duas visitas. Tem uma coisa em particular que preciso checar antes que o meu visto e sei lá mais o que sejam entregues. Andei pensando sobre essa van deslizando para terras estrangeiras. Isso pode colocar você em apuros – eu disse essa última frase de brincadeira, como se fosse algo que interessasse a ela. – Claro que você está fora do caso agora, então é um pouco não autorizado. – Isso não era verdade. Ela não estava correndo risco algum. Eu podia aprovar qualquer coisa que ela fizesse. Eu podia ficar em apuros, mas ela não.

– Porra, então vamos – disse ela. – Se a autoridade está te sufocando, o não autorizado é tudo que você tem.

CAPÍTULO 11

– Sim? – Mikyael Khurusch olhou para mim mais de perto por trás da porta que dava para seu escritório vagabundo. – Inspetor. É o senhor. O quê... Olá?
– Sr. Khurusch. Uma perguntinha.
– Deixe a gente entrar, por favor, senhor – disse Corwi. Ele abriu a porta um pouco mais para vê-la também, deu um suspiro e abriu tudo para nós.
– Em que posso ajudar vocês? – Ele abria e fechava as mãos.
– Está dando tudo certo com a sua van? – perguntou Corwi.
– É um pé nos colhões, mas um amigo está me ajudando.
– Que bom.
– Pois é – disse Khurusch.
– Quando o senhor conseguiu um visto de QMQ pra sua van, sr. Khurusch? – perguntei.
– Eu, o quê, o quê? – disse ele. – Eu não, eu não tenho...
– Interessante que você esteja enrolando assim – eu disse. A resposta dele conferia com a nossa suspeita. – Você não é tão burro para negar diretamente, porque, ora, passes são questões de registro. Mas o que nós estamos perguntando? E por que você simplesmente não está respondendo? Qual é o problema com a pergunta?
– Podemos ver o seu passe, por favor, sr. Khurusch?
Ele ficou olhando para Corwi por vários segundos.
– Não está aqui. Está na minha casa. Ou...
– Vamos parar? – eu disse. – Você está mentindo. Essa foi a última chance para você, cortesia nossa, e, ah, você estragou tudo. Você não tem um passe, um visto, Qualquer Motorista Qualificado, para múltipla entrada-reentrada dentro e fora de Ul Qoma. Certo? E não tem porque ele foi roubado. Foi roubado quando a sua van

foi roubada. Ele estava, na verdade, dentro da sua van quando a sua van foi roubada, juntamente com o seu antiquado mapa das ruas.

– Escuta – disse ele. – Eu já contei a vocês, eu não estava lá, eu não tenho um mapa das ruas, eu tenho um GPS no meu telefone. Eu não sei de nada...

– Não é verdade, mas é verdade que o seu álibi bate. Entenda, ninguém aqui acha que você cometeu esse crime, nem sequer que desovou o corpo. Não é por isso que estamos zangados.

– Nossa preocupação – disse Corwi – é que você nunca nos falou sobre o passe. A pergunta é quem pegou ele, e o que você ganhou por isso – a cor deixou o rosto dele.

– Ah, meu Deus – disse ele. Sua boca se abriu várias vezes e ele se sentou com força. – Ah, meu Deus, esperem. Eu não tive nada a ver com nada, eu não ganhei nada...

Eu havia observado repetidas vezes o filme do circuito fechado. Não houve hesitação na passagem da van, naquela rota protegida e oficial através do Copula Hall. Longe de cometer uma brecha, escorregar ao longo de uma rua cruzada ou trocar placas para combinar com alguma permissão falsificada, o motorista teve de mostrar aos guardas de fronteira papéis que não levantassem nenhuma suspeita. Havia um tipo de passe em particular que poderia ter apressado uma jornada de maneira tão descomplicada.

– Fazendo um favor a alguém? – perguntei. – Uma oferta que você não podia recusar? Chantagem. Deixe os papéis no porta-luvas. Melhor para eles se você não souber de nada.

– Por que outro motivo você não diria que perdeu seus papéis? – perguntou Corwi.

– Uma única chance – eu disse. – Então. Qual o esquema?

– Ah, Deus, escutem. – Khurusch olhou ao redor um bom tempo. – Por favor, escutem. Eu sei que devia ter pegado os papéis da van. Eu faço isso normalmente, eu juro a vocês, eu juro. Devo ter esquecido daquela vez, e foi justo a vez em que a van foi roubada.

– É por isso que você não nos falou do roubo, não foi? – Eu disse. – Você não nos disse que a van foi roubada porque sabia que teria que acabar falando dos papéis, e por isso você simplesmente torceu pra que toda a situação de algum modo se resolvesse.

– Ah, Deus.

Carros ul-qomanos de visita são geralmente fáceis de identificar como visitantes com direito de passagem pelas placas de licença, adesivos nos vidros e design moderno, assim como os carros besź em Ul Qoma, por seus passes e suas – para nossos vizinhos – linhas antiquadas. Passes veiculares, particularmente QMQ de múltipla entrada, não são nem baratos nem fáceis de obter, e vêm cheios de condições e regras. Uma delas é que um visto para um veículo em particular nunca deve ser deixado desprotegido no veículo. Não há motivo para tornar o contrabando mais fácil do que já é. Assim, não é um descuido, ou crime, incomum deixar tais papéis nos porta-luvas ou embaixo do carro. Khurusch sabia que estava enfrentando no mínimo uma multa pesada e a revogação de qualquer direito de viagem para Ul Qoma para sempre.

– Para quem você deu a van, Mikyael?

– Eu juro por Cristo, inspetor, ninguém. Não sei quem levou ela. Sério, eu não sei.

– Você está dizendo que foi pura coincidência? Que alguém que precisava apanhar um corpo em Ul Qoma simplesmente roubou uma van com papéis ainda dentro dela, esperando? Mas que conveniente.

– Pela minha vida, inspetor, eu não sei. Talvez quem quer que tenha roubado a van encontrou os papéis e vendeu pra outra pessoa...

– Encontraram alguém que precisava de transporte transcidade na mesma noite em que a roubaram? São os ladrões mais sortudos do mundo.

Khurusch desabou na cadeira.

– Por favor – disse ele. – Pode entrar nas minhas contas bancárias. Veja a minha carteira. Ninguém está me pagando merda nenhuma. Desde que a van foi levada, não consegui fazer porra nenhuma, nenhum negócio. Não sei mais o que fazer...

– Você vai me fazer chorar – disse Corwi. Ele olhou para ela com uma expressão arrasada.

– Pela minha vida – ele disse.

– Nós olhamos a sua ficha, Mikyael – eu disse. – Não estou falando da sua ficha na polícia... Isso foi o que checamos da última vez. Estou falando da sua ficha na patrulha de fronteira de Besźel. Você recebeu uma auditoria aleatória alguns meses depois de receber o primeiro passe. Alguns anos atrás. Vimos marcas de Primeiro Aviso em várias coisas, mas a maior, de longe, foi a de que você havia deixado os papéis no carro. Era um carro na época, certo? Você havia deixado eles no porta-luvas. Como escapou dessa? Fico surpreso que não tenham revogado eles na mesma hora.

– Réu primário – disse ele. – Eu implorei a eles. Um dos caras que encontrou disse que ia dar uma palavra com seu parceiro e comutar a pena para um aviso oficial.

– Você subornou ele?

– Claro. Quero dizer, uma coisinha. Não me lembro quanto foi.

– Por que não? Quero dizer, foi assim que você recebeu a coisa, pra começar, certo? Pra que se dar ao trabalho?

Um longo silêncio. Passes para veículos QMQ são geralmente anunciados para empresas com um pouco mais de funcionários do que o esboço de empresa de Khurusch, mas não é incomum que pequenos comerciantes ajudem suas solicitações com alguns dólares – besźmarcos sendo improváveis para comover os intermediários besź ou os funcionários da embaixada ul-qomana.

– Caso eu algum dia precisasse pegar coisas – disse, desesperado. – Meu sobrinho fez o teste, uns dois companheiros podiam ter dirigido, me ajudado. Nunca se sabe.

– Inspetor? – Corwi estava olhando para mim. Ela havia dito isso mais de uma vez, percebi. – Inspetor? – Ela olhou de relance para Khurusch: o que estamos fazendo?

– Desculpe – eu disse para ela. – Apenas pensando. – Fiz um gesto para que ela me seguisse até o canto da sala, avisando a Khurusch com o dedo apontado para ficar quieto.

– Eu vou levar ele – eu disse baixinho –, mas tem alguma coisa... Olhe pra ele. Estou tentando pensar em alguma coisa. Escute, eu quero que você cace uma coisa. O mais rápido que puder, porque amanhã eu vou ter que ir pra essa maldita orientação, então acho que hoje vai ser uma longa noite. Tudo bem pra você? O que eu quero é uma lista de todas as vans reportadas como roubadas em Besźel naquela noite, e quero saber o que aconteceu em cada caso.

– *Todas* elas...?

– Não entre em pânico. Vai ser muito para todos os veículos, mas deixe de fora tudo que não sejam vans com aproximadamente esse tamanho, e é só naquela noite. Me traga tudo que puder sobre cada uma delas. Incluindo toda a papelada associada, ok? O mais rápido possível.

– O que você vai fazer?

– Ver se consigo fazer esse vagabundo filho da puta falar a verdade.

Corwi, através de bajulação, persuasão e eficiência com computadores, conseguiu as informações em poucas horas. Ser capaz de fazer isso tão rápido, para acelerar canais oficiais, é vudu.

Durante as primeiras duas horas, enquanto ela examinava o material, eu fiquei sentado numa cela com Khurusch e lhe perguntei de várias maneiras e em diversas formulações diferentes Quem pegou sua van? e Quem pegou seu passe? Ele gemeu e exigiu seu advogado, e eu disse que ele o teria em breve. Por duas vezes ele tentou ficar zangado, mas na maior parte do tempo apenas repetiu que não sabia e que não havia reportado os roubos, da van e dos papéis, porque teve medo do problema que isso traria para ele. "Especialmente porque eles já haviam me avisado a esse respeito, entende?"

Foi depois do fim do expediente que Corwi e eu nos sentamos no meu escritório para verificar as informações. Seria, como eu a avisei novamente, uma longa noite.

– Khurusch está sendo detido sob que alegações?

– Nesta etapa, Armazenamento Inapropriado de Passe e Falha em Reportar Crime. Dependendo do que encontrarmos esta noite, posso acrescentar Conspiração para Homicídio, mas tenho a sensação...

– Você não acha que ele esteja metido em nada disso, acha?

– Ele não parece um gênio do crime, não é?

– Não estou sugerindo que ele planejou nada, chefe. Talvez nem mesmo que ele soubesse a respeito de algo. Específico. Mas você não acha que ele sabia quem ia levar a van dele? Ou que eles iam fazer alguma coisa?

Balancei a cabeça em negativa.

– Você não viu ele. – Tirei a fita do interrogatório dele do bolso. – Dê uma escutada se tivermos um pouco de tempo.

Ela pilotou meu computador, puxando as informações que tinha em várias planilhas. Ela traduziu minhas ideias vagas e resmungadas em mapas.

– Isso se chama *data mining* – disse as últimas palavras em inglês.

– Mineração, é? E quem de nós é o canário? – perguntei. Ela não respondeu. Só digitava e tomava café tinto, "feito adequadamente, porra", e resmungava reclamações sobre o meu software.

– Então isto é o que temos. – Passava das duas. Eu continuava olhando pela janela do meu escritório para a noite de Besźel. Corwi ajeitou os papéis que havia impresso. Além da janela estavam os leves uivos e o murmúrio abafado do tráfego tardio. Eu me mexi na cadeira, precisava mijar por causa do refrigerante cafeinado.

– Número total de vans reportadas como roubadas naquela noite, treze. – Ela percorreu o papel com a ponta do dedo. – Das quais três apareceram queimadas ou vandalizadas de uma forma ou de outra.

– Furto simples de veículo.

– Furto simples de veículo, isso. Então dez.

– Quanto tempo até elas serem reportadas?

– Todas menos três, contando com o bonitão na cela, foram reportadas no fim do dia seguinte.

– Ok. Agora onde está aquele onde você... Quantas dessas vans têm papéis de passe para Ul Qoma?

Ela filtrou.

– Três.

– Isso parece alto... três de treze?

– Vai haver um número maior para vans do que para veículos no total, por causa de todo o negócio de importação-exportação.

– Mesmo assim. Quais são as estatísticas para as cidades como um todo?

– De quê, de vans com passes? Não consigo encontrar – disse ela depois de um tempo digitando e olhando para a tela. – Tenho certeza de que deve haver um meio de encontrar, mas não consigo achar um jeito de fazer isso.

– Ok, se tivermos tempo vamos atrás disso. Mas estou apostando que são menos que três em treze.

– Você podia... parece mesmo alto.

– Tudo bem, experimente isto. Daquelas três com passes que foram roubadas, quantos donos têm avisos prévios por transgressões de condição?

Ela olhou para os papéis e depois para mim.

– Todos os três. Merda. Todos os três por armazenamento inapropriado. Merda.

– Certo. Isso parece improvável, certo? Estatisticamente. O que aconteceu com as outras duas?

– Elas foram... Espere. Pertenciam a Gorje Feder e Salya Ann Mahmud. As vans apareceram na manhã seguinte. Abandonadas.

– Alguma coisa levada?

– Um pouco amassadas, algumas fitas, uns trocados da de Feder, um iPod da de Mahmud.

– Deixe eu dar uma olhada nos horários... Não tem como provar quais foram roubadas primeiro, tem? Nós sabemos se essas outras duas ainda têm seus passes?

– O dado não veio, mas podemos descobrir amanhã.

– Descubra, se puder. Mas vou apostar que elas têm. De onde as vans foram levadas?

– Juslavsja, Brov Prosz, e a da Khurusch foi de Mashlin.

– Onde foram achadas?

– A de Feder em... Brov Prosz. Jesus. A de Mahmud, em Mashlin. Merda. Logo depois da ProspekStrász.

– Isso fica a cerca de quatro ruas do escritório de Khurusch.

– Merda. – Ela se recostou. – Decifra essa, chefe.

– Das três vans que são roubadas naquela noite que possuem visto, todas têm registros por não terem tirado seus papéis do porta-luvas.

– O ladrão *sabia*?

– Alguém estava caçando vistos. Alguém com acesso aos registros de controle de fronteiras. Eles precisavam de um veículo com o qual pudessem atravessar o Copula. Sabiam exatamente quem tinha sido registrado por não ter se dado ao trabalho de levar os papéis junto. Veja as posições. – Rascunhei um mapa tosco de Besźel. – A de Feder é levada primeiro, mas muito bem pro sr. Feder, ele e sua equipe aprenderam a lição, e agora ele leva os papéis consigo. Quando percebem isso, nossos criminosos usam ela, então, para dirigir até *aqui*, onde Mahmud estaciona a dela. Eles roubam a van bem rápido, mas a srta. Mahmud agora deixa o passe no escritório, então depois de fazer parecer um assalto eles a largam ao lado do *próximo* da lista e seguem em frente.

– E a próxima da lista é a de Khurusch.

– E ele permaneceu fiel à sua tendência anterior, e deixa os seus papéis na van. Então eles conseguem o que precisavam e partem pro Copula Hall, e de lá pra Ul Qoma. – Silêncio.
– Mas que porra é essa?
– É uma... é uma coisa que está parecendo desonesta. É um trabalho muito nas internas. Nas internas do quê, eu não sei. É alguém com acesso aos registros de prisão.
– E o que caralho a gente faz? O que a gente faz? – repetiu ela depois que eu fiquei muito tempo em silêncio.
– Eu não sei.
– Precisamos contar a alguém...
– Quem? Dizer o que a quem? Nós não temos nada.
– Você está... – Ela ia dizer brincando, mas era inteligente o bastante para ver a verdade disso.
– Correlações podem ser o bastante para nós, mas não são evidências, você sabe... não o bastante para se fazer nada. – Ficamos olhando um para o outro. – De qualquer maneira... o que quer que seja isto... quem quer que... – Olhei para os papéis.
– Eles têm acesso a coisas que... – disse Corwi.
– Precisamos ter cuidado – eu disse. Ela olhou nos meus olhos. Houve mais um daqueles longos momentos em que nenhum de nós falou. Olhamos devagar ao redor do ambiente. Eu não sabia o que estávamos procurando, mas suspeito que ela se sentiu, naquele momento, tão subitamente caçada, vigiada e ouvida quanto parecia.
– Então, o que fazemos? – perguntou ela. Era perturbador ouvir tamanho alarme vindo da voz de Corwi.
– Acho que o que nós já estamos fazendo. Investigar. – Dei de ombros devagar. – Temos um crime pra resolver.
– Não sabemos com quem é seguro conversar, chefe. Mais.
– Não. – Subitamente não havia mais nada que eu pudesse dizer. – Então é melhor não falar com ninguém. Exceto eu.
– Eles estão me tirando desse caso. O que eu...?
– Basta atender ao telefone. Se houver alguma coisa que eu possa arrumar para você fazer, eu ligo.
– Aonde isso vai levar?
Era uma pergunta que, àquela altura, podia significar qualquer coisa. Era meramente para preencher a ausência quase completa de som no escritório, para cobrir vários sons que eram, que soavam ameaçadores e suspeitos – cada estalar e ranger de plástico um momentâneo feedback de um ouvido eletrônico, cada pequena batida no prédio com o deslocamento de um súbito intruso.

– O que eu gostaria realmente – disse ela – era de invocar a Brecha. Que se fodam todos, seria simplesmente o máximo jogar a Brecha em cima deles. Seria ótimo se não fosse problema nosso. – Sim. A ideia de a Brecha executar vingança sobre quem fosse, pelo que quer que fosse. – Ela descobriu alguma coisa. Mahalia.

Pensar na Brecha sempre parecera algo correto. Mas me lembrei, subitamente, da expressão no rosto da sra. Geary. Entre as cidades, a Brecha vigiava. Nenhum de nós sabia o que ela sabia.

– É. Talvez.

– Não?

– Claro, é só que... não podemos. Então... precisamos tentar nos concentrar nisso por conta própria.

– *Nós?* Nós dois, chefe? Nenhum de nós sabe que caralho está rolando.

Ao final da última frase, Corwi estava sussurrando. A Brecha estava além do nosso controle ou compreensão. O que quer que fosse aquela situação ou coisa, o que quer que tivesse acontecido a Mahalia Geary, nós dois éramos seus únicos investigadores, até onde sabíamos, e em breve ela estaria sozinha, e eu estaria sozinho também, e numa cidade estrangeira.

PARTE 2

UL QOMA

CAPÍTULO 12

As estradas internas do Copula Hall vistas de um carro de polícia. Não viajávamos rápido e a sirene estava desligada, mas por algum vago vestígio de pompa as luzes piscavam e o concreto ao nosso redor se iluminava pontualmente de azul.

Vi o motorista olhar para mim. Investigador assistente Dyegesztan era seu nome, e eu nunca o tinha visto antes. Não fui capaz de conseguir Corwi nem como a minha escolta.

Nós havíamos passado pelas pontes baixas da Cidade Velha de Besźel e entrado nas convoluções dos arredores do Copula Hall, descendo finalmente para seu quadrante de tráfego. Passando por baixo e para além dos trechos de fachada onde cariátides pareciam ao menos um pouco com as figuras da história besź, indo na direção de onde elas eram ul-qomanas e penetrando no próprio hall, onde uma ampla estrada iluminada do alto por janelas e luzes cinzentas era ladeada na extremidade besź por uma longa fila de pedestres procurando entrada para o dia. Na distância além dos faróis vermelhos fomos encarados pelos faróis escuros dos carros ul-qomanos, mais dourados que os nossos.

– Já esteve em Ul Qoma antes, senhor?

– Faz muito tempo que não.

Quando os portões da fronteira apareceram diante de nós, Dyegesztan falou comigo mais uma vez.

– Eles tinham esses portões assim antes? – Ele era jovem.

– Mais ou menos.

Um carro de *policzai*, estávamos na faixa oficial, atrás de Mercedes escuras importadas que provavelmente transportavam políticos ou gente de negócios em missões investigativas. A uma certa distância estava a fila de motores roncando com viajantes cotidianos em carros baratos, contrabandistas e visitantes.

– Inspetor Tyador Borlú. – O guarda olhou meus documentos.
– Isso mesmo.
Ele percorreu cuidadosamente tudo que estava escrito. Se eu fosse um turista ou comerciante querendo um passe diário, a passagem até poderia ter sido mais rápida e o questionamento, mais apressado. Como oficial visitante, não havia essa facilidade. Uma das ironias burocráticas de todos os dias.
– Vocês dois?
– Está escrito bem aí, sargento. Só eu. Este é o meu motorista. Eu vou ser apanhado, e o investigador ali vai voltar direto. Acho que você pode ver o meu grupo ali em Ul Qoma.
Ali, unicamente naquela convergência, nós podíamos olhar através de uma simples fronteira física e ver nossos vizinhos. Além, além do espaço sem Estados e do checkpoint ul-qomano de costas para nós, um pequeno grupo de oficiais da *militsya* se reunia ao redor de um carro oficial, suas luzes piscando tão pomposas quanto as nossas, mas com cores diferentes e um mecanismo mais moderno (um liga-desliga de verdade, não a tapadeira giratória das nossas próprias lâmpadas). As luzes da polícia ul-qomana são vermelhas e de um azul mais escuro que o cobalto de Besźel. Seus carros são Renault cor de carvão e de linhas arrojadas. Eu ainda me lembro de quando eles dirigiam os nacionais Yadajis, feios e pequenos, mais parecidos com caixas do que os nossos próprios veículos.
O guarda se virou e olhou para eles.
– Estamos quase, agora – eu disse a ele.
A *militsya* estava longe demais para eu conseguir distinguir quaisquer detalhes. Mas eles estavam esperando alguma coisa. O guarda levou o tempo que quis, claro – Você pode ser *policzai*, mas não vai receber tratamento especial, nós vigiamos as fronteiras –, mas sem desculpas para fazer outra coisa ele acabou batendo continência de forma um tanto sardônica e fez um gesto para passarmos enquanto o portão subia.
Depois da estrada besź propriamente dita, os cento e poucos metros de não lugar tinham uma textura diferente sob nossos pneus, e depois de passarmos pelo segundo par de portões estávamos do outro lado, com *militsya* uniformizados vindo em nossa direção.
Houve o acionar de um motor. O carro que havíamos visto esperando disparou numa curva fechada de repente, dando a volta e passando à frente dos oficiais que se aproximavam, provocando um uivo truncado e brusco da sirene.
Um homem saiu de dentro, colocando seu quepe da polícia. Era um pouco mais jovem do que eu, corpulento e musculoso, e se movia com rápida autoridade. Usava o cinza oficial da *militsya* com uma insígnia de posto. Tentei lembrar o que ela significava. Os guardas da fronteira pararam surpresos quando ele estendeu a mão.
– Agora chega – gritou. Acenou para que se afastassem. – Isso aqui está sob controle. Inspetor Borlú? – Ele estava falando illitano. Dyegesztan e eu descemos

do carro. Ele ignorou o investigador. – Inspetor Tyador Borlú, Crimes Hediondos de Besźel, certo? – Ele apertou a minha mão com força e apontou para o seu carro, no qual seu próprio motorista aguardava. – Por favor. Sou o detetive sênior Qussim Dhatt. Recebeu minha mensagem, inspetor? Bem-vindo a Ul Qoma.

O Copula Hall tinha uma extensão de séculos, era uma colcha de retalhos arquitetônica definida pela Comissão de Supervisão em suas diversas encarnações históricas. Ocupava um trecho considerável de terra em ambas as cidades. Seu interior era complicado – corredores poderiam começar em grande parte totais, Besźel ou Ul Qoma, se tornar progressivamente cruzados ao longo de sua extensão, com aposentos numa ou noutra cidade ao longo deles, e também números daqueles estranhos aposentos e áreas que não estavam em nenhuma ou em ambas as cidades, que estavam no Copula Hall somente, e das quais apenas a Comissão de Supervisão e seus órgãos eram o único governo. Diagramas legendados dos edifícios, no interior, eram bonitas mas assustadoras misturas de cores.

No nível térreo, entretanto, onde a estrada ampla despontava no primeiro par de portões e arame farpado, onde a Patrulha de Fronteira de Besź fazia gestos para que os recém-chegados parassem em filas separadas – pedestres, carrinhos de mão e trailers puxados por animais, carros besź achatados, vans, subfilas para vários tipos de passes, todas se movendo a diferentes velocidades, os portões subindo e descendo fora de qualquer fase – a situação era mais simples. Um mercado não oficial, porém antigo, onde o Copula Hall dá para Besźel, à vista dos portões. Vendedores ambulantes ilegais, mas tolerados, caminhavam por entre as filas de carros que aguardavam com amendoim torradinho e brinquedos de papel.

Além dos portões de Besźel, abaixo da massa principal do Copula Hall, uma terra de ninguém. O asfalto não tinha pintura: aquela não era uma via nem besź nem ul-qomana, então que sistema de demarcações de estrada seria utilizado? Além da outra extremidade do hall, o segundo par de portões, que nós do lado de Besźel não podíamos deixar de notar, eram mais bem protegidos que os nossos próprios, com guardas ul-qomanos segurando armas e encarando, a maioria deles distante de nós em suas próprias filas eficientemente pastoreadas de visitantes para Besźel. Os guardas de fronteira ul-qomanos não são uma ala separada do governo, como em Besźel: eles são *militsya*, polícia, como os *policzai*.

É maior do que um coliseu, mas a câmara de tráfego do Copula Hall não é complicada – um vazio emparedado de antiguidades. Do limiar de Besźel, você pode ver por sobre as multidões e veículos a passo de tartaruga a luz do dia vinda de Ul Qoma, mais além. Você pode ver as cabeças dos visitantes ul-qomanos ou de compatriotas retornando, as cordilheiras de arame farpado ul-qomano além do ponto médio do hall, além daquele trecho vazio entre checkpoints. Você consegue mal e mal distinguir a própria arquitetura de Ul Qoma através do enorme portal a centenas de metros de distância. As pessoas forçam a vista para ver através daquele cruzamento.

No nosso caminho para lá eu havia mandado o motorista nos levar, para seu espanto, dando uma longa volta para a entrada de Besźel numa rota que nos levasse para a KarnStrász. Em Besźel, ela é uma simples rua de comércio na Cidade Velha, mas é cruzada, um tanto mais para o lado de Ul Qoma, com a maioria dos prédios na nossa vizinhança, e em Ul Qoma seu *topolganger* é a histórica e famosa Avenida Ul Maidin, dentro da qual se insere o Copula Hall. Dirigimos como que por coincidência pela saída do Copula Hall para dentro de Ul Qoma.

Eu havia desvisto quando pegamos a KarnStrász, pelo menos ostensivamente, mas é claro que brutopicamente presente perto de nós estavam as filas de entrada de ul-qomanos, a fila que se arrastava de Besź usando crachás de visitantes emergindo no mesmo espaço físico pelo qual eles podem ter entrado uma hora antes, mas agora olhando ao redor atônitos para a arquitetura de Ul Qoma que teria sido brecha ver antes.

Perto da saída de Ul Qoma fica o Templo da Luz Inevitável. Eu já tinha visto fotos dele muitas vezes e, embora o tivesse desvisto obedientemente quando passamos, percebi suas ameias suntuosas e quase disse a Dyegesztan que estava ansioso para vê-lo em breve.

Agora a luz, a luz estrangeira, me engolia quando eu emergia, veloz, do Copula Hall. Eu olhava para toda parte. Da traseira do carro de Dhatt, olhei fixo para o templo. Eu estava subitamente, um tanto surpreendentemente e finalmente, na mesma cidade que ele.

– Primeira vez em Ul Qoma?
– Não, mas é a primeira vez em muito tempo.

Anos haviam se passado desde a primeira vez que fiz os testes: minha marca de passe tinha expirado há muito tempo e estava dentro de um passaporte defunto. Desta vez passei por uma orientação acelerada, dois dias. Apenas eu e os diversos tutores, ul-qomanos da embaixada besź. A imersão em illitano, a leitura de diversos documentos da história ul-qomana e da geografia cívica, questões cruciais da lei local. Em grande parte, assim como os nossos próprios equivalentes, o curso tinha a preocupação de auxiliar um cidadão besź a passar pelo fato potencialmente traumático de realmente estar em Ul Qoma, desver todos os seus ambientes familiares, onde vivemos toda a nossa vida, e ver os edifícios ao nosso lado que passamos décadas garantindo não reparar.

– A pedagogia da aclimatação avançou muito com computadores – disse um dos professores, uma moça que elogiava constantemente meu illitano. – Agora temos maneiras muito mais sofisticadas de lidar com as coisas; trabalhamos com neurocientistas, todo esse tipo de coisa – eu fui mimado porque era *policzai*. Viajantes cotidianos passariam por um treinamento mais convencional e levariam um tempo consideravelmente maior para se qualificar.

Eles me puseram sentado no que chamaram de simulador de Ul Qoma, uma cabine com telas no lugar de paredes internas, sobre as quais projetavam imagens e vídeos de Besźel com os prédios besź realçados e seus vizinhos ul-qomanos minimizados com iluminação e foco. Ao longo de muitos segundos, repetidas vezes, eles reverteriam o estresse visual, para que, na mesma vista, Besźel ficasse mais apagada e Ul Qoma brilhasse. Como não pensar nas histórias com as quais todos crescemos, e que certamente os ul-qomanos cresceram também? Homem de Ul Qoma e mulher de Besźel, se encontrando no meio do Copula Hall, retornando aos seus lares para descobrir que vivem, brutopicamente, ao lado um do outro, passando suas vidas fiéis e sozinhos, acordando na mesma hora, caminhando por ruas cruzadas perto um do outro como um casal, cada qual em sua cidade, sem nunca fazer uma brecha, sem nunca se tocar, sem nunca dizer uma palavra que atravesse a fronteira. Existiam histórias folclóricas de renegados que faziam brecha e evitavam a Brecha para viver entre as cidades, não exilados porém insilados, fugindo da justiça e da punição por uma consumada ignorabilidade. O romance de Pahlaniuk *Diário de um insilado* era ilegal em Besźel (e, com certeza, em Ul Qoma), mas, como a maioria das pessoas, eu tinha conseguido uma edição pirata.

Fiz os testes, apontando com um cursor para um templo ul-qomano, um cidadão ul-qomano, um caminhão ul-qomano entregando verduras, o mais rápido que podia. Era um negócio levemente insultuoso, feito para me pegar vendo Besźel inadvertidamente. Da primeira vez em que fiz esses estudos não havia nada parecido. Há pouco tempo os testes equivalentes teriam envolvido perguntas sobre o caráter nacional diferente dos ul-qomanos, e mandariam julgar quem, a partir de várias fotos com fisionomias estereotipadas, era ul-qomano, besź ou "outro" (judeu, muçulmano, russo, grego, o que fosse, dependendo das ansiedades étnicas do momento).

– Viu o templo? – perguntou Dhatt. – Aquilo ali costumava ser uma universidade. Aqueles são conjuntos de apartamentos – ele apontava para os edifícios enquanto passávamos, mandava o motorista, ao qual não me apresentou, seguir por diversas rotas.

– Estranho? – perguntou-me. – Acho que deve ser estranho.

Sim. Eu olhava para o que Dhatt me mostrava. Desvendo, é claro, mas não podia deixar de me dar conta de todos os locais familiares pelos quais eu passava brutopicamente, as ruas em casa pelas quais eu regularmente caminhava, agora a toda uma cidade de distância, cafés particulares que eu frequentava pelos quais passamos, mas em outro país. Eles agora estavam ao fundo, pouco mais presentes do que Ul Qoma quando eu estava em casa. Contive a respiração. Eu estava desvendo Besźel. Tinha me esquecido de como era isso; tentara imaginar e não tinha conseguido. Eu estava vendo Ul Qoma.

Era dia, então a luz era a de um dia frio e nublado, não os tubos retorcidos de néon que eu havia visto em tantos programas sobre o país vizinho, que os produtores evidentemente acharam ser mais fácil para nós visualizar em sua noite tão reluzente. Mas aquela luz do dia cinzenta iluminava mais e mais cores vivas do que na minha velha Besźel. A Cidade Velha de Ul Qoma estava ao menos semitransmutada hoje em dia num distrito financeiro, linhas de telhados de madeira rococós ao lado de aço espelhado. Os vendedores ambulantes locais usavam vestidos e camisas e calças com remendos, vendiam arroz e espetinhos de carne para homens bem-vestidos e umas poucas mulheres (pelas quais meus compatriotas de aspecto simples, tentei desver, seguiam seu caminho para destinos mais discretos em Besźel) nas portas de blocos de vidro.

Depois de uma leve censura da Unesco, um dedo apontado que devia estar amarrado a algum investimento europeu, Ul Qoma havia aprovado recentemente leis de zoneamento para impedir o pior do vandalismo arquitetônico que a explosão econômica havia ocasionado. Algumas das obras recentes mais feias haviam até sido demolidas, mas ainda assim as curvas barrocas tradicionais dos prédios históricos de Ul Qoma eram quase patéticas ao lado dos seus jovens e gigantescos vizinhos.

Como todos os habitantes de Besźel, eu havia me acostumado a comprar nas sombras estrangeiras do sucesso estrangeiro. Illitano por toda parte, no comentário apressado de Dhatt, dos vendedores, motoristas de táxi e do tráfego local cheio de xingamentos. Percebi quantas invectivas eu andava desouvindo nas estradas cruzadas o tempo inteiro em casa. Cada cidade do mundo tem sua própria gramática rodoviária, e embora não estivéssemos ainda em nenhum área total de Ul Qoma, por isso aquelas ruas compartilhavam as dimensões e as formas com as que eu conhecia, elas começavam a parecer mais intrincadas a cada curva fechada que fazíamos. Era tão estranha quanto eu havia esperado que seria essa experiência de ver e desver, estando em Ul Qoma. Seguimos por ruelas estreitas menos frequentadas em Besźel (que lá estavam desertas, embora fervilhando de atividade em Ul Qoma), ou que eram somente para pedestres em Besźel. Nossa buzina não parava.

– Hotel? – perguntou Dhatt. – Você provavelmente quer se lavar e comer alguma coisa, certo? Onde então? Sei que você deve ter algumas ideias. Você fala illitano bem, Borlú. Melhor que o meu besź. – Ele riu.

– Tenho algumas ideias. Lugares onde eu gostaria de ir. – Ergui meu bloco de notas. – Você recebeu o dossiê que enviei?

– Claro que sim, Borlú. Aquele era todo o material, certo? É naquele ponto que você está? Eu vou pôr você a par do que estivemos investigando, mas... – Ele ergueu

as mãos num sinal falso de rendição. – ... A verdade é que não há muito o que dizer. Nós pensamos que a Brecha seria invocada. Por que vocês não deram o caso para ela? Gostam de arranjar sarna para se coçar? – Gargalhada. – De qualquer maneira, só me designaram para isso de uns dois dias pra cá, então não espere muita coisa. Mas estamos investigando agora.
– Já tem alguma ideia de onde ela foi morta?
– Nem tanto. Só temos a fita de circuito fechado daquela van passando pelo Copula Hall; não sabemos para onde ela foi depois. Nenhuma pista. De qualquer maneira, as coisas...
Uma van besź de visita, pode-se supor, seria algo memorável em Ul Qoma, assim como uma van ul-qomana em Besźel. A verdade é que, a menos que alguém visse o sinal no para-brisa, as pessoas iam supor que se tratava de um veículo estrangeiro que não estava na cidade natal delas, e por isso permaneceria desvisto. Testemunhas em potencial geralmente não saberiam se havia algo a testemunhar.
– Essa é a coisa principal que quero rastrear.
– Com certeza. Tyador, ou é Tyad? Tem preferência?
– E eu gostaria de falar com os orientadores dela, os amigos dela. Pode me levar até Bol Ye'an?
– Dhatt, Quss, qualquer um dos dois para mim está ótimo. Escute, só para tirarmos isto do caminho, evitar confusões, eu sei que seu *commissar* lhe disse isto... – Ele saboreou a palavra estrangeira – ... mas, enquanto você estiver aqui, esta é uma investigação ul-qomana, e você não tem poderes de polícia. Não me leve a mal: somos inteiramente gratos pela cooperação, e vamos fazer o que pudermos juntos, mas eu tenho que ser o oficial aqui. Você é um consultor, eu acho.
– É claro.
– Desculpe, eu sei que esse negócio de território é palhaçada. Me disseram... Você já falou com meu chefe? Coronel Muasi? De qualquer modo, ele queria se certificar de que estávamos entendidos antes de conversarmos. É claro que você é um convidado honorável da *militsya* ul-qomana.
– Eu não estou restrito a... posso viajar?
– Você tem sua permissão, carimbo, isso tudo. – Viagem de entrada única, válida para um mês, renovável. – Claro, se precisar, se quiser tirar um dia ou dois para turismo, mas você já é estritamente um turista quando está por conta própria. Tudo bem? Poderia ser melhor se não fizesse isso. Quero dizer, merda, ninguém vai deter você, mas todos sabemos que é mais difícil atravessar sem um guia; você poderia fazer uma brecha sem querer, e aí o que aconteceria?
– Então, o que você quer fazer agora?
– Bem, escute. – Dhatt se virou no banco para olhar para mim. – Já estamos chegando ao hotel. De qualquer maneira, escute: como estou tentando lhe dizer, as coisas estão ficando... Acho que você não ouviu falar da outra... Não, nós nem

sequer sabemos se há outra lá e acabamos de farejar isso. Escute, pode haver uma complicação.

– O quê? Do que é que você está falando?

– Chegamos, senhor – disse o motorista. Olhei para fora, mas permaneci no carro. Estávamos no Hilton de Asyan, bem nos arredores da Cidade Velha de Ul Qoma. Ficava no final de uma rua total de residências ul-qomanas baixas, concretas, modernas, e na esquina havia uma praça com fileiras de casas de tijolos besź e pagodes fake ul-qomanos. Entre eles, uma fonte horrorosa.

Eu nunca havia visitado aquilo: os edifícios e as calçadas que os cercavam eram cruzados, mas a praça central propriamente dita era Ul Qoma total.

– Ainda não sabemos ao certo. Obviamente estivemos na escavação, falamos com Iz Nancy, todos os orientadores de Geary, todos os colegas dela. Ninguém sabia de nada; só acharam que ela havia se mandado por uns dias. Então ficaram sabendo o que aconteceu. De qualquer maneira, a questão é que, depois que falamos com um bando de estudantes, recebemos uma ligação telefônica de um deles. Isso foi ontem, só. Sobre a melhor amiga de Geary: nós a vimos no dia em que fomos contar a eles, outra aluna. Yolanda Rodriguez. Ela estava totalmente em choque. Não conseguimos muita coisa com ela. Ela estava desmaiando por toda parte. Disse que precisava ir, eu perguntei se ela precisava de alguma ajuda, blá-blá-blá, ela disse que tinha alguém pra cuidar dela. Um rapaz da região, disse um dos outros. Depois que você experimenta um ul-qomano... – Ele estendeu o braço e abriu a minha porta.

Eu não saí.

– Então ela ligou?

– Não, isto é o que eu estou falando, o garoto que ligou não quis dar o nome dele, mas estava ligando *pela* Rodriguez. Parece que... e ele estava dizendo que não tinha certeza, podia não ser nada et cetera, et cetera. De qualquer maneira, já faz um tempo que ninguém a vê. Rodriguez. Ninguém consegue falar com ela ao telefone.

– Ela desapareceu?

– Santa Luz, Tyad, que melodrama. Ela pode estar doente, pode ter simplesmente desligado o telefone. Não estou dizendo que não estamos procurando, mas não vamos entrar em pânico ainda, certo? Não sabemos se ela desapareceu...

– Sabemos sim. O que quer que tenha acontecido, se é que alguma coisa aconteceu com ela, ninguém consegue encontrá-la. Isso é muito definicional. Ela desapareceu.

Dhatt olhou de relance para mim pelo espelho e depois para o motorista.

– Está certo, inspetor – disse ele. – Yolanda Rodriguez desapareceu.

CAPÍTULO 13

– Como é aí, chefe? – Havia um atraso na linha do hotel para Besźel, e Corwi e eu estávamos gaguejando para tentar não passar por cima um do outro.
– Cedo demais pra dizer. É estranho estar aqui.
– O senhor viu os aposentos dela?
– Nada que ajudasse. Só coisas de estudante, com um bando de outros num prédio alugado pela universidade.
– Nada dela?
– Umas duas gravuras baratas, alguns livros completos com notas rabiscadas nas margens, das quais nenhuma é interessante. Algumas roupas. Um computador que ou tem encriptação de alcance industrial ou nada escondido nele. E, quanto a isso, tenho que dizer que confio nos geeks de Ul Qoma mais do que nos nossos. Um monte de e-mails de Oi Mãe Te Amo, alguns artigos acadêmicos. Ela provavelmente usava proxies e um cleaner-upper on-line também, porque não havia nada de interesse no cache dela.
– Você não faz ideia do que está falando, faz, chefe?
– Absolutamente nenhuma. Mandei os técnicos escreverem tudo foneticamente pra mim. – Talvez um dia a gente parasse com as piadinhas tipo não-entendo-a-internet. – Nesse tópico ela não atualizou o MySpace desde que se mudou para Ul Qoma.
– Então você não entendeu nada dela?
– Infelizmente não, a força não estava comigo. – O aposento era incrivelmente neutro e não informativo. O de Yolanda, por contraste, um corredor além, dentro do qual nós havíamos também espiado, estava estufado de brinquedinhos modernosos, romances e DVDs, sapatos moderadamente coloridos. Seu computador sumiu.
Revistei cuidadosamente o quarto de Mahalia, consultando com frequência as fotografias de como ele era quando a *militsya* entrou, antes que os livros e os poucos

objetos soltos tivessem sido etiquetados e processados. O quarto foi bloqueado, e os oficiais mantinham os alunos longe, mas quando dei uma olhada pela porta, sobre a pequena pilha de coroas de flores, pude ver os colegas de classe de Mahalia aglomerados em pequenos grupos em cada extremidade do corredor, rapazes e moças com pequenas marcas de visitantes discretamente em suas roupas. Eles sussurravam uns para os outros. Vi mais de um chorando.

Não encontramos cadernos de notas nem diários. Dhatt atendera ao meu pedido de cópias dos livros de Mahalia, cujas copiosas anotações pareciam ser seu método de estudo preferido. Elas estavam em cima da minha mesa: quem quer que as tivesse fotocopiado fizera um trabalho apressado, e a impressão e a escrita a mão tremiam. Enquanto falava com Corwi, li algumas linhas apertadas de discussões telegráficas de Mahalia consigo mesma em *Uma história popular de Ul Qoma*.

– Como é o seu contato? – perguntou Corwi. – Seu eu de Ul Qoma?

– Na verdade acho que eu sou o você dele – a frase não foi bem escolhida, mas ela riu.

– Como é o escritório deles?

– Igual ao nosso, com material de escritório melhor. Confiscaram minha arma.

Na verdade a delegacia de polícia era muito diferente da nossa. Tinha instalações melhores, mas era grande e aberta, cheia de lousas brancas e cubículos sobre os quais oficiais vizinhos debatiam e discutiam. Embora eu tenha certeza de que a maior parte da *militsya* local fora informada de que eu estava chegando, deixei um rastro de curiosidade descarada ao acompanhar Dhatt do seu próprio escritório – ele tinha um posto suficientemente alto para ter uma salinha própria – até o do seu chefe. O coronel Muasi me cumprimentou entediado com algumas palavras a respeito do bom sinal de mudança nas relações entre os nossos países, um prenúncio de cooperações futuras, qualquer ajuda que eu precisasse era só pedir, e me fez entregar a minha arma. Isso não havia sido acordado de antemão, e tentei argumentar, mas acabei cedendo rapidamente para não azedar as coisas cedo demais.

Quando saímos, foi para encontrar outra sala cheia de olhares não muito amigáveis.

– Dhatt. – Alguém o cumprimentou de passagem, de maneira bem ostensiva.

– Eu estou deixando as pessoas incomodadas, não estou? – perguntei, e Dhatt respondeu: – Não seja sensível. Você é besź, o que esperava?

– Filhos da puta! – disse Corwi. – Eles não fizeram isso.

– Não tenho licença ul-qomana válida, estou aqui em papel de assessoria et cetera. – Dei uma olhada na mesinha de cabeceira. Não havia sequer uma Bíblia de Gedeão. Eu não sabia se isso era porque Ul Qoma é secular, ou por causa do lobby dos seus desestabilizados porém respeitados Templários Lux.

– Filhos da puta. Então, nada a relatar?

– Eu aviso você. – Olhei por alto a lista de frases em código que havíamos combinado, mas nenhuma delas, "Que saudade dos bolinhos besź" = "estou em apuros", "Trabalhando numa teoria" = "eu sei quem foi", era remotamente relevante.

– Porra, tô me sentindo tão burra – disse ela quando criamos essas frases.

– Concordo – respondi. – Eu também. Mesmo assim. – Mesmo assim, não podíamos supor que nossas comunicações não seriam ouvidas, por qualquer poder que nos havia superado em Besźel. É mais tolo e infantil supor que existe uma conspiração ou que não existe?

– O tempo aqui é o mesmo de lá de casa – eu disse. Ela riu. – Esse clichê metido a engraçadinho que havíamos arranjado significava nada a relatar.

– E agora? – perguntou ela.

– Estamos indo para Bol Ye'an.

– O quê, agora?

– Não. Infelizmente. Eu queria ter ido mais cedo hoje, mas eles não se organizaram e agora é tarde. – Depois que eu tinha tomado banho e comido, e dado voltas ao redor do quartinho desenxabido, me perguntando se eu reconheceria um dispositivo de escuta se visse um, liguei três vezes para o número que Dhatt me deu antes de conseguir falar com ele.

– Tyador – disse ela. – Desculpe, você tentou me ligar? Eu estava longe, fiquei ocupado resolvendo uns problemas aqui. O que posso fazer por você?

– Está ficando tarde. Eu queria checar o sítio de escavação...

– Ah, merda, é mesmo. Escute, Tyador, não vai dar hoje.

– Você não tinha pedido às pessoas que esperassem a gente?

– Eu disse a elas para *provavelmente* nos esperar. Escute, eles vão estar loucos pra ir pra casa, nós vamos lá de manhã bem cedo.

– E aquela tal de Rodriguez?

– Ainda não estou convencido de que ela realmente... Não, não tenho permissão de dizer isso, tenho? Não estou convencido de que o fato de ela estar desaparecida é suspeito, que tal assim? Não se passou tanto tempo. Mas, se ela ainda estiver sumida amanhã, e não responder ao e-mail nem às suas mensagens nem nada, então a coisa vai ficar pior, eu lhe garanto. Vamos colocar o Departamento de Pessoas Desaparecidas no caso.

– Então...

– Então escute. Eu não vou ter a chance de ir lá esta noite. Você pode... Você tem outras coisas que pode fazer, certo? Desculpe por isso. Vou enviar uma série de material, cópias das nossas anotações, e aquelas informações que você queria, sobre Bol Ye'an e os *campi* da universidade e aquilo tudo. Você tem computador? Consegue ficar on-line?

– ... Tenho. – Um laptop do departamento, uma conexão de ethernet do hotel a dez dinares por noite.

– Tudo bem então. E tenho certeza de que eles têm video-on-demand. Então você não vai se sentir sozinho. – Ele riu.

Fiquei lendo *Entre a cidade e a cidade* por um tempo, mas embatuquei. A combinação de minúcias textuais e históricas com questiúnculas tendenciosas era cansativa. Vi televisão ul-qomana. Havia mais filmes do que na TV besź, ao que parecia, e um número maior e mais animado de game shows, tudo a um canal ou dois de distância de locutores de notícias listando os sucessos do presidente Ul Mak e os pacotes da Nova Reforma: visitas à China e à Turquia, missões comerciais à Europa, elogios de alguém, no FMI, o que quer que chateasse Washington. Os ul-qomanos eram obcecados com economia. Quem poderia culpá-los?

– Por que não, Corwi? – Peguei um mapa e me certifiquei de que todos os meus documentos, a minha ID *policzai*, o meu passaporte e o meu visto estavam no meu bolso interno. Preguei o crachá de visitante na minha lapela e saí pro frio.

Agora eu podia ver o néon lá fora. Todo ao meu redor em nós e laços, apagando as luzes fracas do meu lar distante. As conversas animadas em illitano. Era uma cidade mais movimentada que Besźel à noite: agora eu podia olhar para as figuras fazendo negócios na escuridão que haviam sido sombras desvisíveis até hoje. Eu podia ver os sem-teto deitados nas ruas laterais, os dorminhocos ul-qomanos difíceis de desver que nós em Besźel tivemos de nos acostumar a tratar como protubs para poder nos desviar.

Atravessei a Ponte Wahid, trens passando à minha esquerda. Fiquei olhando o rio, que aqui era o Shach-Ein. Água: ela cruza consigo mesma? Se fosse em Besźel, onde estavam aqueles passantes desvistos, eu estaria olhando para o Rio Colinin. Era um caminho bem distante do Hilton até Bol Ye'an, uma hora ao longo da rodovia Ban Yi. Ciente de que eu estava cruzando ruas de Besźel que conhecia bem, ruas em grande parte de um caráter bem diferente dos seus *topolgangers* ul-qomanos. Eu as desvia, mas sabia que os becos que saíam da rua Modrass de Ul Qoma só existiam em Besźel, e que os homens furtivos que entravam e saíam dela eram clientes das mais baratas prostitutas besź, que se eu fracassasse em desver poderia distingui-las como fantasmas de minissaia naquela escuridão de Besźel. Onde ficavam os bordéis de Ul Qoma, perto de que vizinhança de Besźel? Certa vez policiei um festival de música, no começo da minha carreira, em um parque cruzado, onde os frequentadores ficaram doidões em quantidade tão grandes que houve muita fornicação pública. Meu parceiro na época e eu não tínhamos sido capazes de proibir o divertimento dos passantes ul-qomanos, que tentávamos não ver em sua própria iteração no parque, passando desajeitados por cima dos casais trepando que eles desviam assiduamente.

Pensei em pegar o metrô, coisa que eu nunca havia feito (não existe nada parecido em Besźel), mas andar era muito bom. Testei meu illitano em conversas que ouvi sem querer; vi os grupos de ul-qomanos me desverem por causa das minhas roupas e do jeito como eu me portava, virarem, verem minha marca de visitante e me verem. Havia grupos de jovens ul-qomanos do lado de fora de fliperamas que estrondavam com som. Olhei para, podia ver, salas de gás, pequenos dirigíveis verticalmente orientados contidos dentro de tegumentos de vigas: outrora gáveas urbanas de vigilância contra ataques, há muitas décadas agora eram nostalgias arquitetônicas, kitsch, hoje em dia usadas para pendurar anúncios.

Havia uma sirene, que rapidamente desouvi, de um carro de *policzai* besź, que passou. Concentrei-me em vez disso nos locais que se moviam rapidamente e sem expressão para sair de seu caminho: esse era o pior tipo de protub. Eu havia marcado Bol Ye'an no meu mapa de rua. Antes de vir para Ul Qoma eu havia considerado viajar até seu *topolganger*, a área fisicamente correspondente de Besźel, para vislumbrar acidentalmente aquela escavação desvista, mas não ia correr esse risco. Eu nem sequer viajei até as margens onde as ruínas e o parque tropeçam minusculamente na própria Besźel. Nem um pouco impressionante, diziam as pessoas, assim como a maior parte dos nossos sítios antigos: a grande maioria dos restos grandiosos estava em solo ul-qomano.

Passando por um antigo edifício ul-qomano, embora de estilo europeu, eu – depois de ter planejado essa rota – olhei por uma encosta do tamanho da Rua Tyan Ulma, ouvi ao longe (por sobre uma fronteira, antes de pensar em desouvir) o sino de um bonde atravessando a rua em Besźel meia milha à minha frente, no meu país de nascimento, e vi o parque enchendo o platô no fim da rua sob a meia-lua, e as ruínas de Bol Ye'an.

Tapumes os cercavam, mas eu estava no alto e podia olhar por cima das paredes. Uma paisagem arborizada e florada de cima para baixo, em alguns trechos crescendo selvagem, em outros bem podada. No lado norte do parque, onde ficavam as ruínas propriamente ditas, o que parecia primeiramente uma terra devastada era um matagal cheio de pedras antigas de templos caídos, passagens cobertas por lona ligando marquises e prédios de escritórios pré-fabricados, em alguns dos quais as luzes ainda estavam acesas. O terreno mostrava as marcas da escavação: a maior parte dela estava oculta e protegida por tendas de material rústico. Luzes pontilhavam e brilhavam na grama que o inverno estava matando. Algumas estavam queimadas, e não lançavam nada a não ser excesso de sombras. Vi figuras caminhando. Guardas de segurança, mantendo seguras aquelas memórias esquecidas e depois lembradas.

Em alguns lugares, o parque e o sítio propriamente dito margeavam até seus entulhos e o bosque pela parte dos fundos dos edifícios, a maioria em Ul Qoma (alguns não), que pareciam se chocar contra ela, contra a história. A escavação de Bol Ye'an tinha cerca de um ano, anterior às exigências do crescimento da cidade a sufocarem: o dinheiro invadiria o compensado e a fronteira de ferro corrugado, e com expressões oficiais de tristeza e necessidade mais um bloco de escritórios (pontuado por Besźel) seria erguido em Ul Qoma.

Tracei no meu mapa a proximidade e a rota entre Bol Ye'an e os escritórios da Universidade de Ul Qoma utilizados pelo Departamento de Arqueologia da Príncipe de Gales.

– Ei. – Era um oficial da *militsya*, a mão na coronha da arma. Estava com um parceiro a um passo de distância.

– O que você está fazendo? – Olharam bem para mim. – Ei. – O oficial na retaguarda apontou para o meu sinal de visitante.

– O que você está fazendo?

– Estou interessado em arqueologia.

– O caralho que está. Quem é você? – Estalou os dedos pedindo documentos. Os poucos pedestres besź que desviam atravessavam, provavelmente sem se dar conta de que faziam isso, para o outro lado da rua. Há poucas coisas mais perturbadoras do que problemas estrangeiros por perto. Era tarde, mas havia alguns ul-qomanos perto o bastante para ouvirem a conversa, e não fingiram não ouvir. Alguns até pararam para ver.

– Eu sou... – Entreguei meus documentos a eles.

– Tye Adder Borlo.

– Mais ou menos.

– Polícia? – Eles olharam para mim confusos.

– Estou aqui ajudando a *militsya* com uma investigação internacional. Sugiro que entrem em contato com o detetive sênior Dhatt, da Equipe de Homicídios.

– Caralho – conversaram longe dos meus ouvidos. Um deles enviou uma mensagem por rádio. Estava muito escuro para tirar uma foto de Bol Ye'an com a câmera do meu celular barato. O cheiro forte de alguma comida de rua chegou às minhas narinas. Aquele estava se tornando o principal candidato para o cheiro oficial de Ul Qoma.

– Tudo bem, inspetor Borlú. – Um deles devolveu meus documentos.

– Desculpe por isso – disse seu colega.

– Tudo bem. – Eles pareciam irritados e esperaram. – Estava mesmo voltando para o hotel, oficiais.

– Vamos acompanhar o senhor, inspetor. – Eles não se deixariam deter.

Quando Dhatt veio me pegar na manhã seguinte, não disse nada além de afabilidades quando entrou na sala de jantar e me viu experimentando o "tradicional chá ul-qomano", flavorizado com creme doce e um tipo desagradável de especiaria. Ele me perguntou como era meu quarto. Somente quando eu finalmente entrei no carro e ele saiu da calçada mais rápido e com mais violência do que até mesmo o policial na véspera, ele me disse por fim:

– Queria que você não tivesse feito aquilo ontem à noite.

A equipe e os alunos do programa de arqueologia ul-qomana da Universidade Príncipe de Gales estavam em sua maior parte em Bol Ye'an. Cheguei ao sítio pela segunda vez em menos de doze horas.

– Não marquei hora – disse Dhatt. – Falei com o professor Rochambeaux, chefe do projeto. Ele sabe que estamos chegando de novo, mas o resto deles eu pensei em pegarmos de surpresa.

Ao contrário da minha visualização à distância à noite, de perto as paredes bloqueavam o sítio de quem vigiasse. A *militsya* estava estacionada em pontos do lado de fora, guardas de segurança lá dentro. A insígnia de Dhatt nos colocou imediatamente dentro do pequeno complexo de escritórios improvisados. Eu tinha uma lista da equipe e dos alunos. Fomos primeiro ao escritório de Bernard Rochambeaux. Ele era um homem muito magro, cerca de quinze anos mais velho do que eu, que falava illitano com um forte sotaque *québécois*.

– Estamos todos arrasados – disse ele. – Eu não conhecia a garota, entendem? Só de vista, do salão comunitário. De reputação. – O escritório dele ficava num contêiner, pastas e livros nas prateleiras temporárias, fotografias de si mesmo nos diversos sítios de escavação. Do lado de fora ouvimos jovens passando e conversando. – Qualquer ajuda que pudermos dar aos senhores, é claro. Eu mesmo não conheço muitos dos alunos, não muito bem. Tenho três alunos de doutorado no momento. Um está no Canadá, os outros dois estão, eu acho, logo ali. – Indicou a direção da escavação principal. – Eles eu conheço.

– E Rodriguez? – Ele me olhou e fez um gesto de confusão. – Yolanda. Uma de suas alunas. O senhor a viu?

– Ela não é um dos meus três, inspetor. Receio não ter muito que possa lhe dizer. Nós temos... Ela está desaparecida?

– Está. O que sabe sobre ela?

– Ah, meu Deus. Está desaparecida? Eu não sei nada sobre ela. Mahalia Geary eu conhecia de reputação, é claro, mas literalmente nunca trocamos nenhuma palavra além de uma festa de boas-vindas para os novos alunos meses atrás.

– Bem mais tempo do que isso – disse Dhatt. Rochambeaux ficou olhando fixamente para ele.

– Por aí o senhor vê. É impossível ter noção do tempo. Passou tudo isso mesmo? Posso lhe falar sobre ela todas as coisas que o senhor já sabe. A orientadora dela é quem realmente pode ajudá-lo. O senhor conheceu Isabelle?

Ele mandou a secretária imprimir uma lista de funcionários e alunos. Eu não lhe disse que já tínhamos uma. Quando Dhatt disse não e ofereceu a mim, eu aceitei. A julgar pelos nomes, e de acordo com a lei, dois dos arqueólogos da equipe eram ul-qomanos.

– Ele tem um álibi para Geary – disse Dhatt quando saímos. – É um dos poucos que tem. A maioria deles, você sabe, era tarde da noite, ninguém pode jurar, então em termos de álibi pelo menos todos estão fodidos. Ele estava num conference call com um colega numa zona de tempo bastante complicada, por volta da hora em que ela foi morta. Nós checamos.

Estávamos procurando o escritório de Isabelle Nancy quando alguém chamou meu nome. Um homem bem-vestido de seus sessenta e poucos anos, barba grisalha, óculos, correndo entre aposentos temporários em nossa direção.

– É o inspetor Borlú? – Ele olhou de relance para Dhatt, mas ao ver a insígnia ul-qomana olhou de volta para mim. – Ouvi dizer que o senhor poderia estar vindo. Fico feliz de topar com o senhor. Sou David Bowden.

– Professor Bowden. – Apertei sua mão. – Estou gostando do seu livro.

Ele ficou visivelmente chocado. Balançou a cabeça negativamente.

– Suponho que o senhor esteja falando do meu primeiro. Ninguém nunca menciona o segundo. – Ele soltou minha mão. – Isso pode fazer o senhor ser preso, inspetor. – Dhatt olhava surpreso para mim.

– Onde fica seu escritório, doutor? Eu sou o detetive sênior Dhatt. Gostaria de falar com o senhor.

– Não tenho escritório, DS Dhatt. Só fico aqui um dia por semana. E não é doutor. Simplesmente professor. Ou David, apenas.

– Quanto tempo o senhor vai ficar aqui esta manhã, professor? – perguntei. – Poderíamos dar uma palavrinha com o senhor?

– Eu... É claro, se o senhor quiser, inspetor, mas como eu disse, não tenho escritório. Normalmente recebo os alunos no meu apartamento. – Ele me deu um cartão e quando Dhatt ergueu uma sobrancelha deu também um a Dhatt. – Meu número está aí. Posso esperar, se quiserem. Provavelmente podemos encontrar um lugar para conversar.

– Então o senhor não veio aqui para nos ver? – perguntei.

– Não, isso foi por acaso. Normalmente eu nem estaria aqui, mas minha orientanda não apareceu ontem e achei que pudesse encontrá-la aqui.

– Sua orientanda? – perguntou Dhatt.

– Sim, eles só me confiam uma. – Ele sorriu. – Por isso nada de escritório.

– Quem é que o senhor está procurando?

– O nome dela é Yolanda, DS. Yolanda Rodriguez.

Ele ficou horrorizado quando lhe dissemos que não estávamos conseguindo encontrá-la. Gaguejou tentando dizer alguma coisa.

– Ela sumiu? Depois do que aconteceu com Mahalia, agora Yolanda? Ah, meu Deus, policiais, os senhores...

– Estamos investigando – disse Dhatt. – Não tire conclusões apressadas.

Bowden parecia mortificado. Recebemos reações semelhantes de seus colegas.

Um a um, entrevistamos os quatro acadêmicos que conseguimos achar no sítio, incluindo Thau'ti, o mais velho dos dois ul-qomanos, um jovem taciturno. Apenas Isabelle Nancy, mulher alta e bem-vestida, com dois pares de óculos de graus diferentes pendurados no pescoço, estava sabendo que Yolanda havia desaparecido.

– É bom conhecer os senhores, inspetor, detetive sênior. – Ela apertou nossas mãos. Eu havia lido o depoimento dela. Disse que estava em casa quando Mahalia foi assassinada, mas não podia provar. – O que eu puder fazer para ajudar – ela não parava de dizer.

– Fale-nos sobre Mahalia. Eu tenho a sensação de que ela era bem conhecida aqui, ainda que não pelo seu chefe.

– Hoje em dia, não tão mais – disse Nancy. – Em uma certa época, talvez. Rochambeaux disse que não a conhecia? Isso é um pouco... insincero. Ela incomodou algumas pessoas.

– Na conferência – eu disse. – Lá em Besźel.

– Isso mesmo. Lá ao sul. Ele estava lá. A maioria de nós estava. Eu estava, David, Marcus, Asina. Aliás, ela causou espanto em mais de uma sessão, fazendo perguntas sobre os *dissensi*, sobre a Brecha, esse tipo de coisa. Nada explicitamente ilegítimo, mas um pouco vulgar, pode-se dizer, o tipo de coisa que você esperaria de Hollywood ou algo assim, não o básico da pesquisa ul-qomana ou pré-Clivagem ou mesmo besź. Dava para ver os mandachuvas que tinham ido para as cerimônias de abertura, homenagens e sei lá mais o que ficando um pouco desconfiados. Então, finalmente, ela abre o jogo e começa a falar feito louca sobre Orciny. Então David ficou mortificado, claro; a universidade ficou toda envergonhada; ela quase foi expulsa aos pontapés. Alguns representantes besź lá fizeram um escândalo.

– Mas ela não foi expulsa? – perguntou Dhatt.

– Acho que as pessoas concluíram que ela era nova. Mas alguém deve ter dado um chega pra lá nela, porque ela sossegou o facho. Lembro de ter pensado que o pessoal de Ul Qoma, alguns dos quais também haviam aparecido, deviam estar sentindo muita solidariedade para com os representantes besź que haviam ficado tão abalados. Quando descobri que ela estava voltando para fazer um doutorado conosco, fiquei surpresa por terem deixado que ela entrasse, com opiniões tão dúbias, mas ela havia crescido e amadurecido. Eu já dei um depoimento sobre isso tudo. Mas, me digam, vocês têm alguma ideia do que aconteceu com Yolanda?

Dhatt e eu olhamos um para o outro.

– Não temos sequer certeza de que alguma coisa aconteceu com ela – disse Dhatt. – Estamos checando.

– Provavelmente não é nada – ela dizia sem parar. – Mas eu normalmente a vejo por aí, e já passaram uns bons dias agora, eu acho. É isso que me faz... Eu acho que mencionei que Mahalia desapareceu um pouco antes de ser... encontrada.

– Ela e Mahalia se conheciam? – perguntei.

– Eram melhores amigas uma da outra.

– Alguém que pudesse saber alguma coisa?
– Ela está saindo com um garoto daqui. Yolanda, quero dizer. Esse é o boato. Mas quem é, eu não posso lhe dizer.
– Isso é permitido? – perguntei.
– Eles são adultos, inspetor, DS Dhatt. Jovens adultos, sim, mas não temos como impedi-los. Nós, ah, fazemos com que eles se deem conta dos perigos e das dificuldades da vida, quanto mais o amor, em Ul Qoma, mas o que eles fazem enquanto estão aqui... – Ela deu de ombros.
Dhatt bateu com o pé quando falei com ela.
– Eu gostaria de falar com eles – disse.
Alguns estavam lendo artigos na minúscula biblioteca improvisada. Vários, quando finalmente Nancy nos escoltou até o sítio propriamente dito da escavação principal, se levantaram, se sentaram e voltaram a trabalhar naquele buraco fundo e de bordas retas. Eles levantaram a cabeça de baixo de estrias que mal podiam ser vistas naqueles tons de terra. Aquela linha escura... resíduo de um incêndio ancestral? O que era aquele branco?
Nas margens da grande marquise, a terra era de aspecto selvagem, cheia de mato cerrado, arbustada e ervosa, no meio de um lixo de arquitetura em ruínas. A escavação era quase do tamanho de um campo de futebol, subdividida por uma matriz de fios. A base era variavelmente profundada, de fundo liso. O chão de terra compactada era interrompido por formas inorgânicas, estranhos peixes que haviam feito brecha: jarros estilhaçados, estatuetas toscas e não toscas, máquinas entupidas de zinabre. Os alunos levantaram a cabeça da seção onde estavam, cada qual em várias profundidades cuidadosas, através de várias fronteiras de cordas, agarrando ferramentas pontudas e pincéis macios. Uns dois rapazes e uma garota eram góticos, coisa muito mais rara em Ul Qoma do que em Besźel ou em suas próprias casas. Deviam receber um bocado de atenção. Sorriram para Dhatt e para mim por baixo do rímel e da lama de séculos.
– Aqui está – disse Nancy. Estávamos um pouco afastados das escavações. Olhei para baixo, para os muitos marcadores na terra em estratos. – Você entende como é aqui? – Poderia ser qualquer coisa que pudéssemos ver debaixo do solo.
Ela falou baixo o bastante para que seus alunos, embora tivessem percebido que estávamos conversando, provavelmente não conseguissem entender sobre o quê.
– Jamais encontramos registros escritos da Era Precursora, a não ser alguns fragmentos de poema, para conseguir tirar algum sentido. Já ouviu falar dos gallimaufrianos? Por muito tempo, quando peças pré-Clivagem começaram a ser desenterradas, depois que os erros dos arqueólogos foram descartados de muita má vontade – ela riu –, as pessoas os inventaram como explicação para o que estava sendo retirado. Uma civilização hipotética antes de Ul Qoma e de Besźel que sistematicamente escavava todos os artefatos da região, de milênios atrás, até os bricabraques das suas próprias avós, misturava tudo e enterrava de novo ou jogava fora.

Nancy me viu olhando para ela.

– Eles não existiram – reassegurou-me. – Isso agora já é consenso. Pela maioria de nós, pelo menos. Isto – ela apontou para o buraco – não é uma mistura. São os restos de uma cultura material. Apenas não entendemos muito bem que cultura é essa. Tivemos de aprender a parar de tentar encontrar uma sequência e simplesmente olhar.

Itens que deviam ter abrangido eras, contemporâneos. Nenhuma outra cultura da região fazia referência, a não ser as mais sutis e sedutoramente vagas, aos locais pré-Clivagem, a esses homens e mulheres peculiares, cidadãos-bruxos de conto de fada com feitiços que maculavam seus restos, usavam astrolábios que não teriam envergonhado Arzachel ou a Idade Média, potes de barro seco, machados de pedra que meus tataratataratataravós de testa achatada poderiam ter feito, engrenagens, insetos de brinquedo intrincadamente fundidos, e cujas ruínas subjaziam e pontilhavam Ul Qoma e, ocasionalmente, Besźel.

– Estes são o detetive sênior da *militsya* e o inspetor Borlú da *policzai* – disse Nancy aos alunos no buraco. – O inspetor Borlú está aqui como parte da investigação do... do que aconteceu com Mahalia.

Vários deles ficaram sem palavras. Dhatt riscou nomes, e eu o copiei, quando um a um os alunos vieram falar conosco no salão comunitário. Todos haviam sido entrevistados antes, mas vieram dóceis como cordeiros e responderam perguntas das quais já deviam estar cansados.

– Eu fiquei aliviada quando percebi que os senhores estavam aqui por causa de Mahalia – disse a mulher gótica. – Parece uma coisa horrível de dizer, mas pensei que tinham encontrado Yolanda e alguma coisa havia acontecido – o nome dela era Rebecca Smith-Davis, era caloura e trabalhava em reconstrução de potes.

Ficou toda lacrimosa quando falou de sua amiga morta e de sua amiga desaparecida.

– Achei que os senhores haviam encontrado ela e... sabem, ela havia sido...

– Nem sabemos direito se Rodriguez está desaparecida – disse Dhatt.

– O senhor está dizendo. Mas o senhor sabe. Com Mahalia e tudo. – Balança a cabeça. – Já que as duas estavam metidas em coisas estranhas.

– Orciny? – perguntei.

– É. E outras coisas. Mas é, sim, Orciny. Mas Yolanda está mais envolvida nesse negócio do que Mahalia. As pessoas diziam que Mahalia estava fundo nisso quando começou, mas agora não estava tanto, eu acho.

Como eram mais jovens e iam a festas depois, vários dos alunos, ao contrário de seus professores, tinham álibis para a noite da morte de Mahalia. Em algum ponto não mencionado, Dhatt considerou Yolanda uma pessoa oficialmente desaparecida, e suas perguntas iam ficando mais precisas, as anotações que ele fazia mais longas. Isso não nos ajudou muito. Ninguém sabia ao certo a última vez em que tinha visto ela, só que não era vista fazia dias.

– Você faz alguma ideia do que pode ter acontecido com Mahalia? – perguntou Dhatt a todos os estudantes. Recebemos um não atrás do outro.

– Não acredito em conspirações – disse um rapaz. – O que aconteceu foi... inacreditavelmente horrível. Mas, sabe, a ideia de que existe algum grande segredo... – Ele balançou a cabeça. Suspirou. – Mahalia era... ela sabia deixar as pessoas putas, e o que aconteceu aconteceu porque ela foi à parte errada de Ul Qoma, com a pessoa errada.

Dhatt tomou notas.

– Não – disse uma garota. – Ninguém a conhecia. Talvez as pessoas pensassem que conheciam, mas aí perceberam que ela estava metida com todo tipo de coisa secreta sobre o qual ninguém sabia nada. Acho que eu tinha um pouco de medo dela. Eu gostava dela, de verdade, mas ela era meio intensa. E esperta. Talvez estivesse se encontrando com alguém. Algum maluco local. É o tipo de coisa que ela teria... ela estava ligada numas coisas bizarras. Eu sempre via ela na biblioteca. A gente tem, tipo assim, um cartão de leitura para a biblioteca da universidade, sabe? E ela fazia todas aquelas anotaçõezinhas nos livros dela. – Ela fez gestos de escrever torto e balançou a cabeça, nos convidando a concordar em como aquilo era estranho.

– Coisas bizarras? – perguntou Dhatt.

– Ah, você sabe, a gente fica sabendo de umas coisas.

– Ela deixou umas pessoas aí putas, yo – a jovem falava alto e rápido. – Um dos malucos. Vocês ficaram sabendo da primeira vez que ela foi às cidades? Lá em Besźel? Ela quase saiu na porrada. Com uns tipos assim acadêmicos e uns tipos meio políticos. Numa conferência de *arqueologia*. Isso é difícil de conseguir. É incrível que tenham deixado ela voltar pra qualquer lugar aqui.

– Orciny.

– Orciny? – perguntou Dhatt.

– É.

O último entrevistado era um rapaz magro e todo certinho vestindo uma camiseta suja exibindo o que devia ser o personagem de um desenho animado infantil. Seu nome era Robert. Ele olhava para nós com tristeza. Piscava que era um desespero. Não falava bem illitano.

– Você se incomoda se eu falar com ele em inglês? – perguntei a Dhatt.

– Não – ele disse. Um homem enfiou a cabeça pelo canto da porta e ficou olhando fixo para a gente. – Você pode prosseguir – disse-me Dhatt. – Volto num minuto. – Saiu, fechando a porta atrás de si.

– Quem era aquele? – perguntei ao rapaz.

– O doutor UlHuan – disse ele. Um dos acadêmicos ul-qomanos do sítio. – O senhor vai achar quem fez isso? – Eu podia ter respondido com as costumeiras certezas gentis e sem sentido, mas ele parecia muito abalado para isso. Ele me encarou e mordeu o lábio. – Por favor – disse.

– O que você quis dizer com Orciny? – acabei perguntando.

– Quero dizer – balançou a cabeça – não sei. Eu só não consigo parar de pensar nisso, sabe? Faz a gente ficar nervoso. Eu sei que é burrice, mas Mahalia costumava estar metida direto nisso, e Yolanda estava entrando cada vez mais fundo. A gente estava sempre sacaneando ela por causa disso, sabe? E aí as duas somem... – Ele abaixou a cabeça e fechou os olhos com a mão, como se não tivesse forças para piscar. – Fui eu quem ligou para avisar sobre a Yolanda. Quando não consegui achar ela. Não sei... – disse ele – A gente fica se perguntando – ele não tinha mais o que dizer.

———

– Conseguimos algumas coisas – disse Dhatt. Ele estava apontando ao longo dos corredores entre os escritórios, na volta de Bol Ye'an. Ele olhou para o monte de anotações que havia feito, folheou os cartões de visita e os números de telefone em tiras de papel. – Ainda não sei o que temos, mas tem coisa aqui. Talvez. Caralho.
– Alguma coisa de UlHuan? – perguntei.
– O quê? Não – ele me olhou de lado. – Confirma a maior parte do que Nancy falou.
– Você sabe o que é interessante que não pegamos? – eu disse.
– Hein? Não estou entendendo – disse Dhatt. – Sério, Borlú – continuou enquanto nos aproximávamos do portão. – Como assim?
– Havia um grupo de garotos do Canadá, certo...
– A maioria. Um era alemão, outro ianque.
– Todos anglo-euro-americanos, então. Não vamos nos enganar: pode parecer um pouco rude, mas ambos sabemos com o que os estrangeiros em Besźel e Ul Qoma ficam mais fascinados. Você reparou no que nenhum deles mencionou, em nenhum contexto, como algo que sequer possivelmente tivesse a ver com qualquer coisa ali?
– O que você... – Dhatt parou. – Brecha.
– Nenhum deles mencionou a Brecha. Como se estivessem nervosos. Você sabe tanto quanto eu que normalmente é a primeira e única coisa que os estrangeiros querem saber. Com certeza esse grupo se tornou bem mais nativo do que a maioria dos seus compatriotas, mas mesmo assim... – Acenamos um agradecimento aos guardas que abriram o portão e saímos. Dhatt assentia cautelosamente. – Se alguém que conhecêssemos simplesmente desaparecesse sem um único maldito vestígio, do nada, seria uma das primeiras coisas que pensaríamos, certo? Por mais que pudéssemos não querer – eu disse. – Quanto mais gente que deve achar muito mais difícil do que nós não fazer uma brecha por minuto.
– Policiais! – Era um membro da segurança, um jovem atlético comum, de cabelo moicano tipo David Beckham no meio da carreira. Era mais novo que a maioria dos seus colegas. – Policiais, por favor? – Ele veio correndo na nossa direção.

– Eu só queria saber – disse ele. – Vocês estão investigando quem matou Mahalia Geary, certo? Eu queria saber... Eu queria saber se vocês sabem alguma coisa. Se chegaram a algum lugar. Eles podem ter escapado?

– Por quê? – Dhatt acabou perguntando. – Quem é você?

– Eu, ninguém, ninguém. Eu só... É triste, é terrível, eu e o resto do pessoal, os guardas, a gente se sentiu péssimo e queria saber se, quem quer, se quem fez isso...

– Eu sou Borlú – eu disse. – Qual é o seu nome?

– Eu sou Aikam. Aikam Tsueh.

– Você era amigo dela?

– Eu, claro, um pouquinho. Não muito, mas, você sabe, eu conhecia ela. De dizer oi. Eu só queria saber se vocês descobriram alguma coisa.

– Se descobrimos, Aikam, não podemos contar a você – disse Dhatt.

– Não agora – eu disse. Dhatt olhou para mim de relance. – Precisamos entender as coisas primeiro. Você entende. Mas talvez a gente possa fazer a você algumas perguntas?

Ele pareceu alarmado por um momento.

– Eu não sei de nada. Mas, claro, eu acho. Eu estava preocupado se eles conseguiram sair da cidade, passar pela *militsya*. Se tinha algum jeito de vocês fazerem isso. Tem?

Eu fiz ele escrever o número do seu telefone no meu bloco de notas antes de voltar para o seu posto. Dhatt e eu ficamos olhando para suas costas.

– Você interrogou os guardas? – perguntei, vendo Tsueh ir embora.

– É claro. Nada muito interessante. São guardas de segurança, mas este sítio está sob a égide do ministério, então as checagens são um pouco mais rigorosas do que o normal. A maioria deles tinha álibis para a noite da morte de Mahalia.

– Ele tinha?

– Vou checar, mas não me lembro do nome dele ter alguma marca vermelha, então provavelmente sim.

Aikam Tsueh se virou no portão e nos viu olhando. Levantou a mão hesitante num adeus.

CAPÍTULO 14

Ponha Dhatt sentado numa cafeteria – uma casa de chá, na verdade, estávamos em Ul Qoma – e sua energia agressiva se dissipa um tanto. Ele ainda batucava os dedos na beirada da mesa num ritmo complicado que eu não conseguiria imitar, mas olhava nos meus olhos e não saía da posição em que estava sentado. Ele ouvia e dava sugestões sérias de como poderíamos proceder. Torcia a cabeça para ler as anotações que eu fazia. Atendeu mensagens de seu centro. Enquanto ficamos ali sentados, ele fez, na verdade, um ótimo trabalho de obscurecer o fato de que não gostava de mim.

– Acho que precisamos estabelecer algum protocolo a respeito de interrogatório. – Foi tudo que ele falou, quando nos sentamos. – Cozinheiros demais. – Ao que eu murmurei uma meia desculpa.

O pessoal da casa de chá não quis aceitar o dinheiro de Dhatt: ele não se esforçou muito para pagar. – Desconto para a *militsya* – disse a mulher que nos serviu. O café estava cheio. Dhatt olhou de lado para uma mesa alta ao lado da janela da frente até que o homem ali sentado percebeu o escrutínio, se levantou, e nos sentamos. Estávamos em frente a uma estação de metrô. Entre os muitos pôsteres numa parede próxima, estava um que vi e em seguida desvi: não tinha certeza se não era o mesmo que eu havia impresso para identificar Mahalia. Não sabia se eu estava certo, se a parede era alter para mim agora, total em Besźel, ou cruzada e uma colcha de retalhos de informações de cidades diferentes.

Ul-qomanos emergiam de baixo da rua e se espantavam com a temperatura, se encolhiam dentro de seus agasalhos de lã. Em Besźel, eu sabia – embora tentasse desver os cidadãos besź que sem dúvida vinham descendo da estação Yanjelus do trânsito de superfície, que por acaso ficava a algumas dezenas de metros da parada ul-qomana submersa –, as pessoas estariam vestindo peles. Entre os rostos

ul-qomanos havia pessoas que eu supus serem asiáticas ou árabes, até alguns africanos. Muitos mais do que em Besźel.
– Portas abertas?
– Dificilmente – disse Dhatt. – Ul Qoma precisa de gente, mas todo mundo que você vê tem sido cuidadosamente aprovado, passou nos testes, conhece o jogo. Alguns deles estão tendo filhos. Crioulinhos ul-qomanos! – Sua risada era divertida. – Temos mais do que vocês, mas não porque sejamos descuidados.
Ele tinha razão. Quem iria querer se mudar para Besźel?
– E os que não conseguem?
– Ah, nós temos nossos campos, igualzinho a vocês, aqui e ali, ao redor das periferias. A ONU não está contente. Nem a Anistia Internacional. Estão enchendo o saco de vocês com a questão das condições também? Quer um cigarro? – Havia um quiosque de cigarros a poucos metros da entrada para o café. Eu não tinha notado que estava olhando fixo para ele.
– Não muito. Mas acho que vou querer sim. Curiosidade. Não fumo um ul-qomano acho que faz uma eternidade.
– Espere aí.
– Não, não se levante. Não fumo mais; parei.
– Ah, o que há, considere isso etnografia, você não está em casa... Desculpe, eu vou parar. Detesto gente que faz isso.
– Isso?
– Forçar coisas para pessoas que desistiram. E eu nem sou fumante. – Ele riu e tomou um gole do chá. – Aí pelo menos haveria algum ressentimento pervertido pelo seu sucesso em desistir. Meu ressentimento com você tem que ser simplesmente genérico. Eu sou um escroto mesmo. – Ele riu.
– Escute, me desculpe por, você sabe, entrar no meio assim...
– Eu só acho que precisamos de protocolos. Não quero que você pense...
– Agradeço.
– Tudo bem, não se preocupe. Que tal eu cuidar do próximo? – disse.
Fiquei olhando para Ul Qoma. Estava muito nublado para estar frio.
– Você disse que aquele sujeito Tsueh tem um álibi?
– É. Eles ligaram para mim. A maioria desses sujeitos da segurança é casada e as esposas põem a mão no fogo por eles, o que não vale merda nenhuma, mas não conseguimos encontrar nenhum elo de nenhum deles com Geary a não ser cumprimentos de passagem num corredor. Esse Tsueh na verdade estava lá fora naquela noite com um grupo de alunos. Ele é novo o suficiente para confraternizar.
– Conveniente. E incomum.
– Claro. Mas ele não tem nenhuma ligação com nada nem ninguém. O garoto tem dezenove anos. Me fale da van – contei tudo de novo. – Luz, eu vou ter que voltar com você? – perguntou ele. – Parece que estamos procurando um besź.

– Alguém de Besźel cruzou pela fronteira. Mas nós sabemos que Geary foi morta em Ul Qoma. Então, a menos que o assassino tenha matado ela, corrido até Besźel, pegado uma van, corrido de volta, pegado ela, corrido de volta para desovar o corpo, poderíamos acrescentar que eles desovaram o corpo onde desovaram? Estamos olhando para uma ligação telefônica cruzando fronteiras seguida de um favor. Ou seja, dois criminosos.

– Ou brecha.

Eu me mexi.

– Sim – eu disse. – Ou brecha. Mas pelo que sabemos alguém se deu um grande trabalho para *não* fazer brecha. E para fazer com que soubéssemos disso.

– O notório filme. Engraçado como aquilo apareceu...

Eu olhei para ele, mas ele não parecia estar brincando.

– É mesmo?

– Ah, o que é que há, Tyador, como assim, você está surpreso? Quem quer que tenha feito isso, inteligente o bastante pra não foder com as fronteiras, faz uma ligação pra um amigo do seu lado e agora está se cagando de medo que a Brecha apareça pra ele. E isso não seria injusto. Então eles arrumaram um ajudantezinho no Copula Hall ou no Tráfego ou coisa parecida e avisaram na encolha pra eles a hora em que atravessaram. Os burocratas besź não são tão impecáveis.

– Dificilmente.

– Então pronto. Está vendo? Você parece até mais feliz.

Seria uma conspiração menor assim do que algumas das outras possibilidades que se avizinhavam no horizonte. Alguém tinha sabido que van procurar. Examinou um monte de vídeos. O que mais? Naquele dia gelado porém bonito, o frio amenizando as cores de Ul Qoma para tons cotidianos, era difícil e parecia absurdo ver Orciny em qualquer canto.

– Vamos recapitular – disse ele. – Não vamos chegar a lugar nenhum caçando esse porra desse motorista de van. Espero que seu pessoal esteja cuidando disso. Não temos nada, a não ser uma descrição da van, e quem em Ul Qoma vai admitir que viu quem sabe uma van besź, com ou sem permissão para estar ali? Então vamos voltar à estaca zero. Qual foi seu avanço? – Olhei para ele. Olhei com cuidado para ele e repassei mentalmente a ordem dos acontecimentos. – Quando ela deixou de ser Cadáver Desconhecido Um? O que iniciou isso?

No meu quarto do hotel estavam as anotações que eu havia tomado dos Geary. O endereço de e-mail e número de telefone dela estavam no meu bloco de notas. Eles não levaram o corpo da filha nem podiam retornar para apanhá-lo. Mahalia Geary estava deitada no freezer esperando. Por mim, podia-se dizer.

– Uma ligação telefônica.

– É? Um alcaguete?

– ... mais ou menos. Foi a dica dele que me levou a Drodin. – Eu o vi se lembrar do dossiê, que não era isso que estava descrito lá.

– O que você está... Quem?

– Bom, aí é que está o negócio. – Fiz uma longa pausa. Acabei olhando para a mesa e fiquei fazendo esboços no meu chá derramado. – Não sei bem o quê... Foi uma ligação daqui.

– De Ul Qoma? – assenti. – Como assim? De quem?

– Não sei.

– Por que estavam ligando?

– Viram nossos cartazes. Isso. Nossos cartazes em Besźel.

Dhatt se inclinou.

– "Viram" o caralho. *Quem* viu?

– Você percebe que isso me coloca em...

– Claro que percebo. – Ele estava sério, falava rápido. – Claro que sim, mas o que é que há, você é da polícia, acha que eu vou te foder? Cá entre nós, quem era?

Não era coisa miúda. Se eu estivesse sendo cúmplice de brecha, ele estava se tornando agora cúmplice do cúmplice. Não parecia nervoso com isso.

– Acho que eram unifs. Sabe, unificacionistas?

– Eles disseram isso?

– Não, mas foram as coisas que eles disseram e como disseram. De qualquer maneira, eu sei que foi totalmente sem relação, mas foi o que me colocou no rumo certo... O quê? – Dhatt estava recostado. Seus dedos batucavam mais rapidamente agora, e ele não estava olhando para mim.

– Caralho, nós *temos* alguma coisa mesmo. Porra, não posso acreditar que você não mencionou isso antes.

– Espere um pouco, Dhatt.

– Ok, eu posso, sério... eu posso ver que isso coloca você numa certa posição.

– Eu não sei nada sobre quem era.

– Ainda temos tempo; talvez possamos repassar isso e explicar que você apenas se atrasou um pouco...

– Repassar o quê? Nós não temos nada.

– Nós temos um unif filho da puta que sabe de alguma coisa, é isso que nós temos. Vamos – ele se levantou e sacudiu as chaves do carro.

– Aonde?

– Detectar, porra!

– É óbvio, merda – disse Dhatt. Ele estava voando pelas ruas de Ul Qoma, a sirene do carro botando a língua pra fora. Fazia curvas fechadas, xingava aos berros os civis ul-qomanos que se afastavam correndo, desviava sem dizer palavra para evitar pedestres e carros besź, acelerava com a ansiedade inexpressiva que as emergências estrangeiras ocasionam. Se atropelássemos um deles seria um desastre burocrático. Uma brecha agora não nos ajudaria em nada.

– Yari, aqui é Dhatt – gritou ele no seu celular. – Alguma pista se os bandidos dos unifs estão no momento? Excelente, obrigado. – Ele o fechou.

– Parece que pelo menos alguns deles estão. Eu sabia que você havia falado com unifs besź, é claro. Leia seu relatório. Mas que tipo de idiota eu sou – tapa tapa tapa na testa com a mão espalmada –, nem me ocorreu ir falar com os nossos próprios. Muito embora, é claro, esses filhos da puta, esses filhos da puta mais do que qualquer outro filho da puta (e nós temos nosso quinhão de filhos da puta, Tyad), estão todos conversando uns com os outros. Eu sei onde eles costumam ficar.

– É para lá que estamos indo?

– Eu odeio esses veadinhos. Eu espero... Não preciso nem dizer, quero dizer, eu conheci alguns grandes besź no meu tempo. – Ele olhou para mim de relance. – Nada contra o lugar e ainda espero poder visitá-lo, e é ótimo que estejamos nos dando tão bem hoje em dia, você sabe, melhor do que costumava ser... Pra que aquela merda toda? Mas eu sou ul-qomano e, caralho, não quero ser outra coisa. Pode imaginar a unificação? – Ele deu uma gargalhada. – Que catástrofe do caralho! "Unidade é força" é o meu cu ul-qomano. Eu sei que eles dizem que o cruzamento torna os animais mais fortes, mas, merda, e se a gente herdar o senso de timing dos ul-qomanos e o otimismo dos besź?

Ele me fez rir. Passamos entre dois antigos pilares de pedra na beira da estrada, manchados pela idade. Eu os reconheci de fotos, e me lembrei tarde demais de que só um, no lado leste da estrada, era o único que eu deveria ver – ele ficava em Ul Qoma, o outro em Besźel. Era o que a maioria das pessoas dizia, de qualquer maneira: eles eram os *loci* disputados e controvertidos das cidades. Os edifícios besź que eu não podia deixar de desver completamente eram, vi de relance, quietos e arrumadinhos, mas em Ul Qoma, onde quer que estivéssemos, era uma área em decomposição. Passamos por canais, e por vários segundos eu não sabia em que cidade eles estavam, ou se estavam em ambas. Perto de um quintal coberto de ervas daninhas, onde urtigas despontavam debaixo de um Citroën há muito imóvel como a saia de ar de um hovercraft, Dhatt pisou fundo no freio e saiu antes sequer de eu poder tirar o meu cinto de segurança.

– Houve um tempo – disse Dhatt – em que teríamos trancafiado cada um desses filhos da puta. – Ele foi andando na direção de uma porta caída. Não existem unificacionistas legalizados em Ul Qoma. Não existem partidos socialistas legalizados, partidos fascistas, partidos religiosos em Ul Qoma. Desde a Renovação de Prata, quase um século atrás, sob a tutela do general Ilsa, Ul Qoma só tinha o Partido Nacional do Povo. Muitos estabelecimentos e escritórios mais antigos ainda exibiam retratos de Ya Ilsa, muitas vezes acima dos "Irmãos de Ilsa", Atatürk e Tito. O clichê era que nos escritórios mais antigos havia sempre um pedaço de parede esmaecido no meio desses dois, onde um dia o ex-irmão Mao havia sorrido.

Mas estamos no século vinte e um, e o presidente Ul Mak (cujo retrato você também pode ver onde os gerentes são mais obsequiosos), como o presidente Umbir antes dele, havia anunciado certamente não um repúdio, mas um desenvolvimento da Estrada Nacional, um fim ao pensamento restritivo, uma *glasnostroika*, como os intelectuais ul-qomanos odiosamente neologizaram. Com as lojas de CDs e DVDs, as startups de software e galerias, os mercados financeiros ul-qomanos em alta, o dinar revalorizado, veio, eles disseram, a Nova Política, uma abertura muito alardeada para uma dissidência até então perigosa. Isso não queria dizer que os grupos radicais, quanto mais partidos, fossem legalizados, mas suas ideias eram às vezes reconhecidas. Enquanto demonstrassem discrição nas reuniões e proselitização, seriam tolerados. Era o que se ouvia dizer.

– Abram! – Dhatt dava socos na porta. – É aqui que os unifs costumam ficar – ele me falou. – Eles estão constantemente ao telefone com o pessoal de Besźel. É meio que o *negócio* deles, entende?

– Qual é o status deles?

– Você está prestes a ouvir eles dizerem que são apenas um grupo de amigos se encontrando pra bater papo. Não têm carteirinhas de membros nem nada, eles não são burros. Será que eu não deveria ter trazido um puto de um cão farejador pra rastrear contrabando pra nós? Mas não é disso que estamos atrás mesmo.

– Estamos aqui atrás do quê? – Olhei ao redor e vi fachadas ul-qomanas decrépitas, grafites illitanos exigindo que uns e outros fossem se foder e informando que tais e quais pessoas chupavam pau. A Brecha devia estar observando.

Ele olhou para mim sem expressão.

– Quem quer que tenha ligado para você fez isso daqui. Ou frequenta este lugar. Eu praticamente garanto isso. Quero descobrir o que os nossos camaradas traidores sabem. Abram! – Isso foi para a porta. – Não se deixe enganar por todo o negócio de "quem, nós?" deles; eles adoram baixar porrada em qualquer um abre-aspas trabalhando contra a unificação fecha-aspas-porra. Abram!

Dessa vez a porta obedeceu, uma fenda que dava para uma mulher muito jovem, as laterais da cabeça raspadas, mostrando peixes tatuados e algumas poucas letras em um alfabeto muito antigo.

– Quem…? O que vocês querem?

Talvez tivessem mandado ela para a porta esperando que seu tamanho envergonhasse Dhatt e impedisse o que ele fez em seguida, que foi empurrar a porta com força o bastante para fazê-la cair para trás nos corredores nojentos.

– Todo mundo aqui agora – gritou ele, percorrendo a passos largos o corredor, passando por cima da punkesa desgrenhada.

Depois de alguns minutos de confusão, em que o pensamento de tentar escapar deve ter passado pela cabeça de todos e depois foi superado, as cinco pessoas na casa se reuniram na cozinha, sentaram nas cadeiras bambas onde Dhatt as havia colocado e não olharam para nós. Dhatt ficou na cabeceira da mesa e se curvou sobre eles.

– Certo – disse ele. – O negócio é o seguinte. Alguém fez uma ligação telefônica que meu estimado colega aqui está ansioso para recordar, e nós estamos ansiosos para descobrir quem foi tão prestimoso ao telefone. Não vou desperdiçar o tempo de vocês fingindo que qualquer um aqui vai confessar, então vamos dar a volta à mesa e cada um de vocês vai dizer: "Inspetor, eu tenho uma coisa pra dizer ao senhor". – Eles o encararam. Ele sorriu e acenou para que começassem. Não começaram, e aí ele deu um soco na cabeça do homem mais próximo, para os gritos de seus companheiros, o grito de dor do próprio homem e um ruído de surpresa vindo de mim. Quando o homem levantou lentamente a cabeça, sua testa estava manchada com um hematoma que começava a se formar.

– "Inspetor, eu tenho uma coisa pra dizer ao senhor" – disse Dhatt. – Vamos ter que continuar repetindo até conseguirmos o nosso homem. Ou mulher. – Ele olhou de lado para mim; havia se esquecido de checar. – Esse é o negócio com a polícia. – Ele se preparou para dar um tapa com as costas da mão na cara do mesmo homem. Balancei a cabeça e levantei as mãos um pouco, e os unificacionistas reunidos ao redor da mesa soltaram vários gemidos. O homem que Dhatt ameaçou tentou se levantar, mas Dhatt agarrou o ombro dele com a outra mão e voltou a empurrá-lo de volta para a cadeira.

– Yohan, é só falar! – gritou a garota punk.

– Inspetor, eu tenho uma coisa pra dizer ao senhor.

E a coisa começou a percorrer a mesa. "Inspetor, eu tenho uma coisa pra dizer ao senhor." "Inspetor, eu tenho uma coisa pra dizer ao senhor."

Um dos homens começou a falar tão devagar que parecia uma provocação, mas Dhatt ergueu a sobrancelha para ele e deu mais um tapa em seu amigo. Não com tanta força, mas dessa vez saiu sangue.

– Santa Luz, caralho!

Eu fiquei parado meio indeciso à porta. Dhatt fez todos repetirem tudo, e dizerem seus nomes.

– Então? – perguntou-me.

Não havia sido nenhuma das duas mulheres, é claro. Dos homens, uma das vozes era de taquara rachada e o sotaque illitano, presumi, de uma parte da cidade que não reconheci. Poderia ter sido qualquer um dos outros dois. Um em particular – o mais novo, de nome (ele nos disse) Dahar Jaris, não o homem que Dhatt ameaçou, mas um rapaz vestindo uma jaqueta de denim surrada com NoMeansNo escrito em inglês nas costas numa tipografia que me fez suspeitar que fosse o nome de uma banda, e não um slogan – tinha uma voz que me era familiar. Se eu o tivesse ouvido dizer exatamente as palavras que o meu interlocutor tinha usado, ou o tivesse ouvido falar na mesma forma de linguagem há tanto tempo morta, poderia ter sido mais fácil ter certeza. Dhatt me viu olhando para ele e apontou, questionador. Eu balancei a cabeça.

– Repita – disse Dhatt para ele.

– Não – eu disse, mas Jaris estava tentando gaguejar a frase sem necessidade. – Alguém fala illitano ou besź antigos? Coisa de forma de raiz? – perguntei.

Eles olharam uns para os outros.

– Eu sei, eu sei – eu disse. – Não existe illitano, não existe besź, e por aí vai. Algum de vocês fala?

– Todos nós – disse o mais velho. Ele não enxugou o sangue do lábio. – Nós vivemos na cidade e ela é a língua da cidade.

– Cuidado – disse Dhatt. – Eu poderia te acusar por isso. É este aqui, certo? – Ele voltou a apontar para Jaris.

– Deixa – eu falei.

– Quem matou Mahalia Geary? – perguntou Dhatt. – Byela Mar?

– Marya – eu disse – de algum coisa. – Dhatt procurou a foto dela no bolso. – Mas não é nenhum deles – eu disse. Eu estava encostado no batente da porta, já saindo da cozinha. – Deixa. Não é ninguém. Vamos. Vamos.

Ele se aproximou de mim, parecendo intrigado.

– Hmm? – sussurrou.

Balancei a cabeça meticulosamente.

– Me ajude aqui, Tyador.

Depois de um tempo, ele franziu os lábios e se voltou para os unificacionistas.

– Tomem cuidado – disse ele. Foi embora e eles ficaram olhando fixamente em sua direção, cinco rostos assustados e surpresos, um deles sangrando e pingando. O meu próprio estava concentrado, suspeito, no esforço de não demonstrar nada.

– Você me deixou confuso, Borlú. – Ele dirigiu muito mais devagar do que na vinda. – Não estou entendendo o que acabou de acontecer. Você recuou, e era a nossa melhor pista. A única coisa que faz sentido é que você esteja preocupado com a cumplicidade. Porque, claro, se você recebeu uma ligação e seguiu a pista dela, se você aceitou a informação dada, então, sim, isso é brecha. Mas ninguém vai dar a mínima pra você, Borlú. É uma brechinha de nada, e você sabe tão bem quanto eu que eles vão deixar isso passar, se acharmos uma coisa maior.

– Eu não sei como é em Ul Qoma – falei. – Em Besźel, brecha é brecha.

– Mentira. O que isso quer dizer? É isto aqui? É isto? – Ele reduziu a velocidade atrás de um bonde besź; nós ficamos balançando sobre os trilhos estrangeiros na estrada cruzada. – Porra, Tyador, a gente resolve isso; a gente arruma uma solução, não tem problema, se é isso o que está te incomodando.

– Não é isso.

– Porra, espero que não seja mesmo. Espero de verdade. O que mais está te incomodando? Escute, você não teria que se incriminar nem nada parecido...

– Não é isso. Nenhum daqueles foi quem fez a ligação telefônica. Eu não sei com certeza nem se a ligação foi de fora. Daqui. Não sei nada com certeza. Pode ter sido um trote.

– Certo. – Quando ele me deixou no hotel, não saiu. – Tenho papelada – disse. – Tenho certeza que você também tem. Tire umas duas horas. Devíamos falar com a doutora Nancy de novo, e quero dar outra palavrinha com Bowden. Você aprova isso? Se formos até lá e fizermos algumas perguntas, esses métodos seriam aceitáveis?

Depois de duas tentativas, consegui falar com Corwi. No começo tentamos nos ater ao nosso código imbecil, mas não durou.

– Desculpa, chefe, não sou ruim com essas merdas, mas não tem como eu ser capaz de arrancar os arquivos pessoais de Dhatt da *militsya*. Você vai provocar um puta de um incidente internacional. O que é que você quer, afinal?

– Eu só quero saber qual é a história dele.

– Você confia nele?

– Quem sabe? Aqui eles são à moda antiga.

– É mesmo?

– Interrogatórios robustos.

– Vou contar isso a Naustin, ele vai adorar, vai querer ser transferido. Você parece abalado, chefe.

– Só me faça um favor e veja se consegue algo, ok?

Quando desliguei, peguei *Entre a cidade e a cidade* e voltei a pô-lo de lado.

CAPÍTULO 15

– Continua sem sorte com a van? – perguntei.

– Não estou pegando em nenhuma das câmeras que conseguimos encontrar – disse Dhatt. – Nenhuma testemunha. Assim que ela passa pelo Copula Hall do seu lado, vira fumaça – nós dois sabíamos que, com seu aspecto e as placas com números de Besźel, qualquer um em Ul Qoma que a vislumbrasse provavelmente teria pensado que ela estava em outro lugar e rapidamente a desvisto, sem notar sua passagem.

Quando Dhatt me mostrou no mapa como o flat de Bowden ficava próximo de uma estação, sugeri que usássemos o transporte público. Eu havia viajado nos metrôs de Paris e Moscou, e também no tube londrino. O trânsito de Ul Qoma costumava ser mais brutal do que qualquer outro – eficiente e até certo ponto impressionante, mas bastante impiedoso no concreto. Há cerca de uma década ele foi reformado, pelo menos todas aquelas estações em suas zonas internas. Cada uma foi dada a um diferente artista ou designer, aos quais disseram, com certo exagero, mas não tanto quanto você possa imaginar, que dinheiro não era problema.

Os resultados foram incoerentes, às vezes esplêndidos, variados a um ponto estonteante. A parada mais próxima do meu hotel era uma imitação *camp* de *art nouveau*. Os trens eram limpos, velozes e estavam cheios, e em algumas linhas, naquela linha, não tinham condutor. A estação Ul Yir, a algumas curvas da agradável e desinteressante vizinhança onde Bowden vivia, era uma colcha de retalhos de linhas construtivistas e cores de kandinskianas. Ela havia sido feita, na verdade, por um artista besź.

– Bowden sabe que estamos vindo?

Dhatt levantou a mão para que eu esperasse. Nós havíamos subido ao nível da rua e ele estava com o celular no ouvido, esscutando uma mensagem.

– Sim – ele falou depois de um minuto, fechando o telefone. – Ele está esperando por nós.

David Bowden morava num apartamento de segundo andar, num prédio esquelético, o que lhe dava o andar inteiro. Ele o havia atulhado de objetos de arte, fragmentos, antiguidades das duas cidades e, para meu olho ignorante, a precursora delas. Acima dele, contou pra gente, ficavam uma enfermeira e o filho dela; abaixo, um médico, original de Bangladesh, que morava em Ul Qoma há mais tempo do que ele próprio.

– Dois expatriados num prédio só – eu disse.

– Não é exatamente uma coincidência – disse ele. – Costumava morar aqui, antes de morrer, uma ex-Pantera – ficamos olhando fixamente para ele. – Uma Pantera Negra, que conseguiu fugir depois que Fred Hampton foi morto. China, Cuba e Ul Qoma eram os destinos preferidos. Quando me mudei para cá, quando o oficial de ligação do seu governo dizia que um apartamento havia vagado, você pegava, e era óbvio que todos os prédios em que ficávamos abrigados estavam cheios de estrangeiros. Bem, podíamos choramingar juntos sobre o que quer que sentíssemos saudade de casa. Já ouviu falar em Marmite? Não? Então você obviamente nunca conheceu um espião britânico no exílio – ele serviu a mim e a Dhatt, sem que a gente pedisse, taças de vinho tinto. Falamos em illitano. – Isso foi anos atrás, vocês entendem. Ul Qoma não tinha onde cair morta. Ela tinha de pensar em termos de eficiência. Havia sempre um ul-qomano vivendo em cada um desses edifícios. Muito mais fácil uma única pessoa ficar de olho em vários visitantes estrangeiros se todos estivessem num só lugar.

Dhatt olhou no olho dele. Que se foda, essas verdades não me intimidam, dizia sua expressão. Bowden deu um sorrisinho tímido.

– Isso não era um pouco insultuoso? – perguntei. – Visitantes honoráveis, simpáticos, sendo vigiados assim?

– Pode ter sido, para alguns deles – falou Bowden. – Os Philbys de Ul Qoma, verdadeiros companheiros de viagem, provavelmente ficaram bem irritados. Mas até aí eles provavelmente também seriam os que mais se irritariam com qualquer coisa. Eu nunca tive nenhuma objeção particular em ser vigiado. Eles estavam certos de não confiar em mim. – Tomou um gole de sua bebida. – Está gostando de *Entre*, inspetor?

As paredes dele eram pintadas de beges e marrons que precisavam de reforma, e cheias de estantes, livros e artesanato ul-qomano e besź, mapas antigos das duas cidades. Sobre as superfícies, havia estatuetas e restos de cerâmica, coisinhas de aspecto mecânico. A sala de estar não era grande, e tão cheia de coisas que estava apertada.

– Você estava aqui quando Mahalia foi morta – disse Dhatt.

– Eu não tenho álibi, se é isso que o senhor quer dizer. Minha vizinha pode ter me ouvido andar por aqui, pergunte a ela, mas não sei.

– Há quanto tempo você mora aqui? – perguntei. Dhatt franziu os lábios sem olhar para mim.

– Deus, há anos.

– E por que aqui?

– Não entendi.

– Até onde eu sei, você tem pelo menos tantas coisas besź quanto locais. – Apontei para um dos muitos ícones besź antigos ou reproduções. – Existe algum motivo particular para você ter acabado aqui em vez de em Besźel? Ou em outro lugar qualquer?

Bowden virou as mãos de forma que as palmas ficaram voltadas para o teto.

– Eu sou arqueólogo. Não sei o quanto os senhores entendem a respeito dessas coisas. A maior parte dos artefatos que valem a pena olhar, incluindo aqueles que hoje nos parecem ter sido feitos por artesãos besź, está em solo ul-qomano. É assim que sempre foi. Nunca ajudou a disposição idiota de Besźel para vender a pouca herança que conseguiu desenterrar a quem quisesse. Ul Qoma sempre foi mais inteligente.

– Mesmo uma escavação como Bol Ye'an?

– O senhor está se referindo à direção estrangeira? Claro. Os canadenses não são donos de nada, tecnicamente; eles só possuem alguns direitos de manuseio e catalogação. Além dos elogios que recebem pelos relatórios e da satisfação do altruísmo. E ter a primazia das excursões dos museus, é claro. Os canadenses estão felizes da vida com o bloqueio dos EUA, acreditem em mim. Querem ver um verde bem vívido? Falem para um arqueólogo norte-americano que vocês trabalham em Ul Qoma. Já viram as leis de Ul Qoma para exportação de antiguidades? – Ele fechou as mãos, entrelaçando os dedos como se montasse uma armadilha. – Todo mundo que quer trabalhar em Ul Qoma, ou em Besźel, ainda mais se for na Era dos Precursores, vai acabar aqui, se puder.

– Mahalia era uma arqueóloga norte-americana... – disse Dhatt.

– Estudante – disse Bowden. – Quando terminasse o doutorado teria dificuldades para ficar.

Eu estava em pé, dando uma olhada no escritório dele.

– Será que eu poderia... – Indiquei o interior.

– Eu... claro. – Ele estava envergonhado com o espaço minúsculo. Era, por incrível que parecesse, ainda mais atulhado com a porcariada da antiguidade do que a sala de estar. Sua mesa era uma arqueologia própria de papéis, cabos de computador, um guia de ruas de Ul Qoma velho e bastante usado. No meio da bagunça de papéis havia alguns numa escrita estranha e muito antiga, que não era nem illitano nem besź, pré-Clivagem. Eu não sabia ler nada daquilo.

– O que é isso?

– Ah... – Ele revirou os olhos. – Isso chegou ontem pela manhã. Eu ainda recebo correspondência de malucos. Desde *Entre*. Coisas que as pessoas reúnem e dizem que está na escrita de Orciny. Elas acham que eu sou obrigado a decifrar para elas. Talvez os pobres imbecis realmente acreditem que isso seja alguma coisa.

– Você consegue decifrar esse aí?

– Está brincando? Não. Não significa nada. – Ele fechou a porta. – Nenhuma notícia de Yolanda? – perguntou. – Isso me preocupa bastante.

– Receio que não – respondeu Dhatt. – O Departamento de Desaparecidos está trabalhando no caso. Eles são muito bons. Estamos trabalhando junto com eles.

– Definitivamente temos de encontrá-la, oficiais. Eu estou... Isso é crucial.

– Você tem alguma ideia de quem poderia ter algum problema com Yolanda?

– Yolanda? Meu Deus, não, ela é um amor, não consigo pensar em ninguém. Mahalia era um pouco diferente. Quero dizer... Mahalia era... O que aconteceu com ela foi terrivelmente atroz. Atroz. Ela era inteligente, muito inteligente, tinha opiniões fortes e era corajosa, e não é tão... O que estou querendo dizer é que consigo imaginar Mahalia irritando as pessoas. Ela fazia isso. Era o jeito dela, e digo isso como um elogio. Mas sempre havia um medo de que Mahalia pudesse um dia emputecer a pessoa errada.

– A quem ela poderia ter emputecido?

– Não estou falando de ninguém específico, detetive, não faço ideia. Não tínhamos muito contato, Mahalia e eu. Eu mal a conhecia.

– *Campus* pequeno – falei. – Certamente você conhecia todo mundo.

– É verdade. Mas, honestamente, eu a evitava. Já fazia muito tempo que não conversávamos. Não tivemos um começo muito auspicioso. Mas Yolanda eu conheço bem. E ela não é nem um pouco assim. Talvez não seja tão esperta, mas não consigo pensar numa só pessoa que não goste dela e nem imaginar por que alguém faria qualquer coisa com ela. Está todo mundo horrorizado. Inclusive o pessoal local que trabalha ali.

– Eles também ficaram arrasados ao saber de Mahalia? – perguntei.

– Para ser franco, duvido que qualquer um deles a conhecesse.

– Um dos guardas parece ter conhecido. Fez questão de perguntar a respeito dela. De Mahalia. Achei que podia ser namorado dela ou coisa assim.

– Um dos guardas? Absolutamente não. Desculpe, isso soou um pouco definitivo. O que eu quis dizer é que eu ficaria surpreso. Sabendo o que sei de Mahalia, quero dizer.

– O que não é muito, você disse.

– Não. Mas, o senhor sabe, você acaba captando quem está fazendo o quê, que alunos fazem o quê. Alguns deles (a Yolanda é uma) saem com o pessoal ul-qomano, mas Mahalia não. Os senhores me avisam se descobrirem algo a respeito de Yolanda?

Os senhores precisam encontrá-la. Ou mesmo que os senhores apenas tenham teorias sobre onde ela está, por favor, isso é terrível.

– Você é o orientador de Yolanda? – perguntei. – Do que trata a tese de doutorado dela?

– Ah. – Ele fez um gesto de descaso. – "Representação de gênero e alteridade em artefatos da Era dos Precursores." Eu ainda prefiro "pré-Clivagem", mas quando traduzido para o inglês o trocadilho, pré-decote, é infeliz, então Era dos Percursores tem sido o termo preferido.

– Você disse que ela não é inteligente?

– Eu não disse isso. Ela é perfeitamente inteligente o suficiente. O bastante. Só que ela... Não existem muitas pessoas como Mahalia em nenhum programa de pós-graduação.

– Então por que você não era orientador dela?

Ele me encarou como se eu estivesse debochando dele.

– Por causa das palhaçadas dela, inspetor – disse ele finalmente. Levantou-se e virou de costas, como se quisesse andar pelo aposento, mas era muito pequeno. – Sim, essas foram as circunstâncias complicadas nas quais nos conhecemos – ele se voltou para nós de novo. – Detetive Dhatt, inspetor Borlú. Os senhores sabem quantos alunos de doutorado eu tenho? Uma aluna. Porque ninguém a queria. Coitada. Eu não tenho escritório em Bol Ye'an. Não tenho estabilidade na carreira, nem estou concorrendo a isso. Sabem qual é meu título oficial na Príncipe de Gales? Sou um palestrante correspondente. Não me perguntem o que isso quer dizer. Na verdade, eu posso dizer a vocês o que isso quer dizer. Quer dizer: Nós somos a principal instituição do mundo em estudos sobre Ul Qoma, Besźel e a Era dos Precursores, e precisamos de todos os nomes que conseguirmos e podemos até atrair alguns malucos ricos para o nosso programa com seu nome, mas não somos tão idiotas a ponto de lhe dar um trabalho de verdade.

– Por causa do livro?

– Por causa de *Entre a cidade e a cidade*. Porque eu era um jovem que vivia drogado, tinha um gosto especial para o oculto e também um orientador que não dava a mínima para mim. Não importa que você apareça um pouco mais tarde e diga: "*Mea culpa*, eu errei, não existe Orciny, peço desculpas". Não importa que oitenta e cinco por cento da pesquisa ainda faça sentido e ainda seja utilizada. Vocês estão me ouvindo? Não importa o que quer que você faça, nunca mais. Você não vai conseguir se afastar daquilo, por mais que tente. Então, quando, como acontece regularmente, alguém se aproxima de mim e me diz que a obra que fodeu tudo é maravilhosa e que ela adoraria trabalhar comigo (e foi isso que Mahalia fez na conferência lá em Besźel, onde eu a conheci) e que é uma coisa tão absurda que a verdade ainda esteja proibida nas duas cidades e que ela está do meu lado... Os senhores sabiam, a propósito, que quando ela chegou aqui pela primeira vez ela não só havia contrabandeado um exemplar de *Entre* para Besźel como me disse que ia enfiá-lo numa das prateleiras da seção de história da Biblioteca da Universidade, pelo amor de Deus? Para as pessoas encontrarem? Ela me disse isso com orgulho. Mandei que ela se livrasse daquilo imediatamente ou eu botaria a *policzai* em cima dela. De qualquer maneira, quando ela me contou isso tudo, sim, eu fiquei irritado. Eu encontro gente assim em praticamente toda conferência a que vou. Digo a essas pessoas que eu estava errado e elas pensam ou que fui comprado pelo Homem, ou que temo pela minha vida. Ou que fui substituído por um robô ou algo assim.

– Yolanda já falou alguma vez sobre Mahalia? Não era difícil para ela, você sentir isso a respeito da melhor amiga dela...

– Sentir o quê? Não havia nada, inspetor. Eu disse a ela que não a supervisionaria; ela me acusou de covardia ou capitulação ou alguma coisa assim, não me lembro; e acabou. Achei que ela havia mais ou menos calado a boca a respeito de Orciny desde que entrou no programa. Pensei, ótimo, ela cresceu e superou isso. E pronto. E fiquei sabendo que ela era esperta.

– Tive a impressão de que a doutora Nancy ficou um pouco decepcionada com ela.

– Talvez. Não sei. Não seria a primeira pessoa a decepcionar na tese, mas ainda tinha uma reputação.

– Yolanda não estava envolvida nessa coisa de Orciny? Não é por isso que ela estava estudando com você?

Ele suspirou e voltou a se sentar. Esse triste sobe-desce não impressionava.

– Achei que não. Eu não a teria orientado. E não, não no começo... mas ela mencionou isso recentemente. Abordou a questão dos dissensi, o que poderia viver ali, tudo isso. Ela sabia o que eu pensava, então estava tentando agir como se tudo isso fossem hipóteses. Parece ridículo, mas honestamente não me havia ocorrido que fosse por causa da influência de Mahalia. Yolanda estava falando com ela a respeito? Os senhores sabem?

– Fale sobre os dissensi – disse Dhatt. – Você sabe onde eles estão?

Ele deu de ombros.

– O senhor sabe onde alguns deles estão, DS. Muitos não são segredo nenhum. A alguns passos do quintal aqui, num prédio deserto ali. Os cerca de cinco metros centrais do Parque Nuistu? Dissensus. Ul Qoma diz que é dela; Besźel diz que é dela. Eles são efetivamente cruzados ou fora dos limites em ambas as cidades, enquanto a discussão continua. Simplesmente não existe nada de tão empolgante assim neles.

– Eu gostaria que você fornecesse uma lista.

– Se o senhor quiser, mas vai obtê-la com mais rapidez através de seu próprio departamento, e a minha provavelmente está vinte anos desatualizada. Eles são resolvidos, de tempos em tempos, e novos emergem. E o senhor pode ter ouvido falar dos secretos.

– Eu gostaria de uma lista. Espere aí, secretos? Se ninguém sabe que eles são disputados, como podem ser?

– De fato. Eles são disputados em segredo, DS Dhatt. O senhor precisa colocar sua cabeça no estado de espírito correto para entender essa estupidez.

– Professor Bowden... – falei. – Algum motivo para pensar que alguém poderia ter alguma coisa contra você?

– Por quê? – Subitamente ele ficou alarmado. – O que o senhor ouviu por aí?

– Nada, apenas... – eu disse e parei. – Existe uma certa especulação de que alguém esteja de olho em gente que andou investigando Orciny – Dhatt não tentou me interromper. – Talvez você devesse tomar cuidado.

– O quê? Eu não estudo Orciny, não faço isso há anos...

– Como você mesmo disse, assim que começou esse negócio, professor... Receio que ainda seja o decano da matéria, quer goste disso ou não. Você recebeu alguma coisa que pudesse ser considerada uma ameaça?

– Não...

– Você foi roubado. – Quem falou foi Dhatt. – Há algumas semanas. – Ambos olhamos para ele. Dhatt não ficou embaraçado com a minha surpresa. Bowden começou a balbuciar.

– Mas foi apenas um arrombamento – disse ele. – Nada foi sequer levado...

– Sim, porque eles devem ter se assustado. Isso foi o que dissemos na época – disse Dhatt. – Pode ser que a intenção deles jamais tivesse sido levar nada.

Bowden e, de modo mais sub-reptício, eu olhamos ao redor do aposento, como se algum amuleto maligno de vudu ou escuta eletrônica ou uma ameaça pintada na parede pudessem subitamente surgir diante dos nossos olhos.

– DS, inspetor, isso é um grande absurdo; não existe Orciny...

– Mas – disse Dhatt – existem loucos.

– Alguns dos quais – eu disse – por um motivo qualquer estão interessados em algumas das ideias exploradas por você e pela srta. Rodriguez, pela srta. Geary...

– Acho que nenhuma delas estava explorando ideias...

– Não importa – disse Dhatt. – A questão é que elas chamaram a atenção de alguém. Não, não sabemos bem por quê, nem sequer se existe um por quê.

Bowden nos encarava absolutamente horrorizado.

CAPÍTULO 16

Dhatt pegou a lista que Bowden lhe deu e mandou um subalterno completá-la, enviou policiais aos terrenos, prédios abandonados, trechos de calçada e pequenos espaços de passeio na margem do rio listados, para revirar pedras e sondar as margens de trechos funcionalmente cruzados que estavam em disputa. Naquela noite voltei a falar com Corwi — ela fez uma piada dizendo que torcia para que aquela linha fosse segura –, mas não conseguimos dizer nada de útil um para o outro.

A doutora Nancy tinha enviado um impresso dos capítulos de Mahalia para o hotel. Havia dois mais ou menos terminados, dois bastante rascunhados. Parei de lê-los em pouco tempo, e decidi procurar as fotocópias dos livros anotados dela. Havia uma vívida disparidade entre o tom tranquilo, um tanto monótono dos primeiros, e os pontos de exclamação e interjeições rabiscados dos últimos, Mahalia discutindo com seus eus anteriores e com o texto principal. A marginália era incomparavelmente a coisa mais interessante, até onde se conseguia entender alguma coisa dela. Acabei colocando tudo de lado para pegar o livro de Bowden.

Entre a cidade e a cidade era tendencioso. Dava pra ver na hora. Existem segredos em Besźel e em Ul Qoma, segredos que todo mundo conhece: era desnecessário supor segredos secretos. Mesmo assim, as antigas histórias, os mosaicos e baixos-relevos, os artefatos aos quais o livro se referia eram em alguns casos surpreendentes – belos e espantosos. A leitura que o jovem Bowden havia feito de alguns mistérios ainda não resolvidos de obras da Era dos Precursores ou pré-Clivagem era engenhosa e até mesmo convincente. Ele tinha uma argumentação elegante de que os mecanismos incompreensíveis eufemisticamente giriados como "relógios" não eram de forma alguma mecanismos, mas caixas intrincadamente inseridas em câmaras projetadas unicamente para segurar as engrenagens que continham. Seus saltos para os "portantos" eram lunáticos, como agora ele próprio admitia.

É claro que haveria paranoia, para um visitante desta cidade, onde os habitantes locais encaravam furtivamente, onde eu seria vigiado pela Brecha, na qual os olhares roubados não se pareceriam com nada que eu já tivesse vivenciado.

Meu celular tocou, mais tarde, enquanto eu estava dormindo. Era o telefone besź, mostrando uma ligação internacional. Isso ia foder com os créditos, mas a conta era do governo.

– Borlú – eu disse.

– Inspetor... – Sotaque illitano.

– Quem fala?

– Borlú, não sei por que você... Não posso falar muito. Eu... obrigado.

– Jaris. – Sentei-me na cama, pus os pés no chão. O jovem unif. – É...

– Porra, não somos camaradas, você sabe disso – ele não estava falando em illitano antigo dessa vez, mas rapidamente em sua própria língua cotidiana.

– Por que seríamos?

– Certo. Não posso permanecer na linha.

– Ok.

– Você sabia que era eu, não sabia? Que ligou para você em Besźel.

– Não tinha certeza.

– Certo. Esta ligação nunca aconteceu, caralho. – Eu não disse nada. – Obrigado pelo outro dia – ele disse. – Por não dizer. Conheci Marya quando ela veio para cá. – Eu não tinha usado aquele nome a princípio, a não ser no momento em que Dhatt estava interrogando os unifs. – Ela me contou que conhecia nossos irmãos e irmãs do outro lado da fronteira; havia trabalhado com eles. Mas ela não era uma de nós, você sabe disso.

– Eu sei. Você me colocou naquela pista em Besźel...

– Cale a boca. Por favor. No começo eu pensei que ela era, mas as coisas que ela estava perguntando eram... Ela estava metida em coisas que você nem sabe. – Eu não me adiantei a ele. – Orciny. – Ele deve ter interpretado meu silêncio como espanto. – Ela estava cagando para a unificação. Estava colocando todo mundo em perigo pra poder usar nossas bibliotecas e listas de contatos... Eu gostava de verdade dela, mas ela era encrenca. Só se importava com Orciny. Borlú, porra, Borlú, ela *encontrou* Orciny. Você está aí? Você entendeu? Ela encontrou...

– Como você sabe?

– Ela me disse. Nenhum dos outros sabia. Quando percebemos como ela era... perigosa, ela foi proibida de frequentar nossas reuniões. Eles pensavam que ela era, tipo, uma espiã ou algo assim. Ela não era isso.

– Você continuou em contato com ela. – Ele não disse nada. – Por que, se ela era tão...?

– Eu... ela era...

– Por que você me ligou? Em Besźel?

– ... ela merecia mais do que uma vala comum, um... campo de oleiros.
Fiquei surpreso por ele conhecer a expressão.
– Vocês estavam juntos, Jaris? – perguntei.
– Eu quase não sabia nada sobre ela. Nunca perguntei. Nunca encontrei os amigos dela. Nós tomamos cuidado. Mas ela me falou de Orciny. Me mostrou todas as suas anotações a respeito. Ela era... Escute, Borlú, você não vai acreditar em mim, mas *ela fez contato*. Existem lugares...
– *Dissensi?*
– Não, cale a boca. Não disputados: lugares que todos em Ul Qoma pensam que estão em Besźel e que todos em Besźel pensam que estão em Ul Qoma. Eles não estão em nenhum dos dois. Estão em Orciny. Ela os encontrou. Ela me disse que estava ajudando.
– Fazendo o quê? – Só falei, afinal, porque o silêncio que se seguiu foi muito grande.
– Não sei muita coisa. Ela estava salvando eles. Eles queriam alguma coisa. Ela é que falou. Algo assim. Mas quando eu perguntei uma vez pra ela "Como é que você sabe que Orciny está do nosso lado?", ela apenas riu e disse: "Não sei, eles não estão". Ela não me contava muita coisa. Eu não queria saber. Ela não falava muito sobre isso. Eu achei que ela pudesse estar atravessando, passando por alguns desses lugares, mas...
– Quando você viu ela pela última vez?
– Não sei. Uns dias antes de ela... antes. Escute, Borlú, é isto que você precisa saber. Ela sabia que estava em apuros. Ela ficou muito zangada e perturbada quando eu falei uma coisa sobre Orciny. Da última vez. Ela disse que eu não entendia nada. Ela disse uma coisa, tipo, que não sabia se o que estava fazendo era restituição ou crime.
– O que isso quer dizer?
– Eu sei lá. Ela disse que a Brecha não era nada. Fiquei chocado. Você pode imaginar? Ela disse que todo mundo que sabia a verdade a respeito de Orciny estava em perigo. Ela disse que não tinha muita gente, mas qualquer um que soubesse não fazia ideia da merda em que estava envolvido, nem sequer acreditaria. Eu perguntei "Nem eu?", e ela respondeu: "Talvez, talvez eu já tenha dito demais a você".
– O que você acha que isso significa?
– O que você sabe a respeito de Orciny, Borlú? Por que caralho alguém acharia que Orciny era segura pra se foder? Como é que você acha que se consegue ficar escondido durante séculos? Jogando limpo? Luz! Acho que de algum modo ela se meteu em encrenca trabalhando para Orciny, é isso o que eu acho que aconteceu, e eu acho que eles são como parasitas, e disseram a ela que ela estava ajudando, mas ela descobriu alguma coisa, e quando perceberam isso *mataram* ela. – Ele se recompôs. – Nos últimos tempos, ela levava sempre uma faca, como proteção. Contra

Orciny. – Uma risada patética. – Mataram ela, Borlú. E vão matar todo mundo que se meter no caminho deles. Todo mundo que já chamou atenção deles.

– E você?

– Ah, eu estou fodido. Ela sumiu, então eu também vou sumir. Ul Qoma pode se foder, Besźel também, e essa porra de Orciny. Este aqui é o meu adeus. Está ouvindo o som dos pneus? Daqui a um minuto, quando a gente desligar, o telefone vai voar pela janela e *sayonara*. Esta ligação é um presente de despedida, por ela.

Ele sussurrou as últimas palavras. Quando me dei conta de que ele tinha desligado, tentei ligar de volta, mas o número estava bloqueado.

Fiquei esfregando os olhos por longos segundos, tempo demais. Rabisquei umas anotações no papel com o cabeçalho do hotel, nada que eu fosse olhar de novo, apenas tentando organizar meus pensamentos. Listei pessoas. Olhei para o relógio e fiz um cálculo de fuso horário. Disquei um número de longa distância no telefone do hotel.

– Sra. Geary?

– Quem está falando?

– Sra. Geary, aqui é Tyador Borlú. Da polícia de Besźel. – Ela não disse nada. – Nós... Posso perguntar como está o sr. Geary? – Andei descalço até a janela.

– Ele está bem – disse ela, finalmente. – Zangado. – Ela falava com muita cautela. Não tinha certeza a meu respeito. Puxei as cortinas pesadas um pouco para trás, olhei para fora. Não importava que era de madrugada, havia algumas figuras visíveis na rua, como sempre. De vez em quando um carro passava. Tão tarde que era difícil dizer quem era local e quem era estrangeiro, portanto desvisível durante o dia: as cores das roupas eram obscurecidas pelas luzes dos lampiões e a linguagem corporal borrada pelo caminhar apressado e curvado da noite.

– Eu queria dizer novamente o quanto lamento pelo que aconteceu e queria me certificar de que vocês estavam bem.

– O senhor tem algo a me dizer?

– A senhora quer dizer se pegamos quem fez aquilo com sua filha? Lamento, sra. Geary, não. Mas eu queria perguntar à senhora... – Esperei, mas ela não desligou nem disse nada. – Mahalia lhe disse alguma vez se estava vendo alguém aqui?

Ela fez apenas um ruído. Depois de esperar vários segundos, continuei.

– A senhora conhece Yolanda Rodriguez? E por que o sr. Geary estava procurando pelos nacionalistas besź, quando ele fez brecha? Mahalia vivia em Ul Qoma.

Ela fez aquele som e eu percebi que ela estava chorando. Eu abri a boca, mas só conseguia ouvi-la. Tarde demais, quando acordei, ficou mais claro que talvez devesse ter ligado de outro telefone, se as minhas suspeitas e as de Corwi estivessem certas. A Sra. Geary não desligou, então depois de um tempo eu disse o nome dela.

– Por que você está me perguntando sobre Yolanda? – disse ela, por fim. Havia conseguido recobrar a voz novamente. – É claro que eu a conhecia, ela é amiga de Mahalia. Ela está...?

– Estamos tentando encontrá-la. Mas...

– Ah, meu Deus, ela está *desaparecida*? Mahalia trocava confidências com ela. É por isso que...? Ela está...?

– Por favor, não, sra. Geary. Juro para a senhora que não existe prova de nada inapropriado; ela pode ter simplesmente tirado uns dias de folga. Por favor – ela começou a chorar de novo, mas conseguiu se controlar.

– Eles quase não falaram conosco naquele voo – disse ela. – Meu marido acordou perto do pouso e percebeu o que havia acontecido.

Eu disse:

– Sra. Geary, Mahalia estava envolvida com alguém aqui? Que a senhora saiba? Em Ul Qoma, quero dizer?

– Não – disse a palavra num suspiro. – O senhor deve estar pensando "Como a mãe dela saberia?", mas eu saberia. Ela não me contava detalhes, mas... – Ela se recompôs. – Havia alguém que andava sempre com ela, mas ela não gostava dele desse jeito. Dizia que era muito *complicado*.

– Qual era o nome dele?

– O senhor não acha que eu já teria dito? Não sei. Acho que ela o conheceu por intermédio da política.

– A senhora mencionou Qoma Primeiro.

– Ah, minha garota deixou todos loucos. – Ela deu uma risadinha. – Ela incomodou as pessoas de todos os lados. Até mesmo os unificadores, é assim que eles se chamam? Michael ia checar todos. Era mais fácil encontrar nomes e endereços de Besźel. Era onde estávamos. Ele ia checar todos, um de cada vez. Ele queria encontrar todos, porque... foi um deles que *fez* isso.

Eu prometi a ela todas as coisas que ela quisesse, esfregando minha testa e olhando para as silhuetas de Ul Qoma.

Pouco depois, fui despertado pelo telefonema de Dhatt.

– Você ainda está na cama, porra? Levante-se.

– Daqui a quanto tempo você... – Já era de manhã, não tão cedo.

– Estou no térreo. Venha depressa. Alguém enviou uma bomba.

CAPÍTULO 17

Em Bol Ye'an, homens do esquadrão antibombas de Ul Qoma aguardavam do lado de fora da minúscula imitação de posto dos correios, conversando com vários seguranças assustados, mastigando, atarracados em seus trajes de proteção. O esquadrão estava com os visores levantados, formando um ângulo agudo a partir da testa deles.

– Você é Dhatt? Legal, DS – disse um deles, olhando para a insígnia de Dhatt. – Você pode entrar. – Ele me olhou de esguelha e abriu a porta para o aposento do tamanho de um armário.

– Quem descobriu isso? – perguntou Dhatt.

– Um dos rapazes da segurança. Esperto. Aikam Tsueh. O quê? O quê? – Nenhum de nós disse nada, então ele deu de ombros. – Disse que não gostava do aspecto do negócio; foi até a *militsya* do lado de fora, pediu a eles que dessem uma olhada.

Escaninhos cobriam as paredes, e grandes pacotes marrons, abertos e fechados, estavam em cantos e organizadores de plástico, em cima das mesas. À mostra sobre uma banqueta ao centro, cercado por envelope rasgado e cartas caídas marcadas por pegadas, havia um pacote aberto, entranhas eletrônicas despontando como estames florais de metal.

– Este é o mecanismo – disse o homem. Eu notei o illitano no *kevlar* dele: seu nome era Tairo. Ele falava com Dhatt, não comigo, apontando com uma pequena caneta laser, colocando pontinhos vermelhos em tudo a que se referia. – Duas camadas de envelope. – Rabiscava com a luz por todo o papel. – Abre o primeiro, nada. Dentro tem outro. Abre *esse*... – Estalou os dedos. Indicando os fios. – Benfeito. Clássico.

– Moda antiga?

– Não, simplesmente não é nada de sofisticado. Mas é benfeito. Não é só *son et lumière* também: isto não foi feito pra assustar alguém, foi feito pra foder mesmo. E vou lhe dizer o que mais também. Está vendo isto? Muito direcionado. Está ligado à etiqueta .– Os restos dela visíveis no papel, uma faixa vermelha no envelope interno, impresso em besź: "Puxe aqui para abrir." – Quem quer que puxe vai receber uma explosão na cara e cair duro. Mas, tirando um tremendo azar, quem estiver do lado só vai precisar de um novo penteado. A explosão é direcionada.

– Está desativado? – perguntei a Tairo. – Posso tocar nele? – Ele não olhou para mim, mas para Dhatt, que assentiu para que ele respondesse.

– Digitais – disse Tairo, mas deu de ombros. Peguei uma esferográfica de uma das prateleiras e retirei o cartucho, para não marcar nada. Cutuquei gentilmente o papel, alisando o envelope interior. Mesmo rasgado pela equipe de detonação, era fácil ler o nome escrito nele: David Bowden.

– Cheque isto – disse Tairo. Ele revirou gentilmente. Embaixo do pacote, no interior do envelope externo, alguém havia rabiscado, em illitano, *O coração de um lobo*. Reconheci a frase, mas não consegui identificá-la. Tairo a cantou e sorriu.

– É uma velha canção patriótica – disse Dhatt.

– Não foi pra dar um susto e também não foi pra provocar caos generalizado – Dhatt me disse baixinho. Estávamos sentados no escritório que havíamos solicitado. À nossa frente, tentando educadamente evitar ouvir, Aikam Tsueh. – Foi para matar. Mas que merda é essa?

– Com illitano escrito nele, enviado de Besźel – eu disse.

A busca por digitais não revelou nada. Ambos os envelopes haviam sido rabiscados, o endereço no externo e o nome de Bowden no interno, numa escrita caótica. O pacote foi enviado de Besźel de um posto dos correios que era brutopicamente não muito longe da escavação propriamente dita, embora naturalmente o pacote tivesse sido importado de muito longe, dando a volta pelo Copula Hall.

– Vamos pôr os técnicos pra analisar isso – disse Dhatt. – Ver se conseguimos traçar o percurso reverso, mas não temos nada a apontar para ninguém. Talvez seu pessoal descubra alguma coisa. – As chances de conseguirmos reconstituir a jornada da bomba de trás para a frente pelos serviços postais ul-qomano e besź iam de quase nenhuma a zero.

– Escuta – garanti que Aikam não pudesse ouvir. – Nós sabemos que Mahalia emputeceu alguns nacs hardcore lá na minha terra. Eu entendo, essas organizações não podem existir em Ul Qoma, é claro, mas se por alguma falha inesperada alguma delas estiver aqui também, as chances de ela ter emputecido eles também são razoáveis, não? Ela estava metida em coisas que poderiam ter sido feitas de propósito para irritá-los. Você sabe, minar o poder de Ul Qoma, grupos secretos, fronteiras porosas, tudo isso. Você sabe.

Ele ficou me olhando fixamente sem expressão.

– Certo – acabou dizendo.

– Duas das duas alunas com interesses especiais em Orciny estão fora da jogada. E agora temos uma bomba para o sr. Entre Cidades.

Olhamos um para o outro.

Depois de um momento, agora mais alto, eu falei:

– Muito bom, Aikam. O que você fez foi realmente muito bom.

– Você já havia segurado uma bomba antes, Aikam? – perguntou Dhatt.

– Senhor? Não.

– Nem no serviço nacional?

– Ainda não fiz o meu, senhor.

– Então como sabe o aspecto de uma bomba?

Ele deu de ombros.

– Eu não sabia, não sei, eu só... estava errado. Muito pesado.

– Aposto que este lugar recebe muitos livros pelo correio – eu disse. – Talvez coisas de computador também. São bem pesadas. Como você sabia que esse era diferente?

– ... Diferente, pesado. Era mais duro. Embaixo dos envelopes. Dava para sentir que não era papel, era tipo metal ou coisa parecida.

– Mas, na verdade, seu trabalho é checar correspondência? – perguntei.

– Não, mas eu estava lá dentro, só por isso. Eu estava pensando que podia levar o pacote. Eu queria fazer isso, e aí eu senti esse e ele estava... Tinha alguma coisa nele.

– Você tem bons instintos.

– Obrigado.

– Pensou em abrir?

– Não! Não era para mim.

– Para quem era?

– Não era pra ninguém. – O envelope externo não tinha nomeado nenhum destinatário, só a escavação. – Esse foi outro motivo, foi por isso que olhei pra ele, talvez, porque achei que era estranho.

Conferenciamos.

– Ok, Aikam – disse Dhatt. – Você deu seu endereço ao outro policial, caso precisemos entrar em contato com você novamente? Quando sair, pode mandar entrar seu chefe e a doutora Nancy, por favor?

Ele hesitou na porta.

– Os senhores têm alguma informação sobre Geary? Sabem o que aconteceu? Quem matou ela? – dissemos que não.

Kai Buidze, o chefe dos seguranças, um homem musculoso de seus cinquenta anos, ex-exército, eu acho, entrou com Isabelle Nancy. Ela, não Rochambeaux, havia oferecido ajuda de qualquer maneira que pudesse. Estava esfregando os olhos.

– Cadê o Bowden? – perguntei a Dhatt. – Ele está sabendo?

– Ela ligou para ele quando o esquadrão antibombas abriu o envelope externo e viu seu nome lá. – Ele acenou com a cabeça para Nancy. – Ela ouviu um deles lendo em voz alta. Alguém foi buscá-lo. Doutora Nancy. – Ela levantou a cabeça. – Bowden recebe muita correspondência aqui?

– Não muita. Ele nem sequer tem um escritório. Mas um pouco, sim. Várias de estrangeiros, algumas de alunos em potencial, pessoas que não sabem onde ele mora ou que supõem que ele esteja alocado aqui.

– A senhora envia para ele?

– Não, ele vem checar de poucos em poucos dias. Joga a maior parte fora.

– Alguém está realmente... – eu disse baixinho para Dhatt. Hesitei. – Tentando passar à nossa frente, saber o que estamos fazendo – com tudo que estava acontecendo, Bowden poderia estar desconfiado com qualquer pacote que chegasse à sua casa. Com o envelope externo e o selo estrangeiro descartados, ele poderia até ter pensado que era alguma coisa apenas com o nome dele escrito, uma comunicação interna, algo de um de seus colegas, e rasgado a tira. – Como se alguém soubesse que ele havia sido avisado para tomar cuidado. – Depois de um instante, eu perguntei: – Estão trazendo ele pra cá? – Dhatt fez que sim.

– Sr. Buidze – disse Dhatt. – O senhor já tinha tido algum problema desse tipo antes?

– Assim não. Claro, a gente tem, o senhor sabe, já recebemos cartas de uns malucos fodidos. Perdão. – Olha de lado para uma Nancy imperturbável. – Mas o senhor sabe, a gente recebe avisos de pessoas tipo deixe-o-passado-em-paz, gente que diz que estamos traindo Ul Qoma, toda aquela merda, gente que avista OVNIs e viciados. Mas uma... sério... isto? Uma bomba? – Ele balançou a cabeça.

– Não é verdade – disse Nancy. Nós olhamos para ela. – Isso já aconteceu antes. Não aqui. Mas com ele. Bowden já foi alvo disso antes.

– Por quem? – eu disse.

– Nunca provaram nada, mas ele deixou muita gente zangada quando seu livro saiu. A direita. Gente que achou que ele estava sendo desrespeitoso.

– Nacs – disse Dhatt.

– Eu nem me lembro de qual cidade era. Ambas estavam com raiva dele. Provavelmente era a única coisa em que concordavam. Mas isso foi há anos.

– Alguém se lembrou dele – eu disse. Dhatt e eu encaramos um ao outro e ele me puxou de lado.

– De *Besźel* – disse ele. – Com um pequeno foda-se escrito em *illitano*. – Ele jogou as mãos para o alto: alguma ideia?

– Qual é o nome desse pessoal? – perguntei depois de um tempo de silêncio. – Qoma Primeiro.

Ele me olhou fixo.

– O quê? Qoma Primeiro? – disse ele. – Veio de *Besźel*.

– Quem sabe um contato de lá.
– Um espião? Um qomano nac em Besźel?
– Claro. Não me olhe assim: não é tão difícil de acreditar. Eles poderiam ter mandado ele para cá a fim de cobrir seus rastros.

Dhatt balançou a cabeça cautelosamente.

– Ok... – disse ele. – Mesmo assim é um cacete de coisas pra organizar, e você não...
– Eles nunca gostaram de Bowden. Talvez achassem que se soubesse que estavam atrás dele poderia ficar alarmado, mas não com um pacote vindo de Besźel – eu disse.
– Já entendi – falou.
– Onde o Qoma Primeiro se reúne? – perguntei. – É assim que eles são chamados, certo? Talvez a gente devesse fazer uma visita...
– É isso que estou tentando lhe dizer – falou. – Não há para onde ir. Não existe "Qoma Primeiro", não assim. Eu não sei como é em Besźel, mas aqui...
– Em Besźel eu sei exatamente onde nossas próprias versões desses personagens estão localizadas. Eu e minha investigadora assistente fizemos a ronda recentemente.
– Bem, parabéns, mas aqui isso não funciona. Eles não são tipo uma gangue de merda com cartões de sócio e uma sede social onde todos moram juntos; eles não são unifs e não são os Monkees.
– Você está dizendo que vocês não têm ultranacionalistas...
– Certo, não estou dizendo isso, nós temos muitos, mas estou dizendo que não sei quem eles são nem onde moram, e muito sensatamente eles mantêm as coisas assim, e estou dizendo que Qoma Primeiro é apenas um termo que algum sujeito da imprensa inventou.
– Mas como os unificacionistas se congregam e esse bando não? Ou não podem?
– Porque os unifs são uns palhaços. Palhaços perigosos às vezes, tudo bem, mas mesmo assim. O tipo de pessoa de quem você está falando agora é sério. Velhos soldados, esse tipo de coisa. O que eu quero dizer é que você tem que... respeitar isso...

Não era de espantar que eles não tivessem permissão de se reunir às claras. Seu nacionalismo acirrado podia até competir de igual para igual com o do Partido Nacional do Povo, coisa que os governantes não iriam permitir. Os unifs, por contraste, eram livres, ou relativamente livres, para unir os locais em seu desprezo.

– O que você pode nos dizer a respeito dele? – perguntou Dhatt, levantando a voz para os outros que nos viam.
– Aikam? – disse Buidze. – Nada. Bom trabalhador. Burro feito uma porta. Ok, certo, isso eu teria dito até hoje, mas depois do que ele fez pode riscar isso. Não é nem de perto tão durão quanto parece. É só músculo e garganta, aquele ali. Gosta da garotada, faz com que ele se sinta bem por se misturar com estrangeiros inteligentes. Por quê? Me diz que o senhor não está achando que ele é suspeito, DS. O pacote veio de Besźel. Como diabos ele ia...

– Com certeza veio de lá – disse Dhatt. – Ninguém aqui está acusando ninguém, muito menos o herói do momento. São perguntas de rotina.

– Tsueh se dava bem com os estudantes, você disse? – Ao contrário de Tairo, Buidze não procurou permissão para me responder. Ele me olhou fixo no olho e assentiu. – Alguém em particular? Boa amizade com Mahalia Geary?

– Geary? Diabo, não. Geary provavelmente nunca nem ouviu falar no nome dele. Descanse em paz – ele fez o sinal do Longo Sono com a mão. – Aikam tem amizades com alguns deles, mas não com Geary. Ele sai com Jacobs, Smith, Rodriguez, Browning...

– Só que ele nos pediu...

– Ele estava muito interessado em saber qualquer detalhe sobre o caso Geary – disse Dhatt.

– Mesmo? – Buidze deu de ombros. – Bom, isso deixou todo mundo muito perturbado. É claro que ele quer saber a respeito.

– Estou aqui pensando... – eu disse. – Este é um lugar complicado, e notei que, muito embora seja em sua maior parte total, há uns dois lugares onde ele cruza um pouquinho. E isso deve ser um pesadelo para vigiar. Sr. Buidze, quando falamos com os estudantes, nenhum deles mencionou a Brecha. Nenhum mesmo. Nem de passagem. Num grupo de garotos estrangeiros? O senhor sabe como os estrangeiros são obcecados com esse negócio. Uma das amigas deles está desaparecida e eles nem sequer mencionam o mais notório bicho-papão de Ul Qoma e Besźel, que inclusive existe de verdade, e nem falam nisso? O que não pode deixar de nos fazer pensar: do que eles têm medo?

Buidze me encarou. Olhou de relance para Nancy. Olhou ao redor do aposento. Depois de longos segundos, soltou uma gargalhada.

– O senhor está brincando. Então está bom. Tudo certo então, policiais. É, eles estão bem assustados, mas não que alguém esteja fazendo uma brecha de onde diabos seja para mexer com a cabeça deles. É isso que os senhores estão pensando? – Ele balançou a cabeça. – Eles estão assustados porque não querem ser apanhados – levantou as mãos como quem se rende. – Vocês me pegaram, policiais. Aqui tem brechas acontecendo que nós não conseguimos impedir. Esses babaquinhas fazem brechas o tempo todo.

Ele nos encarou firme. Não na defensiva. Ele era objetivo. Será que eu parecia tão chocado quanto Dhatt? A expressão da doutora Nancy era no mínimo de vergonha.

– Você tem razão, claro – disse Buidze. – Não se pode evitar todas as brechas, não num lugar como esse, e não com garotos assim. Eles não são locais, e não me interessa quanto treinamento vocês deem a eles, eles nunca viram nada assim antes. Não venha me dizer que não é a mesma coisa na sua terra, Borlú. Você acha que eles vão agir com lealdade? Você acha que, enquanto vagam pela cidade, eles estão realmente desvendo Besźel? O que é que há? O melhor que qualquer um de nós pode esperar é que eles tenham o bom senso de não achar grande coisa, mas é claro que eles estão vendo do outro lado da fronteira. Não, não temos como provar, e é por isso que a Brecha não aparece, a não ser que eles realmente botem pra foder. Ah, já aconteceu. Mas é bem mais raro do que você pensa. Já faz muito tempo.

A doutora Nancy ainda olhava para baixo, para a mesa.

– Você acha que *nenhum* dos estrangeiros faz brecha? – perguntou Buidze, inclinando-se na nossa direção e abrindo bem os dedos. – Tudo que podemos conseguir deles é um pouquinho de educação, certo? E, quando você junta um bando de jovens, eles vão forçar a barra. Talvez não sejam só olhadelas. Você sempre fazia só o que lhe mandavam fazer? Mas essa garotada aí é esperta.

Ele esboçou mapas sobre a mesa com as pontas dos dedos.

– Bol Ye'an cruza aqui, aqui e o parque está aqui e aqui. E, sim, além das margens nessa direção, chega até mesmo a entrar em Besźel total. Então, quando um grupo fica bêbado ou seja lá o que for, você acha que eles não ficam provocando uns aos outros para ir se colocar em cima de um trecho cruzado do parque? E, depois, quem sabe se, mesmo parado ainda ali em cima, sem dizer uma só palavra, sem nem sequer se mover, atravessam para Besźel e depois voltam? Você não precisa dar um passo para fazer isso, não se estiver num cruzamento. Está tudo aqui. – Bateu com a ponta do dedo na testa. – Ninguém pode provar merda nenhuma. Então, quem sabe da próxima vez em que estiverem fazendo isso, eles estendam a mão, agarrem uma lembrancinha, se endireitem de volta a Ul Qoma com uma rocha de Besźel ou coisa parecida. Se era onde eles estavam quando pegaram essa lembrancinha, é de lá que ela vem, certo? Quem sabe? Quem pode provar? Contanto que eles não fiquem exibindo, o que você pode fazer? Nem mesmo a Brecha pode vigiar as brechas o tempo inteiro. O que é que há? Se fosse assim, nenhum desses estudantes estrangeiros ainda estaria aqui. Não é mesmo, doutora? – Ele olhou para ela, não sem uma certa simpatia. Ela não respondeu, mas olhou para mim envergonhada. – Nenhum deles mencionou a Brecha, DS Dhatt, porque são todos culpados. – Buidze sorriu. – Ei, não me entendam mal: eles são apenas humanos, e eu gosto deles. Mas não deem mais importância a isso do que de fato tem.

Quando os acompanhamos para fora, Dhatt recebeu uma ligação que o fez começar a rabiscar anotações e murmurar. Fechei a porta.

– Era um dos uniformizados que mandamos ir buscar Bowden. Ele sumiu. Foram até o apartamento dele e ninguém respondeu. Ele não está lá.

– Disseram a ele que estavam chegando?

– Sim, e ele sabia sobre a bomba. Mas foi embora.

CAPÍTULO 18

– Eu quero voltar lá e falar com aquele garoto de novo – disse Dhatt.
– O unificacionista?
– É, Jaris. Eu sei, eu sei, "não foi ele". Certo. Você disse. Bem, sei lá, de alguma coisa ele sabe e eu quero falar com ele.
– Você não vai encontrar ele.
– O quê?
– Boa sorte. Ele se mandou.
Ele ficou alguns passos atrás de mim e fez uma ligação telefônica.
– Você tem razão. Jaris sumiu. Como você sabia? Que merda é essa com que você está brincando?
– Vamos pro seu escritório.
– Foda-se o escritório. O escritório pode esperar. Vou repetir: como é que você sabia de Jaris, porra?
– Escuta...
– Eu estou ficando um pouco assustado com essas suas habilidades com o oculto, Borlú. Eu não fiquei sentado sem fazer nada: quando fiquei sabendo que ia ser sua babá, pesquisei seu nome, então eu te conheço um pouco e sei que você é um cara que não fica de brincadeira. Tenho certeza de que você fez a mesma coisa, então você sabe que aqui é a mesma coisa. – Eu devia ter feito isso. – Então eu estava preparado para trabalhar com um detetive. Até mesmo com um nome de peso. Mas eu não estava esperando uma besta lúgubre que fica gaguejando. Como caralho você ficou sabendo a respeito de Jaris e por que está *protegendo* aquele merdinha?
– Ok. Ele me ligou ontem à noite de um carro ou do trem, acho, e me disse que estava indo.
Ele me encarou.

– Por que ele ligou pra *você*, merda? E por que caralho você não ligou pra mim? Estamos trabalhando juntos ou não, Borlú?

– Por que ele me ligou? Talvez ele não morra de amores pelo seu estilo de interrogatório, Dhatt. E estamos trabalhando juntos? Eu pensei que o motivo de eu estar aqui era obedientemente dar a você tudo que tenho, e depois ficar vendo TV no meu quarto de hotel enquanto você acha o bandido. Quando foi que arrombaram a casa de Bowden? Quando você ia me contar isso? Eu não vi você correndo pra contar qualquer merda que tenha descoberto de UlHuan na escavação e ele devia ter informações excelentes... Ele é o maldito informante do governo, não é? O que é que há? Não é grande coisa, todas as obras públicas têm esses sujeitos. O que não me agrada é você me colocar de fora e depois vir para cima de mim gritando "Como você pôde?".

Ficamos nos encarando. Depois de um tempo ele se virou e caminhou até o meio-fio.

– Emita um mandado de prisão para Jaris – eu disse para as suas costas. – Cancele os passaportes dele, informe os aeroportos, as estações. Mas ele só me ligou porque estava viajando, para me dizer o que acha que aconteceu. O telefone dele provavelmente está esmagado nos trilhos do Passo Cucinis, a meio caminho dos Bálcãs, a esta altura.

– Então, o que é que ele *acha* que aconteceu?

– Orciny.

Ele se virou enojado e dispensou a palavra com um gesto.

– Você ia me contar essa porra? – disse ele.

– Estou contando agora, não estou?

– Ele acabou de fugir. Isso não lhe diz nada. Os culpados *fogem*, caralho!

– Como? Você está falando de Mahalia? O que é que há? Qual é a motivação dele? – eu disse isso, mas me lembrava de parte do que Jaris havia me contado. Ela não fazia parte do grupo deles. Eles a expulsaram. – Ou você está falando de Bowden? Por que diabos e como *diabos* Jaris organizaria algo assim?

– Não sei e não sei. Quem sabe por que esses filhos da puta fazem o que fazem? – perguntou Dhatt. – Vão dar uma justificativa maluca ou outra, alguma coisa de conspiração.

– Não faz sentido – eu disse cuidadosamente, depois de um minuto. – Foi... Ok, foi ele quem me ligou daqui a primeira vez.

– Eu sabia. Você estava dando cobertura pro sujeito...

– Eu não sabia. Não tinha como saber. Quando ele ligou ontem à noite, ele me contou. Espere, espere, escute, Dhatt: por que ele ia me ligar se tivesse matado ela?

Ele ficou me encarando. Depois de um minuto, ele se virou e chamou um táxi. Abriu a porta. Fiquei olhando. O táxi havia parado de viés na estrada: carros ul-qomanos buzinaram ao passar, motoristas besź deram a volta silenciosamente pela protub, os respeitadores da lei não xingando nem em murmúrios.

Dhatt ficou ali parado, meio dentro, meio fora, e o taxista começou a reclamar. Dhatt retrucou alguma coisa e mostrou a identidade.

– Não sei por quê – disse-me. – É algo a se investigar. Mas é um pouco demais, não é, porra? Que ele tenha sumido?

– Se ele estava metido nisso, não faria sentido que ele atraísse minha atenção para *nada*. E como ele a teria levado até Besźel?

– Ligando pros amigos de lá; eles fizeram isso...

Dei de ombros, um talvez cheio de dúvidas.

– Foram os unifs besź que deram a nossa primeira pista disso tudo, um sujeito de nome Drodin. Ouvi falar em desorientação, mas nós não tínhamos nada que pudesse ser desorientado em termos de pistas. Eles não têm as informações nem os contatos para saber que van roubar, não os que encontrei. Além disso, existem mais agentes da *policzai* do que membros nos livros deles. Se isso foi coisa de unifs, foi algum núcleo duro secreto que não vimos.

– Eu falei com Jaris... Ele está apavorado – disse. – Culpado não: apavorado e triste. Acho que ele estava gostando dela.

– Tudo bem – disse Dhatt depois de um tempo. Ele olhou para mim, fez um gesto para que eu entrasse no táxi. Ele ficou em pé do lado de fora por vários segundos, dando ordens pelo telefone muito baixo e muito rápido para que eu pudesse entender. – Tudo bem. Vamos trocar o disco – falou devagar enquanto o táxi seguia. – Está todo mundo cagando para o que acontece entre Besźel e Ul Qoma, não está? Não está todo mundo cagando para o que meu chefe está me dizendo ou para o que o seu está lhe dizendo? Você é policial. Eu sou policial. Vamos resolver isso. Estamos trabalhando juntos, Borlú? Bem que eu preciso de uma ajuda num caso que está ficando mais foda a cada minuto, e você? UlHuan não sabe de porra nenhuma, a propósito.

Aonde ele me levou, um lugar bem próximo do escritório dele, não era tão escuro quanto um bar de policiais em Besźel seria. Era mais salubre. Mesmo assim era o tipo de lugar onde eu não teria marcado uma festa de casamento. Estávamos no horário comercial, ainda que por pouco, mas o salão estava com mais da metade da lotação. Não podia ser tudo da *militsya* local, mas reconheci muitos dos rostos do escritório de Dhatt. Eles também me reconheceram. Dhatt entrou e foi cumprimentado, e eu o segui, passando por sussurros e aqueles olhares diretos ul-qomanos tão adoravelmente francos.

– Um assassinato certo e agora dois desaparecimentos – eu disse. Estava olhando muito cuidadosamente para ele. – Todas as pessoas que sabemos que se meteram com esse negócio.

– Não existe Orciny, porra.

– Dhatt, eu não estou dizendo isso. Você mesmo disse que existem cultos e lunáticos.

– Sério, que se foda. O lunático mais cultoso que já encontramos acabou de fugir da cena do crime, e você deu passe livre pra ele.

– Eu devia ter dito isso logo de manhã cedo. Me desculpe.

– Você deveria ter ligado ontem à noite.

– Mesmo que pudéssemos encontrá-lo, achei que não tínhamos provas suficientes para detê-lo. Mas peço desculpas. – Estendi as mãos.

Fiquei olhando um tempo para ele, enquanto ele tentava dizer alguma coisa.

– Eu quero resolver isso – falou ele. O burburinho agradável do illitano dos clientes. Eu ouvia os estalos quando um ou dois viam minha marca de visitante. Dhatt me pagou uma cerveja. Ul-qomana, flavorizada com todos os tipos de sabe-se lá o quê. Ainda faltavam semanas para o inverno, e embora não fizesse mais frio em Ul Qoma do que em Besźel, para mim parecia mais frio. – O que você me diz? Porra, se você ao menos confiasse em mim...

– Dhatt, eu já lhe contei coisas que... – Baixei a voz. – Ninguém mais sabe a respeito daquela *primeira* ligação telefônica. Eu não sei o que está acontecendo. Não estou entendendo nada disso. Não estou resolvendo nada. Por algum misterioso golpe de sorte ou de azar que não entendo mais do que você, eu estou sendo usado. Por alguma razão, fui o repositório de uma série de informações e não sei o que fazer com elas. Espero que haja um "ainda" depois disso, mas não sei, assim como não sei de mais nada.

– O que Jaris acha que aconteceu? Eu vou rastrear aquele filho da puta. – Ele não ia.

– Eu devia ter ligado, mas podia... Ele não é o nosso homem. Você sabe disso, Dhatt. Você sabe. Há quanto tempo você é policial? Às vezes você *sabe*, certo? – Bati no peito. Eu tinha razão, ele gostou disso, concordou com um aceno de cabeça.

Contei a ele o que Jaris tinha dito.

– Porra do caralho – disse ele, assim que acabei.

– Talvez.

– Mas que merda é esse negócio de Orciny? É *disso* que ele está fugindo? Você está lendo aquele livro. O livro perigoso que Bowden escreveu. Que tal?

– Tem muita coisa nele. Muita coisa. Não sei. É claro que é ridículo, como você diz. Senhores secretos por baixo dos panos, mais poderosos até do que a Brecha, titereiros, cidades ocultas.

– Merda.

– É, mas a questão é que é uma merda em que muita gente acredita. – Abri as mãos para ele. – Etem alguma coisa *grande* acontecendo, e não fazemos ideia do que seja.

– Talvez eu dê uma olhada depois de você – disse Dhatt. – Quem é que sabe alguma coisa, merda? – Ele disse as palavras "alguma coisa" com cuidado.

– Qussim. – Uns dois colegas dele, homens aproximadamente da idade dele ou da minha, levantaram os copos para ele, e praticamente também para mim. Havia alguma coisa nos olhos deles, eles estavam se movendo como animais curiosos. – Qussim, não tivemos a chance de conhecer nosso convidado. Você anda escondendo ele.

– Yura – disse Dhatt. – Kai. Como estão as coisas? Borlú, estes são os detetives blá e blá. – Acenos de mãos entre eles e mim. Um deles ergueu as sobrancelhas para Dhatt.

– Eu só queria saber o que o inspetor Borlú está achando de Ul Qoma – disse o homem chamado Kai. Dhatt bufou e terminou a cerveja.

– Vá se foder – ele disse, num tom ao mesmo tempo divertido e irritado. – Você quer ficar bêbado e se meter numa discussão com ele, talvez até mesmo, se for longe demais, Yura, numa briga. Você vai provocar todo tipo de incidente internacional infeliz. A porra da guerra pode até sair da gaveta. Você pode até dizer algo a respeito do seu pai. O pai dele esteve na Marinha de UQ – disse para mim. – Ficou com zumbido no ouvido ou uma merda parecida numa escaramuça idiota com um rebocador beszć por conta de uma disputa de pontos de pesca de lagostas ou coisa assim – eu olhei de relance, mas nenhum dos interlocutores parecia particularmente irritado. Havia até mesmo um vestígio de humor no rosto de Kai. – Vou lhe poupar o trabalho – disse Dhatt. – Ele é um beszć tão babaca quanto você imagina, pode espalhar isso no escritório. Vamos, Borlú.

Passamos pela garagem da delegacia e ele pegou o seu carro.

– Ei... – Ele me indicou o volante. – Isso nunca tinha me ocorrido, mas talvez você queira experimentar as estradas ul-qomanas.

– Não, obrigado. Acho que seria um pouco confuso. – Dirigir em Beszél ou Ul Qoma já é difícil o bastante quando você está em sua cidade natal, desviando do tráfego local e estrangeiro. – Sabe – eu disse –, quando comecei a dirigir... deve ser a mesma coisa aqui, quando você vê todos os carros na estrada e tem de aprender a desver todos os outros carros, os de fora, mas desver rápido o bastante para sair do caminho deles. – Dhatt concordou com a cabeça. – De qualquer maneira, quando eu era garoto e estava começando a dirigir, a gente tinha que se acostumar a passar zunindo por carros velhos e coisas do gênero em Ul Qoma, carroças de burro em alguns lugares e nem sei o que mais. Esses você desvia, mas você sabe... Agora, anos depois, a maioria dos desvistos está é me ultrapassando.

Dhatt riu. Quase envergonhado.

– As coisas sobem e descem – disse. – Daqui a dez anos vocês estarão ultrapassando novamente.

– Duvido.

– O que é que há? – disse ele. – A coisa vai mudar, sempre muda. Já começou.

– As nossas expos? Uns ou dois investimentozinhos patéticos. Eu acho que vocês vão ser os maiorais por um bom tempo.

– Nós estamos sofrendo um embargo!

– Não que vocês pareçam estar se dando mal com isso. Washington nos adora, e tudo que a gente tem é Coca-Cola.

– Não subestime isso – disse Dhatt. – Já provou Canuck-Cola? Tudo isso é a velha merda da Guerra Fria. E, aliás, está todo mundo cagando para com quem os americanos querem brincar. Boa sorte com eles. *Oh, Canada...* – cantou o verso do hino. Dhatt me disse: – Como é a comida onde você está?

– Ok. Ruim. Não é pior do que a comida de qualquer outro hotel.

Ele virou com força o volante e nos tirou da rota que eu conhecia.

– Coração? – disse ele, ao telefone. – Você pode preparar um almoço para mais pessoas? Obrigado, linda. Quero que você conheça meu novo parceiro.

O nome dela era Yallya. Ela era linda, bem mais nova que Dhatt, mas me cumprimentou com uma postura muito séria, desempenhando um papel e gostando daquilo, esperando na porta do apartamento deles e me dando três beijinhos no rosto, à maneira ul-qomana.

Durante o caminho para sua casa, Dhatt havia olhado para mim e dito "Você está bem?". Rapidamente ficou claro que ele morava a cerca de um quilômetro, em termos brutópicos, da minha própria casa. Da sala de estar deles eu via que os aposentos de Dhatt e Yallya e os meus davam para a mesma extensão de terreno verde, que em Besźel era Majdlyna Green e em Ul Qoma era o Parque Kwaidso, um cruzamento muito bem equilibrado. Eu próprio havia caminhado muitas vezes em Majdlyna. Existem partes em que até mesmo as árvores são cruzadas, onde as crianças ul-qomanas e as crianças besź passam quase por cima umas das outras, todas obedecendo às ordens sussurradas de seus pais para desver as outras. Crianças são saquinhos de infecções. Esse era o tipo de coisa que espalhava doenças. A epidemiologia era sempre complicada, aqui e lá na minha terra.

– Está gostando de Ul Qoma, inspetor?

– Tyador. Muito.

– Conversa fiada, ele acha que somos todos gângsteres e idiotas e estamos sendo invadidos por exércitos secretos de cidades ocultas. – A risada de Dhatt não deixava de ter seu toque amargo. – De qualquer maneira, não estamos tendo exatamente muitas oportunidades de fazer turismo.

– Como está indo o caso?

– Não há caso – disse ele a ela. – Existe uma série de crises aleatórias e implausíveis que não fazem sentido a menos que você acredite nas merdas mais dramáticas possíveis. E no fim de tudo tem uma garota morta.

– É verdade? – perguntou-me ela. Eles estavam trazendo a comida aos poucos. Não era comida caseira, e parecia incluir muita coisa de lojas de conveniência e semiprontos, mas era de melhor qualidade do que o que eu vinha comendo até então, e era mais ul-qomano, embora isso não seja uma coisa totalmente boa. O céu escureceu sobre o parque cruzado, com noite e nuvens de chuva.

– Você sente falta de batatas – disse Yallya.
– Está escrito na minha cara?
– É tudo o que vocês comem, não é? – Ela pensou que estava sendo engraçada. – Muito condimentado para você?
– Tem alguém nos vigiando do parque.
– Como consegue dizer desta distância? – Ela olhou de relance por cima do meu ombro. – Para o bem deles, espero que estejam em Ul Qoma. – Ela era editora de uma revista financeira e tinha, a julgar pelos livros que vi e os cartazes no banheiro, uma queda por quadrinhos japoneses.
– Você é casado, Tyador? – Eu tentava responder às perguntas de Yallya, embora elas viessem rápidas demais para isso. – É a primeira vez que você vem para cá?
– Não, mas é a primeira vez em muito tempo.
– Então você não conhece.
– Não. Eu podia dizer que conheci Londres um dia, mas há muitos anos isso não é verdade.
– Você é bastante viajado! E agora, com tudo isso, está se misturando com insilados e gente que faz brecha? – Não achei a frase adorável. – Qussim diz que você está passando seu tempo onde estão escavando antigos materiais de sortilégios.
– É como a maioria dos lugares, muito mais burocrático do que parece, não importa quanto as histórias sejam estranhas.
– É ridículo. – Subitamente ela pareceu assumir um ar de contrição. – Eu não devia ficar fazendo piadas sobre isso. É só porque não sei quase nada a respeito da garota que morreu.
– Você nunca pergunta – disse Dhatt.
– Bem, é... Você tem uma foto dela? – perguntou Yallya. Devo ter aparentado surpresa, porque Dhatt olhou para mim e deu de ombros. Enfiei a mão no bolso interno do paletó, mas me lembrei ao tocar nele de que a única foto que eu tinha, uma pequena cópia de uma cópia tirada em Besźel, enfiada na minha carteira, era de Mahalia morta. Essa eu não ia mostrar.
– Desculpe, não tenho. – Nesse breve silêncio me ocorreu que Mahalia era apenas alguns anos mais nova do que Yallya.

Fiquei mais tempo do que tencionava. Ela era uma boa anfitriã, particularmente depois que tirei aquele peso dela – ela me deixou levar a conversa para outra direção. Fiquei olhando ela e Dhatt encenarem gentis provocações. A proximidade do parque e do afeto de outras pessoas era comovente, a ponto de me distrair. Observar Yallya e Dhatt me fez pensar em Sariska e Biszaya. Lembrei-me da estranha ansiedade de Aikam Tsueh.

Quando saí, Dhatt me levou até a rua e se dirigiu para o carro, mas eu disse a ele:
– Eu vou sozinho.
Ele ficou me encarando.

– Está tudo bem com você? – perguntou ele. – Você ficou agindo de forma esquisita a noite toda.

– Estou bem, desculpe. Desculpe, não quero ser grosseiro; foi muito gentil da sua parte. Foi realmente uma ótima noite, e Yallya… Você é um homem de sorte. Eu só… eu estou tentando pensar sobre as coisas por aqui. Escute, eu estou bem. Tenho dinheiro. Dinheiro de Ul Qoma – mostrei a carteira para ele. – Tenho todos os meus documentos. O crachá de visitante. Sei que você não fica à vontade comigo por aí, mas, sério, eu gostaria de caminhar; preciso dar uma volta. Está uma noite linda.

– Como assim, caralho? Está chovendo.

– Eu gosto de chuva. E é só uma garoa. Você não ia durar um dia em Besźel. Lá em Besźel a gente tem chuva de verdade. – A piada era velha, mas ele sorriu e se rendeu.

– Tudo bem. Mas vamos ter que resolver isso, você sabe; não estamos indo muito longe.

– Não.

– E nós somos as melhores mentes que nossas cidades têm, certo? E Yolanda Rodriguez permanece desaparecida, e agora perdemos Bowden também. Não vamos ganhar medalhas por isso. – Ele olhou ao redor. – Sério, o que está acontecendo?

– Você sabe tudo que eu sei – eu disse.

– O que me incomoda – disse – é o seguinte: não é que não exista uma direção a tomar para que essa merda faça sentido. É que *existe* uma direção. E não é uma direção que eu queira tomar. Não acredito em… – Fez um gesto para as cidades ocultas malevolentes. Olhou para o fim da rua. Ela era total, então nenhuma das luzes das janelas acima era estrangeira. Não era tão tarde, e não estávamos sós. As pessoas eram silhuetadas pelas luzes de uma estrada perpendicular à rua de Dhatt, uma estrada em grande parte localizada em Besźel. Por um momento me pareceu que uma das figuras escuras havia, por segundos longos o bastante para constituir uma brecha, nos observado, mas então elas continuaram andando.

Quando comecei a caminhar, observando as formas molhadas das beiradas da cidade, não estava indo a nenhum lugar em particular. Estava seguindo para o sul. Caminhando sozinho, passando por pessoas que não estavam ali, me permiti a ideia de caminhar até onde Sariska ou Biszaya viviam, ou mesmo Corwi – alguma coisa com essa ligação melancólica. Elas sabiam que eu estava em Ul Qoma: eu poderia encontrá-las e caminhar ao lado delas na rua e estaríamos a centímetros de distância, mas incapazes de reconhecer a presença uns dos outros. Como na velha história.

Não que eu fosse fazer uma coisa dessas. Ter de desver conhecidos ou amigos é uma circunstância rara e notoriamente desconfortável. O que fiz foi passar pela minha própria casa.

Eu meio que esperava ver um dos meus vizinhos, nenhum dos quais, acho, sabia que eu estava no exterior, e que portanto poderiam me cumprimentar antes de notar meu crachá de visitante ul-qomano e rapidamente tentar desfazer a brecha. As luzes estavam acesas, mas estavam todos dentro de casa.

Em Ul Qoma, eu estava na rua Ioy. Ela era muito bem e muito elegantemente cruzada com a RosidStrász, onde eu vivia. O edifício duas portas depois do meu era uma loja de bebidas ul-qomana que ficava aberta até tarde, e metade dos pedestres ao meu redor estava em Ul Qoma, então fui capaz de parar brutópica e fisicamente perto da minha própria porta da frente, e desvê-la, é claro, mas, igualmente é claro, não tanto assim, com uma emoção cujo nome não faço ideia. Aproximei-me devagar, mantendo os olhos nas entradas que ficavam em Ul Qoma.

Havia alguém me vigiando. Parecia uma velha. Eu mal conseguia vê-la no escuro, certamente não o rosto em detalhe, mas alguma coisa era curiosa na maneira como ela estava parada. Olhei bem para as roupas dela e não fui capaz de dizer em que cidade ela estava. Esse é um instante comum de incerteza, mas dessa vez eu levei muito mais tempo do que o normal. E meu alarme não diminuiu, aumentou, na medida em que o locus dela se recusava a ficar mais claro.

Vi outros em sombras semelhantes, similarmente difíceis de apreender, como que emergindo, não se aproximando de mim, nem sequer se movendo, mas se contendo de forma que seu foco aumentava. A mulher continuou a olhar para mim, e deu um ou dois passos na minha direção, então ou ela estava em Ul Qoma ou fazendo uma brecha.

Isso me fez recuar. Continuei recuando. Houve uma pausa feia, até que, como num eco atrasado, ela e os outros fizeram o mesmo, e subitamente desapareceram numa escuridão compartilhada. Eu saí dali, não correndo, mas rápido. Encontrei avenidas mais bem iluminadas.

Não fui direto até o hotel. Depois que meu coração desacelerou e passei alguns minutos num lugar não vazio, caminhei até o mesmo ponto de visada que eu havia assumido antes, de onde dava para ver Bol Ye'an. Tomei muito mais cuidado em meu escrutínio do que antes, e tentei afetar uma postura ul-qomana. Durante a hora inteira em que fiquei observando aquela escavação às escuras, não apareceu ninguém da *militsya*. Até agora eles tinham sido ou violentamente presentes ou completamente ausentes. Sem dúvida havia um método de assegurar uma intervenção sutil da polícia ul-qomana, mas eu não sabia qual era.

No Hilton, solicitei o serviço de despertador para as cinco da manhã e perguntei à recepcionista se ela poderia imprimir uma mensagem para mim, já que a salinha chamada "business center" estava fechada. Primeiro ela imprimiu em papel timbrado do Hilton.

– Você se importaria de fazer isso em papel branco? – perguntei e pisquei para ela. – Só para o caso de ser interceptado. – Ela sorriu, sem saber ao certo de que tipo de intimidade estava partilhando ali. – Pode ler para mim?

– "Urgente. Venha o mais rápido possível. Não ligue."

– Perfeito.

Voltei a vigiar o sítio na manhã seguinte, depois de percorrer a pé uma rota cheia de voltas pela cidade. Embora a lei exigisse que eu usasse a marca de visitante, eu a tinha colocado na beirinha da lapela, onde o tecido dobrava, de modo a ficar visível apenas para aqueles que soubessem onde olhar. Usei-a num paletó de genuíno design ul-qomano que, assim como meu chapéu, não era novo, mas para mim era. Eu havia saído antes de as lojas abrirem, mas um ul-qomano espantado no final da minha calçada ficou vários dinares mais rico e bem mais leve sem algumas de suas roupas.

Nada garantia que eu não estava sendo vigiado, mas eu não achava que era pela *militsya*. Não fazia muito tempo que havia amanhecido, mas os ul-qomanos estavam por toda parte. Eu não me arriscaria a chegar mais perto de Bol Ye'an. À medida que a manhã avançava, a cidade se enchia com centenas de crianças: aquelas vestindo os rígidos uniformes escolares ul-qomanos e dezenas de crianças de rua. Tentei ser discreto na medida do possível, fiquei observando por trás das extensas manchetes do *Ul Qoma Nasyona*, comendo comida de rua frita como café da manhã. As pessoas começaram a chegar à escavação. Chegando com frequência em pequenos grupos, elas estavam muito distantes de mim para eu dizer quem era quem à medida que entravam, mostrando seus passes. Aguardei um pouco.

A garotinha com tênis de tamanho maior que os pés e calças jeans cortadas de quem me aproximei olhou para mim com ceticismo. Levantei uma nota de cinco dinares e um envelope fechado.

– Está vendo aquele lugar? Está vendo o portão? – Ela fez que sim, desconfiada. Eram *couriers* oportunistas, essas crianças, entre outras coisas.

– De onde você é? – perguntou ela.

– Paris – eu disse. – Mas é segredo. Não conte a ninguém. Tenho um trabalho pra você. Acha que consegue convencer aqueles guardas a chamar alguém pra você? – Ela fez que sim. – Vou lhe dizer um nome, e quero que você vá até lá, ache a pessoa com esse nome, e somente esse pessoa, e quero que você entregue esta mensagem.

Ou ela era honesta ou percebeu, garota inteligente, que de onde eu estava era possível ver quase toda a rota dela até o portão de Bol Ye'an. Ela entregou o envelope. Seguiu costurando pela multidão, pequena e apressada – quanto mais rápido aquela tarefa lucrativa fosse realizada, mais rápido ela poderia conseguir outra. Era fácil ver por que ela e outras crianças sem teto tinham o apelido de "ratinhos de trabalho".

Alguns minutos depois que ela chegou ao portão, alguém emergiu, andando rápido, curvado, cabeça baixa, pisando duro e depressa para longe da escavação. Embora ele estivesse longe, sozinho como estava e era de se esperar, dava para ver que era Aikam Tsueh.

Eu já tinha feito isso antes. Podia mantê-lo à vista, mas numa cidade que eu não conhecia era difícil fazer isso e ao mesmo tempo garantir que não me vissem. Ele tornava a coisa mais fácil do que deveria ter sido, nunca olhando para trás, tomando quase sempre as estradas mais cheias e cruzadas, o que presumi fossem as rotas mais diretas.

O ponto mais complicado foi quando ele apanhou um ônibus. Eu estava perto dele e consegui me encolher atrás do jornal e não perdê-lo de vista. Levei um susto quando meu telefone tocou, mas não era o primeiro no ônibus a tocar, e Aikam nem olhou para mim. Era Dhatt. Desviei a chamada e desliguei o som do aparelho.

Tsueh desembarcou e me levou a uma zona total desolada de conjuntos habitacionais ul-qomanos, para além de Bisham Ko, bem longe do centro. Ali não havia nenhuma bela torre espiralada nem salas de gás icônicas. Os labirintos de concreto não estavam desertos, mas cheios de ruído e gente no meio dos montes de lixo. Era como os bairros mais pobres de Besźel, embora fosse ainda mais pobre, com uma trilha sonora num idioma diferente e crianças e vagabundos vestidos com outras roupas. Só quando Tsueh entrou num dos blocos de torre úmidos e subiu é que precisei ter realmente cuidado, subindo o mais silenciosamente possível os degraus de concreto, passando por pichações e cocô de animais. Podia ouvi-lo correndo à minha frente, parando por fim e batendo baixinho. Reduzi o passo.

– Sou eu. – Ouvi-o dizer. – Sou eu, estou aqui.

Uma voz respondeu, alarmada, embora essa impressão pudesse ter sido porque eu estava esperando alarme. Continuei a subir com silêncio e cuidado. Queria ter minha arma.

– Você me *mandou* – disse Tsueh. – Você disse. Me deixa entrar. O que foi?

A porta rangeu um pouco, e a segunda voz começou a sussurrar, só um pouco mais alto. Eu estava a um pilar manchado de distância agora. Prendi a respiração.

– Mas você *disse*... – A porta se abriu mais e ouvi Aikam entrar. Me virei e cruzei rápido o patamar estreito atrás dele. Ele não teve tempo de registrar minha presença, nem de se virar. Empurrei-o com força, e ele bateu contra a porta entreaberta, escancarando-a, empurrando para o lado alguém atrás dele, caindo e se esparramando no chão do saguão mais adiante. Ouvi um grito, mas eu o havia seguido e fechado a porta com força atrás de mim. Fiquei encostado nela, bloqueando a saída, olhando ao longo de um corredor sombrio entre quartos, onde Tsueh respirava com dificuldade e lutava para se levantar, e para a jovem que gritava, recuava e me encarava aterrorizada.

Levei o dedo aos meus lábios e, por coincidência com o fim da expiração dela, ela fez silêncio.

– Não, Aikam – falei. – Ela não disse. A mensagem não veio dela.
– Aikam – balbuciou.
– Pare – eu disse. Tornei a levar o dedo aos lábios. – Não vou machucar você, mas nós dois sabemos que há outros que querem isso. Eu quero ajudar você, Yolanda.
Ela voltou a chorar, e eu não soube dizer se era de medo ou de alívio.

CAPÍTULO 19

Aikam se levantou e tentou me atacar. Ele era musculoso e levantou os punhos como se tivesse treinado boxe, mas se tinha não era bom aluno. Dei-lhe uma rasteira e o joguei de cara no carpete manchado, prendendo um braço dele atrás das costas. Yolanda gritou seu nome. Ele conseguiu levantar metade do corpo, mesmo comigo em cima, então voltei a empurrar a cara dele no chão, garantindo que seu nariz sangrasse. Fiquei entre eles dois e a porta.

– Agora chega – eu disse. – Já pode se acalmar? Não vim aqui pra machucar ela. – Força por força, ele acabaria me derrubando, a menos que eu quebrasse o braço dele. Nenhuma dessas eventualidades era desejável.

– Yolanda, pelo amor de Deus. – Olhei nos olhos dela, enquanto montava o outro que se debatia. – Eu tenho uma arma: não acha que eu teria atirado em você se quisesse? – Menti em inglês.

– Kam – disse ela, por fim, e quase no mesmo instante ele se acalmou. Ela me encarou, recuou até a parede no fim do corredor, as mãos coladas nele.

– Você machucou meu braço – disse Aikam embaixo de mim.

– Lamento muito. Se eu deixar ele sair, ele vai se comportar? – Isso eu disse pra ela, novamente em inglês. – Estou aqui pra ajudar você. Sei que está assustada. Está me ouvindo, Aikam? – Alternar duas línguas estrangeiras não era difícil, tão cheio de adrenalina que eu estava. – Se eu deixar você levantar, você vai pra lá cuidar de Yolanda?

Ele não fez nada pra limpar o sangue que pingava do nariz. Ficou massageando o braço e, incapaz de colocá-lo confortavelmente ao redor de Yolanda, ficou ali meio que se encostando carinhoso nela, rondando. Ele se colocou entre mim e ela. Ela olhava para mim de trás dele com desconfiança, não terror.

– O que você quer? – perguntou ela.

– Sei que você está assustada. Eu não sou da *militsya* de Ul Qoma... Confio nela tanto quanto você. Não vou chamá-la. Me deixe ajudar você.

No que Yolanda Rodriguez chamava de sala de estar, ela se encolheu numa poltrona velha que eles provavelmente haviam resgatado de um apartamento abandonado na mesma torre. Havia diversas peças do gênero, quebradas de várias maneiras porém limpas. As janelas davam para o pátio, no qual eu podia ouvir garotos ul-qomanos jogando uma versão improvisada e violenta de rúgbi. Eles eram invisíveis por causa da cal no vidro.

Livros e outros negócios estavam dentro de caixas espalhadas pela sala. Um laptop barato, uma impressora jato de tinta barata. Mas, até onde eu podia ver, não havia energia elétrica. Nenhum pôster nas paredes. A porta que dava para o quarto estava aberta. Fiquei ali parado e me inclinei para olhar melhor, vendo as duas fotos no chão: uma era de Aikam; a outra, numa moldura melhor, era de Yolanda e Mahalia sorrindo por trás de coquetéis.

Yolanda se levantou, mas tornou a se sentar. Não me olhava nos olhos. Não tentou esconder o medo, que ainda não havia passado, embora eu não fosse mais seu objeto imediato. Ela tinha medo de mostrar ou alimentar esperança. Eu já tinha visto essa expressão antes. Não é incomum as pessoas ansiarem por algo que as liberte.

– Aikam está fazendo um bom trabalho – falei. Em inglês novamente. Embora não falasse o idioma, Aikam não pediu tradução. Ficou em pé ao lado da poltrona de Yolanda, olhando para mim. – Você mandou ele tentar descobrir como sair de Ul Qoma sem ser percebida. Deu sorte?

– Como soube que eu estava aqui?

– Seu rapaz andou fazendo justamente o que você mandou. Ele tentou descobrir o que está acontecendo. Por que ele se importaria com Mahalia Geary? Eles nunca se falavam. Mas com você ele se importa. Então é estranho que, assim como você mandou, ele comece a perguntar sobre ela. Faz a gente pensar. Por que ele faria isso? Você, você se importava com ela, e você se importa com você mesma.

Ela tornou a se levantar e voltou o rosto contra a parede. Esperei que ela fosse dizer alguma coisa, mas como não disse nada continuei.

– Fico lisonjeado que você tenha mandado ele me perguntar. O único policial que você pensou que talvez pudesse não fazer parte do que está acontecendo. O estrangeiro.

– Você não sabe! – Ela se virou para mim. – Eu não confio em você...

– Ok, ok, eu nunca disse que você confiava. – Um estranho tipo de consolo. Aikam ficou vendo a gente discutir. – Então você nunca sai daqui? – perguntei. – O que você come? Latinhas? Aikam deve vir, mas não com frequência...

– Ele não pode vir com frequência. Como foi que você me achou?

– Ele pode explicar. Recebeu uma mensagem para vir. Se vale de alguma coisa, ele estava tentando proteger você.

– Ele faz isso.

– Estou vendo. – Lá fora, cachorros começaram a brigar, o barulho nos dizia. Meu telefone zumbiu, dava para ouvir mesmo com o som desligado.

Ela se assustou e recuou como se eu pudesse lhe dar um tiro com aquilo. A tela me dizia que era Dhatt.

– Olha – eu disse –, estou desligando. Estou desligando. – Se ele estivesse prestando atenção, saberia que a chamada havia sido roteada de volta para o correio de voz antes do último toque. – O que aconteceu? Quem procurou você? Por que você fugiu?

– Eu não dei chance a eles. Você viu o que aconteceu com Mahalia. Ela era minha amiga. Tentei dizer a mim mesma que não ia acontecer isso, mas ela morreu – disse isso com o que quase pareceu surpresa. Seu rosto desabou e ela balançou a cabeça. – Eles a *mataram*.

– Seus pais não tiveram notícias suas...

– Não posso. Não posso, preciso... – Ela roeu as unhas e levantou a cabeça. – Quando eu sair...

– Direto pra embaixada do próximo país? Pelas montanhas? Por que não aqui? Ou em Besźel?

– Você sabe por quê.

– Digamos que eu não saiba.

– Porque eles estão aqui, e eles estão lá também. Eles controlam as coisas. Estão procurando por mim. Foi só porque eu fui embora na hora em que fui que eles não me encontraram. Eles estão prontos para me matar como mataram minha amiga. Porque eu sei que eles estão lá. Porque eu sei que eles são de verdade. – Só o tom de voz dela foi motivo suficiente para Aikam abraçá-la naquele momento.

– Quem? – Vamos ouvir.

– O terceiro lugar. Entre a cidade e a cidade. Orciny.

Cerca de uma semana atrás teria sido o bastante para que eu dissesse a ela que estava sendo boba ou paranoica. Uma hesitação – quando ela me falou sobre a conspiração, houve alguns segundos em que fui tacitamente convidado a dizer a ela que estava errada, durante os quais fiquei em silêncio – justificou as crenças dela, fez com que ela pensasse que eu concordava.

Ela me olhou fixamente e me considerou um coconspirador e, sem saber o que estava acontecendo, me comportei como um. Eu não podia dizer a ela que sua vida não estava em perigo. Nem que a de Bowden não estava – talvez ele já estivesse morto –, nem a minha, nem que eu podia mantê-la segura. Eu não podia dizer quase nada a ela.

Yolanda havia permanecido escondida naquele lugar que o leal Aikam tinha encontrado e tentado preparar, naquela parte da cidade que ela nunca havia pretendido sequer visitar e da qual ela não sabia nem o nome antes de chegar lá, após uma fuga árdua, tortuosa e secreta à meia-noite. Ele e ela tinham feito o possível para tornar o lugar suportável, mas era um buraco abandonado num cortiço, que ela não conseguia abandonar por terror de ser avistada pelas forças invisíveis que ela sabia que a queriam morta.

Eu diria que ela podia nunca ter visto um lugar assim antes, mas talvez não fosse verdade. Talvez ela tivesse visto uma ou duas vezes um documentário com um nome do tipo *O lado sombrio do sonho de Ul Qoma* ou *A doença do Novo Lobo* ou algo assim. Filmes sobre nosso vizinho não eram muito populares em Besźel, raramente eram distribuídos, então eu não podia jurar, mas não seria surpreendente se algum blockbuster tivesse como foco as gangues dos cortiços de Ul Qoma – a redenção de um traficante não tão mau assim, o impressionante assassinato de vários outros. Talvez Yolanda tivesse visto filmes sobre as propriedades falidas de Ul Qoma, mas sem necessariamente ter a intenção de visitá-las.

– Você conhece seus vizinhos?

Ela não sorriu.

– Pela voz.

– Yolanda, eu sei que você está com medo.

– Eles pegaram Mahalia, eles pegaram o professor Bowden, agora vão me pegar.

– Eu sei que você tem medo, mas você tem que me ajudar. Vou tirar você daqui, mas preciso saber o que aconteceu. Se eu não souber, não posso ajudar você.

– Me ajudar? – Ela olhou ao redor da sala. – Você quer que eu diga o que está acontecendo? Claro, está pronto pra se refugiar aqui? Porque você sabe que vai ter que fazer isso. Se souber o que está acontecendo, eles vão vir atrás de você também.

– Tudo bem.

Ela suspirou e olhou para baixo. Aikam disse para ela:

– Tudo bem? – Em illitano, e ela deu de ombros: talvez.

– Como ela descobriu Orciny?

– Não sei.

– Onde fica?

– Não sei e não quero saber. Ela disse que existem pontos de acesso. Não me disse mais nada e isso para mim já está ótimo.

– Por que ela não contou a ninguém, a não ser você? – Ela não parecia saber nada de Jaris.

– Ela não era louca. Você viu o que aconteceu com o professor Bowden? Ninguém admite que quer saber sobre Orciny. Esse sempre foi o motivo de ela estar aqui, mas ela não contou a ninguém. É assim que eles querem. Os orcinianos. Para eles, é perfeito que ninguém pense que eles são de verdade. É justamente o que eles querem. É como eles governam.

– O doutorado dela...

– Ela não estava nem aí com o doutorado. Só estava fazendo o suficiente para tirar a doutora Nancy do pé dela. Ela estava aqui por causa de Orciny. Você entende que eles contataram ela? – Ela me encarou fixo. – Sério. Ela era um pouco... a primeira vez que ela foi a uma conferência, em Besźel, ela meio que disse um bocado de coisas. Havia um monte de políticos e tipos assim lá, acadêmicos também, e isso provocou um tanto de...

– Ela fez inimigos. Ouvi a respeito.

– Ah, todo mundo sabia que os nacs estavam de olho nela, nacs em ambos os lados, mas a questão não era essa. Foi *Orciny* que a viu então. Eles estão por toda parte.

Certamente ela havia se tornado visível. Shura Katrinya a tinha visto: lembrei-me do rosto dela na Comissão de Supervisão quando mencionei o incidente. Assim como Mikhel Buric, recordei, e uns dois outros. Talvez Syedr a tivesse visto também. Talvez tivesse outros, desconhecidos, interessados.

– Depois que ela começou a escrever sobre eles, depois que ela leu tudo aquilo no *Entre*, e escreveu, e pesquisou, fazendo aquelas anotaçõezinhas malucas – ela fez pequenos gestos de quem rabisca –, ela recebeu uma carta.

– Ela mostrou a você?

Ela fez que sim.

– Não entendi quando vi. Estava na forma de raiz. Coisa dos precursores, escrita antiga, antes do besź e do illitano.

– O que dizia?

– Ela me disse. Era algo do tipo: "Estamos vigiando você", "Você entende", "Gostaria de saber mais?". Vieram outras também.

– Ela mostrou a você?

– Não de cara.

– O que estavam dizendo a ela? Por quê?

– Porque ela os descobriu. Eles perceberam que ela queria fazer parte daquilo. Então eles a *recrutaram*. Mandaram ela fazer coisas para eles, tipo... tipo uma iniciação. Passar informações a eles, entregar coisas. – Aquilo era impossível. Com um olhar ela me desafiou a fazer pouco dela e eu fiquei quieto. – Deram a ela endereços onde ela deveria deixar cartas e coisas. Em *dissensi*. Mensagens iam e vinham. Ela escrevia de volta. Eles lhe contavam coisas. Sobre Orciny. Ela me falou um pouco a respeito, e a história e tal, e era como... Lugares que ninguém pode ver porque todo mundo pensa que estão na outra cidade. Os besź acham que é aqui; os ul-qomanos acham que é em Besźel. As pessoas de Orciny não são como nós. Elas podem fazer coisas que não são...

– Ela conheceu eles pessoalmente?

Yolanda estava parada ao lado da vidraça, olhando para baixo e para fora em um ângulo que evitava que ela fosse emoldurada pela luz difusa do branco da cal. Ela se virou para olhar para mim sem dizer nada. Ela havia se acalmado a ponto do desânimo. Aikam se aproximou dela. Seus olhos iam dela para mim como um espectador em um jogo de tênis. Finalmente Yolanda deu de ombros.

– Não sei.

– Me conte.

– Ela queria. Eu não sei. Só sei que no começo eles disseram que não. – "Ainda não", eles haviam dito. – Eles contaram a ela coisas, história, coisas sobre o que estávamos fazendo. Essas coisas, o material da Era dos Precursores... é deles. Quando Ul Qoma desenterrar isso, ou mesmo Besźel, tem essa história toda sobre a quem pertence isso tudo, onde foi encontrado, você sabe disso tudo, não? Não é a Ul Qoma nem a Besźel. É a Orciny; sempre foi. Eles falaram para ela sobre coisas que havíamos encontrado que *ninguém que não tivesse colocado elas ali poderia saber*. Essa é a história deles. Eles estavam aqui antes de Ul Qoma e Besźel se dividirem, ou se juntarem, ao redor deles. Eles nunca foram embora.

– Mas estava simplesmente ali até que um bando de arqueólogos canadenses...

– É lá que eles *guardam* tudo. Aquele material não estava perdido. A terra sob Ul Qoma e Besźel é o armazém deles. É tudo de Orciny. Era tudo deles, e nós apenas... Acho que ela estava dizendo a eles onde estávamos cavando, o que estávamos encontrando.

– Ela estava roubando para eles.

– Nós estávamos roubando *deles*... Ela nunca fez uma brecha, sabia?

– O quê? Eu achei que todos vocês...

– Você está falando... tipo jogos? Mahalia não. Ela não podia. Tinha muita coisa a perder. Provavelmente havia alguém observando, ela disse. Ela *nunca* fez brecha, nem mesmo daquele jeito que você não consegue dizer, ficando parada, sabe? Ela não ia dar à Brecha a chance de pegá-la. – Estremeceu novamente. Eu me agachei e olhei ao redor. – Aikam – disse ela, em illitano –, você pode pegar alguma coisa para nós bebermos? – Ele não queria sair da sala, mas viu que ela não estava mais com medo de mim.

– O que ela fazia – disse ela – era ir àqueles lugares onde eles deixavam as cartas para ela. Os *dissensi* são entradas para Orciny. Ela estava tão perto de fazer parte disso. Era o que ela pensava. No começo... – Eu esperei, e finalmente ela prosseguiu. – Continuei perguntando a ela o que estava acontecendo. Havia alguma coisa realmente errada nas duas últimas semanas. Ela parou de ir à escavação, às reuniões, a tudo.

– Eu fiquei sabendo.

– "O que é?", eu ficava perguntando, e no começo ela vivia dizendo, "Nada", mas no fim ela me disse que estava apavorada. "Tem alguma coisa errada", ela disse. Ela tinha ficado frustrada, eu acho, porque Orciny não queria deixá-la entrar, e ela estava louca de tanto trabalho. Estava estudando como eu nunca tinha visto. Perguntei a ela o que era. Ela simplesmente não parava de falar que estava apavorada. Disse que estava consultando suas anotações sem parar, e descobrindo sozinha várias coisas. Coisas ruins. Ela disse que nós podíamos ser ladrões sem nem mesmo saber.

Aikam voltou. Ele trouxe para mim e Yolanda latas mornas de Qora-Oranja.

– Acho que ela fez alguma coisa para deixar Orciny zangada. Ela sabia que estava encrencada, e Bowden também. Foi o que ela disse antes de…

– Por que matariam ele? – perguntei. – Ele nem sequer acredita mais em Orciny.

– Ah, meu Deus, é claro que ele sabe que eles são de verdade. É claro que ele sabe. Ele nega isso há anos porque precisa de trabalho, mas você leu o livro dele? Eles estão indo atrás de todo mundo que sabe sobre eles. Mahalia me contou que ele estava com problemas. Logo antes de ela desaparecer. Ele sabia demais, e eu sei também. E agora você sabe também.

– O que você pretende fazer?

– Ficar aqui. Me esconder. Fugir.

– E como está indo? – perguntei. Ela me olhou angustiada. – Seu rapaz aí fez o melhor que pôde. Ele estava perguntando como um criminoso poderia fugir da cidade. – Ela até sorriu. – Me deixe ajudar vocês.

– Você não pode. Eles estão por toda parte.

– Você não sabe se isso é verdade.

– Como você pode me proteger? Agora eles vão pegar você também.

De tantos em tantos segundos vinham os sons de alguém subindo do lado de fora do apartamento, gritos e o barulho de um MP3 de mão, rap ou techno ul-qomanos tocados num volume alto o suficiente para configurar insolência. Ruídos cotidianos como aquele podiam ser camuflagem. Corwi estava a uma cidade de distância. Apurando o ouvido agora, eu tinha a impressão de que alguns desses ruídos paravam em frente à porta do apartamento.

– Não sabemos qual é a verdade – falei. Eu tinha a intenção de continuar a falar, mas, ao perceber que eu não tinha certeza de quem eu estava tentando convencer do quê, hesitei, e ela me interrompeu.

– Mahalia sabia. O que você está fazendo? – Eu havia pegado o meu telefone. Estendi-o como se estivesse me rendendo, ambas as mãos no ar.

– Não entre em pânico – eu disse. – Estava só pensando... precisamos pensar bem no que vamos fazer. Existem pessoas que poderiam nos ajudar...

– Pare – disse ela. Aikam estava com cara de quem ia partir pra cima de mim mais uma vez. Fiquei pronto pra desviar, mas acenei com o telefone para que ela pudesse ver que ele não estava ligado.

– Há uma opção que você nunca tentou – eu disse. – Você podia sair, atravessar a estrada um pouco mais lá pra baixo e entrar na YahudStrász. Ela fica em Besźel. – Ela olhou para mim como se eu fosse maluco. – Fique lá parada, acene com as mãos. Você pode fazer uma brecha. – Ela arregalou ainda mais os olhos.

Um homem falando alguma coisa subiu correndo as escadas lá fora, e nós três aguardamos calados.

– Você já parou para pensar que pode valer a pena? Quem pode tocar a Brecha? Se Orciny está atrás de você... – Yolanda estava olhando fixo para as caixas com os seus livros, a sua vida encaixotada. – Talvez você até estivesse mais segura.

– Mahalia disse que eles eram inimigos – disse. Sua voz parecia bem distante. – Uma vez ela me disse que toda a história de Besźel e Ul Qoma era a história da guerra entre Orciny e a Brecha. Besźel e Ul Qoma estavam dispostas como movimentos de xadrez nessa guerra. Poderiam fazer qualquer coisa comigo.

– O que é que há? – interrompi. – Você sabe que a maioria dos estrangeiros que faz brecha é simplesmente ejetada... – Mas ela me interrompeu de volta.

– Mesmo que eu soubesse o que eles fariam, coisa que nenhum de nós sabe, pense um pouco. Um segredo de, tipo, mais de mil anos, entre Ul Qoma e Besźel, nos observando o tempo inteiro, saibamos disso ou não. Com objetivos próprios. Você acha que eu ficaria mais segura se a Brecha me pegasse? Na Brecha? Eu não sou Mahalia. Não tenho certeza se Orciny e a Brecha são inimigos. – Ela olhou para mim nessa hora e eu não desdenhei dela. – Talvez eles trabalhem juntos. Ou talvez, quando vocês invocam, estejam entregando o poder nas mãos de Orciny há séculos, enquanto ficam todos sentados aí, dizendo uns aos outros que é tudo conto de fadas. Eu acho que Orciny é como a Brecha chama a si mesma.

CAPÍTULO 20

No começo Yolanda não quis que eu entrasse; depois não queria que eu fosse embora.

– Eles vão ver você. Eles vão encontrar você. Vão levar você e depois vão vir me pegar.

– Não posso ficar aqui.

– Eles vão pegar você.

– Não posso ficar aqui.

Ela ficou me observando percorrer a largura da sala, até a janela, e depois voltar até a porta.

– Não... você não pode fazer uma ligação telefônica daqui...

– Você precisa parar com esse pânico. – Mas parei subitamente, porque não tinha certeza de que ela estivesse errada. – Aikam, existem outras saídas deste edifício?

– Sem ser por onde a gente entrou? – Por um momento ele fez uma cara de quem queria ajudar mas não estava entendendo nada. – Alguns apartamentos lá embaixo estão vazios, talvez você possa passar por eles...

– Ok. – Havia começado a chover, as pontas dos dedos de água batucando nas janelas escuras. A julgar pelo tom esmaecido das janelas brancas, o tempo estava apenas encoberto. Descolorido, talvez. Ainda parecia mais seguro escapar do que se o céu estivesse claro ou friamente ensolarado, como naquela manhã. Fiquei dando voltas pela sala.

– Você está sozinho em Ul Qoma – sussurrou Yolanda. – O que pode fazer? – Finalmente olhei para ela.

– Você confia em mim? – perguntei.

– Não.

– Que pena. Você não tem escolha. Vou tirar você daqui. Não estou no meu elemento, mas...

– O que você quer fazer?

– Vou tirar você daqui, levar você para terreno nativo, de volta para onde posso fazer as coisas acontecerem. Vou levar você para Besźel.

Ela protestou. Nunca tinha estado em Besźel. Ambas as cidades eram controladas por Orciny, ambas eram supervisionadas pela Brecha. Eu a interrompi.

– O que mais você pode fazer? Besźel é a minha cidade. Aqui eu não posso negociar com o sistema. Não tenho contatos. Não conheço os meandros daqui. Mas posso tirar você de Besźel, e você pode me ajudar.

– Você não pode...

– Yolanda, cale a boca. Aikam, não dê mais um passo. – Não havia tempo para aquela imobilidade. Ela tinha razão, eu não podia prometer nada, a não ser uma tentativa. – Eu posso tirar você, mas não daqui. Mais um dia. Espere aqui. Aikam, seu trabalho está terminado. Você não trabalha mais em Bol Ye'an. Seu trabalho é ficar aqui e cuidar de Yolanda. – Ele ofereceria pouca proteção, mas suas constantes intervenções em Bol Ye'an acabariam atraindo a atenção de outras pessoas que não eu. – Eu vou voltar. Você entendeu? E vou tirar você daqui.

Ela tinha comida para alguns dias, uma dieta de latarias. Aquele pequeno quarto e sala, outro menor, cheio de umidade, a cozinha com a eletricidade e o gás desligados. O banheiro não era bom, mas usá-lo mais um ou dois dias não os mataria: de algum cano Aikam havia trazido baldes que estavam ali prontos para usar como descarga. Os muitos purificadores de ar que ele havia comprado só faziam o fedor ficar diferente.

– Fiquem – eu disse. – Eu vou voltar. – Aikam reconheceu a frase, embora fosse em inglês. Ele sorriu e então eu disse as palavras: "*I'll be back*" para ele mais uma vez, com sotaque austríaco. Yolanda não entendeu. – Eu vou tirar você daqui – eu disse para ela.

No térreo, alguns empurrões em portas me mostraram um apartamento vazio, muito tempo depois da destruição pelo incêndio, mas ainda cheirando a carbono. Fiquei parado no meio da cozinha sem vidros, olhando meninas e meninos durões do lado de fora se recusando a sair da chuva. Fiquei observando por muito tempo, olhando para todas as sombras que conseguia ver. Só vi aquelas crianças. Puxando as mangas sobre as pontas dos dedos para não me machucar caso encontrasse algum caquinho de vidro, pulei para o quintal, onde, se alguma criança me viu emergir, não disse nada.

Eu sei como observar para garantir que não serei seguido. Caminhei rapidamente pelas ruelas tortuosas do conjunto habitacional, entre seus latões de lixo e seus carros, seus grafites e playgrounds, até sair da becolândia e voltar às ruas de Ul Qoma, e Besźel. Aliviado por ser um entre diversos pedestres, ao invés de a única figura à vista com algum objetivo, respirei um pouco, comecei a andar no mesmo passo dos outros para evitar a chuva e finalmente liguei meu telefone. Ele me repreendeu pelo número enorme de mensagens que eu havia perdido. Todas de Dhatt. Eu estava morrendo de fome e sem saber ao certo como voltar à Cidade Velha. Fiquei vagando, procurando um metrô, e encontrando uma cabine telefônica.

Liguei para ele.

– Dhatt.

– É o Borlú.

– Onde é que você está, porra? Por onde você andou? – Ele estava zangado, mas o tom era conspiratório, sua voz ficando mais baixa, enquanto ele se virava e murmurava para o telefone, e não mais alta. Bom sinal. – Estou tentando ligar para você há horas, caralho. Está tudo... Você está bem? O que está acontecendo?

– Estou bem, mas...

– Aconteceu alguma coisa? – Raiva na voz, mas não só raiva.

– Sim, aconteceu alguma coisa. Não posso falar a respeito.

– Não pode o caralho.

– Escuta. Escuta. Preciso falar com você, mas não tenho tempo pra isso. Quer saber o que está acontecendo? Me encontre, não sei... – Folheei meu mapa de ruas. – Em Kaing Shé, na praça ao lado da estação, daqui a duas horas, e, Dhatt, não traga mais ninguém. Essa merda é séria. Tem mais coisa acontecendo aqui do que você imagina. Não sei com quem falar. Agora, você vai me ajudar?

Fiz ele esperar uma hora. Fiquei observando da esquina como ele certamente devia saber que eu faria. A estação Kaing Shé é o maior terminal da cidade, então a praça em frente fervilhava de ul-qomanos em cafés, artistas de rua, gente comprando DVDs e equipamentos eletrônicos em barracas. A praça *topolganger* em Besźel não estava exatamente vazia, então os cidadãos desvistos de Besźel também estavam ali brutopicamente. Permaneci na sombra de um dos quiosques de cigarros construídos em homenagem a uma cabana temporária ul-qomana, antigamente comum nos mangues onde catadores peneiravam a lama cruzada. Vi Dhatt procurar por mim, mas permaneci longe da vista dele enquanto ia escurecendo e observei para ver se ele fazia alguma ligação (não fez) ou sinal com as mãos (não fez). Ele só ia fazendo uma cara cada vez mais séria enquanto bebia chás e olhava zangado para as sombras.

Finalmente entrei no seu campo de visão e comecei a mover a mão num pequeno gesto regular que atraiu sua atenção e o trouxe até onde eu estava.

– Mas que merda acontecendo é essa? – perguntou. – Já falei com seu chefe ao telefone. E Corwi. Quem caralho é ela, aliás? O que está havendo?

– Não culpo você por estar zangado, mas você está falando baixo, então está sendo cuidadoso e quer saber o que está acontecendo. Você tem razão. Tem uma coisa acontecendo. Encontrei Yolanda.

Como não quis dizer onde ela estava, ele ficou enfurecido o bastante para começar a ameaçar um incidente internacional.

– Esta aqui não é a sua cidade, porra – falou. – Você vem pra cá e usa nossos recursos, você atrasa nossas investigações, porra – e por aí foi, mas ele ainda falava baixo e caminhava junto comigo, então deixei sua raiva se dissipar um pouco e comecei a dizer como Yolanda estava com medo.

– Ambos sabemos que não podemos dar garantias a ela – eu disse. – O que é que há? Nenhum de nós sabe a verdade sobre que diabos está acontecendo. Sobre os unifs, os nacs, a bomba, sobre Orciny. Merda, Dhatt, até onde sabemos.. – Ele me encarou, então eu disse: – Seja lá o que for isto – olhei ao redor para indicar tudo o que estava acontecendo – está se encaminhando para algum lugar ruim.

Ambos ficamos em silêncio por um tempo.

– Então por que caralho você está falando comigo?

– Porque preciso de alguém. Mas, sim, você tem razão, pode ser um erro. Você é a única pessoa que pode entender... a dimensão do que pode estar acontecendo. Quero tirar ela daqui. Me escuta: isso *não tem* a ver com Ul Qoma. Não confio no meu próprio pessoal mais do que em você. Eu quero levar aquela garota para fora de Ul Qoma e Besźel. E não posso fazer isso daqui; este não é meu território. Ela está sendo vigiada aqui.

– Talvez eu possa.

– Está se oferecendo? – Ele não disse nada. – Certo. Eu estou. Tenho contatos na minha terra. Ninguém é tira por tanto tempo sem ser capaz de conseguir passagens e documentos falsos. Posso escondê-la; posso falar com ela em Besźel antes de tirá-la de lá, conseguir entender melhor isso tudo. Não se trata de desistir: é o oposto. Se conseguirmos tirá-la de perigo, teremos muito mais chance de não ter nossa atenção desviada. Talvez possamos descobrir o que está acontecendo.

– Você disse que Mahalia já tinha feito inimigos em Besźel. Achei que você queria pegá-los por isso.

– Os nacs? Isso não faz mais sentido. A: isso tudo está muito além de Syedr e seus rapazes, e B: Yolanda não emputeceu ninguém lá na minha terra; ela nunca esteve lá. Eu posso fazer o meu trabalho de lá. – Poderia ir além do meu trabalho, era o que eu queria dizer: podia mexer os pauzinhos e cobrar favores. – Não estou tentando deixar você de fora, Dhatt. Vou lhe dizer o que sei se conseguir mais informações dela, talvez eu até volte e a gente possa sair caçando criminosos, mas quero tirar essa garota daqui. Ela está morta de medo, Dhatt, e podemos dizer que ela está errada?

Dhatt não parava de balançar a cabeça. Ele nem concordava nem discordava de mim. Depois de um minuto ele voltou a falar, bruscamente.

– Mandei a minha equipe de volta para os unifs. Nem sinal de Jaris. Nem sequer sabemos o nome verdadeiro do merdinha. Se algum dos parceiros dele sabe onde ele está, ou que ele estava vendo ela, não está dizendo.

– Você acredita neles?

Ele deu de ombros.

– Checamos todos eles. Não conseguimos nada. Não parece que sabem de alguma coisa. Para um ou dois, é óbvio que "Marya" lembra alguma coisa, mas a maioria nunca nem a conheceu.

– Tudo isso é demais para eles.

– Ah, eles estão por dentro de tudo quanto é tipo de merda, não se preocupe. Temos infiltrados que dizem que eles vão fazer isso e aquilo, que vão quebrar as barreiras, que estão planejando todo tipo de revolução...

– Não é disso que estamos falando. E você ouve essas coisas o tempo todo.

Ele ficou em silêncio enquanto eu listava novamente o que havia acontecido durante a nossa vigília. Diminuíamos a velocidade no escuro e acelerávamos nas poças criadas pelas luzes dos lampiões. Quando eu disse a ele que, segundo Yolanda, Mahalia havia dito que Bowden também estava em perigo, ele parou. Ficamos naquele silêncio paralisante por alguns segundos.

– Hoje, enquanto você estava de brincadeira com a Pequena Miss Paranoia, nós demos uma busca no apartamento de Bowden. Não há sinal de arrombamento, nenhum sinal de luta. Nada. Comida deixada pela metade, livros virados com as páginas para baixo sobre a cadeira. Encontramos uma carta em cima da mesa.

– De quem?

– Yallya me disse que você estava atrás de alguma pista. A carta não diz. Não está em illitano Era apenas uma única palavra. Achei que fosse na grafia esquisita de besź, mas não é. Está em precursor.

– O quê? O que ela diz?

– Levei para Nancy. Ela disse que é uma antiga versão da escrita que ela não viu antes e não queria jurar, blá-blá-blá, mas tem certeza de que é um aviso.

– Um aviso de quê?

– Só um aviso. Como uma caveira e ossos cruzados. Uma palavra que é um aviso. – Estava escuro o bastante para que não pudéssemos ver bem o rosto um do outro. Não deliberadamente, eu havia nos levado para perto de uma interseção com uma rua besź total. Aqueles prédios achatados de tijolos marrom-claros, homens e mulheres andando debaixo deles, vestindo sobretudos sob as placas sépia balouçantes que eu desvia, cortavam ao meio a faixa ul-qomana iluminada pelo sódio das fachadas de vidro e das lojas de importados como algo antigo e recorrente.

– Então quem poderia usar esse tipo de...?

– Porra, não venha me falar de cidades secretas. Não. – Dhatt parecia assustado e assombrado. Parecia doente. Ele se virou e se curvou no canto de uma porta, e socou a palma da própria mão furiosamente diversas vezes. – Mas que merda! – disse ele, olhando para a escuridão.

O que vivia como Orciny viveria se alguém alimentasse as ideias de Yolanda e Mahalia? Uma coisa tão pequena, tão poderosa, alojada nas dobras de outro organismo. Disposta a matar. Um parasita. Uma cidade-carrapato, implacável.

– Mesmo que... mesmo que, digamos, algo estivesse errado com o meu grupo e com o seu grupo, sei lá – disse Dhatt finalmente.

– Controlado. Comprado.

– Sei lá. Mesmo que...

Estávamos sussurrando sob o grito agudo estrangeiro de um toldo solto acima de nós em Besźel, balançando ao vento.

– Yolanda está convencida de que a Brecha é Orciny – eu disse. – Não estou dizendo que concordo com ela. Não sei o que estou dizendo. Mas prometi que a tiraria daqui.

– A Brecha a tiraria.

– Você pode jurar que ela está errada? Pode jurar absolutamente que ela não tem motivo algum para se preocupar com eles? – Eu estava sussurrando. Aquele tipo de conversa era perigoso. – Eles ainda não entraram, nenhuma brecha foi aberta, e ela quer manter as coisas assim.

– Então o que você quer fazer?

– Eu quero tirar ela daqui. Não estou dizendo que alguém esteja de olho nela, não estou dizendo que ela tenha razão sobre qualquer coisa que esteja dizendo, mas alguém matou Mahalia, e alguém chegou até Bowden. Alguma coisa está acontecendo em Ul Qoma. Estou pedindo sua ajuda, Dhatt. Venha comigo. Não podemos fazer isso oficialmente; ela não vai cooperar com nada que seja oficial. Prometi a ela que cuidaria dela, e esta cidade não é minha. Você vai me ajudar? Não, não podemos nos arriscar a fazer nada certinho. Então, você vai me ajudar? Preciso levá-la para Besźel.

Não voltamos para o quarto de hotel naquela noite, nem para a casa de Dhatt. Não vencidos pela ansiedade, mas dando rédeas a ela, comportando-nos como se tudo aquilo fosse verdade. Ficamos andando, em vez disso.

– Puta que pariu, não consigo acreditar que estou fazendo isso. – Ele não parava de falar. Olhava para trás mais do que eu.

– Podemos achar um jeito de pôr a culpa em mim – eu disse. Não era o que eu poderia esperar, apesar de ter me arriscado contando a ele o que eu sabia, para fazer com que ele fosse parte daquilo, para que ele se colocasse em risco.

– Fique no meio das multidões – eu disse a ele. – E nos cruzamentos. – Mais pessoas, e onde as duas cidades são próximas elas produzem padrões de interferência, mais difíceis de ler ou prever. Elas são mais do que uma cidade e uma cidade; isso é aritmética urbana elementar.

– Eu tenho uma saída pra qualquer momento no meu visto – eu disse. – Você consegue um passe para ela?

– Eu posso conseguir um para mim, claro. Eu posso conseguir um passe para um policial, Borlú, porra.

– Deixa eu reformular a frase. Você consegue um visto de saída para a policial Yolanda Rodriguez? – Ele ficou me encarando. Ainda estávamos sussurrando.

– Ela não vai ter nem sequer um passaporte ul-qomano...

– Pra você poder fazer ela passar? Não sei como são seus guardas de fronteira.

– Ah, mas que merda! – tornou a dizer. À medida que o número de passantes caía, nosso pedestrianismo deixou de ser camuflagem e se arriscou a se tornar o oposto. – Conheço um lugar – disse Dhatt. Uma casa para beber, cujo gerente o saudou com um prazer quase convincente, num porão oposto a um banco nos arredores da Cidade Velha de Ul Qoma. O salão estava cheio de fumaça, e homens que olharam para Dhatt de esguelha, sabendo o que ele era, apesar de ele estar em trajes civis. Por um segundo pareceu que eles acharam que ele estava ali para encenar uma batida, mas ele acenou para que continuassem o que estavam fazendo. Dhatt fez um gesto pedindo o telefone do gerente. Apertando os lábios, o homem passou o aparelho para ele por cima do balcão e ele o passou para mim.

– Santa Luz, vamos fazer isso então – disse ele. – Eu posso fazê-la atravessar. – Havia música, e o grunhido das conversas era muito alto. Estendi o telefone até o limite do fio e me agachei ao lado do bar, na altura da barriga dos homens que estavam ao meu redor. Parecia que o salão havia ficado mais quieto. Tive que passar por uma telefonista para conseguir uma linha internacional, o que não gostei de fazer.

– Corwi, é Borlú.

– Jesus. Me dá um minuto. Jesus.

– Corwi, desculpe ligar tão tarde. Consegue me ouvir?

– Jesus. Que horas... Onde você está? Porra, não consigo ouvir uma palavra, vocês estão todos...

– Estou num bar. Escuta, desculpa ligar a essa hora. Preciso que você organize uma coisa pra mim.

– Meu Jesus, chefe, você está de brincadeira, caralho?

– Não. O que é que há, Corwi? Eu preciso de você. – Eu quase podia vê-la esfregando o rosto, quem sabe andando de telefone na mão e sonolenta até a cozinha e bebendo água gelada. Quando ela tornou a falar, estava mais concentrada.

– O que está acontecendo?

– Eu estou voltando.

– Sério? Quando?

– É por isso que estou ligando. Dhatt, o sujeito com quem estou trabalhando aqui, ele está indo para Besźel. Preciso que você encontre com a gente. Você consegue arranjar tudo e manter em sigilo? Corwi, é coisa de *black-ops*. Sério. As paredes têm ouvidos.

Pausa longa.

– Por que eu, chefe? E por que às duas da manhã?

– Porque você é boa, e porque você é a discrição em pessoa. Não preciso de barulho. Preciso de você em um carro, com sua arma e de preferência outra pra mim, e só. E preciso que você reserve um hotel pra eles. Não pode ser um dos costumeiros do departamento. – Mais um longo silêncio. – E escuta... ele está levando outra oficial.

– O quê? Quem?

– Ela está à paisana. O que você acha? Ela queria uma viagem de graça – olhei para ele como quem pede desculpas, embora ele não pudesse me ouvir por sobre o burburinho criminoso. – Muita discrição, Corwi. Apenas um momentinho na investigação, ok? E vou querer a sua ajuda para retirar uma coisa, retirar um pacote, para fora de Besźel. Está entendendo?

– ...Acho que sim, chefe. Chefe, alguém tem ligado procurando por você. Perguntando o que está acontecendo com sua investigação.

– Quem? Como assim, o que está acontecendo?

– Quem eu não sei, ele não quer deixar o nome. Ele quer saber: quem você está prendendo? Quando você volta? Você encontrou a garota desaparecida? Quais são os planos? Não sei como ele achou o número da minha mesa, mas ele definitivamente sabe de alguma coisa.

Eu estava estalando os dedos para Dhatt para que ele prestasse atenção.

– Alguém está fazendo perguntas – eu disse a ele. – Não quer dizer o nome? – Perguntei a Corwi.

– Não, e eu não reconheço a voz dele. Linha de merda.

– Como é a voz dele?

– Estrangeira. Norte-americana. E com medo. – Isso numa linha ruim e internacional.

– Diabos – eu disse para Dhatt, com a mão tampando o fone. – Bowden está à solta. Ele está tentando me encontrar. Deve estar evitando os nossos telefones aqui, caso estejam rastreando o dele... Canadense, Corwi. Escuta, quando foi que ele ligou?

– Ele liga todo dia, ontem e hoje, não quer deixar os dados dele.

– Certo. Escuta. Quando ele voltar a ligar, diga a ele isto. Dê a ele esta mensagem minha. Diga a ele que ele tem uma chance. Espera, estou pensando. Diga a ele que estamos... Diga a ele que eu vou garantir que ele fique bem, eu posso tirar ele daqui. Nós temos que fazer isso. Eu sei que ele tem medo com tudo o que está acontecendo, mas ele não tem escolha. Não conte isso a ninguém, Corwi.

– Jesus, você está determinado a foder com a minha carreira. – Ela parecia cansada. Aguardei em silêncio até ter certeza de que ela faria isso.

– Obrigado. É só confiar em mim que ele vai entender e, por favor, não me pergunte nada. Diga a ele que sabemos mais agora. Merda, não posso falar mais do que

isso. – Um súbito agudo da cantora, uma sósia de Ute Lemper coberta de lantejoulas, me deu um susto. – É só dizer a ele que sabemos mais e dizer a ele que ele precisa ligar pra gente. – Olhei ao redor como se a inspiração pudesse vir de repente, e veio. – Qual é o número do celular de Yallya? – perguntei a Dhatt.
– Hein?
– Ele não quer ligar pra gente no meu telefone nem no seu, então... – Ele me recitou o número e eu o recitei para Corwi. – Diga ao nosso homem misterioso pra ligar nesse número, e nós vamos poder ajudar ele. E você me ligue de volta também, ok? A partir de amanhã.
– Mas que porra é essa? – disse Dhatt. – Mas que porra você está fazendo?
– Você vai ter que pegar emprestado o celular dela; precisamos dele pra Bowden poder nos achar: ele está muito assustado, não sabemos quem está escutando os nossos. Se ele nos contatar, você talvez tenha que... – hesitei.
– O quê?
– Jesus, Dhatt, agora não, ok? Corwi?
Ela não estava mais lá, a linha havia sido desligada, por ela ou pelas velhas centrais telefônicas.

CAPÍTULO 21

Eu até fui com Dhatt ao seu escritório no dia seguinte.

– Quanto menos você aparecer, mais as pessoas vão se perguntar que merda está acontecendo e mais vão reparar em você – disse ele. Quando entrei recebi muitos olhares de seus colegas de escritório. Acenei com a cabeça para os dois que haviam tentado sem muito entusiasmo iniciar uma discussão comigo.

– Estou ficando paranoico – eu disse.

– Ah, não, eles estão realmente observando você. Aqui. – Ele me deu o celular de Yallya. – Acho que foi a última vez que você foi convidado pra jantar.

– O que ela disse?

– O que você acha? É o celular dela, porra; ela ficou muito puta. Eu disse a ela que nós precisávamos dele, ela mandou eu me foder, eu implorei, ela disse não, eu tomei o aparelho e pus a culpa em você.

– Podemos conseguir um uniforme? Para Yolanda... – Nós nos curvamos sobre o computador dele. – Pode facilitar a passagem dela. – Fiquei vendo ele usar sua versão mais atualizada do Windows. Na primeira vez que o telefone de Yallya tocou, ficamos paralisados e olhamos um para o outro. Um número apareceu que nenhum de nós conhecia. Atendi sem dizer nada, ainda olhando para ele.

– Yall? Yall? – Uma voz de mulher em illitano. – É Mai, você está... Yall?

– Alô, aqui não é Yallya...

– Ah, oi, Qussim...? – A voz dela hesitou. – Quem está falando?

Ele tomou o telefone de mim.

– Alô? Oi, Mai. É, é um amigo meu. Não, bem observado. Precisei pegar emprestado o celular de Yall por um ou dois dias, você já tentou ligar pra casa? Tudo bem então, se cuida. – A tela escureceu e ele me devolveu o aparelho. – Esse é outro motivo pelo qual você pode se virar com essa merda. Você vai receber uma caralhada de ligações das amigas dela perguntando se você ainda quer fazer aquele tratamento de pele ou se já viu o filme do Tom Hanks.

Depois da segunda e da terceira ligações do gênero, deixamos de levar sustos quando o celular tocava. Mas não houve muitas ligações, e nenhuma sobre aqueles tópicos. Fiquei imaginando Yallya no telefone de seu escritório, fazendo incontáveis ligações furiosas denunciando o marido e o amigo dele pela inconveniência.

– Será que é melhor colocá-la num uniforme? – perguntou Dhatt, baixinho.

– Você vai estar vestindo o seu, certo? Não é sempre melhor se esconder em plena luz do dia?

– Quer um também?

– É uma ideia ruim?

Ele balançou a cabeça devagar.

– Vai facilitar um pouco a nossa vida... Acho que posso conseguir, pelo meu lado, com documentos da polícia e meu poder de convencimento. – A *militsya*, ainda mais detetives seniores, mandava e desmandava nos guardas de fronteira ul-qomanos sem muito problema. – Tudo bem.

– Eu cuido de falar com o pessoal na entrada de Besźel.

– Yolanda está bem?

– Aikam está com ela. Não posso voltar... Não de novo. Toda vez que fazemos isso... – Ainda não tínhamos ideia de como, ou por quem, poderíamos estar sendo vigiados.

Dhatt se movia demais, e depois da terceira ou quarta vez em que soltou os cachorros em cima de um colega por causa de uma infração imaginada, eu fiz com que ele saísse comigo para almoçar mais cedo. Ele fez uma cara muito feia e saiu sem falar, encarando todo mundo que passava por nós.

– Quer parar? – eu disse.

– Porra, eu vou ficar tão feliz quando você for embora – disse ele.

O telefone de Yallya tocou e eu o levei ao ouvido sem falar.

– Borlú? – Batuquei na mesa para chamar a atenção de Dhatt e apontei para o telefone.

– Bowden, cadê você?

– Estou me mantendo a salvo, Borlú. – Ele falava em besź comigo.

– Você não está com voz de quem se sente a salvo.

– É claro que não. Eu não estou a salvo, estou? A pergunta é: o quão encrencado eu estou? – Sua voz estava muito tensa.

– Eu posso tirar você daqui. – Será que podia? Dhatt fez um "mas que porra?" exagerado e deu de ombros. – Existem maneiras de sair. Me diga onde você está.

Ele meio que deu uma risada.

– Ah, claro – disse. – Vou simplesmente lhe dizer onde estou.

– O que mais você propõe? Você não pode passar a vida toda se escondendo. Saia de Ul Qoma e talvez eu possa fazer algo. Besźel é meu território.
– Você nem sequer sabe o que está se passando...
– Você tem uma chance.
– De me ajudar como você ajudou Yolanda?
– Ela não é burra – falei. – Ela está me deixando ajudar.
– O quê? Você a *encontrou*? O quê...
– Estou dizendo a você o que disse a ela. Não posso ajudar nenhum de vocês aqui. Posso tentar ajudar vocês em Besźel. O que quer que esteja acontecendo, quem quer que esteja atrás de vocês... – Ele tentou dizer alguma coisa, mas não deixei. – Conheço pessoas lá. Aqui eu não posso fazer nada. Onde é que você está?
– ... Em lugar nenhum. Não importa. Eu vou... Onde você está? Não quero...
– Você fez bem em ficar fora das vistas por todo esse tempo. Mas não pode fazer isso para sempre.
– Não. Não. Eu vou achar você. Você está... cruzando agora?
Não pude evitar olhar ao meu redor e abaixar a voz novamente.
– Em breve.
– Quando?
– Em breve. Direi a você quando souber. Como entro em contato?
– Não entre, Borlú. Eu entro em contato com você. Continue com esse telefone.
– E se você não conseguir falar comigo?
– Vou ter de ligar a cada duas horas. Receio que vou ter de incomodar você, e muito. – Ele desligou. Fiquei olhando para o telefone de Yallya e depois, finalmente, para Dhatt.
– Você faz alguma porra de ideia do quanto eu odeio não saber para onde posso olhar? – sussurrou Dhatt. – Em quem posso confiar? – Ele ficou remexendo uns papéis. – O que eu deveria estar dizendo a quem?
– Faço ideia.
– O que está acontecendo? – perguntou ele. – Ele quer sair também?
– Ele quer sair também. Está com medo. Não confia na gente.
– Não o culpo nem um pouco.
– Nem eu.
– Não tenho nenhum documento pra ele. – Olhei bem nos olhos dele e esperei. – *Santa Luz*, Borlú, você vai foder... – sussurrou furioso. – Tudo bem, tudo bem, vou ver o que posso fazer.
– Diga a *mim* o que fazer – eu disse a ele, sem desviar o olhar –, para quem ligar, que atalhos tomar, e aí você pode pôr a culpa em mim, caralho. Me culpe, Dhatt. *Por favor*. Mas traga um uniforme, caso ele apareça. – Fiquei olhando para ele, coitado, agoniado.
Foi depois das sete da noite que Corwi ligou.

– Estamos prontos – disse ela. – Estou com os documentos.

– Corwi, estou te devendo uma, estou te devendo.

– Acha que eu não sei, chefe? É você, seu camarada Dhatt, e a cof-cof "colega" dele, certo? Vou estar esperando.

– Traga sua identidade e esteja pronta para me apoiar com a Imigração. Quem mais sabe?

– Ninguém. Eu sou sua motorista designada. A que horas?

A pergunta: qual é a melhor maneira de desaparecer? Deve haver um gráfico, uma curva cuidadosamente traçada. Uma coisa se torna mais invisível se não houver outras por perto ou se for uma entre muitas?

– Não muito tarde. Não tipo duas da manhã.

– Porra, que bom ouvir isso.

– Seríamos os únicos lá. Mas também não pode ser no meio do dia; existe um risco muito grande de alguém nos conhecer ou algo assim – depois de escurecer.

– Oito – falei. – Amanhã à noite. – Era inverno e as noites chegavam mais cedo. Ainda haveria multidões, mas nas cores esmaecidas da noite, sonolentas. Fácil não ver.

Nem tudo era uma questão de prestidigitação; havia tarefas que devíamos executar e que executaríamos. Relatórios de progresso para aperfeiçoar e familiares para contatar. Fiquei observando e, com sugestões ocasionais por cima do ombro, ajudei Dhatt a bolar uma carta dizendo nadas educados e tristes ao sr. e à sra. Geary, cuja principal ligação agora era com a *militsya* de Ul Qoma. Não era uma sensação boa de poder, estar presente como um fantasma naquela mensagem, conhecendo eles, vendo os dois de dentro das palavras como em um espelho unidirecional, de maneira que eles não pudessem olhar de volta e ver a mim, um dos autores.

Contei a Dhatt sobre um lugar – não sabia o endereço, precisei descrever uma topografia vaga, que ele reconheceu –, um trecho de parque que dava para ir a pé de onde Yolanda estava escondida, para me encontrar ali no final do dia seguinte.

– Se alguém perguntar, diga que estou trabalhando do hotel. Fale de toda aquela papelada que fazem a gente preencher em Besźel, que me mantém ocupado.

– Porra, é só do que a gente fala, Tyad. – Dhatt não conseguia ficar parado, de tão ansioso, tão frenético por causa da falta de confiança em qualquer coisa, tão perturbado. Não sabia nem para onde olhar. – Culpando você ou não, vou ir parar na ronda escolar pelo resto da minha carreira de merda.

Nós havíamos concordado que era grande a possibilidade de não ouvirmos mais notícias de Bowden, mas recebi uma ligação no telefone da pobre Yallya meia hora depois da meia-noite. Eu tinha certeza de que era Bowden, embora ele não tivesse dito nada.

Ele tornou a ligar logo antes das sete na manhã seguinte.
– O senhor está com uma voz ruim, professor.
– O que está acontecendo?
– O que o senhor quer fazer?
– Vocês estão indo? Yolanda está com vocês? Ela está indo?
– Você tem uma chance, professor. – Rabisquei horários no meu bloco de notas. – Se você não vem, me deixe encontrar com você. Se quer sair, esteja do lado de fora do portão principal de tráfego do Copula Hall às sete da noite.

Desliguei. Tentei fazer anotações, planos no papel, mas não consegui. Bowden não voltou a ligar. Mantive o telefone na mesa ou na minha mão durante todo o café. Não fiz checkout do hotel: não fiz nenhum movimento que desse a entender nada a ninguém. Vasculhei minhas roupas à procura das coisas que eu não pudesse me dar ao luxo de deixar, e não havia nada. Levei meu volume ilegal de *Entre a cidade e a cidade*, e só.

Levei o dia quase todo para chegar ao esconderijo de Yolanda e Aikam. Meu último dia em Ul Qoma. Peguei táxis em estágios até os confins da cidade.

– Quanto tempo você vai ficar? – O último motorista me perguntou.
– Umas duas semanas.
– Você gosta daqui – disse ele, num entusiástico illitano de iniciante. – Melhor cidade do mundo. – Ele era curdo.
– Me mostre seus lugares favoritos da cidade, então. Você não tem problemas? – perguntei. – Ouvi dizer que nem todo mundo recebe bem os estrangeiros...

Ele fez um ruído de desprezo.
– Estão tolos por toda parte, mas é melhor cidade.
– Há quanto tempo você está aqui?
– Quatro anos e um pouco. Estive um ano no campo...
– Campo de refugiados?
– É, no campo, e três anos estudo para cidadania de Ul Qoma. Falando illitano e aprendendo, você sabe, a não, você sabe, a desver o outro lugar, para não fazer brecha.
– Você já pensou algum dia em ir a Besźel?

Outro bufo.
– O que tem em Besźel? Ul Qoma é o melhor lugar.

Ele me levou primeiro pelo Orquidário e pelo Estádio Xhincis Kann, uma rota turística que ele obviamente já havia feito antes, e quando o incentivei a preferências mais pessoais ele começou a me mostrar os jardins comunitários onde, ao lado dos nativos ul-qomanos, aqueles curdos, paquistaneses, somalis e serra-leoneses que conseguiram passar pelas rígidas condições para entrar jogavam xadrez, as diversas comunidades olhando umas para as outras com incerteza cortês. Numa encruzilhada de canais, ele, tomando cuidado para não dizer nada que fosse inequivocamente ilegal, me apontou para onde as barcas das duas cidades – veículos de lazer em Ul

Qoma, alguns barcos de transporte desvistos em Besźel – passavam costurando uns por entre os outros.

– Você vê? – perguntou.

Um homem do lado oposto de uma eclusa próxima, semioculto por pessoas e pequenas árvores urbanas, olhava bem na nossa direção. Eu olhei bem nos olhos dele – por um momento não tive certeza, mas deduzi que ele devia estar em Ul Qoma, então não era brecha – até ele desviar o olhar. Tentei observar para onde estava indo, mas ele desapareceu.

Quando escolhi entre as diversas vistas que o motorista propôs, certifiquei-me de que a rota resultante cruzava a cidade. Fiquei olhando pelos retrovisores enquanto ele, encantado com o valor da corrida, continuava dirigindo. Se estávamos sendo seguidos, era por espiões bem sofisticados e cuidadosos. Paguei a ele uma quantia absurda, numa moeda bem mais estável do que aquela em que eu era pago, após três horas de escolta, e fiz com que ele me deixasse onde hackers de fundo de quintal ficavam lado a lado com lojas baratas de artigos de segunda mão, na esquina do conjunto onde Yolanda e Aikam estavam escondidos.

Por alguns instantes achei que eles haviam fugido de mim e fechei os olhos, mas continuei repetindo num sussurro perto da porta: – Sou eu, é Borlú, sou eu – e finalmente ela se abriu, e Aikam me levou pra dentro.

– Se apronte – eu disse para Yolanda. Ela me parecia suja, mais magra e mais assustada, como um animal, do que da última vez em que a gente se viu. – Pegue seus documentos. Esteja pronta pra concordar com o que quer que eu ou meus colegas dissermos para qualquer um na fronteira. E faça o namoradinho aí se acostumar com a ideia de que ele não vem junto, porque não vamos ter uma cena no Copula Hall. Vamos tirar você.

Ela fez ele ficar no quarto. Ele olhou com cara de quem não ia fazer o que ela estava pedindo, mas ela convenceu ele. Não confiei que ele fosse deixar por isso mesmo. Ele não parava de perguntar por que não podia ir. Ela mostrou a ele onde estava seu telefone, e jurou que ligaria para ele de Besźel, e do Canadá, que ligaria de lá para ele. Ela precisou fazer várias promessas desse tipo até ele ficar finalmente deprimido como um bichinho abandonado, olhando fixo para nós enquanto fechávamos a porta na cara dele e caminhávamos rapidamente pela luz ensombrecida até o canto do parque onde Dhatt estava esperando num carro da polícia sem marcas.

– Yolanda. – Ele acenou com a cabeça para ela do banco do motorista. – Pé-No--Meu-Saco. – Ele acenou para mim. Partimos. – Mas que merda? Quem exatamente você emputeceu, senhorita Rodriguez? Você me fez foder com a minha vida e

colaborar com esse maluco estrangeiro. Há roupas na traseira – disse ele. – É claro que agora eu estou sem emprego. – Ele poderia muito bem não estar exagerando.
　Yolanda encarou ele até que ele olhou pelo retrovisor e deu um fora nela:
　– Porra, o que é que há? Está pensando que eu estou te espiando trocar de roupa? – Ela se encolheu no banco de trás e começou a rebolar para sair das roupas, substituindo-as pelo uniforme da *militsya* que ele havia trazido para ela, e que coube quase com perfeição.
　– Srta. Rodriguez, faça o que eu disser e fique perto de mim. Temos um disfarce para nosso possível outro convidado também. E isto aqui é pra você, Borlú. Pode nos poupar um bocado de merda. – Uma jaqueta com um brasão da *militsya* bordado. – Eu queria que eles tivessem posto. Eu teria rebaixado você, caralho.
　Ele não deu voltas, nem cometeu o erro dos nervosos culpados e dirigiu mais devagar e com mais cuidado do que os carros ao nosso redor. Pegamos as ruas principais, ele começou a piscar os faróis para as infrações dos outros motoristas como os motoristas ul-qomanos fazem, pequenas mensagens de código de estrada furioso, uma espécie de Morse agressivo, flic flic, você me cortou, flic flic flic, decida-se.
　– Ele tornou a ligar – eu disse baixinho a Dhatt. – Ele pode estar lá. E nesse caso...
　– Vamos, pé no meu saco, diga logo. E nesse caso ele vai atravessar, certo?
　– Ele vai sair. Você trouxe documentos extras?
　Ele soltou um palavrão e socou o volante.
　– Caralho, como eu queria ter pensado num jeito de sair desta merda. Espero que ele não apareça. Espero que a porra de Orciny o pegue. – Yolanda ficou encarando ele. – Vou acionar quem estiver em serviço. Prepare-se para abrir sua carteira. Na pior das hipóteses, eu dou os meus documentos pra ele, porra.
　Vimos o Copula Hall por sobre os telhados e por entre os cabos das centrais telefônicas e das salas de gás muitos minutos antes de chegarmos lá. Pelo caminho que fizemos, passamos primeiro, desvendo tanto quanto podíamos, pela traseira do prédio que dava para Ul Qoma, sua entrada em Besźel, as filas de besź e passageiros ul-qomanos de retorno formando um funil com ressentimento paciente. Um farol de polícia besź piscava. Éramos obrigados a não ouvir e não ver nada daquilo, mas não podíamos evitar perceber, ao fazer isso, que em breve estaríamos daquele lado. Demos a volta no imenso edifício até sua entrada na avenida Ul Maidin, em frente ao Templo da Luz Inevitável, onde a lenta fila para entrar em Besźel prosseguia. Ali Dhatt estacionou – um serviço malfeito e não corrigido, enviesado com relação ao meio-fio e com aquela arrogância da *militsya*, as chaves no contato, prontas – e saímos para atravessar as multidões da noite em direção ao grande pátio frontal e às fronteiras do Copula Hall.
　Os guardas externos da *militsya* não fizeram perguntas nem falaram conosco quando cortamos as filas de gente e atravessamos as estradas que passavam pelo meio do tráfego estacionário, apenas fizeram gestos para que passássemos logo pelos

portões restritos e entrássemos no terreno propriamente dito do Copula Hall, onde o imenso edifício aguardava para nos devorar.

Eu olhava para toda parte enquanto passávamos. Nossos olhos não pararam de se mover. Seguia atrás de Yolanda, que andava insegura dentro de seu disfarce. Levantei meu olhar acima dos vendedores de comida e badulaques, dos guardas, dos turistas, dos homens e das mulheres sem teto, dos outros membros da *militsya*. Dentre as muitas entradas, havíamos escolhido a mais aberta, ampla e não tortuosa, que passava debaixo de um arco antigo de cantaria, com uma visão clara para o espaço intersticial escancarado, sobre a massa das multidões que preenchiam a grande câmara de ambos os lados do checkpoint – embora mais, visivelmente, do lado de Besźel, esperando entrar em Ul Qoma.

Dessa posição, desse ângulo de visada, pela primeira vez em muito tempo não precisávamos desver a cidade vizinha: podíamos olhar fixamente ao longo da estrada que ligava Ul Qoma a ela, pela fronteira, os metros de terra de ninguém e a fronteira adiante, diretamente para a própria Besźel. Logo à frente. Luzes azuis nos aguardavam. Um hematoma besź visível logo depois do portão fechado entre os Estados, a luz piscante que tínhamos desvisto minutos antes. Quando passamos pelas bordas externas da arquitetura do Copula Hall, vi na outra extremidade do salão, parada na plataforma elevada onde os guardas besź vigiavam as multidões, uma figura em uniforme de *policzai*. Uma mulher – ela estava muito distante ainda, no lado besź dos portões.

– Corwi. – Eu não sabia que tinha dito o nome dela em voz alta até que Dhatt me perguntou: – Aquela é ela? – Eu estava pra dizer que ela estava longe demais para saber ao certo, mas ele me disse: – Espere um segundo.

Ele estava olhando para trás, para o caminho por onde havíamos vindo. Estávamos um pouco distantes da maioria dos que se dirigiam para Besźel, entre filas de aspirantes a viajantes e uma fina franja de veículos movendo-se bem devagar no asfalto. Havia, Dhatt tinha razão, uma coisa a respeito de um dos homens atrás de nós que era desconcertante. Não era nada na aparência dele que se destacasse: ele estava embrulhado contra o frio num manto ul-qomano esfarrapado. Mas caminhava ou se arrastava em nossa direção um tanto de través em relação à direcionalidade da fila de seus companheiros pedestres, e vi rostos zangados atrás dele. Ele estava empurrando as pessoas e furando a fila, caminhando em nossa direção. Yolanda viu para onde estávamos olhando e soltou um gemido baixinho.

– Vamos – disse Dhatt. Ele pôs a mão nas costas dela e a fez caminhar mais rápido para a entrada do túnel, mas, ao ver como a figura atrás de nós tentava, até onde as limitações daqueles ao seu redor permitiam que ela também aumentasse sua velocidade, exceder a nossa própria e vir em nossa direção, eu me virei subitamente e comecei a ir na direção dele.

– Traga ela pra cá – eu disse a Dhatt atrás de mim, sem olhar. – Vamos, traga ela pra fronteira. Yolanda, vá até a *policzai* lá adiante. – Acelerei. – Vá.

– Espere – disse-me Yolanda, mas ouvi Dhatt chamar a atenção dela. Agora eu estava concentrado no homem que se aproximava. Ele não podia deixar de ver que eu estava indo na direção dele, hesitou e enfiou a mão na jaqueta, e eu levei a mão à cintura, mas lembrei que não portava arma naquela cidade. O homem recuou um passo ou dois. O homem levantou as mãos e desenrolou o cachecol. Ele estava gritando meu nome. Era Bowden.

Ele puxou alguma coisa, uma pistola que pendia dos seus dedos como se ele fosse alérgico a ela. Pulei em cima dele e ouvi uma respiração pesada atrás de mim. Atrás de mim outra respiração cuspida e gritos. Dhatt gritava meu nome sem parar.

Bowden estava olhando por cima do meu ombro. Olhei para trás. Dhatt estava agachado entre os carros, a poucos metros de distância. Ele estava se dobrando sobre si mesmo e urrando. Os motoristas estava abaixados dentro dos veículos. Os gritos deles estavam se espalhando para as filas de pedestres em Besźel e Ul Qoma. Dhatt estava curvado sobre Yolanda. Ela estava deitada, toda largada. Eu não conseguia ver ela direito, mas havia sangue no rosto dela todo. Dhatt estava segurando com força seu ombro.

– Fui atingido! – gritou. – Yolanda... Luz, Tyad, ela levou um tiro, ela caiu...

Houve uma comoção no salão distante. Por sobre o tráfego lento, vi na outra extremidade do enorme salão um tumulto na multidão em Besźel, um movimento parecido com pânico animal. Pessoas fugiam correndo de uma figura, que estava inclinada, não, estava levantando alguma coisa em ambas as mãos. Apontando, um rifle.

CAPÍTULO 22

Mais um daqueles pequenos sons abruptos, que mal se podiam ouvir por sobre os gritos cada vez mais altos ao longo do túnel. Um tiro, silenciado ou abafado pela acústica, mas quando ouvi eu estava em cima de Bowden e já tinha empurrado ele pra baixo, e a percussão explosiva da bala na parede atrás dele foi mais alta que o disparo propriamente dito. A arquitetura se pulverizou. Ouvi a respiração em pânico de Bowden, pus a mão no pulso dele e apertei até ele soltar a arma, mantive ele fora da linha de visão do atirador que mirava nele.

– Pra baixo! Todo mundo, pra baixo! – Era eu que estava gritando isso. Tão lentamente que era difícil de acreditar, a multidão estava caindo de joelhos, seus tremores e seus gritos cada vez mais exagerados à medida que percebiam o perigo. Outro som e mais outro, um carro freando com violência e com um alarme, outro sobressalto implosivo quando uma bala atingiu os tijolos.

Continuei segurando Bowden no asfalto.

– Tyad! – Era Dhatt.

– Fale comigo – gritei pra ele. Havia guardas por toda parte, levantando armas, olhando para todo lugar, gritando ordens idiotas e sem sentido uns para os outros.

– Fui atingido, mas estou bem – respondeu ele. – Yolanda levou um tiro na cabeça.

Olhei para cima, não havia mais disparos. Olhei ainda mais para cima, até onde Dhatt rolava e apertava a ferida, onde Yolanda jazia morta. Me levantei um pouquinho mais e vi a *militsya* se aproximando de Dhatt e do cadáver que ele vigiava e, mais ao longe, a policzai correndo na direção de onde os tiros haviam partido. Em Besźel a polícia era sufocada e bloqueada pela multidão histérica. Corwi olhava em todas as direções – será que ela conseguia me ver? Eu estava gritando. O atirador estava correndo.

O caminho dele estava bloqueado, mas ele girava o rifle como um porrete quando era preciso, e as pessoas abriam passagem ao seu redor. As ordens seriam de bloquear a entrada, mas quão rápidas elas seriam? Ele estava indo na direção de uma parte da multidão que não o tinha visto disparar, e estavam cercando ele, e era bem capaz que ele deixasse a arma cair ou escondesse ela.

– Diabos. – Eu mal conseguia vê-lo. Ninguém estava impedindo sua passagem. Ele precisava seguir um pouco mais antes de sair. Olhei cuidadosamente, item por item, para seu cabelo e suas roupas: cortado rente; blusa de ginástica cinza com capuz; calças pretas. Tudo comum, sem detalhes que o destacassem. Será que ele deixou a arma cair? Ele sumiu na multidão.

Levantei segurando a arma de Bowden. Uma P38 ridícula, mas carregada e bem conservada. Fui na direção do checkpoint, mas não havia como passar, com todo aquele caos, nem nunca e nem agora com as duas fileiras de guardas em rebuliço balançando suas armas pra todo lado; mesmo que meu uniforme ul-qomano me ajudasse a passar pelas linhas ul-qomanas, os besź iam me deter, e o atirador estava longe demais para que eu o pegasse. Hesitei.

– Dhatt, ajuda de rádio, fique de olho em Bowden – gritei, depois virei e corri para o outro lado, para Ul Qoma, na direção do carro de Dhatt.

As multidões saíram do meu caminho; elas me viam chegando com meu brasão da *militsya*, viam a pistola que eu segurava e se dispersavam. A *militsya* viu um dos seus, à caça de alguém, e não me impediu. Acionei as luzes de emergência e liguei o motor.

Fiz o carro disparar a uma velocidade estonteante, desviando de carros locais e estrangeiros, gritando pela extensão do Copula Hall. A sirene me confundia, eu não estava acostumado às sirenes ul-qomanas, um iá-iá-iá mais gemido que o dos nossos carros. O atirador estava, devia estar, pelejando para atravessar o túnel apinhado com a multidão apavorada e confusa de viajantes. Minhas luzes e meu alarme abriram as ruas à minha frente, explicitamente em Ul Qoma, nas ruas topolganger em Besźel com o típico pânico implícito de um drama estrangeiro. Puxei com força o volante e o carro virou numa curva fechada pra esquerda, passando com um solavanco por cima dos trilhos de bonde de Besźel.

Onde estava a Brecha? Mas não havia ocorrido nenhuma brecha.

Nenhuma brecha havia ocorrido, embora uma mulher tivesse sido morta, descaradamente, através de uma fronteira. Agressão, homicídio e tentativa de homicídio, mas aquelas balas haviam viajado através do checkpoint propriamente dito, no Copula Hall, através do ponto de encontro. Um homicídio hediondo, complexo, odioso, mas, com o cuidado diligente que o assassino havia tomado – posicionando-se justamente no ponto em que podia olhar desimpedido ao longo dos últimos metros de Besźel, sobre a fronteira física e para dentro de Ul Qoma, podia mirar com precisão por aquele conduíte único entre as cidades –, aquele crime havia sido cometido até com um excesso de cuidado nas fronteiras da cidade, na membrana entre Ul Qoma e Besźel. Não houve brecha. A Brecha não tinha poder ali, e agora apenas a polícia besź estava na mesma cidade que o assassino.

Tornei a virar à direita. Estava novamente onde havíamos estado uma hora antes, na rua Weipay, em Ul Qoma, que compartilhava a latitude-longitude cruzada com a entrada besź para o Copula Hall. Dirigi o carro o mais próximo que as multidões permitiam, freei com força. Saí e subi no teto: não levaria muito tempo até que a polícia ul-qomana viesse perguntar a mim, seu suposto colega, o que eu estava fazendo, mas agora eu estava subindo no teto do carro. Depois de um segundo de hesitação, não encarei o túnel para ver os besź que vinham na minha direção, fugindo do ataque. Em vez disso, comecei a olhar para todos os lados, para Ul Qoma, e depois na direção do salão, sem mudar a expressão do meu rosto, sem entregar nada que sugerisse que eu pudesse estar olhando para outro lugar que não fosse Ul Qoma. Eu era inimpugnável. As luzes de polícia gaguejantes tornavam minhas pernas azuis e vermelhas.

Fui me permitindo observar o que estava acontecendo em Besźel. Um número bem maior de viajantes ainda tentava entrar no Copula Hall ao invés de sair de lá, mas à medida que o pânico lá dentro se espalhava começou a acontecer um perigoso contrafluxo. Havia confusão, filas recuando, pessoas que não sabiam o que tinham visto ou ouvido bloqueando as que sabiam muito bem e estavam tentando escapar. Os ul-qomanos desviram a confusão dos besź, desviaram os olhares e atravessaram a estrada para evitar o problema com os estrangeiros.

– Fora, fora...

– Deixa a gente entrar, o que está...?

Entre os bolos e nós de fugidos em pânico, eu vi um homem correndo. Ele me chamou a atenção pelo cuidado com que tentava não correr rápido demais, não ser espaçoso demais, não levantar a cabeça. Primeiro acreditei que era, depois que não era, depois que era o atirador. Forçando caminho por uma última família que gritava e uma fileira caótica de policzai besź que tentava impor a ordem sem saber o que deveria fazer. Empurrando para sair e virando-se, caminhando para longe com um passo apressado.

Devo ter feito algum som. Certamente a aquelas dezenas de metros de distância o assassino olhou para trás. Eu o vi me ver e por reflexo me desver, por causa do meu uniforme, porque eu estava em Ul Qoma, mas no momento em que abaixou os olhos ele reconheceu alguma coisa e começou a caminhar ainda mais rápido. Eu tinha visto ele antes, não conseguia me lembrar onde. Olhei desesperado ao meu redor, mas nenhum dos policzai em Besźel sabia quem ele era pra seguir ele, e eu estava em Ul Qoma. Pulei do teto do carro e saí caminhando acelerado atrás do assassino.

Ul-qomanos eu fui empurrando pra fora do meu caminho: os besź tentavam me desver, mas tinham de correr pra sair da minha frente. Vi os olhares espantados deles. Eu me movia mais rápido do que o assassino. Mantive os olhos não nele, mas em um ponto ou outro de Ul Qoma que o pusesse no meu campo de visão. Rastreei ele sem focar, apenas legalmente. Atravessei a praça e dois homens da *militsya* de Ul Qoma pelos quais passei gritaram alguma coisa numa tentativa de me inquirir, mas ignorei.

O homem deve ter ouvido o som dos meus passos. Eu estava a poucas dezenas de metros de distância quando ele se virou. Seus olhos se arregalaram de espanto ao me ver, coisa que, mesmo tomando cuidado, ele não controlou. Ele me registrou. Olhou de volta para Beszél e acelerou, trotando diagonalmente para longe, na direção da ErmannStrász, uma rua alta, atrás de um bonde que ia na direção de Kolyub. Em Ul Qoma, a estrada em que estávamos ficava na via Saq Umir. Acelerei também.

Ele voltou a olhar para trás e foi mais rápido, correndo a passo leve por entre as multidões besź, olhando rapidamente para cada lado, os cafés iluminados por velas coloridas, as livrarias de Beszél – em Ul Qoma aqueles eram becos silenciosos. Ele deveria ter entrado numa loja. Talvez não tenha feito isso porque havia multidões cruzadas das quais teria de se desviar em ambas as calçadas, talvez seu corpo se rebelasse em becos sem saída, cul-de-sacs, enquanto perseguido. Ele começou a correr.

O assassino correu para a esquerda, entrando num beco estreito, para onde eu ainda assim o segui. Ele era rápido. Agora estava indo mais rápido do que eu. Ele corria como um soldado.

A distância entre nós aumentava. Os donos de barracas e passantes besź olharam fixo para o matador; os que estavam em Ul Qoma olharam fixo para mim. Minha presa pulou por cima de um latão de lixo que estava bloqueando a passagem, com mais facilidade do que eu sabia que eu mesmo conseguiria. Eu sabia para onde ele estava indo. As Cidades Velhas de Beszél e Ul Qoma são bem cruzadas: a partir das margens, começam as separações, as áreas alter e totais. Aquilo não era uma caçada, não podia ser. Eram apenas duas acelerações. Nós corríamos, ele na cidade dele, eu bem atrás dele, cheio de raiva, na minha.

Soltei um grito sem palavras. Uma velha me encarou. Eu não estava olhando para ele, ainda não estava olhando para ele, mas fervorosamente, legalmente, para Ul Qoma, suas luzes, seus grafites, seus pedestres, sempre em Ul Qoma. Estava ao lado dos trilhos de ferro curvados no estilo besź tradicional. Estava longe demais. Ele estava passando por uma rua total, uma rua apenas em Beszél. Fez uma pausa para olhar na minha direção enquanto eu recuperava o fôlego.

Durante aquela fatia de tempo, pequena demais para que ele pudesse ser acusado de qualquer crime, mas certamente deliberada, ele olhou bem para mim. Eu conhecia ele, não sabia de onde. Ele olhou para mim no limiar daquela geografia que só existia no exterior e deu um sorrisinho triunfante. Ele deu um passo na direção do espaço onde ninguém em Ul Qoma podia ir.

Levantei a pistola e atirei nele.

Atirei no peito dele. Vi seu espanto ao cair. Gritos de toda parte, primeiro por causa do tiro, depois por causa do corpo e do sangue e, quase no mesmo instante, das pessoas que tinham visto, pela terrível transgressão.

– Brecha.

– Brecha.

Eu pensei que era a declaração chocada daqueles que haviam testemunhado o crime. Mas figuras indistintas emergiram de onde não havia tido movimento proposital momentos antes, apenas a confusão dos ninguéns, os sem-objetivo e confusos, e aqueles recém-chegados que subitamente apareceram com rostos tão imóveis que eu mal os reconhecia como rostos estavam dizendo a palavra. Era uma declaração ao mesmo tempo de crime e de identidade.

– *Brecha*. – Um algo de feições sinistras me agarrou de um jeito que eu não teria como me soltar, nem se eu quisesse. Vislumbrei formas escuras curvadas sobre o corpo do matador que eu havia matado. Uma voz próxima do meu ouvido. – *Brecha*. – Uma força me empurrando sem esforço para fora do meu lugar, passando rápido rápido pelas velas de Besźel e pelo néon de Ul Qoma, em direções que não faziam sentido em nenhuma das duas cidades.

– Brecha. – E alguma coisa me tocou e eu caí na escuridão, para além do despertar e de toda consciência, ao som daquela palavra.

PARTE 3

BRECHA

CAPÍTULO 23

Não era uma escuridão sem sons. Não era sem intrusões. Dentro dela havia presenças que me faziam perguntas que eu não sabia responder, perguntas de cuja urgência eu ficava ciente quando fracassava. Essas vozes não paravam de me dizer: *Brecha*. O que havia me tocado não me mandou para um silêncio inconsciente, mas para uma arena de sonhos onde a presa era eu.

Eu me lembrei disso depois. No momento em que acordei, não tive a sensação de que o tempo havia passado. Fechei os olhos nas ruas cruzadas das Cidades Velhas; tornei a abri-los, tentei recuperar o fôlego e vi um quarto ao meu redor.

Ele era cinza, sem adornos. Era um quarto pequeno. Eu estava dentro de uma cama, isto é, em cima dela. Jazia em cima dos lençóis, vestido com roupas que não reconhecia. Sentei.

Piso cinza de borracha muito gasta, uma janela que deixava passar luz para mim, paredes cinzas altas, manchadas em alguns pontos e rachadas. Uma mesa e duas cadeiras. Como um escritório vagabundo. Uma cúpula de vidro escuro no teto. Não havia som algum.

Eu estava piscando muito, levantando, nem de longe tão grogue quanto achava que devia estar. A porta estava trancada. A janela era alta demais para que eu pudesse ver através dela. Dei um pulinho, o que fez minha cabeça girar, mas só vi céu. As roupas que eu usava estavam limpas e eram terrivelmente impossíveis de descrever. Cabiam suficientemente bem em mim. Então me lembrei do que havia estado comigo na escuridão, e meu coração e minha respiração começaram a acelerar.

A falta de som era enervante. Agarrei a beirada inferior da janela e puxei meu corpo para cima, os braços tremendo. Sem nada onde apoiar meus pés eu não conseguiria ficar naquela posição por muito tempo. Telhados se espraiavam abaixo de mim. As telhas, as parabólicas, as lajes de concreto, vigas e antenas protuberantes, as cúpulas em forma de cebola, as torres em forma de saca-rolhas, as salas de gás, as costas do que poderiam ser gárgulas. Eu não sabia dizer onde estava, nem o que poderia estar ouvindo além do vidro, me vigiando do lado de fora.

– Sente-se.

Caí com força ao ouvir a voz. Lutei para me levantar e me virei.

Alguém estava parado na porta. Com a luz por trás, ele era um recorte de escuridão, uma ausência. Quando avançou, era um homem quinze ou vinte anos mais velho do que eu. Forte e atarracado, vestido com roupas tão vagas quanto as minhas. Havia outros atrás dele: uma mulher da minha idade, outro homem um pouco mais velho. O rosto deles não tinha nada que se aproximasse de uma expressão. Eles pareciam com argila em forma de gente momentos antes do sopro de Deus.

– Sente-se. – O homem mais velho apontou uma cadeira. – Saia do canto.

Era verdade. Eu estava colado num canto. Percebi isso. Desacelerei meus pulmões e me endireitei. Tirei as mãos das paredes. Me comportei como uma pessoa séria.

Depois de muito tempo falei:

– É embaraçoso. – Então: – Com licença. – Eu me sentei onde o homem indicou. Quando consegui controlar a voz, disse: – Eu sou Tyador Borlú. E você?

Ele se sentou e olhou para mim, inclinando a cabeça para um lado, abstrato e curioso como um pássaro.

– Brecha – disse ele.

– Brecha – eu disse. Respirei fundo e estremeci. – Sim, Brecha.

Por fim ele disse:

– O que você estava esperando? O que você está esperando?

Isso seria demais? Em outra época eu poderia ter sido capaz de dizer: "Eu estava olhando ao redor nervoso, como se para tentar avistar alguma coisa quase invisível nos cantos". Ele apontou a mão direita para mim com os dedos em forma de garfo, o indicador e o médio na direção de cada um dos meus olhos, e então para os seus próprios: olhe para mim. Obedeci.

O homem olhou para mim por sob as sobrancelhas.

– A situação – falou. Percebi que ambos estávamos falando besź. Ele não soava exatamente besź, nem ul-qomano, mas certamente não era europeu nem norte-americano. Seu sotaque era neutro.

– Você cometeu brecha, Tyador Borlú. Violentamente. Você matou um homem fazendo isso. – Ele tornou a me observar. – Você atirou de Ul Qoma direto para dentro de Besźel. Por isso você está na Brecha. – Ele cruzou as mãos. Eu vi como seus ossos finos se moviam debaixo da pele: igualzinho aos meus. – O nome dele era Yorjavic. O homem que você matou. Você se lembra dele?
– Eu...
– Você o conhecia de antes.
– Como você sabe?
– Você nos contou. Nós decidimos como você fica na escuridão, quanto tempo você fica lá, o que você vê e fala enquanto está lá, e quando você torna a sair. Se você sair. De onde você o conhecia?
Balancei a cabeça, mas...
– Os Cidadãos Verdadeiros – respondi subitamente. – Ele estava lá quando interroguei eles – foi quem chamou o advogado Gosz. Um dos nacionalistas durões e arrogantes.
– Ele era um soldado – disse o homem. – Seis anos nas Forças Armadas de Besźel. Atirador de elite.
Não me surpreendi. Ele tinha uma pontaria fantástica.
– Yolanda! – Levantei a cabeça. – Meu Deus, Dhatt. O que aconteceu?
– O detetive sênior Dhatt jamais voltará a mover completamente o braço direito, mas está se recuperando. Yolanda Rodriguez morreu. – Ele me observou. – O tiro que atingiu Dhatt era para ter atingido Yolanda. Foi o segundo disparo que atravessou a cabeça dela.
– *Diabos*. – Durante vários segundos, só consegui olhar para baixo. – A família dela sabe?
– Eles sabem.
– Alguém mais foi atingido?
– Não. Tyador Borlú, você cometeu brecha.
– Ele *matou* ela. Você não sabe o que mais ele...
O homem se recostou. Eu já estava fazendo que sim com a cabeça, meio que pedindo desculpas, meio que sem esperanças, quando ele falou: – Yorjavic não cometeu brecha, Borlú. Ele disparou sobre a fronteira, no Copula Hall. Ele nunca cometeu brecha. Advogados podem até debater: o crime foi cometido em Besźel, onde ele puxou o gatilho, ou em Ul Qoma, onde as balas acertaram? Ou em ambas? – Ele estendeu as mãos em um elegante "quem se importa?" – Ele nunca cometeu brecha. Você, sim. Por isso está aqui, agora, na Brecha.

Quando eles foram embora, a comida chegou. Pão, carne, fruta, queijo, água. Quando acabei de comer, empurrei e puxei a porta, mas não consegui fazer com que ela se movesse de jeito algum. Fiquei cutucando a tinta dela com a ponta do dedo, mas ou eu só raspava tinta ou as mensagens eram em um código mais arcano do que eu conseguia decifrar.

Yorjavic não era o primeiro homem em quem eu havia atirado, nem mesmo o primeiro que eu havia matado, mas não havia matado muita gente. Eu nunca antes havia atirado em alguém que não tivesse apontado uma arma para mim. Esperei a tremedeira chegar. Meu coração estava batendo alucinado, mas era por causa do lugar onde eu estava, não por culpa.

Fiquei sozinho por muito tempo. Andei pelo quarto em todas as direções, olhei para a câmera escondida na cúpula. Voltei a me puxar para cima para olhar os telhados através da janela. Quando a porta se abriu novamente, o crepúsculo olhava para mim. O mesmo trio entrou.

– Yorjavic – disse o homem mais velho, em besź novamente. – Ele cometeu brecha de certa forma. Quando você atirou nele, você o obrigou a isso. Vítimas de brecha sempre cometem brecha. Ele interagiu profundamente com Ul Qoma. Então sabemos a respeito dele. Ele tinha instruções de outro lugar. Não dos Cidadãos Verdadeiros. A coisa funciona assim – disse ele. – Você cometeu brecha, então você é nosso.

– O que acontece agora?

– O que quisermos. Cometa brecha, e você pertence a nós.

Eles podiam sumir comigo sem dificuldade. Havia apenas rumores sobre o que isso queria dizer. Ninguém jamais tinha ouvido histórias sobre aqueles levados pela Brecha e – o quê? – cumprido seu tempo. Tais pessoas devem manter um sigilo impressionante, ou então nunca foram soltas.

– Só porque você talvez não veja a justiça do que fazemos não significa que seja injusto, Borlú. Pense nisso, se quiser, como o seu julgamento.

– Diga-nos o que fez e por quê, e podemos encontrar maneiras de agir. Precisamos consertar uma brecha. Existem investigações a serem efetuadas: nós podemos conversar com aqueles que não cometeram brecha, se for relevante e provarmos isso. Compreende? Existem sanções menos graves e mais graves. Nós temos o seu registro. Você é policial.

O que ele estava dizendo? Isso faz de nós colegas? Não falei nada.

– Por que você fez isso? Conte-nos. Conte-nos a respeito de Yolanda Rodriguez, e conte-nos a respeito de Mahalia Geary.

Fiquei sem dizer nada por algum tempo, mas não tinha planos.

– Vocês sabem? O que vocês sabem?

– Borlú.

– O que há lá fora? – Apontei para a porta. Eles tinham deixado uma fresta.

– Você sabe onde está – disse. – O que está lá fora você verá. Sob que condições, isso vai depender do que disser e fizer agora. Conte-nos o que trouxe você até aqui. Essa conspiração de tolos que voltou, pela primeira vez em muito tempo. Borlú, conte-nos a respeito de Orciny.

A iluminação sépia que vinha do corredor era tudo o que eles deixaram me iluminar, num ângulo fechado, numa fatia de brilho inadequado que mantinha o meu interrogador na sombra. Levei horas para contar o caso a eles. Não dissimulei, porque eles já deviam saber a história toda.
– Por que você cometeu brecha? – perguntou o homem.
– Não era a minha intenção. Eu queria ver para onde o atirador ia.
– Aquilo foi brecha, então. Ele estava em Besźel.
– Sim, mas você sabe. Você sabe que isso acontece o tempo todo. Quando ele sorriu, a cara que ele fez, eu simplesmente... eu estava pensando em Mahalia e Yolanda... – Fui andando mais para perto da porta.
– Como você sabia que ele ia estar lá?
– Não sei – eu disse. – Ele é nac, e maluco, mas obviamente tem seus contatos.
– Onde *Orciny* se encaixa nisso?
Olhamos um para o outro.
– Eu já lhe disse tudo o que sei – eu falei. Levei as mãos ao rosto, fiquei olhando por entre as pontas dos dedos. Parecia que o homem e a mulher na porta não estavam prestando atenção. Corri na direção deles, pensei sem nenhum aviso. Um deles – não sei qual – me ergueu em pleno ar e me jogou do outro lado da sala, onde bati na parede e caí. Alguém me deu um soco, deve ter sido a mulher, porque minha cabeça estava levantada e o homem estava encostado na porta. O homem mais velho estava sentado na mesa, esperando.
A mulher subiu nas minhas costas e me prendeu numa espécie de chave de pescoço.
– Borlú, você está na Brecha. Este aposento é onde o seu julgamento está acontecendo – disse o homem mais velho. – Este lugar é onde ele pode acabar. Agora você está além da lei; aqui é onde vive a decisão, e nós somos a decisão. Mais uma vez. Diga-nos como esse caso, essas pessoas, esses assassinatos estão ligados a essa história de Orciny.
Depois de muitos segundos ele disse para a mulher:
– O que você está fazendo?
– Ele não está sufocando – disse ela.
Eu estava, tanto quanto permitia sua chave de pescoço, gargalhando.

– Não se trata de mim – eu disse finalmente, quando consegui. – Meu Deus. Vocês estão investigando Orciny.

– Não existe nenhum lugar chamado Orciny – disse o homem.

– É o que todos dizem. E, no entanto, as coisas continuam acontecendo, pessoas continuam sumindo ou morrendo, e essa palavra continua aparecendo, Orciny. – A mulher saiu de cima de mim. Sentei no chão e balancei a cabeça para aquilo tudo.

– Vocês sabem por que ela nunca foi até vocês? – eu disse. – Yolanda? Ela achava que *vocês* eram Orciny. Se você dissesse "Como pode existir um lugar entre a cidade e a cidade?", ela diria: "Você acredita na Brecha? *Onde* está ela?". Mas ela estava errada, não estava? Vocês não são Orciny.

– Não existe Orciny.

– Então por que você está perguntando tudo isso? Do que eu tenho fugido há dias? Acabei de *ver* Orciny ou alguma coisa bem parecida atirar no meu parceiro. Vocês sabem que eu cometi uma brecha: por que se importam com o resto? Por que não estão simplesmente me castigando?

– Como dizemos...

– O quê? Isso é misericórdia? Justiça? Por favor.

– Se existe *mais* alguma coisa entre Besźel e Ul Qoma, como vocês ficam? Vocês estão caçando. Porque ela voltou de repente. Vocês não sabem onde fica Orciny, nem o que está acontecendo. Vocês... – *Que se dane.* – Vocês estão com medo.

O homem mais novo e a mulher saíram e retornaram com um antigo projetor, arrastando uma extensão que ia até o corredor. Eles mexeram no aparelho, ele zumbiu, e fizeram da parede uma tela. Ele começou a projetar cenas de um interrogatório. Ainda sentado no chão, recuei pra ver melhor.

O interrogado era Bowden. Um estalido de estática e ele estava falando em illitano, e vi que seus interrogadores eram da *militsya*.

– ... não sei o que aconteceu. Sim, *sim*, eu estava me escondendo porque havia alguém atrás de mim. Alguém estava tentando me matar. E, quando soube que Borlú e Dhatt estavam indo embora, não sabia se podia confiar neles, mas achei que talvez eles pudessem me tirar também.

– ... tem uma arma? – A voz do interrogador estava abafada.

– Porque alguém estava tentando me matar, só por isso. Sim, eu tinha uma arma. Você pode conseguir uma em qualquer esquina da parte leste de Ul Qoma, como vocês sabem bem. Eu morei aqui anos, vocês sabem.

Alguma coisa.

– Não.

– Por que não? – Isso foi audível.

– Porque *não existe essa história* de Orciny – disse Bowden. *Alguma coisa.*

– Bem, eu não dou a mínima para o que vocês pensam, ou para o que Mahalia pensava, ou para o que Yolanda falou, ou o que Dhatt andou insinuando, e não tenho ideia de quem me ligou. Mas *esse lugar não existe.*

Um estalido forte de tensão som-imagem, e lá estava Aikam. Ele estava apenas chorando e chorando. Perguntas eram feitas, ele ignorava todas e continuava chorando.

A imagem tornou a mudar e Dhatt estava no lugar de Aikam. Ele não estava de uniforme e estava com o braço numa tipoia.

– Porra, sei lá! – gritava ele. – Por que caralho você está me perguntando? Vá pegar Borlú, porque ele parece ter uma ideia bem melhor do que eu de que porra está acontecendo. Orciny? Não, porra, porque eu não sou criança, mas o negócio é o seguinte, *muito embora* seja óbvio que Orciny seja uma imensa palhaçada de merda, ainda assim tem alguma coisa acontecendo, tem gente que não está repassando a informação que deveria, e gente levando tiro na cabeça de forças desconhecidas. Moleques filhos da puta. Foi por *isso* que concordei em ajudar Borlú, foda-se se era ilegal. Então, se você vai tirar meu distintivo, ande logo com isso, caralho. E fique à vontade: desacredite quanto quiser de Orciny, é isso que eu faço. Mas abaixe a cabeça, para o caso de essa porra de cidade inexistente lhe dar um tiro bem na cara. Onde está Tyador? O que foi que vocês fizeram?

A imagem na parede congelou. Os interrogadores olharam para mim na luz da cara feia gigante e monocromática de Dhatt.

– Então – disse o homem mais velho. Ele assentiu para a parede. – Você ouviu Bowden. O que está acontecendo? O que você sabe a respeito de Orciny?

A Brecha não era nada. Ela não é nada. Isso é lugar-comum, coisa simples. A Brecha não tem embaixadas, nem exército, nem pontos turísticos para visitar. A Brecha não tem moeda própria. Se você cometê-la, ela irá envolver você. A Brecha é um vácuo cheio de policiais zangados.

A trilha que levava sempre de volta a Orciny sugeria uma transgressão sistêmica, um pararregras secreto, uma cidade parasita onde não devia haver nada a não ser nada, a não ser Brecha. Se a Brecha não era Orciny, o que ela era, a não ser uma paródia de si mesma, para aceitar isso por séculos? Era por isso que meu questionador, quando me perguntava "Orciny existe?", formulava a questão como quem pergunta: "Então, estamos em guerra?".

Chamei a atenção dele para a nossa colaboração. Ousando, barganhei.

– Eu vou ajudar vocês... – ficava dizendo, com uma pausa contida, uma elipse significando um *se*. Eu queria os assassinos de Mahalia Geary e Yolanda Rodriguez, e eles podiam dizer isso, mas eu não era tão nobre para barganhar. A possibilidade de que houvesse espaço para um escambo, por assim dizer, uma chance mínima de que eu pudesse sair da Brecha novamente, era intoxicante.

– Vocês quase me pegaram uma vez antes – eu disse. Eles estavam vigiando quando cheguei brutopicamente próximo da minha casa. – Então, somos parceiros? – Perguntei.

– Você é um perpetrador de brecha. Mas, se nos ajudar, as coisas podem melhorar.

– Você acha mesmo que Orciny as matou? – perguntou o outro homem.

Eles iam acabar comigo quando houvesse ao menos uma possibilidade de Orciny estar ali, emergindo, e ainda oculta? Sua população caminhando pelas ruas, desvista pelas populações de Besźel e Ul Qoma, cada qual pensando que eram da outra. Como esconder livros numa biblioteca.

– O que foi? – perguntou a mulher, ao ver meu rosto.

– Eu já disse a vocês o que sei, e não é muito. Quem realmente sabia o que estava acontecendo era Mahalia, e ela morreu. Mas ela deixou uma coisa para trás. Ela contou para uma amiga. Ela disse para Yolanda que havia descoberto a verdade quando estava examinando suas anotações. Nunca encontramos nada parecido com isso. Mas eu sei como ela trabalhava. Eu sei onde elas estão.

CAPÍTULO 24

Deixamos o edifício – a delegacia, pode-se dizer – pela manhã, eu na companhia do homem mais velho, Brecha, e percebi que não sabia em que cidade estávamos.

Fiquei acordado a maior parte da noite assistindo a gravações de interrogatórios, de Ul Qoma e Besźel. Um guarda de fronteira besź e um ul-qomano, passantes de ambas as cidades que não sabiam de nada. "Pessoas começaram a gritar...". Motoristas sobre cuja cabeça as balas haviam passado.

– Corwi – falei, quando o rosto dela apareceu na parede.

– Então, onde está ele? – Um defeito na gravação fez a voz dela ficar muito distante. Ela estava zangada e tentando se controlar. – Em que merda o chefe se meteu dessa vez? Sim, ele queria que eu ajudasse ele a atravessar alguém. – Isso foi tudo o que eles constataram, repetidamente, seus questionadores besź. Ameaçaram seu emprego. Ela estava se lixando para isso, tanto quanto Dhatt, mas tomou mais cuidado com a maneira de pôr isso em palavras. Ela não sabia de nada.

Brecha me mostrou cenas rápidas de alguém questionando Biszaya e Sariska. Biszaya chorava.

– Isso não me impressiona – falei. – É simplesmente cruel.

Os filmes mais interessantes eram os de camaradas de Yorjavic entre os radicais nacionalistas de Besźel. Reconheci alguns dos que estavam com Yorjavic. Eles encaravam seus questionadores, os *policzai*, de mau humor. Uns poucos se recusaram a falar, a não ser na presença de seus advogados. O interrogatório foi duro, um policial estava se curvando por cima da mesa e socando um homem no rosto.

– Porra – gritou o homem que agora sangrava. – A gente tá do mesmo lado, seu merda. Você é besź, não é um porra de um ul-qomano e também não é um Brecha de merda...

Com arrogância, neutralidade, ressentimento ou, muitas vezes, obediência e colaboração, os nacionalistas negaram qualquer conhecimento da ação de Yorjavic.

– Porra, nunca ouvi falar dessa estrangeira; ele nunca mencionou ela. Ela é estudante? – perguntou um deles. – A gente faz o que é certo pra Besźel, sabe? E nem precisa perguntar por quê. Mas... – O homem que vimos agonizava com as mãos, fazia formas para tentar se explicar sem recriminação.

– Nós somos soldados, caralho. Que nem vocês. Por Besźel. Então, se você fica sabendo que uma coisa tem que ser feita, se você recebe instruções, tipo que alguém tem que ser avisado, vermelhos, unifs, traidores, UQs ou os puxa-sacos da Brecha estão se reunindo ou sei lá o quê, alguma coisa tem que ser feita, tudo bem. Mas você sabe por quê. Você não pergunta, mas dá pra você ver que tem que ser feito, na maioria das vezes. Mas eu não sei por que essa garota Rodriguez... Eu não acredito que ele fez isso, e se ele *fez* eu não... – Ele parecia zangado. – Eu não sei por quê.

– É claro que eles têm contatos importantes no governo – disse meu interlocutor da Brecha. – Mas com uma coisa tão difícil de investigar como essa, existe a possibilidade de que Yorjavic talvez não fosse um Cidadão Verdadeiro. Ou não só, mas também um representante de uma organização mais oculta.

– Um lugar mais oculto talvez – eu disse. – Eu pensava que vocês observassem tudo.

– Ninguém cometeu brecha. – Ele colocou uns papéis na minha frente. – Estas são as descobertas dos *policzai* de Besźel que revistaram o apartamento de Yorjavic. Nada que o ligasse a qualquer coisa semelhante a Orciny. Amanhã sairemos cedo.

– Como vocês conseguiram tudo isso? – perguntei, enquanto ele e seus companheiros se levantavam.

Ele olhou para mim com um rosto sem movimento, mas que pareceu se desvanecer no instante de sua partida.

Ele voltou depois de uma noite rápida, sozinho desta vez. Eu estava preparado. Acenei com os papéis.

– Presumindo que meus colegas fizeram um bom trabalho, não existe nada. Uns pagamentos entram de vez em quando, mas não em grande quantia... pode ser qualquer coisa. Ele passou no exame alguns anos atrás, podia cruzar. Isso não é tão incomum, embora com a política dele... – Dei de ombros. – Assinaturas, estantes, associados, registro do Exército, antecedentes criminais, reuniões e tudo isso fazem com que ele se destaque como um nac violento padrão.

– Ele tem sido vigiado pela Brecha. Assim como a todos os dissidentes. Não houve sinal de nenhuma ligação fora do normal.

– Orciny, você quer dizer.

– Nenhum sinal.

Ele finalmente me conduziu para fora do quarto. O corredor tinha a mesma tinta descascada, um carpete descolorido e gasto, uma sucessão de portas. Eu ouvia os passos de outros, e quando viramos numa escadaria uma mulher passou por nós, parando muito rapidamente para cumprimentar meu acompanhante com um aceno de cabeça. Então um homem passou, e em seguida estávamos num salão com várias outras pessoas. O que eles vestiam seria legalmente aceitável tanto em Besźel quanto em Ul Qoma.

Ouvi conversas em ambos os idiomas e uma terceira coisa, uma mistura ou coisa mais antiga que combinava os dois. Ouvi sons de digitação. Não pensei em sair correndo ou atacar meu acompanhante para tentar fugir. Isso eu admito. Eu estava sendo muito observado.

Nas paredes de um escritório pelo qual passamos havia painéis de cortiça cheios de memorandos, prateleiras abarrotadas de pastas. Uma mulher rasgava uma folha de papel de uma impressora. Um telefone tocou.

– Vamos – disse o homem. – Você disse que sabe onde está a verdade.

Havia um conjunto de portas duplas, portas que davam para fora. Passamos por elas, e foi ali, quando a luz me consumiu, que percebi que não sabia em que cidade estávamos.

Depois do pânico no cruzamento, percebi que devíamos estar em Ul Qoma: era esse o nosso destino. Segui minha escolha rua abaixo.

Eu estava respirando fundo. Era uma manhã, barulhenta, nublada mas sem chuva, turbulenta. Frio: o ar me fez perder o fôlego. Fiquei agradavelmente desorientado com todas aquelas pessoas, com o movimento dos ul-qomanos encapotados, o ronco dos carros andando devagar naquela rua em grande parte de pedestres, os gritos dos ambulantes, vendedores de roupas, livros e comida. Tudo o mais eu desvi. Acima de nós, o zumbido dos cabos quando um dos infláveis ul-qomanos era fustigado pelo vento.

– Não preciso lhe dizer para não fugir – disse o homem. – Não preciso lhe dizer para não gritar. Você sabe que posso detê-lo. E você sabe que não estou sozinho ao vigiar você. Você está na Brecha. Pode me chamar de Ashil.

– Você sabe o meu nome.

– Enquanto estiver comigo, você é Tye.

Tye, assim como Ashil, não era besź tradicional nem ul-qomano, mas poderia plausivelmente ser qualquer um dos dois. Ashil caminhou comigo através de um pátio, sob fachadas de figuras e sinos, telas de vídeo com informações da bolsa. Eu não sabia onde estávamos.

– Você está com fome? – disse Ashil.

– Eu posso esperar. – Ele me orientou por uma rua lateral, outra rua lateral cruzada onde barracas ul-qomanas ao lado de um supermercado ofereciam softwares e brinquedinhos. Ele me pegou pelo braço e me guiou, e hesitei porque não havia comida à vista a não ser, e eu fiz força contra ele por um momento, barracas de bolinhos cozidos e pão, mas elas ficavam em Besźel.

Tentei desvê-los, mas não havia incerteza: a fonte do cheiro que eu estava descheirando era o nosso destino.

– Ande – disse e me conduziu através da membrana entre as cidades; levantei o pé em Ul Qoma e tornei a descê-lo em Besźel, onde estava o nosso café da manhã.

Atrás de nós estava uma ul-qomana com cabelos punk framboesa vendendo o desbloqueio de celulares. Ela olhou para cima surpresa e depois consternada; depois eu a vi nos desver rapidamente quando Ashil pediu comida em Besźel.

Ashil pagou com besźmarcos. Ele pôs o prato de papel na minha mão e caminhou de volta comigo pela estrada na direção do supermercado, que ficava em Ul Qoma. Comprou uma caixa de suco de laranja com *dinar* e me deu.

Segurei a comida e a bebida. Ele desceu comigo até o meio da rua cruzada.

Minha visão pareceu se soltar como uma tomada sacolejante de Hitchcock, um truque de câmera dolly e profundidade de campo, de forma que a rua foi ficando mais comprida e o foco mudou. Tudo o que eu vinha desvendo até agora pulou pra cima de mim num close súbito.

Som e cheiro surgiram: os chamados de Besźel; o soar dos relógios nas torres; o clangor e a percussão de metal velho dos bondes; o cheiro das chaminés; os velhos cheiros; eles vinham em marés, com os temperos e os gritos em illitano de Ul Qoma, o ruído das pás de um helicóptero da *militsya*, o escapamento dos carros alemães. As cores da luz e dos displays de plástico nas vitrines de Ul Qoma não mais apagavam os ocres e a pedra de sua vizinha, minha cidade.

– Onde você está? – perguntou Ashil. Ele falou de forma que só eu pudesse ouvir.

– Eu...

– Você está em Besźel ou Ul Qoma?

– ... Nenhuma das duas. Eu estou na Brecha.

– Você está comigo aqui. – Nós passamos no meio de uma multidão matinal cruzada. – Na Brecha. Ninguém sabe se está vendo ou desvendo você. Não se assuste. Não é que você não esteja em nenhuma: você está em ambas.

Ele bateu no meu peito.

– Respire.

Ele nos levou de metrô em Ul Qoma, onde fiquei sentado bem quieto, como se os restos de Besźel se agarrassem a mim feito teias de aranha e fossem assustar os outros passageiros, saímos e subimos num bonde em Besźel, e a sensação foi boa, como se eu estivesse de volta à minha terra, o que era uma impressão errônea. Seguimos a pé através das duas cidades. A sensação de familiaridade com Besźel foi substituída por um estranhamento maior. Paramos ao lado da fachada de vidro e aço da Biblioteca da Universidade de UQ.

– O que você faria se eu saísse correndo? – perguntei. Ele não disse nada.

Ashil sacou uma carteira de couro comum e mostrou ao guarda o distintivo da Brecha. O homem olhou para ele por alguns segundos, e então de repente deu um pulo.

– Meu Deus – disse ele. Era imigrante, da Turquia, a julgar por seu illitano, mas estava ali havia tempo suficiente para entender o que tinha visto. – Eu, você, o que eu posso…? – Ashil apontou para que ele voltasse à sua cadeira e entrou.

A biblioteca era mais recente que sua contraparte besź.

– Ele não vai estar classificado – disse Ashil.

– Essa é a questão – eu disse. Estávamos nos referindo ao mapa e sua lenda. As histórias de Besźel e Ul Qoma, cuidadosamente separadas, mas colocadas em prateleiras próximas, estavam no quarto andar. Estudantes em mesinhas de laterais elevadas olharam para Ashil quando ele passou. Havia nele uma autoridade diferente da dos pais ou tutores.

Muitos dos títulos diante dos quais nos encontrávamos não tinham tradução, estavam no inglês ou francês original. *Os segredos da Era dos Precursores*; *O literal e o litoral: Besźel, Ul Qoma e semiótica marítima*. Ficamos vasculhando por minutos – eram muitas prateleiras. O que eu estava procurando, e encontrei finalmente na segunda prateleira a contar do alto, três fileiras depois do corredor principal, passando por um universitário jovem e confuso como se fosse eu quem tivesse a autoridade ali, era um livro marcado pela ausência. Ele não tinha na parte inferior de sua lombada o adorno de uma marca de catalogação impressa.

– Aqui. – A mesma edição que eu tive um dia. Aquela ilustração psicodélica estilo portas-da-percepção, um homem de cabelos compridos andando por uma rua que era uma colcha de retalhos feita de dois estilos arquitetônicos diferentes (e espúrios), das sombras dos quais olhos observavam. Eu o abri na frente de Ashil. *Entre a cidade e a cidade*. Visivelmente usado.

– Se tudo isso for verdade – eu disse baixinho –, então estamos sendo observados. Você e eu, agora. – Apontei para um dos pares de olhos na capa.

Folheei as páginas. Vislumbres de tinta, a maior parte das páginas anotadas com rabiscos ínfimos: vermelhos, pretos e azuis. Mahalia tinha escrito com uma pena extrafina, e suas notas eram como fios de cabelo embaraçados, anos de anotações para a tese oculta. Olhei de relance para trás, e Ashil fez o mesmo. Não havia ninguém ali.

 Não, lemos na grafia dela. De jeito nenhum, e Sério? Cf. Harris et al., e Insanidade!! Louco!!!, e assim por diante. Ashil tomou o livro de mim.

 – Ela compreendia Orciny melhor do que qualquer um – eu disse. – Foi aí que ela guardou a verdade.

CAPÍTULO 25

– Ambos têm tentado descobrir o que aconteceu com você – disse Ashil. – Corwi e Dhatt.

– O que vocês disseram a eles?

Um olhar: "Nós não falamos em absoluto com eles". Naquela noite ele me trouxe cópias coloridas, encadernadas, de cada página, e capas interna e externa, do exemplar ul-qomano de *Entre* de Mahalia. Aquele era seu caderno de anotações. Com esforço e atenção, eu podia seguir uma linha particular de raciocínio a partir de cada página emaranhada, podia rastrear cada uma das leituras dela por vez.

Naquela noite Ashil caminhou comigo naquelas ambas-cidades. As volutas e as curvas da *byzanterie* ul-qomana protuberam sobre e ao redor da cantaria baixo *mittel*-continental e médio-histórica de Besźel, suas figuras em baixo-relevo de mulheres com lenços e bombardeiros, a comida fumegante e os pães escuros de Besźel se misturando com os cheiros quentes de Ul Qoma, cores de luz e roupas ao redor de tons de cinza e basalto, sons agora ao mesmo tempo bruscos, *schwa-staccato*-sinuosos *e* sorvidos guturais. Estar em ambas as cidades passou de estar em Besźel e Ul Qoma para estar num terceiro lugar, aquele nenhum-lugar-ambos, aquela Brecha.

Todos, em ambas as cidades, pareciam tensos. Nós voltamos através das duas cidades cruzadas não para os escritórios onde acordei – eles ficavam em Rusai Bey em Ul Qoma ou TushasProspekta em Besźel, percebi em retrospecto –, mas para outro lugar, um apartamento razoavelmente bom, com recepção, não muito distante daquele QG maior. No andar superior, as salas se estendiam pelo que deviam ser dois ou três edifícios, e em seus corredores a Brecha ia e vinha. Havia quartos anônimos, cozinhas, escritórios, computadores de aparência datada, telefones, armários trancados. Homens e mulheres de poucas palavras.

À medida que as duas cidades cresciam juntas, lugares, espaços se abriram entre elas, ou deixaram de ser solicitados, ou foram aqueles controvertidos *dissensi*. A Brecha vivia ali.

– E se alguém tentar roubar vocês? Isso não acontece?

– De tempos em tempos.

– E aí...

– E aí eles estão na Brecha e são nossos.

As mulheres e os homens permaneceram ocupados, entabulando conversações que flutuavam através do besź, do illitano e da terceira forma. O quarto sem detalhes no qual Ashil me colocou tinha barras nas janelas, e outra câmera em algum lugar, com certeza. Era uma suíte. Ele não saiu. Mais dois ou três membros da Brecha se juntaram a nós.

– Olhem só isso – eu disse. – Vocês são a prova de que tudo isso pode ser real – a intersticialidade que tornava Orciny tão absurda para a maioria dos cidadãos de Besźel e Ul Qoma não era apenas possível, mas inevitável. Por que a Brecha não acreditaria que a vida podia florescer naquele pequeno espaço? A ansiedade era agora mais uma coisa do tipo "Nós nunca os vimos", um tipo de preocupação muito diferente.

– Não pode ser – disse Ashil.

– Pergunte aos seus superiores. Pergunte aos poderes. Eu não sei – que outros poderes, superiores ou inferiores, existiam na Brecha? – Vocês sabem que estamos sendo vigiados. Ou eles estavam, Mahalia, Yolanda, Bowden, por alguma coisa em algum lugar.

– Não há nada que ligue o atirador a qualquer coisa. – Esse era um dos outros, falando em illitano.

– Tudo bem. – Dei de ombros. Falei em besź. – Então ele era apenas um sujeito aleatório, e muito sortudo, da direita. Se vocês dizem. Ou talvez vocês achem que quem está fazendo isso são insilados? – Perguntei. Nenhum deles negou a existência dos lendários refugiados intersticiais que se alimentam de restos. – Eles usaram Mahalia e, quando acabaram, mataram ela. Eles mataram Yolanda, de uma maneira pensada exatamente para que vocês não pudessem segui-los. Como se, de todas as coisas de Besźel, Ul Qoma ou qualquer outro lugar, o que eles mais temessem fosse a Brecha.

– Mas – uma mulher apontou para mim – olhe o que você fez.

– Cometi brecha? – Eu tinha oferecido a eles um jeito de entrar no que quer que essa guerra significasse. – Sim. O que Mahalia sabia? Ela descobriu alguma coisa a respeito do que eles haviam planejado. Eles mataram ela – o brilho sobreposto das noites de Ul Qoma e Besźel me iluminava pela janela. Fiz minha afirmação sombria para uma plateia cada vez maior de membros da Brecha, seus rostos como os de corujas.

Eles me trancaram para a noite. Li as anotações de Mahalia. Pude discernir fases de anotações, embora não numa cronologia específica de páginas: todas as notas estavam em camadas, um palimpsesto de interpretações em evolução. Fiz a minha arqueologia.

No começo, nas camadas mais inferiores, sua escrita era mais cuidadosa, as anotações mais longas e bem-feitas, com mais referências a outros autores e aos próprios ensaios dela. O idioleto e as abreviações pouco ortodoxas que ela usava tornavam a leitura difícil. Eu começava cada página tentando ler, transcrever, esses primeiros pensamentos. A maior parte do que consegui discernir era a raiva dela.

Senti algo se estendendo por sobre as ruas noturnas. Eu queria falar com aqueles que conheci em Besźel ou Ul Qoma, mas só podia observar.

Fossem quem fossem os chefes invisíveis, se existissem, que esperavam nas entranhas da Brecha, foi Ashil quem veio me buscar mais uma vez na manhã seguinte, e me encontrou estudando as anotações. Ele me conduziu pela extensão de um corredor até um escritório. Pensei em correr – ninguém parecia estar me vigiando. Mas eles me deteriam. E, se não detivessem, para onde eu iria, refugiado caçado entre as duas cidades?

Havia uns doze ou mais membros da Brecha na sala apertada, sentados, em pé, precários na beirada das mesas, murmurando em dois ou três idiomas. No meio de uma discussão. Por que estavam me mostrando aquilo?

– ... Gosharian diz que não, ele acabou de ligar...

– Que tal a SusurStrász? Não estavam falando sobre...?

– Sim, mas todos já foram contados.

Era uma reunião de crise. Gente falando baixo ao telefone, fazendo checagens rápidas em listas. Ashil me disse:

– As coisas estão andando. – Mais gente chegou e começou a participar da conversa.

– E agora? – A pergunta, feita por uma jovem que usava o lenço de cabeça das mulheres casadas de família tradicional de Besźel, foi dirigida a mim, prisioneiro, condenado, consultor. Eu reconheci ela da noite anterior. Um silêncio percorreu o ambiente, deixando a si mesmo para trás, e todas as pessoas olharam para mim. – Conte-me novamente sobre quando Mahalia foi levada – disse ela.

– Vocês estão tentando fechar o cerco sobre Orciny? – perguntei. Eu não tinha nada para sugerir a ela, embora alguma coisa parecesse próxima do meu alcance.

Eles continuaram as conversas rápidas, usando gestos e gírias que eu não conhecia, mas dava para dizer que estavam discutindo uns com os outros, e tentei entender sobre o quê – alguma estratégia, alguma questão de direção. Periodicamente todos no aposento murmuravam alguma coisa que parecia conclusivo e paravam, e levantavam ou não a mão, e olhavam ao redor para contar quantos fizeram o quê.

– Precisamos entender o que nos trouxe até aqui – disse Ashil. – O que você faria para descobrir o que Mahalia sabia? – Os companheiros dele estavam ficando agitados, interrompendo uns aos outros. Lembrei-me de Jaris e Yolanda falando sobre a raiva de Mahalia no fim. Sentei jogando todo o peso do meu corpo.

– O que foi? – perguntou Ashil.

– Precisamos ir à escavação – eu disse. Ele ficou olhando para mim.

– Pronto com Tye – disse Ashil. – Vindo comigo? – Três quartos do aposento ergueram as mãos brevemente.

– Dei a minha opinião sobre ele – disse a mulher de lenço, que não levantou a dela.

– Ouvida – disse Ashil. – Mas – ele fez com que ela olhasse ao redor do aposento. Ela havia perdido a votação.

Saí com Ashil. Estava ali nas ruas, aquela coisa carregada.

– Está sentindo? – perguntei. Ele até chegou a assentir. – Preciso... Posso ligar para Dhatt? – perguntei.

– Não. Ele ainda está de licença. E se você se encontrar com ele...

– E daí?

– Você está na Brecha. Mais fácil para ele se deixá-lo em paz. Você vai ver pessoas que conhece. Não as coloque em posições difíceis. Elas precisam saber onde você está.

– Bowden...

– Está sob vigilância da *militsya*. Para sua própria proteção. Ninguém em Besźel ou Ul Qoma consegue encontrar qualquer ligação entre Yorjavic e ele. Quem quer que tenha tentado matá-lo...

– Ainda estamos dizendo que não é Orciny? Que não existe Orciny?

– ...pode tentar novamente. Os líderes dos Cidadãos Verdadeiros estão com a *policzai*. Mas se Yorj e outro membro qualquer eram alguma célula secreta, eles não parecem saber. Estão zangados com isso. Você viu o filme.

– Onde estamos? Pra que lado fica a escavação?

Ele nos levou por aquela incrível sucessão de brechas de transportes, fazendo um caminho direto pelas duas cidades, deixando um túnel de Brecha na forma de nossa jornada. Fiquei me perguntando onde ele carregava que arma. O guarda no portão de Bol Ye'an me reconheceu e deu um sorriso que rapidamente vacilou. Ele devia ter ouvido falar que eu havia desaparecido.

– Não vamos chegar perto dos acadêmicos, não vamos interrogar os estudantes – disse Ashil. – Você entende que estamos aqui para investigar o background e os termos da sua brecha. – Eu era o policial encarregado do meu próprio crime.

– Seria mais fácil se pudéssemos falar com Nancy.

– Nenhum dos acadêmicos, nenhum dos estudantes. Começando. Você sabe quem sou eu? – Isso foi para o guarda.

Fomos até Buidze, que estava de costas para a parede do escritório, olhou fixo para nós, para Ashil com grande e explícito medo, para mim com um medo que era mais do que espanto: "Posso falar sobre o que falamos antes?" Eu vi ele pensar, "Quem é ele?". Ashil me manobrou até os fundos da sala, achou uma nesga de sombra.

– Eu não fiz brecha. – Buidze não parava de sussurrar.

– Você permite investigação? – perguntou Ashil.

– Seu trabalho é impedir contrabando – eu disse. Buidze concordou com um aceno de cabeça. O que era eu? Nem ele nem eu sabíamos. – Como está indo com isso?

– Santa Luz... Por favor. A única maneira de qualquer um desses garotos fazer isso seria pegando uma lembrancinha do chão e enfiando direto no bolso, de forma que ela nunca fosse catalogada, e eles não podem fazer isso, porque todo mundo é revistado quando deixa o sítio. E ninguém ia conseguir vender esses troços mesmo. Como eu falei, os garotos saem pra passear pelo sítio, e pode ser que façam brecha quando ficam parados. O que se pode fazer? Não se pode provar. Isso não quer dizer que eles sejam ladrões.

– Ela contou a Yolanda que alguém pode ser ladrão sem saber – eu disse para Ashil. – No fim. O que vocês perderam? – perguntei a Buidze.

– Nada!

Ele nos levou até o armazém de artefatos, apressado, ansioso para nos ajudar. No caminho, dois estudantes que de algum modo reconheci nos viram, pararam no ato – alguma coisa no andar de Ashil, que eu estava imitando – e recuaram. Lá estavam os armários onde ficavam as descobertas, dentro dos quais as mais recentes coisas nascidas do solo e espanadas eram armazenadas. Armários repletos da impossível variedade de escombros da Era dos Precursores, um entulho milagroso e teimosamente opaco de garrafas, planetários, lâminas de machados, pedaços de pergaminhos.

– Entram, o encarregado do dia se certifica de que todo mundo coloca aqui o que foi encontrado, tranca e leva a chave. Ninguém sai do terreno sem que a gente reviste. Eles estão cagando e andando pra isso; sabem como funciona a coisa.

Fiz um gesto para que Buidze abrisse o armário. Olhei a coleção, cada peça aninhada em sua casinha, seu segmento de poliestireno, na gaveta. As gavetas superiores ainda não tinham sido ocupadas. As de baixo estavam cheias. Algumas peças frágeis estavam ocultas, envoltas em tecido sem fiapos. Abri as gavetas uma abaixo da outra, examinando as descobertas classificadas. Ashil parou do meu lado e olhou para a última como se fosse uma xícara de chá, como se os artefatos fossem folhas que pudessem ser usadas para adivinhação.

– Quem fica com as chaves durante a noite? – perguntou Ashil.

– Eu, eu, depende. – O medo que Buidze tinha de nós estava diminuindo, mas eu não acreditei que ele fosse mentir. – Sei lá. Não é importante. Todos ficam com ela em algum momento. Quem quer que fique trabalhando até mais tarde. Existe um cronograma, mas é sempre ignorado...
– Depois que devolvem as chaves à segurança, eles vão embora?
– Vão.
– Direto?
– Sim. Normalmente. Pode ser que deem um pulo nos próprios escritórios, passeiem nos terrenos, mas normalmente não ficam por aí.
– Os terrenos?
– É um parque. Ele é... bonito. – Deu de ombros desconsolado. – Mas não tem saída; depois de alguns metros ele vira alter, eles têm de voltar para cá. E não vão embora sem ser revistados.
– Quando foi a última vez que Mahalia trancou tudo?
– Um monte de vezes... Não sei...
– A última vez.
– ... A noite em que ela desapareceu – acabou dizendo.
– Me dê uma lista de quem fez isso e quando.
– Não posso! Eles têm uma, mas é como eu estou dizendo, na metade das vezes eles simplesmente fazem favores uns pros outros...

Abri as gavetas mais baixas. Entre as figuras minúsculas e toscas, os intrincados *lingams* dos precursores e as pipetas ancestrais, havia coisas delicadas embrulhadas. Toquei com suavidade aquelas formas.

– Essas são antigas – disse Buidze, me observando. – Foram desenterradas eras atrás.

– Sei – eu disse, lendo as etiquetas. Elas haviam sido desenterradas nos primeiros dias da escavação. Virei-me ao som da doutora Nancy entrando. Ela parou bruscamente, encarou Ashil, me encarou. Abriu a boca. Ela havia vivido muitos anos em Ul Qoma, era treinada para ver as minúcias. Reconhecia o que estava vendo.

– Doutora – falei. Ela me cumprimentou com a cabeça. Olhou fixamente para Buidze e ele para ela. Ela acenou novamente com a cabeça e recuou até sair.

– Quando Mahalia estava encarregada das chaves, ela saía para caminhadas depois de trancar tudo, não saía? – perguntei. Buidze deu de ombros, pasmo.

– Ela se oferecia para trancar tudo quando não era a vez dela também. Mais de uma vez. – Todos os pequenos artefatos estavam em seus leitos forrados de tecido. Não fiquei mexendo, mas tateei ao redor da parte de trás da gaveta sem o que, imaginei, fosse o cuidado preferencial.

Buidze se mexeu, mas ele não ia me desafiar. Na parte de trás da terceira gaveta de cima, das coisas trazidas à luz havia mais de um ano, um dos itens envoltos em tecido cedeu sob meu dedo de maneira que me fez parar.

– Você tem que vestir luvas – disse Buidze.

Desembrulhei e lá dentro havia jornal, e no papel retorcido havia um pedaço de madeira ainda com tinta respingada e marcas de parafusos. Nem ancestral nem esculpido: um resto de porta, um absoluto pedaço de nada.

Buidze ficou olhando fixamente. Ergui a peça.

– De que dinastia é isso? – perguntei.

– Não – disse-me Ashil. Ele me seguiu até lá fora. Buidze veio atrás de nós.

– Eu sou Mahalia – eu disse. – Acabei de trancar tudo. Acabei de me oferecer como voluntária para fazer isso, embora seja a vez de outra pessoa. Agora, um pequeno passeio.

Fui marchando com todos nós para fora, passando pelo buraco com as camadas cuidadosamente marcadas de onde os estudantes olharam surpresos para nós, rumo à terra desolada, onde havia aquele entulho de história, e além dela o portão que se abriria para uma ID universitária, que se abriria para nós devido a de onde e o que éramos nós, e que abrimos e que dava para o parque. Não era mais um grande parque àquela proximidade da escavação, mas arbustos e umas poucas árvores cruzadas por trilhas. Havia ul-qomanos visíveis, mas nenhum perto demais. Não havia espaço ul-qomano ininterrupto entre a escavação e o grosso do parque ul-qomano. Besźel invadia.

Vimos outras figuras às margens da clareira: besź sentados nas rochas ou à beira do lago cruzado. O parque só estava ligeiramente em Besźel, a alguns metros à beira da vegetação, um sulco de cruzamento em trilhas e arbustos, e um pequeno trecho de totalidade separando as duas seções ul-qomanas uma da outra. Mapas esclareciam aos caminhantes aonde eles podiam ir. Era ali no cruzamento que os estudantes podiam parar, escandalosamente, à distância de um toque de uma potência estrangeira, uma pornografia de separação.

– A Brecha observa periferias como esta – disse-me Ashil. – Existem câmeras. Nós veríamos qualquer um emergir em Besźel que não entrasse por ela.

Buidze estava parado atrás de nós. Ashil falou de forma que ele não pudesse ouvir. Buidze estava tentando não olhar para nós. Eu andava para um lado e para o outro.

– Orciny... – falei. Não havia como entrar ou sair daqui de Ul Qoma, só voltando pela escavação de Bol Ye'an. – *Dissensi?* Palhaçada. Não era assim que ela fazia entregas. Isso era o que ela estava fazendo. Você viu *Fugindo do inferno?* – Caminhei até a margem da zona cruzada, onde Ul Qoma terminava por metros. É claro que eu estava na Brecha agora, podia vagar para dentro de Besźel, se quisesse, mas parei como se estivesse apenas em Ul Qoma. Fui até a beira do espaço que ela compartilhava com Besźel, onde Besźel se tornava brevemente total e a separava do resto de Ul Qoma. Certifiquei-me de que Ashil estava me observando. Fiz uma mímica de colocar o pedaço de madeira no bolso, enfiando-o na verdade debaixo do meu cinto, fazendo com que ele descesse pelas minhas calças. – Buraco no bolso.

Caminhei alguns passos no cruzamento, deixando cair a madeira felizmente sem lascas perna abaixo. Parei quando ela atingiu o chão. Fiquei parado como se estivesse contemplando a linha do horizonte e movi os pés bem de leve, deixando que ela se acomodasse na terra, pisei nela e joguei lama, plantas e terra por cima. Quando me afastei, sem olhar para trás, a madeira era uma forma em forma de nada, invisível, se você não soubesse que ela estava ali.

– Quando ela vai embora, alguém em Besźel, ou alguém que parece que está lá, então não há nada para vocês notarem, aparece – eu disse. – Para e olha para o céu. Mexe os pés. Chuta alguma coisa. Senta numa pedra por um momento, põe a mão no chão, coloca alguma coisa no bolso.

– Mahalia não levaria coisas recentes porque tinham acabado de ser arquivadas, seriam muito fáceis de notar. Mas enquanto ela estava trancando tudo, porque só levava um segundo, ela abria as gavetas *velhas*.

– O que ela levava?

– Talvez fosse aleatório. Talvez estivesse seguindo instruções. Bol Ye'an faz revista todas as noites, então por que pensaria que tem alguém roubando? Ela nunca foi apanhada com nada. A coisa estava bem aqui no cruzamento.

– Onde alguém vinha buscar. Através de Besźel.

Eu me virei e olhei devagar em todas as direções.

– Você se sente vigiado? – perguntou Ashil.

– E você?

Um silêncio muito longo.

– Não sei.

– Orciny. – Tornei a me virar. – Estou cansado disso. – Levantei. – Sério. – Eu me virei. – Isso é cansativo.

– O que você está pensando? – perguntou Ashil.

O barulho de um cachorro no bosque nos fez levantar a cabeça. O cão estava em Besźel. Eu estava pronto para desouvir, mas naturalmente não precisava.

Era um labrador, um animal escuro, amigável, que veio farejando pelo mato rasteiro e saiu trotando em nossa direção. Ashil estendeu a mão para ele. O dono emergiu, sorriu, levou um susto, desviou o olhar confuso e chamou o cachorro de volta. O cão voltou para ele, virando a cabeça para olhar para nós. Ele estava tentando desver, mas o homem não conseguia evitar ficar olhando para nós, imaginando provavelmente por que nos arriscaríamos a brincar com um animal num ponto urbano tão instável. Quando Ashil olhou nos olhos dele, o homem desviou o olhar. Ele devia ter percebido de onde e o que éramos nós.

Segundo o catálogo, o resto de madeira estava substituindo um tubo de bronze contendo engrenagens incrustadas em suas posições havia séculos. Três outras peças estavam faltando, daquelas primeiras escavações, todas embrulhadas, todas substituídas por papéis retorcidos, pedras, a perna de uma boneca. Deveriam ser os restos de uma garra de lagosta contendo um protomecanismo de relógio; um mecanismo corroído semelhante a um minúsculo sextante; um punhado de pregos e parafusos.

Vasculhamos o chão naquela zona de fronteira. Encontramos buracos, marcas antigas de saltos de sapatos e os restos quase invernais de flores, mas nenhum tesouro de valor inestimável da Era dos Precursores em cova rasa. Eles haviam sido apanhados muito tempo atrás. Ninguém conseguiria vendê-los.

– Isso constitui brecha, então – eu disse. – De onde quer que esses orciny-itas tenham ido ou vindo, eles não podem ter apanhado os objetos em Ul Qoma, então foi em Besźel. Bem, talvez para eles mesmos eles nunca tenham deixado Orciny. Mas para a maioria das pessoas os objetos foram colocados em Ul Qoma e apanhados em Besźel, então é brecha.

Ashil ligou para alguém no caminho de volta e, ao chegarmos ao quartel-general, os membros da Brecha estavam discutindo e votando ao seu modo acelerado e desorganizado questões alienígenas para mim. Eles entravam no salão no meio do estranho debate, faziam ligações ao celular, interrompidas apressadamente. A atmosfera era tensa, daquele jeito distintamente sem expressão típico da Brecha.

Havia relatórios das duas cidades, com acréscimos resmungados vindos dos fones em espera, mensagens sendo entregues de outros membros da Brecha.

– Está todo mundo em guarda. – Ashil não parava de falar. – A coisa está começando.

Eles estavam com medo de tiros na cabeça e latrocínios com brecha. O número de pequenas brechas estava aumentando. A Brecha estava onde eles podiam estar, mas muitas eles não viam. Alguém disse que estavam aparecendo grafites em paredes de Ul Qoma em estilos que sugeriam artistas de Besźel.

– A coisa não era tão ruim assim desde, bem... – disse Ashil. Ele sussurrava explicações para mim enquanto a discussão continuava.

– Aquela é Raina. Ela não dá trégua quando o assunto é esse.

– Samun acha que até mesmo mencionar Orciny é ceder terreno.

– Byon não acha.

– Precisamos estar preparados – disse o que estava falando. – Encontramos alguma coisa.

– Ela encontrou, Mahalia. Não nós – disse Ashil.

– Tudo bem, ela encontrou. Quem sabe quando o que quer que vai acontecer irá acontecer? Estamos no escuro e sabemos que a guerra começou, mas não sabemos para onde atirar.

– Não consigo lidar com isso – eu disse baixinho para Ashil.

Ele me escoltou de volta para o quarto. Quando percebi que estava me trancando, gritei em protesto.

– Você precisa se lembrar do motivo pelo qual está aqui – disse ele através da porta.

Sentei na cama e tentei ler as anotações de Mahalia de maneira diferente. Não tentei acompanhar o fio de uma caneta particular, o tom de um período particular de estudos, para reconstruir a linhagem do pensamento. Ao invés disso, li todas as anotações em cada página, anos de opiniões reunidas. Antes eu tinha tentado ser o arqueólogo da marginália, separando as camadas. Agora leio cada página fora do tempo, sem cronologia, discutindo consigo mesma.

Na parte interna da contracapa, entre camadas de teoria furiosa, leio em letras maiúsculas escritas por cima de letras menores, *Mas Cf. Sherman*. Uma linha ligava isso a um argumento da página seguinte: *Contra de Rosen*. Aqueles nomes me eram familiares de investigações anteriores. Virei umas duas páginas para trás. Com a mesma caneta e grafia apressada e tardia, eu li, sobrepondo-se a uma afirmação mais antiga: *Não – Rosen, Vijnic*.

Afirmação sobreposta com crítica, mais e mais cláusulas com pontos de exclamação no livro. *Não*, uma seta conectando a palavra não ao texto impresso original, mas a uma nota, às próprias anotações mais antigas e entusiasmadas. Uma discussão consigo mesma. *Por que um teste? Quem?*

– Ei – gritei. Eu não sabia onde estava a câmera. – Ei, Ashil. Tragam Ashil. – Não parei de fazer barulho até ele chegar. – Preciso ficar on-line.

Ele me levou até uma sala com computadores, ao que parecia um 486 ou uma antiguidade semelhante, com um sistema operacional que não reconheci, alguma imitação-gambiarra do Windows, mas o processador e a conexão eram muito rápidos. Éramos dois de vários no escritório. Ashil ficou atrás de mim enquanto eu digitava. Ele olhava minhas pesquisas, assim como, certamente, se assegurava de que eu não estava enviando emails a ninguém.

– Vá onde precisar – disse-me Ashil, e ele tinha razão. Sites pagos protegidos por senha só precisavam que eu pressionasse a tecla Enter para abrir.

– Que tipo de conexão é esta? – Eu não esperava obter qualquer resposta. Pesquisei "Sherman", "Rosen", "Vijnic". Nos fóruns que eu havia visitado recentemente, os três autores eram sujeitos a uma ferocidade contumaz. – Olhe.

Peguei os nomes de suas principais obras, chequei listas na Amazon para uma rapidíssima apreciação de suas teses. Levei minutos. Me recostei na cadeira.

– Olhe. *Olhe*. Sherman, Rosen, Vijnic são todos figuras absolutamente odiadas nesses fóruns de cidade fraturada – eu disse. – Por quê? Porque escreveram livros afirmando que Bowden estava falando merda. Que toda a argumentação dele era imbecil.

– Ele também afirma isso.

– Não é essa a questão, Ashil. Olhe. – Páginas e mais páginas em *Entre a cidade e a cidade*. Apontei para os primeiros comentários de Mahalia para si mesma, depois os últimos. – A questão é que ela está citando eles. No fim. Nas suas últimas notas. – Virando mais páginas, mostrando a ele.

– Ela mudou de ideia – disse, finalmente. Ficamos olhando um para o outro por muito tempo.

– Todo aquele negócio de parasitas, de estar errado e descobrir que ela era uma ladra – eu disse. – Diabos. Ela não foi morta porque era alguma, uma das poucas malditas eleitas que conheciam o incrível segredo da existência da terceira cidade. Ela não foi morta porque percebeu que Orciny estava mentindo para ela, estava usando ela. Não foram as mentiras que ela estava contando. Mahalia foi morta porque *parou* de acreditar em Orciny.

CAPÍTULO 26

Embora eu implorasse e ficasse cada vez mais zangado, Ashil e seus colegas não me deixaram ligar nem para Corwi nem para Dhatt.

– Por que não, cacete? – perguntei. – Eles poderiam fazer isso. Tudo bem, então, façam o que diabos vocês costumam fazer, descubram. Yorjavic ainda é nossa melhor conexão, ele ou alguns dos seus parceiros. Nós sabemos que ele está envolvido. Tentem conseguir as datas exatas em que Mahalia trancou tudo e, se possível, precisamos saber onde Yorjavic estava em cada uma dessas noites. Queremos descobrir se era ele quem pegava. A policzai vigia os CVs; pode ser que ela saiba. Talvez os líderes até falem, se estiverem tão incomodados. E chequem onde Syedr estava também: alguém com acesso ao Copula Hall está envolvido.

– Não vamos conseguir saber todos os dias em que Mahalia pegou as chaves. Você ouviu Buidze: metade deles não foi planejada.

– Me deixe ligar pra Corwi e Dhatt; eles vão saber como peneirar essas informações.

– Você – Ashil falou com dureza – está na Brecha. Não esqueça. Você não exige nada. Tudo o que estamos fazendo é uma investigação da sua brecha. Você está entendendo?

Eles não me deixaram ter um computador na cela. Vi o sol nascer, o ar para além da minha janela ficar mais leve. Eu não tinha percebido como era tarde. Finalmente adormeci, e despertei com Ashil novamente no quarto comigo. Ele estava bebendo alguma coisa: era a primeira vez que eu o via comer ou beber alguma coisa. Esfreguei os olhos. Era manhã suficiente para ser dia. Ashil não parecia nem um pouco cansado. Ele jogou uns papéis no meu colo, indicou um café e uma pílula ao lado da minha cama.

– Não foi tão difícil – disse ele. – Eles assinam quando devolvem as chaves, então temos todas as datas. Você tem os cronogramas originais aí, que mudaram, e as próprias folhas de assinatura. Mas são pilhas. Não conseguimos isolar Yorjavic, quanto mais Syedr ou qualquer outro nac, tantas noites assim. Isso se estende ao longo de mais de dois anos.

– Espere um pouco. – Segurei as duas listas uma contra a outra. – Esqueça quando ela foi escalada com antecedência: ela estava seguindo ordens, não se esqueça, de um contato misterioso. Quando ela não estava lá embaixo para pegar as chaves, mas pegava assim mesmo, é isso que deveríamos estar procurando. Ninguém adora esse trabalho, você tem que ficar até tarde, então esses são os dias em que ela de repente aparece e diz pra quem estiver de plantão: "Pode deixar que eu faço". Esses são os dias em que ela recebeu uma mensagem. Mandaram que ela entregasse. Vamos ver quem estava fazendo o quê, *então*. Essas são as datas. E não há tantas assim.

Ashil assentiu: contou as noites em questão.

– Quatro, cinco. Três peças estão faltando.

– Então em dois desses dias nada aconteceu. Talvez tenham sido mudanças legítimas, sem nenhuma instrução. Eles ainda são os que temos que caçar. – Ashil tornou a assentir. – É quando vamos ver os nacs se movendo.

– Como eles organizam isso? Por quê?

– Não sei.

– Espere aqui.

– Seria mais fácil se você me deixasse ir junto. Por que está tímido agora?

– Espere.

Mais espera e, embora eu não tivesse gritado para a câmera invisível, fiquei olhando intensamente para todas as paredes, uma de cada vez, para que ela me visse.

– Não. – A voz de Ashil veio de um alto-falante que eu não podia ver. – Yorjavic estava sob observação da policzai pelo menos duas daquelas noites. Ele não chegou perto do parque.

– E Syedr? – eu me dirigi ao vazio.

– Não. Ele tinha álibi para quatro daquelas noites. Pode ser outro dos chefões nacs, mas nós vimos o que Besźel tem sobre eles todos, e não há nada que os acuse.

– Merda. O que você quis dizer com Syedr "tinha álibi"?

– Nós sabemos onde ele estava, e ele não estava em nenhum lugar perto de lá. Estava em reuniões naquelas noites e nos dias depois delas.

– Reuniões com quem?

– Ele estava na Câmara de Comércio. Houve eventos comerciais naqueles dias. – Silêncio. Como fiquei sem falar por muito tempo, ele perguntou: – O que foi? O que foi?

– A gente andou pensando errado. – Fiz uma pinça com os dedos no ar, tentando capturar alguma coisa. – Só porque foi Yorjavic quem disparou, e porque sabemos

que Mahalia emputeceu os nacs. Mas não parece uma puta coincidência que esses eventos comerciais tenham acontecido nas noites exatas em que Mahalia se ofereceu para trancar tudo? – Mais um longo silêncio. Me lembrei do atraso antes de poder ver a Comissão de Supervisão, por causa de um desses eventos. – Eles fazem recepções depois, para os convidados, não fazem?
– Convidados.
– As empresas. Aquelas com que Besźel está tendo conversas informais: é para isso que essas coisas servem, quando eles estão brigando pelos contratos. Ashil, descubra quem estava lá nessas datas.
– Na Câmara de Comércio...
– Cheque as listas de convidados das festas depois. Cheque os press releases alguns dias depois e você verá os contratos. Vamos lá.
– Pelo amor de Deus, porra – eu disse após minutos de silêncio, ainda andando de um lado para outro na minha cela sem ele. – Por que caralho você simplesmente não me solta? Eu sou policzai, diabos, isso é o que eu faço. Você é bom em ser bicho-papão, mas nisso você é um merda.
– Você é um perpetrador de brecha – disse Ashil, abrindo a porta. – É você que estamos investigando.
– Certo. Você esperou do lado de fora até eu dizer alguma coisa pra você poder fazer uma entrada triunfal?
– Aqui está a lista – peguei o papel dele.
Empresas – canadense, francesa, italiana e britânica, umas duas americanas menores – ao lado das diversas datas. Cinco nomes estavam marcados com círculos vermelhos.
– O resto estava lá, numa ou noutra feira, mas essas em vermelho, essas são as que estavam lá em cada uma das noites em que Mahalia pegou as chaves – disse Ashil.
– Software ReddiTek. Burnley... O que elas fazem?
– Consultoria.
– A CorIntech lida com componentes eletrônicos. O que é isso escrito ao lado delas? – Ashil olhou.
– O homem que liderava a delegação era Gorse, da matriz deles, a Sear and Core. Veio se reunir com o diretor local da CorIntech, o sujeito que chefia a divisão em Besźel. Ambos foram às festas com Nyisemu e Buric e o resto da câmara.
– Merda – eu disse. – Nós... A que horas ele esteve aqui?
– Todos eles.
– Todos? O CEO da matriz? A Sear and Core? Merda...
– Conte-me – ele acabou dizendo.
– Os nacs não conseguiriam fazer isso. Espere. – Pensei. – Sabemos que existe um infiltrado no Copula Hall, mas... que diabos Syedr poderia fazer pra esses caras? Corwi tem razão: ele é um palhaço. E qual seria a sua intenção? – Balancei

a cabeça. – Ashil, como isso funciona? Você pode simplesmente puxar essas informações de qualquer uma das duas cidades, certo? Você pode... Qual é o seu status internacionalmente? Da Brecha, quero dizer.

– Precisamos ir atrás da companhia.

Eu sou um avatar da Brecha, disse Ashil. Onde ocorre brecha, posso fazer o que quiser. Mas ele me fez ficar pensando muito nisso. Seus modos cristalizados, aquela opacidade, a falta de brilho de qualquer senso do que ele pensava – era difícil saber até mesmo se ele me ouvia. Ele não discutia nem concordava. Ele ficou ali parado, enquanto eu lhe dizia o que afirmava saber.

Não, eles não podem vender aquilo, eu disse, não é do que se trata. Nós todos tínhamos ouvido rumores sobre artefatos dos precursores. Sua física questionável. Suas propriedades. Eles querem saber o que é verdade. Eles tinham Mahalia como fornecedora. E para isso fizeram ela pensar que estava em contato com Orciny. Mas ela descobriu.

Corwi havia dito algo certa vez a respeito das excursões de visitantes de Besźel que os representantes dessas empresas tinham de aguentar. Os motoristas podiam levá-los a qualquer lugar total ou cruzado, qualquer parque bonito para esticar as pernas.

A Sear and Core vinha fazendo P&D.

Ashil olhou fixo para mim.

– Isso não faz sentido – disse ele. – Quem investiria dinheiro em bobagens supersticiosas...?

– Como você tem certeza? De que essas histórias não têm um fundo de verdade? E, mesmo que você tenha razão, a CIA pagou milhões de dólares para uns homens tentarem matar cabras só olhando fixo para elas – eu disse. – A Sear and Core paga o quê, alguns milhares de dólares para armar isso? Eles não precisam acreditar numa só palavra: esse dinheiro já vale só a chance remota de que qualquer uma dessas histórias possa ter algo de concreto. Vale só pela curiosidade.

Ashil sacou seu celular e começou a fazer ligações. Era o começo da noite.

– Precisamos de um conclave – disse ele. – Grandes coisas em jogo. Sim, providencie.

– Conclave. O quanto antes. – Ele disse mais ou menos a mesma coisa muitas vezes.

– Vocês podem fazer qualquer coisa – falei.

– Sim. Sim... Precisamos de um espetáculo. Para mostrar a força da Brecha.

– Então você acredita em mim? Ashil, você acredita?

– Como eles fariam isso? Como estrangeiros assim falariam com ela?

– Não sei, mas isso é o que temos que descobrir. Pagaram gente local: nós sabemos de onde saiu aquele dinheiro que veio até Yorj. – Haviam sido pequenas quantias.

– Eles não poderiam ter, não poderiam ter criado Orciny para ela.

– Eles não teriam mandado o CEO da matriz aqui só por causa desses puxa-sacos medíocres, ainda por cima todas as vezes que Mahalia trancasse tudo. O que é que há? Besźel é um hospício, e eles já nos deram uma pista estando aqui. Tem que haver uma ligação...

– Ah, nós vamos investigar. Mas eles não são cidadãos nem cidadãos, Tye. Eles não tem o... – Silêncio.

O medo – eu disse. Aquela paralisia provocada pela Brecha, aquele reflexo de obediência compartilhado por Ul Qoma e Besźel.

– Eles não têm uma certa reação a nós. Então, se fizermos qualquer coisa de que precisarmos para mostrar força... Vamos precisar de muitos de nós, uma presença. E se isso for verdade, será o fechamento de uma grande empresa em Besźel. Uma crise na cidade. Uma catástrofe. E ninguém vai gostar disso. Não é sem precedentes que uma cidade ou uma cidade discutam com a Brecha, Tye. Já aconteceu. Já houve *guerras* com a Brecha. – Ele esperou enquanto aquela imagem pairava na minha cabeça. – Isso não ajuda ninguém. Então precisamos ter presença.

A Brecha precisava intimidar. Eu entendia.

– Vamos lá – eu disse. – Depressa.

Mas a reunião de avatares da Brecha a partir de onde quer que eles estivessem posicionados, a tentativa com aquela autoridade difusa, o cercamento do caos, não foram eficientes. A Brecha atendeu aos seus telefonemas, concordou, discordou, disse que iria ou que não iria, disse que ouviria o que Ashil tinha a dizer. Isso a julgar pelo lado dele das conversas.

– De quantos você precisa? – perguntei. – O que você está esperando?

– Nós precisamos de uma presença, já falei.

– Você sente o que está acontecendo lá fora? – perguntei. – Você sentiu isso no ar.

Aquilo já durava mais de duas horas. Eu estava ligado por causa de alguma coisa na comida e na bebida que tinham me dado, andando de um lado para o outro e reclamando do meu encarceramento. Ashil começou a receber mais ligações. Eram mais do que as mensagens que ele havia deixado: a notícia havia se tornado viral. No corredor, comoção, passos acelerados, vozes, gritos e respostas aos gritos.

– O que foi?

Ashil estava escutando o seu telefone, não o som do lado de fora.

– Não – disse. Sua voz não traía nada. Tornou a repetir a palavra várias vezes até desligar o aparelho e olhar para mim. Pela primeira vez aquele rosto fechado parecia uma evasão. Ele não sabia como dizer o que tinha que dizer.

– O que aconteceu? – Os gritos do lado de fora estavam mais altos, e agora os ruídos também vinham da rua.
– Uma batida.
– Uma batida de carro?
– Ônibus. Dois ônibus.
– Eles cometeram brecha?
Ele assentiu.
– Eles estão em Besźel. Ficaram enviesados na praça Finn. – Uma grande piazza cruzada. – Foram parar num muro em Ul Qoma. – Eu não disse nada. Qualquer acidente que levava a brecha obviamente necessitava da Brecha, uns poucos avatares aparecendo subitamente em cena, isolando tudo, definindo parâmetros, afastando os inocentes, detendo quaisquer perpetradores de brecha, devolvendo a autoridade o mais depressa possível à polícia das duas cidades. Não havia nada numa brecha de tráfego que levasse ao ruído que eu ouvia do lado de fora, então devia haver mais coisas acontecendo.
– Eram ônibus que levavam refugiados para os campos. Eles saíram, e não foram treinados; estão cometendo brechas por toda parte, vagando entre as cidades sem ter ideia do que estão fazendo.
Eu podia imaginar o pânico das testemunhas e passantes, quanto mais dos motoristas inocentes de Besźel e Ul Qoma, desviando-se desesperadamente do caminho dos veículos derrapando, por necessidade dentro e fora da cidade topolganger, tentando recuperar o controle e puxar seus veículos de volta ao seu lugar de direito. Para serem encarados por dezenas de intrusos feridos e com medo, sem intenção de transgredir mas sem outra opção, sem idioma para pedir socorro, saindo cambaleantes dos ônibus destruídos, carregando crianças chorando nos braços e sangrando por entre fronteiras. Abordando pessoas que viam, sem se dar conta das nuances de nacionalidade – roupas, cores, cabelos, postura –, oscilando entre países.
– Solicitamos um fechamento – disse Ashil. – Isolamento completo. Esvaziamento de todas as ruas. A Brecha está em vigor, em todas as partes, até que isso esteja terminado.
– O quê?
Brecha marcial. Nunca havia acontecido na minha vida. Nenhuma entrada para nenhuma das cidades, nenhuma passagem entre elas, reforço ultrarradical de todas as regras da Brecha. A polícia de cada cidade de prontidão para fazer o trabalho de limpeza sob as ordens da Brecha, auxiliares durante o período de fechamento das fronteiras. Aquele era o som que eu podia ouvir, aquelas vozes mecanizadas sobre o rugido crescente das sirenes: alto-falantes anunciando o fechamento em ambos os idiomas. Saiam das ruas.
– Por causa de uma batida de ônibus...?

– Foi de propósito – disse Ashil. – Aquilo foi uma emboscada. De unificacionistas. Aconteceu. Eles estão por toda parte. Há relatos de brechas em todos os lugares – ele estava recuperando a compostura.
– Unifs em qual cidade...? – perguntei, e minha pergunta perdeu o sentido no instante em que adivinhei a resposta.
– Ambas. Eles estão trabalhando juntos. Nem sequer sabemos se foram unifs besź que pararam os ônibus – é claro que eles trabalharam juntos; isso nós já sabíamos. Mas aqueles bandinhos utopistas e ansiosos poderiam fazer aquilo? Poderiam provocar esse surto, poderiam fazer isto acontecer? – Eles estão por toda parte em ambas as cidades. É uma insurreição. Estão tentando nos fundir.

Ashil estava hesitando. Isso me manteve falando, somente isso, o fato de que ele estava ali no quarto mais minutos do que precisava estar. Ele estava checando o conteúdo dos bolsos, se preparando para entrar em alerta militar. Toda a Brecha estava sendo convocada. Ele estava sendo esperado. As sirenes continuavam, as vozes continuavam.
– Ashil, pelo amor de Deus me escuta. Me escuta. Você acha que isto é coincidência? *O que é que há?* Ashil, não abra aquela porta. Você acha que a gente chega até aqui, acha que a gente descobre isso tudo, chega até este ponto e de repente acontece a porra de um levante? Tem alguém fazendo isso, Ashil. Pra afastar você e toda a Brecha. – Como foi que você descobriu quais companhias estavam aqui e quando? Nas noites em que Mahalia fez as entregas.
Ele estava imóvel.
– Nós somos a Brecha – ele acabou dizendo. – Nós podemos fazer o que quer que precisemos...
– Diabos, Ashil. Eu não sou nenhum perpetrador de brecha pra você apavorar; eu preciso saber. Como vocês investigam?
Finalmente:
– Vazamentos. Informantes. – Olha para a janela, para um aumento do som da crise. Ele esperou na porta para ouvir mais de mim.
– Agentes ou sistemas em escritórios em Besźel e Ul Qoma dizem a vocês o que vocês precisam saber, certo? Então alguém em algum lugar estava analisando bancos de dados, tentando descobrir quem estava onde, na Câmara de Comércio besź. Essa pessoa foi marcada, Ashil. Você mandou alguém pra procurar, e a procura dos arquivos foi vista. Que prova melhor você precisa de que estamos chegando a algum lugar? Você viu os unifs. Eles não são nada. Besźel e Ul Qoma não fazem diferença, eles são um bandinho de punks muito jovens. Tem mais agentes do que

agitadores; alguém recebeu uma ordem. Alguém arquitetou isso porque percebeu que estamos em cima deles.

– Espere – continuei. – O isolamento... não foi só no Copula Hall, certo? Todas as fronteiras para todos os lugares estão fechadas, e nenhum voo chega ou parte, certo?

– BesźAir e Illitania estão no chão. Os aeroportos não estão aceitando mais tráfego aéreo.

– E os voos privados?

– ... As instruções são as mesmas, mas eles não estão sob a nossa autoridade como as empresas nacionais, então isso é um pouco mais...

– É isso. Vocês não podem trancá-los, não a tempo. Alguém está fugindo. Precisamos chegar ao prédio da Sear and Core.

– É lá que...

– É lá que o que está acontecendo está acontecendo. Isto... – Apontei para a janela. Ouvimos os vidros estilhaçando, os gritos, o frenesi de veículos acelerados e em pânico, os sons de briga. – Isto é um engodo.

CAPÍTULO 27

Na rua, passamos pelos últimos estertores, espasmos nervosos de uma pequena revolução, que morreu antes de nascer e nem sabia disso. Entretanto, aqueles estrebuchamentos finais ainda eram perigosos, e estávamos em modo militar. Nenhum toque de recolher poderia conter aquele pânico.

As pessoas estavam correndo, em ambas as cidades, pela rua na nossa frente, enquanto gritos de anúncios públicos em besź e illitano avisavam a todos que aquilo era um isolamento da Brecha. Janelas quebraram. Algumas figuras que vi correndo faziam isso mais com sofreguidão do que com terror. Não eram unifs, pequenos demais e muito sem objetivo: adolescentes atirando pedras, no ato mais transgressivo de suas vidas, pequenas brechas atiradas quebrando vidro na cidade onde eles não viviam nem estavam. Uma brigada de incêndio ul-qomana passou em disparada com sua sirene descendo a rua, na direção onde luzia o céu noturno. Um carro de bombeiros besź foi atrás, segundos depois: eles ainda estavam tentando manter as distinções, um combatendo o fogo numa parte da fachada conjunta, o outro na outra.

Era melhor aquela molecada sair da rua rápido, porque a Brecha estava em toda parte. Invisíveis pela maioria ainda lá fora naquela noite, mantendo seus métodos de ocultação. Correndo, vi outros membros da Brecha se movendo no que poderia passar pelo pânico urbano de cidadãos de Besźel e Ul Qoma, mas era um movimento um tanto diferente, um movimento mais proposital, predatório, como o de Ashil e o meu. Eu podia vê-los por causa da prática recente, assim como eles podiam me ver.

Vimos uma gangue unif. Era chocante para mim, mesmo depois de dias de vida intersticial, vê-los correndo juntos, de ambas as seções, em roupas que, apesar das jaquetas punk e rocker transnacionais e dos emblemas, claramente os marcavam, àqueles ligados à semiose urbana, como vindos de, dependendo de seu desejo, *ou* Besźel *ou* Ul Qoma. Agora eles estavam agrupados como um só, arrastando uma brecha básica junto consigo enquanto iam de muro em muro escrevendo slogans com sprays numa combinação um tanto artística de besź e illitano, palavras que, perfeitamente legíveis, ainda que um tanto cheias de filigranas e serifas, diziam Juntos! Unidade! em ambos os idiomas.

Ashil estendeu a mão. Ele carregava uma arma que havia preparado antes de partirmos. Eu não a tinha visto de perto.

– Não temos tempo... – comecei a dizer, mas das sombras ao redor daquela insurgência um pequeno grupo de figuras não exatamente emergiu, mas entrou em foco. Brecha. – Como vocês se movem assim? – perguntei. Os avatares estavam em desvantagem numérica, mas avançaram para o grupo sem medo e, com golpes súbitos e não dramáticos, mas muito brutais, eles incapacitaram três membros da gangue. Alguns dos demais se sublevaram, e a Brecha apresentou armas. Não ouvi nada, mas dois unifs caíram.

– Meu Deus – eu disse, mas continuamos andando.

Com uma chave e uma rápida virada de especialista, Ashil abriu um carro estacionado aleatoriamente, selecionado por critérios obscuros.

– Entre. – Ele olhou de relance para trás. – A cessação é melhor quando feita fora de vista; eles vão movê-los. Isto é uma emergência. Ambas as cidades são da Brecha agora.

– Jesus...

– Só onde não puder ser evitado. Só para proteger as cidades e a Brecha.

– E quanto aos refugiados?

– Existem outras possibilidades. – Ele deu a partida.

Havia poucos carros nas ruas. O problema sempre parecia estar além das esquinas pelas quais passávamos. Pequenos grupos da Brecha estavam em movimento. Várias vezes alguém, Brecha, surgia no caos e parecia prestes a nos deter; mas a cada vez Ashil olhava fixo ou exibia seu distintivo ou batucava algum código secreto com os dedos, e o seu status como avatar era notado e seguíamos em frente.

Eu havia implorado para que mais membros da Brecha viessem com a gente.

– Eles não virão. – Ele tinha dito. – Não vão acreditar. Eu devia estar com eles.

– Como assim?

– Todo mundo está envolvido nisso. Não tenho tempo para ganhar a discussão.

Ele disse isso e subitamente ficou claro como a Brecha tinha pouca gente. Como a linha era fina. A democracia tosca de sua metodologia, seu auto-ordenamento descentralizado significavam que Ashil podia realizar essa missão de cuja importância eu o havia convencido, mas a crise significava que estávamos sós.

Ashil nos levou ao longo de pistas de rodovia, através de fronteiras em tensão, evitando pequenas anarquias. *Militsya* e *policzai* estavam encurralados. Às vezes a Brecha emergia da noite naquele movimento único que eles haviam aperfeiçoado e ordenava que a polícia local fizesse alguma coisa – levasse algum unif ou corpo para longe, protegesse alguma coisa – e depois voltava a desaparecer. Por duas vezes eu os vi escoltando homens e mulheres norte-africanos aterrorizados de um lugar para outro, refugiados que haviam se tornado as alavancas dessa quebra.

– Não é possível, nós... – interroupeu-se Ashil, levando a mão ao auricular para ouvir os relatórios que vinham chegando.

Haveria campos cheios de unificacionistas depois disso. Estávamos num momento já além da conclusão, mas os unifs ainda lutavam para mobilizar as populações profundamente adversas à sua missão. Talvez a memória daquela ação conjunta fizesse brotar o que restasse deles depois daquela noite. Deve ser intoxicante atravessar as fronteiras e saudar seus camaradas estrangeiros do outro lado do que eles subitamente transformaram numa só rua, para fazer seu próprio país, ainda que apenas por alguns segundos à noite, na frente de um slogan rabiscado e uma janela quebrada. Àquela altura eles já deviam estar sabendo que o povo não estava se juntando a eles, mas não desapareceram, de volta às suas respectivas cidades. Como poderiam voltar agora? A honra, o desespero ou a bravura faziam com que eles continuassem a aparecer.

– Não é possível – disse Ashil. – Não há como o chefe da Sear and Core, um *estrangeiro*, ter construído isso... Nós... – Ele apurou o ouvido, e seu rosto ficou rígido. – Nós perdemos avatares. – Que guerra, uma guerra agora sangrenta entre os que se dedicavam a reunir as cidades e a força encarregada de mantê-las separadas.

A palavra UNIDADE havia sido semiescrita na fachada do Ungir Hall, que também era o Palácio Sul Kibai, então agora em tinta fresca e pingando o prédio dizia alguma coisa que não fazia sentido. O que aparentemente eram os bairros comerciais de Besźel nem chegavam perto de seus equivalentes ul-qomanos. A sede da Sear and Core ficava nas margens do Colinin, um dos poucos sucessos nas tentativas de reviver o moribundo cais do porto de Besźel. Atravessamos a água escura.

Ambos olhamos para a percussão no céu que, de outro modo, estaria vazio por causa do bloqueio. Um helicóptero era a única coisa no ar, iluminado ao fundo pela força de suas próprias luzes enquanto nos deixava ali embaixo.

– São eles – falei.– Chegamos tarde demais. – Mas o helicóptero estava vindo do oeste, na direção da margem do rio. Não era uma partida, era um resgate. – Vamos lá.

Mesmo numa noite tão cheia de distrações, a perícia de Ashil ao volante me assombrou. Ele fez uma curva fechada para atravessar a ponte às escuras, pegou na contramão uma rua total de mão única em Besźel, assustando os pedestres que tentavam sair da noite, atravessou uma praça cruzada e depois uma rua total em Ul Qoma. Eu estava me inclinando para observar o helicóptero descendo no telhado à beira do rio, a meia milha de distância de nós.

– Ele desceu – eu disse. – Depressa.

Havia o armazém reconfigurado, as salas de gás infláveis dos prédios ul-qomanos cercando-o de cada lado. Não havia ninguém na praça, mas havia luzes por todo o edifício da Sear and Core, apesar da hora, e havia guardas na entrada. Eles vieram agressivamente em nossa direção quando entramos. Marmorizada e fluorescentemente iluminada, o logo da S&C em aço inoxidável pendurado nas paredes como se fosse arte, relatórios corporativos colocados como se fossem revistas em mesas perto dos sofás.

– Vão dando logo o fora, caralho – disse um homem. Ex-militar besź. Ele levou a mão ao coldre e mandou seus homens para cima de nós. Parou um instante depois: viu como Ashil se movia.

– Para trás – disse Ashil, fuzilando todos com o olhar para intimidar. – Toda Beszél está em Brecha esta noite. – Ele não precisou mostrar seu distintivo. Os homens recuaram. – Destranque o elevador agora, me dê as chaves para chegar ao heliponto e recue. Ninguém mais entra.

Se a segurança fosse estrangeira, se tivesse vindo do país de origem da Sear and Core, ou sido recrutada de bases na Europa ou na América do Norte, poderia não ter obedecido. Mas estávamos em Beszél e a segurança era besź, e eles fizeram conforme Ashil mandou. No elevador, ele sacou sua arma. Uma pistola grande de design que me era desconhecido. O cano estava coberto, abafado por um silenciador dramático. Ele usou a chave que a segurança nos deu, até os andares corporativos, até lá no alto.

A porta se abriu para dar passagem a fortes rajadas de ar frio entre cercanias de tetos abaulados e antenas. Os cabos das salas de gás ul-qomanas, a algumas ruas de distância das fachadas espelhadas das empresas de Ul Qoma, as torres espiraladas dos templos nas duas cidades, e lá na escuridão e no vento à nossa frente, atrás de uma massa de muretas de segurança, o heliponto. O veículo escuro aguardando, o rotor rodando muito devagar, quase sem ruído. Reunido à sua frente, um grupo de homens.

Não conseguíamos ouvir muita coisa a não ser o baixo profundo do motor, a infestação de sirenes abafando o tumulto unificacionista ao nosso redor. Os homens ao lado do helicóptero não ouviram a gente se aproximar. Ficamos perto da cobertura. Ashil me levou na direção da aeronave, e da gangue que ainda não tinha nos visto. Eram quatro. Dois eram enormes e tinham a cabeça raspada. Pareciam ultranacs: Cidadãos Verdadeiros em missão secreta. Eles estavam reunidos ao redor de um homem de terno que eu não conhecia e de alguém que eu não podia ver pelo jeito que ele estava parado, distraído em uma conversa animada.

Não ouvi nada, mas um dos homens nos viu. Houve uma comoção e eles se viraram. Da cabine o piloto do helicóptero girou a luz de intensidade policial que ele tinha. Logo antes de ela nos enquadrar, os homens reunidos se moveram e eu pude ver o ultimo homem, olhando direto para mim.

Era Mikhel Buric. O social-democrata, a oposição, o outro homem da Câmara de Comércio.

Cegado pela luz dos holofotes, senti Ashil me agarrar e me puxar para trás de um cano de ventilação grosso de ferro. Houve um momento de silêncio que se arrastou. Esperei por um tiro, mas ninguém atirou.

– Buric – eu disse para Ashil. – *Buric*. Eu sabia que não tinha como Syedr fazer isso.

Buric era o homem dos contatos, o organizador. Que sabia das predileções de Mahalia, que a tinha visto em sua primeira visita a Besźel, quando ela irritou todo mundo na conferência com sua dissidência de estudante universitária. Buric, o operador do esquema. Ele conhecia o trabalho dela e o que ela queria, aquela ab-história, os consolos da paranoia, os mimos de um homem por trás das cortinas. Por estar na Câmara de Comércio, ele tinha como oferecer isso. Achar um escoadouro para o que ela roubava a seu pedido, em benefício de uma Orciny inventada.

– Todas as coisas roubadas tinham engrenagens – eu disse. – A Sear and Core está investigando os artefatos. É uma experiência científica.

Foram os informantes de Buric – ele, como todos os políticos besź, os tinha – que haviam contado a ele que as investigações haviam ocorrido na Sear and Core, que nós estávamos em busca da verdade. Talvez ele achasse que havíamos entendido mais do que realmente havíamos, ficaria chocado ao saber o quão pouco disso nós poderíamos ter previsto. Não era preciso muito para um homem na posição dele ordenar que os provocadores do governo infiltrados entre os coitados dos unificacionistas imbecis começassem o trabalho, atrapalhando a Brecha para que ele e seus colaboradores pudessem escapar.

– Eles estão armados? – Ashil olhou para fora e fez que sim.

– Mikhel Buric? – gritei. – *Buric?* O que Cidadãos Verdadeiros estão fazendo com um vendido liberal como você? Você, que está fazendo com que bons soldados como Yorj morram? Matando estudantes que acha que estão chegando perto demais das suas palhaçadas?

– Vá à merda, Borlú – disse ele. Não estava parecendo zangado. – Somos todos patriotas. Eles conhecem meus registros – um ruído se juntou aos sons da noite. O motor do helicóptero, acelerando.

Ashil olhou para mim e saiu à vista de todos.

– Mikhel Buric – disse, com sua voz assustadora. Segurava a arma sem tremer e andava atrás dela, como se ela o puxasse na direção do helicóptero. – Você responde à Brecha. Venha comigo. – Eu o segui. Ele olhou rapidamente para o homem ao lado de Buric.

– Ian Croft, diretor regional da CorIntech – disse Buric a Ashil. Ele cruzou os braços. – Ele é convidado aqui. Dirija seus comentários a mim. E foda-se – os Cidadãos Verdadeiros haviam sacado as suas pistolas. Buric foi na direção do helicóptero.

– Fique onde está – disse Ashil. – Vocês vão *recuar* – gritou ele para os Cidadãos Verdadeiros. – Eu sou a *Brecha*.

– E daí? – disse Buric. – Eu passei *anos* dirigindo este lugar. Mantive os unifs na linha, consegui *negócios* para Besźel, tirei os seus malditos bricabraques *debaixo do nariz dos ul-qomanos*, e o que vocês fazem, seus covardes da Brecha? Vocês protegem Ul Qoma.

Ashil chegou a ficar de queixo caído um momento ao ouvir isso.

– Ele está fazendo um teatrinho pra eles – sussurrei. – Para os Cidadãos Verdadeiros.

– Os unifs acertaram numa coisa – disse Buric. – Só existe uma cidade e, se não fosse pela superstição e pela covardia do populacho, mantido no lugar dele por vocês, da maldita Brecha, nós todos saberíamos que só existe uma cidade. E *essa cidade se chama Besźel*. E você está mandando que patriotas *te* obedeçam? Eu avisei eles, *avisei* meus camaradas que vocês poderiam aparecer, apesar de ter ficado claro que vocês não têm o que fazer aqui.

– Foi por isso que você vazou o filme da van – eu disse. – Para manter a Brecha fora disso, para mandar a confusão toda pra *militsya*, ao invés dela.

– As prioridades da Brecha *não* são as de Besźel – disse Buric – Foda-se a Brecha – disse ele, com cuidado. – Aqui nós só reconhecemos uma autoridade, seu nem-nem de merda, e é a de *Besźel*.

Fez um sinal para que Croft entrasse à sua frente no helicóptero. Os Cidadãos Verdadeiros ficaram olhando. Eles não estavam prontos para atirar em Ashil, para provocar uma guerra com a Brecha – era possível ver uma espécie de expressão ébria-blasfema no olhar deles por causa da intransigência que já estavam demonstrando desobedecendo a Brecha até aquele ponto –, mas também não iam abaixar as armas. Se ele atirasse, eles dispariariam de volta, e eles eram dois. Do alto de sua obediência a Buric, eles não precisavam saber para onde o mestre que lhes pagava estava indo nem por quê, só que os havia encarregado de lhe dar proteção enquanto isso. Eles se sentiam incensados pela bravura nacionalista.

– Eu não sou a Brecha – falei.

Buric se virou para olhar para mim. Os Cidadãos Verdadeiros olharam fixo para mim. Senti a hesitação de Ashil. Ele mantinha a arma levantada.

– Eu não sou a Brecha. – Respirei fundo. – Eu sou o Inspetor Tyador Borlú. Esquadrão de Crimes Hediondos de Besźel. Não estou aqui pela Brecha, Buric. Eu represento a *policzai* de Besźel, para cumprir a lei besź. Porque você a violou. Contrabando não é meu departamento; leve o que quiser. Não sou de política. Não estou nem aí se você mexe com Ul Qoma. Estou aqui porque você é um assassino.

Mahalia não era ul-qomana nem inimiga de Besźel e, se parecia ser, era apenas porque acreditava nas merdas que você contou a ela, para que você pudesse vender o que ela lhe fornecia para o departamento de P&D desse estrangeiro aí. Fazendo isso por Besźel meu cu: você apenas está dando uma de receptador pra faturar uma grana estrangeira.

Os Cidadãos Verdadeiros ficaram sem graça.

– Mas ela percebeu a mentira. Percebeu que não estava corrigindo erros do passado nem aprendendo uma verdade oculta. Percebeu que você tinha feito dela uma ladra. Você mandou Yorjavic se livrar dela. Isso constitui um crime ul-qomano, então mesmo com os elos que vamos encontrar entre você e ele não há nada que eu possa fazer. Mas a coisa não termina aí. Quando você soube que Yolanda estava se escondendo, pensou que Mahalia havia dito alguma coisa a ela. Não podia correr o risco de ela falar. Você foi esperto ao mandar Yorj tirar ela do seu lado do checkpoint, tirar a Brecha das suas costas. Mas isso fez com que o tiro dele, e a ordem que você deu, fossem besź. E isso faz com que você seja meu. Ministro Mikhel Buric, pela autoridade a mim investida pelo governo e pelas cortes da Commonwealth de Besźel, você está preso por conspiração para o homicídio de Yolanda Rodriguez. Você vem comigo.

Segundos e segundos de silêncio atônito. Comecei a andar bem devagar para a frente, passando por Ashil, na direção de Mikhel Buric.

Isso não ia durar. Os Cidadãos Verdadeiros em sua maioria não tinham muito mais respeito por nós, que acreditavam ser a fraca polícia local, do que por tantos outros que compunham as massas quase manadas de Besźel. Mas aquelas acusações eram feias, em nome de Besźel, e não soavam como a política com a qual eles haviam se comprometido ou como os motivos que poderiam ter sido dados para aqueles assassinatos, se é que eles tinham ficado sabendo a respeito. Os dois homens olharam um para o outro sem saber o que fazer.

Ashil se moveu. Eu soltei o ar.

– Puta que pariu – disse Buric. De seu bolso ele tirou uma pistola pequena, levantou-a e apontou-a pra mim. Eu disse "Ah," ou coisa parecida ao cambalear para trás. Ouvi um tiro, mas não soou como eu esperava. Não explosivo; foi uma espécie de respiração ofegante, uma rajada. Lembro de pensar isso e ficar surpreso por ter notado uma coisa dessas na hora da minha morte.

Buric saltou imediatamente para trás num movimento de espantalho, os braços malucos e um borrifo colorido no peito. Eu não havia levado um tiro; ele havia levado um tiro. Jogou a pequena arma de lado como se fosse de propósito. Foi o disparo silenciado da pistola de Ashil que eu havia ouvido. Buric caiu, o peito todo ensanguentado.

Agora, ali, *aquele* era o som de tiros. Dois, rapidamente, um terceiro. Ashil caiu. Os Cidadãos Verdadeiros haviam disparado nele.

– Parem, parem – gritei. – Parem de atirar, merda! – Fui me arrastando até ele feito um caranguejo. Ashil estava esparramado sobre o concreto, sangrando. Estava gemendo de dor.

– Vocês dois estão presos, porra – gritei. Os Cidadãos Verdadeiros olharam um para o outro, para mim, para o cadáver imóvel de Buric. O serviço de escolta havia ficado subitamente violento e profundamente confuso. Era possível ver a escala da teia em que eles haviam caído. Um resmungou para o outro e eles recuaram, correram na direção do poço do elevador.

– Fiquem onde estão – gritei, mas eles me ignoraram enquanto eu me ajoelhava ao lado de Ashil, que respirava com dificuldade. Croft ainda estava imóvel ao lado do helicóptero. – Não se movam, merda – falei, mas os Cidadãos Verdadeiros abriram a porta que dava para o telhado e desapareceram, descendo de volta para Besźel.

– Eu estou bem, eu estou bem – disse Ashil, sem fôlego. Revistei ele para ver se encontrava os ferimentos. Por baixo das roupas, ele estava vestindo uma espécie de colete blindado. Ele havia detido o que teria sido uma bala mortal, mas também tinha sido atingido logo abaixo do ombro e estava sangrando e com dor. – Você – conseguiu gritar para o homem da Sear and Core. – Fique. Você pode estar protegido em Besźel, mas você não está *em* Besźel se eu disser que não está. Você está na Brecha.

Croft se inclinou para dentro da cabine e disse alguma coisa ao piloto, que concordou com a cabeça e acelerou o rotor.

– Terminou? – perguntou Croft.

– Saia. Esse veículo está proibido de levantar voo – mesmo trincando os dentes de dor e tendo deixado a pistola cair, Ashil ainda fazia exigências.

– Eu não sou besź nem ul-qomano – disse Croft. Ele falou em inglês, embora obviamente nos entendesse. – Não estou interessado nem com medo de vocês. Estou indo embora. "Brecha". – Ele balançou a cabeça. – Show de horrores. Vocês pensam que alguém para além destas cidadezinhas esquisitas se importam com vocês? *Eles* podem financiar vocês e fazer o que vocês disserem, sem maiores perguntas, podem precisar ter medo de vocês, mas ninguém mais precisa. – Ele sentou ao lado do piloto e colocou o cinto de segurança. – Não que eu ache que vocês possam, mas sugiro fortemente que você e seus colegas não tentem impedir este veículo. "Proibido." O que você acha que aconteceria se provocassem o meu governo? A ideia tanto de Besźel ou de Ul Qoma entrarem em guerra com um país de verdade já é muito engraçada. Quanto mais você, Brecha.

Fechou a porta. Ficamos um tempo sem tentar levantar, Ashil e eu. Ele ali deitado, eu ajoelhado atrás dele, enquanto o helicóptero aumentava de volume e a coisa de aspecto distendido começava a balançar como se estivesse pendurada numa cordinha, soprando ar com força em cima da gente, quase arrancando nossas roupas e espancando o cadáver de Buric. Ele alçou voo entre as torres baixas das duas cidades, no espaço aéreo de Besźel e Ul Qoma, mais uma vez a única coisa no céu.

Fiquei vendo ele ir. Uma invasão da Brecha. Paraquedistas pousando em cada cidade, invadindo escritórios secretos em prédios disputados. Para atacar a Brecha, um invasor teria de cometer brecha em Besźel e Ul Qoma.

– Avatar ferido – disse Ashil para o seu rádio. Deu a nossa localização. – Ajudem.
– Estamos indo – disse a máquina.

Ele ficou recostado na parede. A leste, o céu começava a se iluminar levemente. Ainda havia ruídos de violência lá embaixo, mas poucos e começando a diminuir de intensidade. Mais sirenes, besź e ul-qomanas, à medida que os *policzai* e a *militsya* recuperavam suas próprias ruas, à medida que a Brecha recuava onde podia. Haveria mais um dia de isolamento para limpar os últimos ninhos de unifs, para que tudo voltasse à normalidade, para cercar os últimos refugiados e levar eles de volta aos campos, mas o pior já tinha passado. Fiquei vendo surgirem as nuvens iluminadas pela aurora. Chequei o corpo de Buric, mas ele não levava nada consigo.

Ashil disse uma coisa. Sua voz era fraca, e tive de pedir que ele repetisse.
– Ainda não consigo acreditar – disse ele. – Que ele pudesse ter feito isso.
– Quem?
– Buric. Qualquer um deles.
Encostei numa chaminé e fiquei olhando pra ele. Vi o sol nascer.
– Não – eu disse, finalmente. – Ela era muito inteligente. Jovem, mas…
– … Sim. Ela entendeu tudo no fim, mas não seria de esperar que Buric pudesse recrutá-la, para começo de conversa.
– E, depois, do jeito que tudo foi feito – eu disse, devagar. – Se ele tivesse mandado matar alguém, não teríamos achado o corpo. – Buric não era competente o bastante por um lado, e era competente demais por outro, para aquela história fazer sentido. Fiquei sentado imóvel na luz cada vez mais clara, enquanto aguardávamos por socorro. – Ela era uma especialista – eu disse. – Conhecia tudo sobre a história. Buric era esperto, mas não tanto.
– O que você está pensando, Tye? – Ouvimos sons de uma das portas que davam para o telhado. Uma pancada e ela se escancarou, vomitando alguém que eu reconheci vagamente como sendo da Brecha. Ela veio em nossa direção, falando no rádio.
– Como eles sabiam onde Yolanda ia estar?
– Ouviram seus planos – falou. – Ouvindo o telefone da sua amiga Corwi… – Ele sugeriu a ideia.

– Por que atiraram em Bowden? – Perguntei. Ashil olhou para mim. – No Copula Hall. Nós achamos que fosse Orciny querendo pegá-lo, porque ele inadvertidamente sabia a verdade. Mas não era Orciny. Era... – Olhei para o corpo de Buric. – Eram as ordens dele. Então por que atirar em Bowden?

Ashil concordou com a cabeça. Ele falou devagar.

– Eles pensavam que Mahalia havia dito a Yolanda o que sabia, mas...

– Ashil? – A mulher que se aproximava gritou, e ele assentiu. Chegou até a se levantar, mas tornou a se sentar, caindo com força no chão.

– Ashil – eu disse.

– Ok, ok – disse ele. – Eu só... – Ele fechou os olhos. A mulher veio rápido. Ele os abriu subitamente e olhou para mim. – Bowden disse a você o tempo todo que Orciny não era verdade.

– Isso mesmo.

– Andando – disse a mulher. – Vou tirar vocês daqui.

– O que você vai fazer? – perguntei.

– Vamos lá, Ashil – disse ela. – Você está fraco...

– Sim, estou – ele mesmo a interrompeu. – Mas... – Ele tossiu. Olhou fixo para mim e eu para ele.

– Precisamos retirá-lo – eu disse. – Precisamos fazer com que a Brecha...

Mas eles ainda estavam presos ao fim daquela noite, e não havia tempo para convencer ninguém.

– Um segundo – disse à mulher. Tirou seu distintivo do bolso e deu pra mim, junto com um chaveiro. – Eu autorizo – disse. Ela ergueu uma sobrancelha, mas não argumentou. – Acho que a minha arma caiu ali. O resto da Brecha ainda está...

– Me dê o seu telefone. Qual o número? Agora vá. Tire ele daqui. Ashil, eu vou fazer isso.

CAPÍTULO 28

A Brecha que estava com Ashil não me pediu ajuda. Ela me enxotou dali.

Encontrei a arma dele. Era pesada, o silenciador parecia quase orgânico, como se fosse uma espécie de gosma cobrindo o cano. Precisei procurar muito até encontrar a trava de segurança. Não me arrisquei a tentar soltar o cartucho pra checar. Enfiei ela no bolso e desci pelas escadas.

Enquanto descia, rolei a tela dos números na lista de contatos do telefone: eram sequências de letras aparentemente sem sentido. Disquei à mão o número que precisava. Seguindo um palpite, não prefixei um código de país, e eu estava certo: a ligação foi feita. Quando cheguei ao saguão, o telefone estava tocando. Os seguranças olharam para mim sem entender bem, mas estendi o distintivo da Brecha e eles recuaram.

– O quê... Quem fala?

– Dhatt, sou eu.

– Santa Luz, Borlú? O quê... Cadê você? Onde você esteve? O que está acontecendo?

– Dhatt, cale a boca e escute. Sei que ainda não é de manhã, mas preciso que você acorde e preciso que você me ajude. Escute.

– Luz, Borlú, você acha que eu estou dormindo? Nós pensávamos que você estava com a Brecha... Cadê você? Você sabe o que está acontecendo?

– Eu estou com a Brecha. Escute. Você não voltou ao trabalho, certo?

– Porra, não, ainda estou todo fodido...

– Preciso que você me ajude. Onde está Bowden? Vocês levaram ele para interrogatório, certo?

– Bowden? Sim, mas não o detivemos. Por quê?

– Cadê ele?

– Santa Luz, Borlú. – Eu podia ouvir ele sentando, se recompondo. – No apartamento dele. Não entre em pânico, ele está sendo vigiado.

– Mande o pessoal para lá. Segure ele. Até eu chegar aí. Apenas faça isso, por favor. Obrigado. Me ligue quando estiver com ele.

– Espere, espere. Que número é esse? Não está aparecendo no meu telefone.

Eu disse a ele. Na praça, vi o céu clarear e os pássaros voarem sobre ambas as cidades. Eu andava de um lado para o outro, uma das poucas mas não a única pessoa do lado de fora àquela hora. Vi os outros que passavam perto, furtivamente. Vi eles tentarem recuar para a sua cidade natal – Besźel, Ul Qoma, Besźel, o que fosse – fora da maciça Brecha que estava finalmente fechando o cerco ao redor deles.

– Borlú. Ele sumiu.

– Como assim?

– Havia uma equipe no apartamento dele, certo? Para a proteção dele, depois que ele levou um tiro. Bem, quando as coisas começaram a enlouquecer esta noite, todo mundo foi convocado e eles foram chamados para algum outro trabalho. Não sei bem como foi a coisa... durante um curto período ninguém esteve lá. Mandei o pessoal de volta, as coisas estão se acalmando um pouco, a *militsya* e o seu pessoal estão tentando definir as fronteiras mais uma vez, mas a coisa nas ruas ainda está uma loucura do caralho. De qualquer maneira, mandei o pessoal de volta e eles acabaram de tentar abrir a porta dele. Ele não está lá.

– Filho da puta.

– Tyad, que porra é esta?

– Estou chegando aí. Você consegue fazer um... – Não sei como é em illitano – *Emita um mandado de prisão pra ele* – eu disse em inglês, copiando os filmes.

– É, nós chamamos isso de "mandar o halo". Vou providenciar. Mas, porra, Tyad, você viu o caos que foi esta noite. Você acha que alguém vai vê-lo?

– Precisamos tentar. Ele está tentando escapar.

– Bem, sem problema, ele está fodido mesmo, todas as fronteiras estão fechadas, então onde quer que ele apareça ele simplesmente será detido. Mesmo que ele tenha cruzado para Besźel antes, seu pessoal não é tão incompetente para deixar as pessoas saírem.

– Ok, mas, mesmo assim, colocar um halo nele?

– Mandar, não colocar. Tudo bem. Mas não vamos encontrá-lo.

Havia mais veículos de resgate nas estradas, em ambas as cidades, correndo para os pontos de crises em andamento, aqui e ali veículos civis, obedecendo com ostentação às leis de trânsito de sua própria cidade, desviando uns dos outros com um cuidado jurídico fora do normal, assim como os poucos pedestres. Eles deviam ter boas e defensáveis razões para estar na rua. A assiduidade de seu ver e desver era marcante. O cruzamento é resiliente.

Estava fazendo o frio que antecede o amanhecer. Com a chave mestra de Ashil, mas sem a mesma pose, eu estava arrombando um carro ul-qomano quando Dhatt ligou de volta. Sua voz estava bem diferente. Ele falava – não havia outra maneira de ouvi-la – como quem sente algum tipo de respeito profundo.

– Eu estava errado. Encontramos ele.
– O quê? Onde?
– No Copula Hall. A única *militsya* que não foi mandada para as ruas foram os guardas de fronteira. Eles reconheceram as fotos dele. Ficou horas ali, me disseram, deve ter ido para lá assim que a coisa estourou. Ele estava dentro do salão mais cedo, com todo mundo que ficou preso lá quando foi isolado. Mas escute.
– O que ele está fazendo?
– Apenas esperando.
– Pegaram ele?
– Tyad, escute. Eles não podem. Existe um problema.
– O que está havendo?
– Eles... Eles não acham que ele esteja em Ul Qoma.
– Ele cruzou? Precisamos falar com a patrulha de fronteira de Besźel, então...
– Não, escute. Eles não sabem dizer onde ele está.
– ... O quê? O quê? O que diabos ele está fazendo?
– Ele está simplesmente... Ele está parado lá, logo do lado de fora da entrada, à vista de todos, e aí quando viu que iam na direção dele, começou a caminhar... mas o jeito como ele está se movendo... as roupas que ele está usando... não sabem dizer se ele está em Ul Qoma ou em Besźel.
– Basta checar se ele passou antes de fechar.
– Tyad, está um puta caos aqui. Ninguém está controlando a papelada ou o computador ou sei lá o quê, então não sabemos se ele atravessou ou não.
– Você precisa mandar eles...
– Tyad, me escute. Já foi muito eu ter conseguido aquilo deles. Eles estão se cagando de terror só de tê-lo visto e estão dizendo que aquilo é brecha, e não estão errados, porra, porque sabe o quê? Pode ser mesmo. Justo esta noite, dentre todas as outras. A Brecha está em todo o lugar; aconteceu a porra de um isolamento, Tyad. A última coisa que alguém vai fazer é arriscar cometer uma brecha. Essa é a última informação que você vai conseguir, a não ser que Bowden se mova de forma que eles possam dizer que ele está definitivamente em Ul Qoma.
– Onde ele está agora?
– Como eu posso saber? Eles não vão correr o risco de vigiá-lo. Tudo o que eles dizem é que ele começou a caminhar. Apenas caminhar, mas de modo que ninguém sabe dizer onde ele está.
– Ninguém está detendo ele?

– Eles nem sequer sabem se podem vê-lo. Mas ele também não está cometendo brecha. Eles só... não sabem dizer. – Pausa. – Tyad?

– Jesus Cristo, é claro. Ele está *esperando* que alguém repare nele.

Acelerei o carro na direção do Copula Hall. Ficava a várias milhas de distância. Soltei um palavrão.

– O quê? Tyad, o que foi?

– É isso o que ele quer. Você mesmo disse, Dhatt; ele vai ser mandado de volta da fronteira pelo guarda de qualquer cidade em que ele estiver. Que é?

Segundos de silêncio.

– Puta que me pariu – disse Dhatt.

Naquele estado de incerteza, ninguém iria deter Bowden. Ninguém poderia.

– Onde está você? A que distância você está do Copula Hall?

– Posso estar lá em dez minutos, mas...

Mas ele também não iria deter Bowden. Por mais agoniado que estivesse, Dhatt não se arriscaria a cometer brecha vendo um homem que poderia não estar em sua cidade. Eu queria lhe dizer para não se preocupar, queria implorar a ele, mas podia dizer que ele estava errado? Eu não sabia se ele seria vigiado ou não. Será que eu podia dizer que ele estava seguro?

– A *militsya* o prenderia se você mandasse, caso ele esteja definitivamente em Ul Qoma?

– Claro, mas não vão segui-lo se não puderem correr o risco de vê-lo.

– Então você vai. Dhatt, por favor. Escute. Nada vai deter você apenas por sair para um passeio, certo? Só por ir até o Copula Hall e ir aonde você quiser, e se por acaso alguém que está sempre na sua vizinhança der bandeira e acabar em Ul Qoma, então você pode prender essa pessoa, certo? – Ninguém precisava admitir nada, nem para si mesmo. Contanto que não houvesse interação enquanto Bowden não estivesse definido, haveria negação plausível. – Por favor, Dhatt.

– Tudo bem. Mas, escute, se eu sair pra uma porra de uma caminhada e alguém na minha proximidade talvez-brutópica não acabar com certeza dentro de Ul Qoma, então não posso prender essa pessoa.

– Espere um pouco. Tem razão. – Eu não podia pedir a ele para arriscar uma brecha. E Bowden podia ter cruzado e estar em Besźel, e nesse caso Dhatt não tinha poder algum. – Ok. Vá dar a sua caminhada. Me informe quando você estiver no Copula Hall. Preciso fazer outra ligação.

Desliguei e digitei outro número, também sem código internacional, embora fosse em outro país. Apesar da hora, o telefone foi atendido quase imediatamente, e a voz que atendeu estava alerta.

– Corwi – eu disse.

– Chefe? Meu Deus, chefe, *cadê você*? O que está acontecendo? Você está bem? O que está havendo?

– Corwi, vou lhe contar tudo, mas neste momento não posso. Neste momento eu preciso que você corra, e corra muito rápido, e não faça nenhuma pergunta e só faça exatamente o que eu disser. Preciso que você vá até o Copula Hall.

Chequei meu relógio e olhei para o céu, que parecia resistente à manhã. Em suas respectivas cidades, Dhatt e Corwi estavam a caminho da fronteira. Foi Dhatt quem me ligou primeiro.
– Estou aqui, Borlú.
– Você consegue ver ele? Já achou ele? Cadê ele? – Silêncio. – Tudo bem, Dhatt, escuta. – Ele não veria o que não tivesse certeza que estava em Ul Qoma, mas não teria me ligado se não tivesse motivo para fazer contato. – Cadê você?
– Estou na esquina da Illya com a Suhash.
– Meu Deus, queria saber como fazer conference calls neste troço. Já consegui entender como é a espera, então fica na linha, merda. – Liguei para Corwi. – Corwi? Escuta. – Precisei encostar no meio-fio e comparar o mapa de Ul Qoma que estava no porta-luvas do carro com o meu conhecimento de Besźel. A maioria das Cidades Velhas era cruzada. – Corwi, preciso que você vá até a ByulaStrász e… e WarszaStrász. Você viu as fotos de Bowden, certo?
– Sim…
– Eu sei, eu sei. – Voltei a dirigir. – Se você não tiver certeza de que ele está em Besźel, você não vai por as mãos nele. Como eu falei, só estou pedindo que você dê uma volta e, caso apareça alguém que esteja em Besźel, você prenda essa pessoa. E me diga onde você estiver. Ok? Cuidado.
– Com o quê, chefe?
Ela tinha razão. Bowden dificilmente atacaria Dhatt ou Corwi: se fizesse isso, ele se declararia um criminoso, em Besźel ou Ul Qoma. Se atacasse os dois, estaria na Brecha, o que, inacreditavelmente, ele ainda não estava. Ele caminhava com equilíbrio, possivelmente em ambas as cidades. O pedestre de Schrödinger.
– Cadê você, Dhatt?
– Na metade da rua Teipei. – A Teipei dividia seu espaço brutopicamente com a MirandiStrász em Besźel. Eu disse a Corwi para onde ir. – Não vou demorar. – Eu agora estava passando sobre o rio, e o número de veículos na rua estava aumentando.
– Dhatt, onde está ele? Onde está você, quero dizer? – disse-me. Bowden tinha de ficar em ruas cruzadas. Se entrasse numa área total, estaria se comprometendo com uma das cidades, e a polícia dela poderia prendê-lo. Nos centros, as ruas mais antigas eram estreitas e tortuosas demais para o carro me poupar tempo e desertei dele, correndo pelos paralelepípedos e passando sob as arcadas da Cidade Velha de Besźel, ao lado dos intrincados mosaicos e arcos da Cidade Velha de Ul Qoma. – Sai

da frente! – gritei para as poucas pessoas que estavam no meu caminho. Estendi o distintivo da Brecha, o telefone na outra mão.

– Estou no fim da MirandiStrász, chefe. – A voz de Corwi havia mudado. Ela não ia admitir que podia ver Bowden. Nem isso, nem que o tinha desvisto, ela estava entre os dois, mas não estava mais simplesmente seguindo as minhas instruções. Ela estava perto dele. Talvez ele pudesse ver ela.

Mais uma vez examinei a arma de Ashil, mas ela não fazia muito sentido pra mim. Eu não ia poder usá-la. Coloquei-a de volta no meu bolso, fui até onde Corwi me aguardava em Besźel e Dhatt em Ul Qoma, e até onde Bowden caminhava ninguém sabia ao certo onde.

Vi Dhatt primeiro. Ele estava usando seu uniforme completo, o braço numa tipoia, o telefone na orelha. Dei uma batidinha no ombro dele quando passei. Ele levou um susto enorme, viu que era eu e ficou sem fôlego. Fechou o telefone devagar e indicou uma direção com os olhos, pelo mais breve momento. Ele me encarou com uma expressão que eu não tinha certeza se reconhecia.

O olhar de relance não foi necessário. Embora um número pequeno de gente estivesse se aventurando pela rua cruzada e sobreposta, Bowden era instantaneamente visível. Aquele passo. Estranho, impossível. Não adequadamente descritível, mas para qualquer um acostumado com os vernáculos físicos de Besźel e Ul Qoma ele era desenraizado e desconectado, com objetivo e sem país. Eu o vi por trás. Ele não vagava, mas passeava com uma neutralidade patológica para longe dos centros das cidades, e seu destino final eram as fronteiras, e as montanhas, e o resto do continente.

À sua frente alguns curiosos locais estavam vendo ele com clara incerteza, meio que olhando de lado, sem saber para onde, de fato, olhar. Apontei para eles, um de cada vez, e fiz um movimento de vão embora, e eles foram. Talvez alguns estivessem observando das janelas, mas isso era negável. Me aproximei de Bowden sob os telhados de Besźel e as intrincadas sarjetas espiraladas de Ul Qoma.

A alguns metros dele, Corwi me observava. Ela guardou o telefone e sacou a arma, mas ainda assim não olhava diretamente para Bowden, caso ele não estivesse em Besźel. Talvez estivéssemos sendo vigiados pela Brecha, em algum lugar. Bowden ainda não havia transgredido para chamar a atenção deles: eles não podiam tocá-lo.

Estendi a mão enquanto caminhava, e não reduzi a velocidade, mas Corwi a agarrou e olhamos um para o outro por um instante. Olhando para trás, vi ela e Dhatt, a poucos metros de distância um do outro em cidades diferentes, olhando fixo para mim. Finalmente estava amanhecendo de verdade.

– Bowden.

Ele se virou. Seu rosto estava sério. Tenso. Ele segurava algo cuja forma eu não conseguia distinguir.

– Inspetor Borlú. Que coincidência encontrar o senhor... aqui? – Ele tentou sorrir, mas não deu muito certo.

– Onde é aqui? – perguntei. Ele deu de ombros. – É realmente impressionante o que você está fazendo – eu disse. Ele tornou a dar de ombros, com um maneirismo que não era nem besź nem ul-qomano. Ele levaria um dia ou mais de caminhada, mas Besźel e Ul Qoma são países pequenos. Ele podia fazer isso, sair andando. Que cidadão especializado, que rematado habitante e observador urbano, para mediar aqueles milhões de maneirismos discretos que marcavam nossa especificidade cívica, para recusar qualquer agregado simples de comportamentos. Ele mirou com o que quer que estivesse segurando.

– Se atirar em mim, a Brecha vai cair em cima de você.

– Se estiverem vigiando – disse ele. – Acho que provavelmente você é o único aqui. Existem séculos de fronteiras para reforçar, depois desta noite. E mesmo que eles estejam observando, a questão é abstrata. Que tipo de crime seria esse? Onde está você?

– Você tentou cortar o rosto dela fora. – Aquele talho irregular sob o queixo. – Você... não, foi dela, a faca era dela. Mas você não conseguiu. Então você carregou na maquiagem dela ao invés disso. – Ele piscou várias vezes, não disse nada. – Como se isso fosse disfarçá-la. O que é isso? – Ele me mostrou a coisa, por um momento, antes de agarrá-la com força e voltar a mirá-la. Era um objeto de metal azinhavrado, feio e retorcido pela idade. Estava emitindo estalos. Estava remendado com novas faixas de metal.

– Ele quebrou. Quando eu. – Não soava como se ele hesitasse: suas palavras simplesmente pararam.

– ... Meu Deus, foi com isso que você atingiu ela. Quando percebeu que ela sabia que eram mentiras. – Agarrou e debateu-se, um momento de fúria. Agora ele podia admitir qualquer coisa. Contanto que permanecesse em sua superposição, qual das leis o levaria? Vi que o cabo da coisa que ele segurava, que apontava na direção dele, terminava numa ponta afiada e bem feia. – Você agarra isso, bate nela, ela cai. – Fiz movimentos de esfaqueamento. – Calor do momento – falei. – Certo? Certo? Então você não sabia como disparar isso? Eles são verdade, então? – perguntei. – Todos aqueles rumores de "física estranha"? Essa é uma das coisas atrás das quais a Sear and Core estava? Mandaram um representante comercial para ver as vistas, dar umas andadas no parque? Apenas mais um turista?

– Eu não chamaria isso de arma – disse ele. – Mas... bem, quer ver o que ela pode fazer? – Ele a balançou.

– Não está tentado a vender isso aí você mesmo? – Ele pareceu ofendido. – Como sabe o que isso faz?

– Eu sou arqueólogo e historiador – disse ele. – E incrivelmente bom nisso. E agora estou indo.

– Saindo da cidade? – Ele inclinou a cabeça. – Qual cidade? – Ele balançou a arma num sinal de não.

– Sabe, eu não quis fazer aquilo – disse ele. – Ela estava... – Desta vez suas palavras sumiram. Ele engoliu em seco.

– Ela devia estar zangada. Ao descobrir como você estava mentindo pra ela.

– Eu sempre disse a verdade. O senhor me ouviu, inspetor. Eu lhe disse muitas vezes. Orciny é um lugar que não existe.

– Você lisonjeou ela? Disse a ela que ela era a única a quem você podia admitir a verdade?

– Borlú, eu posso matar você onde você está e, você percebe, ninguém nem sequer saberá onde estamos. Se você estivesse num lugar ou noutro, eles poderiam vir para me pegar, mas você não está. O negócio é o seguinte, e eu sei que não iria funcionar desse jeito e você também, mas isso é porque ninguém neste lugar, e isso inclui a Brecha, obedece às regras, às suas próprias regras, e, se obedecessem, a coisa funcionaria desse jeito, o negócio é que se você fosse morto por alguém que ninguém sabe ao certo em que cidade está e ninguém tivesse certeza de onde você está também, o seu corpo teria de ficar caído aí, apodrecendo, para sempre. As pessoas teriam de passar por cima de você. Porque ninguém cometeu brecha. Nem Besźel nem Ul Qoma poderiam correr o risco de retirar você. Você ia ficar ali caído, empesteando ambas as cidades até virar apenas uma mancha no chão. Eu estou indo, Borlú. Acha que Besźel virá buscá-lo se eu atirar em você? Ul Qoma? – Corwi e Dhatt devem ter ouvido ele, mesmo que estivessem tentando desouvir. Bowden só olhou para mim e não se moveu.

– Meu... bom, meu parceiro da Brecha tinha razão – eu disse. – Ainda que Buric tivesse planejado tudo isso, ele não tinha a experiência nem a paciência para juntar todas as peças de modo a enganar Mahalia. Ela era inteligente. Isso exigia alguém que conhecesse os arquivos e os segredos e os rumores sobre Orciny não só um pouquinho, mas totalmente. Completamente. Você disse a verdade, como você diz: Orciny é um lugar que não existe. Você disse isso vezes sem conta. Esse era o objetivo, não é? Não foi ideia de Buric, foi? Depois daquela conferência onde ela fez dela mesma um incômodo tão grande? Certamente não foi a Sear and Core: eles teriam contratado alguém para fazer um contrabando mais eficiente, uma operaçãozinha como essa, eles apenas foram na onda quando a oportunidade se apresentou. Claro que você precisava dos recursos de Buric pra fazer isso dar certo, e ele não ia recusar a chance de roubar de Ul Qoma, colocar Besźel de fora – quanto investimento estava envolvido? – e também ganhar uma grana. Mas a ideia foi sua, e a questão nunca foi o dinheiro. Foi porque você tinha saudades de Orciny. Era um jeito de ter as duas coisas. Sim, claro que você estava errado a respeito de Orciny, mas você podia armar a situação de modo a também estar certo.

Artefatos especiais haviam sido escavados, cujos detalhes apenas os arqueólogos poderiam saber – ou aqueles que os haviam deixado lá, como a coitada da Yolanda havia pensado. A suposta Orciny enviou instruções súbitas aos seus supostos agentes, para não atrasar, para não ter tempo de pensar ou repensar: apenas, rapidamente, liberar, entregar.

– Você disse a Mahalia que ela era a única a quem você contaria a verdade. Que quando você deu as costas para o seu livro, era apenas um jogo político? Ou você contou a ela que era covardia? Essa seria campeã. Aposto que você fez isso. – Eu me aproximei mais dele. A expressão no seu rosto mudou. – "Que vergonha, Mahalia, a pressão era tão grande. Você é mais corajosa do que eu, vá em frente; você está tão perto, você vai descobrir...". A merda que você fez estragou toda a sua carreira, e você não pode trazer o passado de volta. Então a segunda melhor coisa: fazer com que isso tivesse sido verdade o tempo todo. Tenho certeza de que o dinheiro valeu a pena... não venha me dizer que eles não pagaram... e Buric tinha suas razões e a Sear and Core tinha as dela, e os nacs farão qualquer coisa pra qualquer um que leve jeito com as palavras e tenha uma graninha. Mas para você a questão era *Orciny*, certo? Só que Mahalia descobriu que isso era bobagem, professor Bowden.

Quão mais perfeita essa des-história seria da segunda vez, quando ele pudesse construir as evidências não só a partir dos fragmentos dos arquivos, não só a partir das referências cruzadas de documentos mal compreendidos, mas quando pudesse fazer acréscimos a essas fontes plantadas, sugerir textos partidários, até mesmo criar mensagens – para si mesmo também, para o benefício dela e posteriormente para o nosso, que o tempo todo ele pudesse desprezar como os nadas que eles eram – vindas do próprio não lugar. Mas mesmo assim ela descobriu a verdade.

– Deve ter sido desagradável para você – falei.

Os olhos dele não desgrudavam de onde quer que estivéssemos.

– Foi... foi por isso – disse ela a ele que as entregas, e portanto todos os pagamentos secretos, iam acabar. Não foi esse o porquê da fúria dele.

– Ela achou que você tinha sido enganado também? Ou ela percebeu que você estava por trás disso? – Era incrível que tamanho detalhe fosse quase epifenomenal. – Eu acho que ela não sabia. Não era do perfil dela provocar você. Acho que ela pensou que estava protegendo você. Acho que ela providenciou um encontro com você para protegê-lo. Para lhe dizer que vocês dois haviam sido enganados por alguém. Que ambos estavam em perigo.

A fúria daquele ataque. A tarefa, aquela defesa *post-facto* de um projeto morto, destruído. Nenhum ponto marcado, nenhuma competição. Apenas o puro fato de que Mahalia havia sido, sem nem mesmo saber, mais inteligente do que ele, percebido que a invenção dele era invenção, apesar das tentativas dele de proteger a criação, de impermeabilizá-la. Ela o esmagou sem maldade. As evidências destruíram sua concepção mais uma vez, a versão melhorada, Orciny 2.0, assim como havia acontecido da última vez, quando ele realmente acreditava nela. Mahalia morreu porque provou a Bowden que ele era um idiota por acreditar no folclore que ele próprio havia criado.

– Que coisa é essa? Será que ela... – Mas ela não podia ter retirado aquilo e, se tivesse entregado, não estaria com ele.

– Isto aqui eu tenho há anos – disse. – Isto eu mesmo encontrei. Quando estava fazendo minhas primeiras escavações. A segurança nem sempre foi como é agora.

– Onde foi que você se encontrou com ela? Um dissensus de merda? Um edifício vazio velho que você lhe disse que era onde Orciny fazia sua mágica?

Não importava. O local do homicídio seria apenas um lugar vazio.

– ... Você acreditaria em mim se eu lhe dissesse que realmente não me lembro do momento em que aconteceu? – disse ele, com cuidado.

– Sim.

– Só essa constante, esse... – Raciocínio, que destruiu a sua criação. Ele podia ter mostrado a ela o artefato como se fosse uma evidência. Não é Orciny! ela talvez tenha dito. Precisamos pensar! Quem poderia querer esse negócio? A fúria ao ouvir isso.

– Você quebrou essa coisa.

– Não de modo irreparável. Ele é resistente. Os artefatos são resistentes. – Apesar de ter sido usado para bater nela até a morte.

– Foi uma boa ideia passá-la pelo checkpoint.

– Quando liguei para Buric, ele não gostou de mandar o motorista, mas entendeu. O problema nunca é a *militsya* ou os policzai. Não podíamos deixar era que a Brecha reparasse em nós.

– Mas seus mapas estão datados. Eu vi na sua mesa, daquela vez. Todo aquele lixo que você ou Yorj recolheram. Aquilo foi de onde você matou ela? Foi inútil.

– Quando eles construíram aquela pista de skate? – Por um momento ele conseguiu fazer a pergunta parecer como se ele estivesse achando realmente graça. – Aquilo deveria ir direto até o estuário.

– Yorjavic não sabia andar por ali. É a cidade dele. Mas que soldado, hein?

– Ele nunca teve motivo para ir a Pocost. Eu não ia lá desde a conferência. Comprei aquele mapa que dei a ele anos atrás, e ele estava certo da última vez que estive lá.

– Mas maldita renovação urbana, certo? Lá estava ele, a van carregada, e uma série de rampas e half-pipes entre ele e a água, e o dia nascendo. Foi quando isso deu errado, quando Buric e você... pularam fora.

– Não exatamente. Nós conversamos, mas achamos que era exagero. Não, o que o perturbou foi quando você veio a Ul Qoma – disse ele. – Foi aí que ele percebeu que havia problemas.

– Então... de certa forma eu lhe devo desculpas... – Ele tentou dar de ombros. Até aquele movimento era urbanamente indecidível. Ele continuava engolindo em seco, mas seus tiques nervosos não revelavam nada a respeito de onde ele estava.

– Se quiser – disse. – Foi aí que ele colocou os Cidadãos Verdadeiros na caçada. Até chegou a tentar fazer você culpar o Qoma Primeiro, com aquela bomba. E acho que pensou que eu tinha acreditado também. – Bowden parecia enojado. – Ele deve ter ouvido falar da primeira vez em que aquilo aconteceu.

– Pra valer. Todas aquelas notas que você escreveu em precursor, ameaçando a si mesmo pra nos tirar da sua cola. Arrombamentos falsos. Adicionados à sua Orciny. – Ele olhou para mim, então parei antes que pudesse dizer à sua palhaçada. – E Yolanda?

– Eu... Lamento mesmo por ela. Buric deve ter achado que ela e eu estávamos... que Mahalia ou eu tínhamos contado alguma coisa para ela.

– Mas você não tinha. Nem Mahalia: ela a protegeu de tudo aquilo. Na verdade, Yolanda foi a única que sempre acreditou em Orciny. Ela era a sua maior fã. Ela e Aikam – ele ficou me olhando fixo, com o rosto frio. Ele sabia que nenhum dos dois era dos mais inteligentes. Eu não disse nada por um minuto.

– Meu Deus, você é um mentiroso, Bowden – falei. – Até mesmo agora, meu Deus. Você acha que eu não sei que foi você quem contou a Buric que Yolanda estaria lá? – falei e pude ouvir sua respiração trêmula. – Você enviou eles lá por causa do que ela poderia saber. O que, como estou dizendo, não era nada. Você mandou matá-la por nada. Mas por que você veio? Você sabia que eles tentariam matar você também. – Ficamos encarando um ao outro por um longo silêncio.

– ... Você precisava ter certeza, não precisava? – perguntei. – E eles também.

Eles não mandariam Yorjavic nem organizariam aquele extraordinário assassinato transfronteiriço só por causa de Yolanda. Eles nem sabiam ao certo o que ela sabia, se é que ela sabia. Mas Bowden: eles sabiam que ele sabia. De tudo.

"Eles achavam que eu acreditava naquilo também", ele tinha dito.

– Você disse a eles que ela estaria lá, e que você estava indo também, porque Qoma Primeiro estava tentando matar você. Será que eles realmente achavam que você acreditava naquilo? ... Mas eles podiam checar, não podiam? – respondi eu mesmo. – Se você aparecesse. Você tinha que estar lá, ou eles saberiam que estavam sendo manipulados. Se Yorjavic não tivesse visto você, ele teria sabido que você estava planejando algo. Ele precisava ter os dois alvos ali. – O estranho passo e as maneiras de Bowden no salão. – Então você teve que aparecer e tentar manter alguém no caminho... – Parei. – Eram três alvos? – perguntei. Eu era o motivo pelo qual a coisa tinha dado errado, afinal. Balancei a cabeça.

– Você sabia que eles tentariam matar você, mas se livrar dela valia o risco. Camuflagem. – Quem suspeitaria de cumplicidade dele, depois que Orciny tentasse matá-lo?

Ele estava com uma cara levemente azeda.
– Onde está Buric?
– Morto.
– Ótimo. Ótimo...
Dei um passo na direção dele. Ele apontava o artefato para mim como uma varinha mágica rombuda da Idade do Bronze.
– E o que você tem a ver com isso? – perguntei. – O que você vai fazer? Por quanto tempo você viveu nas cidades? E agora?
– Acabou. Orciny são escombros. – Outro passo, ele ainda mirando em mim, respirando pela boca e arregalando os olhos. – Você tem uma opção. Você já esteve em Besźel. Você viveu em Ul Qoma. Só sobrou um lugar. O que é que há? Você vai viver anônimo em Istambul? Em Sebastopol? Vai para Paris? Você acha que isso vai ser suficiente?
– Orciny é mentira. Você quer ver o que realmente existe entre?
Um segundo se passou. Ele hesitou tempo suficiente para manter as aparências. Homenzinho nojento. A única coisa mais desprezível do que o que ele havia feito era a ansiedade semioculta com que agora aceitava minha oferta. Não era bravura de sua parte vir comigo. Ele mantinha aquela arma pesada apontada para mim e eu peguei ela. Ela chocalhou. O bulbo cheio de engrenagens, os velhos mecanismos que haviam cortado a cabeça de Mahalia quando o metal explodiu.
Ele murchou, com um gemido: desculpas, apelo, alívio. Eu não estava escutando e não me lembro. Não prendi ele – não era policzai, não naquele momento, e a Brecha não prende, mas eu tinha ele, e soltei o ar, porque havia acabado.

Bowden ainda não havia assumido onde estava. Perguntei:
– Em que cidade você está? – Dhatt e Corwi estavam próximos, prontos, e qualquer um dos dois que compartilhasse o locus com ele avançaria quando ele respondesse.
– Nas duas – respondeu.
Então eu agarrei ele pelo cachaço, virei e saí marchando com ele. Sob a autoridade que me havia sido garantida, arrastei a Brecha comigo, envelopei-o nela, puxei ele para fora da cidade e para dentro de nenhuma das duas, para dentro da Brecha. Corwi e Dhatt me viram levá-lo para fora do alcance dos dois. Acenei com a cabeça um agradecimento para eles de além das suas fronteiras. Eles não olharam um para o outro, mas ambos retribuíram o meu cumprimento.
Me ocorreu, enquanto eu levava Bowden quase arrastado comigo, que a brecha que eu havia recebido poder para perseguir, que eu ainda estava investigando e da qual ele era uma evidência, ainda era a minha própria.

CODA

BRECHA

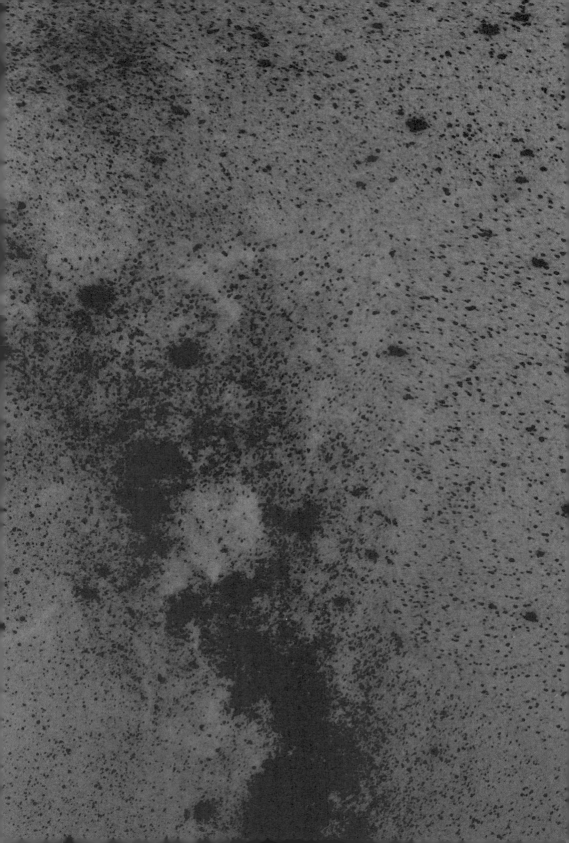

CAPÍTULO 29

Não voltei a ver aquela máquina. Ela foi enfiada no funil da burocracia da Brecha. Jamais vi o que ela podia fazer, o que a Sear and Core queria, ou mesmo se era possível fazer alguma coisa com ela.

Ul Qoma, após a Noite dos Tumultos, estava com a tensão à flor da pele. A *militsya*, mesmo depois que os unifs remanescentes foram afastados ou presos, ou esconderam os seus emblemas e desapareceram, manteve o policiamento intrusivo, ostensivo. Libertários civis reclamaram. O governo de Ul Qoma anunciou uma nova campanha, Vizinhos Vigilantes, o conceito de vizinhança referindo-se tanto às pessoas que moravam lado a lado (o que elas estavam fazendo?) como à cidade conectada (estão vendo como as fronteiras são importantes?).

Em Besźel a noite levou a uma espécie de mutismo exagerado. Quase atraía azar mencioná-la. Os jornais douraram a pílula maciçamente. Políticos, se diziam alguma coisa, faziam uma menção indireta às *tensões recentes* ou coisas semelhantes. Mas havia uma sombra. A cidade estava triste. A população de unifs estava tão reduzida, os remanescentes tão cuidadosos e fora das vistas quanto em Ul Qoma.

Ambas as limpezas foram rápidas. O isolamento da Brecha durou trinta e seis horas e não foi mencionado novamente. A noite levou a vinte e duas mortes em Ul Qoma, treze em Besźel, sem contar os refugiados que morreram após os incidentes iniciais e os desaparecidos. Agora havia mais jornalistas estrangeiros em ambos os conjuntos de cidades, fazendo matérias de suíte pouco mais, pouco menos sutis. Eles faziam tentativas regulares de arrumar uma entrevista – "anônima, é claro" – com representantes da Brecha.

– Alguém da Brecha já deixou as fileiras? – perguntei.

– É claro – disse Ashil. – Mas aí eles estão cometendo brecha, são insilados, e são nossos. – Ele caminhava com cuidado e usava ataduras por baixo das roupas e do colete oculto.

No primeiro dia após os tumultos, quando retornei ao escritório arrastando comigo um semiobediente Bowden, fui trancado na minha cela. Mas a porta ficou destrancada desde então. Passei três dias com Ashil, que teve alta de fosse lá qual fosse o hospital oculto onde os membros da Brecha recebiam atendimento. Cada dia que passou na minha companhia, nós andávamos pelas cidades, na Brecha. Eu estava aprendendo com ele a andar entre elas, primeiro numa, depois noutra, ou em ambas, mas sem a ostentação do extraordinário movimento de Bowden: um engodo mais encoberto.

– Como ele conseguiu? Andar daquele jeito?

– Ele é um estudioso das cidades – disse Ashil. – Talvez fosse preciso um estrangeiro para realmente ver como os cidadãos se distinguem, de modo a poder caminhar no meio.

– Onde ele está? – Eu havia perguntado a Ashil muitas vezes. Ele evitou responder de várias maneiras. Desta vez, ele disse, como havia dito antes: – Existem mecanismos. Estamos cuidando dele.

O céu estava encoberto e caía uma chuva leve. Levantei o colarinho do meu casaco. Estávamos a oeste do rio, ao lado da ferrovia cruzada, um trecho curto de trilhos usados pelos trens de ambas as cidades, os horários fruto de um acordo internacional.

– Mas a questão é que ele nunca cometeu brecha. – Eu não havia revelado essa ansiedade a Ashil antes. Ele se virou para olhar para mim e massageou o ferimento. – Sob que autoridade ele... Como podemos estar com ele?

Ashil nos conduziu ao redor das cercanias da escavação de Bol Ye'an. Eu podia ouvir os trens em Besźel, a norte de onde estávamos, em Ul Qoma ao sul. Não íamos entrar, nem sequer chegar perto o suficiente de Bol Ye'an para sermos vistos, mas Ashil estava seguindo passo a passo os vários estágios do caso, sem dizer explicitamente.

– Quero dizer – falei. – Eu sei que a Brecha não responde a ninguém, mas ela... Vocês têm que apresentar relatórios. De todos os casos. À Comissão de Supervisão. – Ele ergueu uma sobrancelha quando eu disse isso. – Eu sei, eu sei que eles ficaram desacreditados por causa de Buric, mas a alegação deles é que o problema era a composição dos membros, não a comissão propriamente dita. O equilíbrio entre as cidades e a Brecha continua o mesmo, certo? Eles têm razão, não acha? Então você vai ter que justificar o fato de ter levado Bowden.

– Ninguém liga para Bowden – ele finalmente disse. – Nem Ul Qoma, nem Besźel, nem o Canadá, nem Orciny. Mas, sim, vamos apresentar um formulário a eles. Talvez, depois de desovar Mahalia, ele tenha voltado a Ul Qoma pela Brecha.

– Não foi ele quem desovou, foi Yorj... – eu disse.

– Talvez tenha sido assim que ele fez – continuou Ashil. – Vamos ver. Talvez nós o empurremos para dentro de Besźel e puxemos de volta para Ul Qoma. Se dissermos que ele cometeu brecha, então ele cometeu brecha. – Olhei para ele.

Mahalia havia partido. Seu corpo tinha finalmente ido para casa. Ashil me contou isso no dia em que os pais dela fizeram o funeral.

A Sear and Core não abandonou Besźel. Ela correria o risco de chamar a atenção saindo após as confusas e assustadoras revelações do comportamento de Buric. A empresa e seu braço tecnológico apareceram nas investigações, mas as conexões eram vagas. O possível contato de Buric era um lamentável desconhecido, e erros haviam sido cometidos, salvaguardas estavam sendo montadas. Havia rumores de que a CorIntech seria vendida.

Ashil e eu andamos de bonde, de metrô, de ônibus, de táxi, andamos. Ele nos costurou como uma sutura, dentro e fora de Besźel e de Ul Qoma.

– E quanto à minha brecha? – perguntei enfim. Nós dois estávamos andando há dias. Não perguntei "Quando volto pra casa?" Pegamos o bondinho que levava ao alto do parque que tinha o nome dele, em Besźel pelo menos.

– Se ele tivesse um mapa atualizado, você nunca a teria encontrado – disse Ashil. – Orciny. – Ele balançou a cabeça.

– Você vê alguma criança na Brecha? – perguntou. – Como funcionaria? Se alguma nascesse...

– Deve ter – interrompi, mas ele falou por cima de mim. – ... como poderiam viver aqui? – As nuvens sobre as cidades eram dramáticas, e fiquei olhando para elas, em vez de olhar para ele, e visualizei crianças sendo dadas. – Você sabe como eu me tornei membro da Brecha – disse ele, subitamente.

– Quando eu volto para casa? – perguntei em vão. Ele até chegou a sorrir.

– Você fez um excelente trabalho. Você viu como trabalhamos. Nenhum outro lugar funciona como as cidades – disse ele. – Não somos apenas nós que as mantemos separadas. São todos em Besźel e todos em Ul Qoma. A cada minuto, a cada dia. Nós somos apenas a última trincheira: são todos nas cidades que fazem a maior parte do trabalho. Ele funciona porque você não pisca. É por isso que desver e dessentir são tão vitais. Ninguém pode admitir que não funciona. Então, se você não admite, funciona. Mas se você cometer uma brecha, mesmo que não seja sua culpa, por mais do que o mínimo espaço de tempo... você não pode voltar atrás.

– Acidentes. Acidentes na estrada, incêndios, brechas sem querer...

– Sim. É claro. Se você correr para sair novamente. Se essa é a sua resposta para a Brecha, então talvez você tenha uma chance. Mas, mesmo assim, você está em apuros. E se levar mais do que um momento, você não pode sair de novo. Você nunca mais vai desver. A maioria das pessoas que comete brecha, bem, você vai saber a respeito das nossas sanções em breve. Mas existe outra possibilidade, muito ocasionalmente. O que você sabe sobre a Marinha Britânica? – perguntou Ashil. – Alguns séculos atrás? – Olhei para ele. – Eu fui recrutado da mesma maneira que todo mundo na Brecha. Nenhum de nós nasceu aqui. Todos fomos um dia de um lugar ou de outro. Todos nós cometemos brecha um dia.

Houve muitos minutos de silêncio entre nós.
– Eu gostaria de ligar para algumas pessoas – falei.

Ele tinha razão. Me imaginei em Besźel agora, desvendo Ul Qoma do terreno cruzado. Vivendo em metade do espaço. Desvendo todas as pessoas, a arquitetura, os veículos e tudo dentro e entre o que eu havia vivido. Eu podia fingir, talvez, na melhor das hipóteses, mas alguma coisa acabaria acontecendo, e a Brecha saberia.

– Foi um grande caso – disse. – O maior de todos. Você nunca mais terá um caso assim tão grande.

– Eu sou um detetive – falei. – Meu Deus. Será que tenho alguma opção?

– É claro – disse ele. – Você está aqui. Existe a Brecha, e existem aqueles que cometem brecha, aqueles para os quais nós acontecemos – ele não olhou para mim, mas para as cidades que se sobrepunham.

– Algum voluntário?

– Apresentar-se como voluntário é uma indicação precoce e forte de que você não é adequado – disse ele.

Caminhamos na direção do meu velho apartamento, meu recrutador forçado e eu.

– Posso me despedir de alguém? Há pessoas de quem eu quero...

– Não – disse. Nós caminhávamos.

– Eu sou detetive – tornei a falar. – Não um sei lá o quê. Não trabalho como vocês.

– É isso o que queremos. Foi por isso que ficamos tão contentes que tenha cometido brecha. Os tempos estão mudando.

Então os métodos podem não ser tão estranhos como eu temia. Pode haver outros que procedam da maneira tradicional da Brecha, o uso da intimidação, aquela pose de terror noturno, ao passo que eu – usando as informações que coletamos on-line, as ligações telefônicas com escuta em ambas as cidades, as redes de informantes, os poderes além de qualquer lei, os séculos de medo, sim, também, às vezes, as insinuações de outros poderes além de nós, de formas desconhecidas, dos quais somos apenas avatares – iria investigar, como tenho investigado há anos. Uma vassoura nova, como se diz no jargão. Toda delegacia precisa de uma. Há certo humor na situação.

– Quero ver Sariska. Você sabe quem é ela, eu acho. E Biszaya. Quero falar com Corwi e Dhatt. Dizer adeus, pelo menos.

Ele ficou quieto por um momento.

– Você não pode falar com eles. É assim que trabalhamos. Se não temos isso, não temos nada. Mas você pode vê-los. Se permanecer sem ser visto.

Chegamos a um meio-termo. Escrevi cartas para minhas antigas amantes. Escritas a mão e entregues em mãos, mas não pelas minhas mãos. Não disse nada a Sariska ou a Biszaya, a não ser que sentiria saudades delas. Eu não estava só sendo gentil.

Dos meus colegas eu cheguei perto e, embora não tenha falado com eles, ambos puderam me ver. Mas Dhatt em Ul Qoma, e depois Corwi em Besźel, conseguiram ver que eu não estava, ou não totalmente, ou não somente, na cidade deles. Eles não falaram comigo. Não se arriscariam.

Dhatt eu vi quando ele saiu da delegacia. Ele parou assim que me viu. Eu estava parado junto de um bando de gente do lado de fora de um escritório ul-qomano, com a cabeça baixa para ele poder ver que era eu, mas não a minha expressão. Levantei a mão para ele. Ele hesitou por um longo tempo, e então abriu os dedos, um acenar sem aceno. Recuei para as sombras. Ele se afastou primeiro.

Corwi estava em um café. Estava na Ul Qomatown de Besźel. Ela me fez sorrir. Fiquei vendo ela tomar o seu chá ul-qomano cremoso no estabelecimento que eu havia apresentado a ela. Fiquei observando da sombra de um beco por vários segundos até perceber que ela estava olhando direto para mim, que sabia que eu estava ali. Foi ela quem me disse adeus, com uma xícara levantada, inclinada em uma saudação. Abri a boca e pronunciei para ela, embora ela não pudesse ver, obrigado, e adeus.

Tenho muito que aprender, e nenhuma escolha a não ser aprender, ou me tornar um fugitivo, e não há ninguém mais caçado do que um renegado da Brecha. Então, como não estou pronto para isso ou para a vingança da minha nova comunidade de vidas nuas extracidade, fiz a escolha entre essas duas não escolhas. Minha tarefa mudou: não mais garantir o cumprimento da lei, ou de outra lei, mas manter a pele que mantém a lei no lugar. Duas leis em dois lugares, na verdade.

Este é o fim do caso de Orciny e dos arqueólogos, o último caso do inspetor Tyador Borlú do Esquadrão de Crimes Hediondos de Besźel. O inspetor Tyador Borlú não existe mais. Assino agora como Tye, avatar da Brecha, seguindo meu mentor no meu período probatório fora de Besźel e fora de Ul Qoma. Somos todos filósofos aqui onde estou, e debatemos entre muitas outras coisas a questão de onde é que vivemos. Quanto a essa questão, sou um liberal. Sim, vivo no interstício, mas vivo ao mesmo tempo na cidade e na cidade.

NOTA DO TRADUTOR

Mais difícil que traduzir um bom texto é traduzir um bom texto ruim – mas de propósito. *A cidade e a cidade* é um exemplo notável desse segundo caso.

Narrado em primeira pessoa pelo detetive Tyador Borlú, habitante de um fictício país do Leste Europeu, o livro é uma investigação em mais de um sentido: o primeiro, mais óbvio, sobre um crime (calma, sem *spoilers*) e o segundo, mais sutil, mas não menos interessante, sobre os limites e as possibilidades de um idioma.

China Miéville escreve como se Borlú falasse em seu idioma, o besź, traduzido para o inglês por ele próprio de maneira inculta e um pouco tosca. Esse recurso faz com que o texto seja não uma colcha de retalhos (porque este seria um clichê, e estamos tratando de um autor que tem como principal característica a demolição de clichês), mas uma estrada com uma estranha mistura de placas de trânsito, umas inteligíveis, outras dúbias, outras ainda tão estranhas quanto se tivessem saído de um universo paralelo.

Um exemplo: no capítulo 3, Borlú se refere a um "homem magro no começo da idade média" (p. 32). O correto seria dizer que ele era um *"middle-aged man"*, mas o detetive diz: *"a thin man in early middle age"*. Miéville provoca, assim, estranhamento adicional para o leitor. Outro exemplo é o uso de substantivos como verbos, como *"staticking"*; em vez de dizer que a linha telefônica está com estática, ele diz que a linha está "estaticando". Não é que o protagonista seja ignorante, pelo contrário: é o autor esticando os limites de seu mundo.

Ao tradutor, coube respeitar a intenção do autor e dar o melhor de si para que uma impressão semelhante pudesse ser transmitida aos leitores brasileiros.

Fábio Fernandes
São Paulo, novembro de 2014

SOBRE O AUTOR

China Miéville é um autor *best-seller*. Formado em antropologia social pela Universidade de Cambridge, com mestrado e doutorado em filosofia do direito pela London School of Economics, foi eleito em 2015 *fellow* da Royal Society of Literature e, em 2018, recebeu a bolsa Guggenheim para ficção.

Um dos nomes mais importantes da literatura *new weird*, seu trabalho ganhou vários prêmios, incluindo o Arthur C. Clarke, o World Fantasy, o Hugo e o British Science Fiction, além de ter sido selecionado para o Folio e o Edge Hill Short Story.

É um dos editores fundadores da revista *Salvage*. Dele, a Boitempo também publicou *Estação Perdido* (2016, adaptado para TV em minissérie produzida pela BBC), *Outubro: história da Revolução Russa* (2017) e *A cicatriz* (no prelo).

Selo postal da União Soviética em comemoração ao
25º aniversário da Revolução de 1905, 1930.

Publicado em 2025, 120 anos depois da Revolta do Encouraçado Potemkin, motim considerado precursor da Revolução Russa de 1917, este livro foi composto em Minion Pro, corpo 10,5/12,6, e impresso em papel Ivory Slim 65 g/m² pela gráfica Rettec, para a Boitempo, com tiragem de 2 mil exemplares.